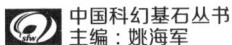

中国科幻基石丛书
主编：姚海军

杨晚晴
中短篇
科幻小说集

归来之人

杨晚晴 著

四川科学技术出版社

图书在版编目（CIP）数据

归来之人：杨晚晴中短篇科幻小说集 / 杨晚晴 著 . —— 成都：四川科学技术出版社，2021.4
（中国科幻基石丛书 / 姚海军 主编）

ISBN 978-7-5727-0103-0

Ⅰ . ①归… Ⅱ . ①杨… Ⅲ . ①幻想小说—小说集—中国—当代 Ⅳ . ① I247.7

中国版本图书馆 CIP 数据核字（2021）第 064427 号

中国科幻基石丛书

归来之人：杨晚晴中短篇科幻小说集

出 品 人　程佳月
丛书主编　姚海军
著　　者　杨晚晴
责任编辑　宋　齐　姚海军
特邀编辑　汪　旭
封面绘画　山　鬼
封面设计　施　洋
版面设计　施　洋
责任出版　欧晓春
出版发行　四川科学技术出版社
　　　　　四川省成都市槐树街 2 号 出版大厦　邮政编码：610031
成品尺寸　147mm×208mm
印　　张　13
字　　数　320 千
插　　页　2
印　　刷　成都市金雅迪彩色印刷有限公司
版　　次　2021 年 05 月成都第一版
印　　次　2021 年 05 月成都第一次印刷
定　　价　56.00 元
ISBN 978-7-5727-0103-0

写在"基石"之前

■ 姚海军

"基石"是个平实的词，不够"炫"，却能够准确传达我们对构建中的中国科幻繁华巨厦的情感与信心，因此，我们用它来作为这套原创丛书的名字。

最近十年，是科幻创作飞速发展的十年。王晋康、刘慈欣、何夕、韩松等一大批科幻作家发表了大量深受读者喜爱、极具开拓与探索价值的科幻佳作。科幻文学的龙头期刊更是从一本传统的《科幻世界》，发展壮大成为涵盖各个读者层的系列刊物。与此同时，科幻文学的市场环境也有了改善，省会级城市的大型书店里终于有了属于科幻的领地。

仍然有人经常问及中国科幻与美国科幻的差距，但现在的答案已与十年前不同。在很多作品上（它们不再是那种毫无文学技巧与色彩、想象力拘谨的幼稚故事），这种比较已经变成了人家的牛排之于我们的土豆牛肉。差距是明显的——更准确地说，应该是"差别"——却已经无法再为它们排个名次。口味问题有了实际意义，这正是我们的科幻走向成熟的标志。

与美国科幻的差距，实际上是市场化程度的差距。美国科幻从期刊到图书到影视再到游戏和玩具，已经形成了一条完整的产业链，动力十足；而我们的图书出版却仍然处于这样一种局面：读者的阅读需求不能满足的同时，出版者却感叹于科幻书那区区几千册的销量。结果，我们基本上只有为热爱而创作的科幻作家，鲜有为版税而创作的科幻作家。这不是有责任心的出版人所乐于看到的现状。

科幻世界作为我国最有影响力的专业科幻出版机构，一直致力于对中国科幻的全方位推动。科幻图书出版是其中的重点之一。中国科幻需要长远眼光，需要一种务实精神，需要引入更市场化的手段，因而我们着眼于远景，而着手之处则在于一块块"基石"。

需要特别说明的是，对于基石，我们并没有什么限定。因为，要建一座大厦需要各种各样的石料。

对于那样一座大厦，我们满怀期待。

自　序

2017年春节前夕，我已经放弃科幻写作整整两年，放弃的原因和很多人一样：满怀信心与热情写出的小说要么石沉大海，要么被退稿，如此几年下来，难免会认为自己没有科幻写作的天赋。在放弃的这两年中，我没有停笔，而是写起了纯文学作品。现在回想起来，虽然我在纯文学写作上也没有任何建树，但两年的锤炼，使我对文字有了更强的控制力，同时，也让我有意识地训练自己从平淡的叙事中淬炼力量感。这些都是后话。当时的情形是，我心中写科幻小说的火焰已经熄灭——毕竟，这门手艺太难了，而如果你不知道自己千辛万苦地逾越这困难是要去向何方，那么就更没有理由继续下去了。

所以，如果没有那一晚那一个偶然的决定，你就不会认识一个作为科幻作者的杨晚晴，不会看到你正在看的这本书了。

那一晚，我和妻子去看了一部电影——彼时，幼儿园放寒假的小朋友没在我们身边，难得放松的我们在逛街的时候突然想起已经有好久没有去电影院看电影了。决定就在那一刻做出，世界从此分岔，一重现实是我和妻子继续逛街，世界上没有那个多他一个不多、少他一个不少的科幻作者；另一重现实是，我们买了电影票，看了那部叫作《降临》的电影。

从电影院走出时星辰满天。我呼吸着冷冽的空气，心中似乎有一个幽暗深邃的洞，任何语言都无法将它填满。

"我看过这部电影的原著小说。"半晌之后，我说道，同时努力不让眼中的泪掉下来。

我的话语里有一些骄傲，那种只属于科幻迷的骄傲。特德·姜用一部旷世杰作来讲述语言与现实的纠缠，而在我看来，科幻也是一门语言，它也有塑造现实的能力。就像那一晚的之前和之后，我都被生活揉搓得焦头烂额，但在观看这部科幻电影时，我感受到了超脱于时间、超脱于因果之外的另一重真实，一种更纯粹、也更简单的真实。在那一刻我自认为看到了科幻写作的彼方：纷繁世界背后的真相，支配着星空与道德律的简单法则。简而言之，我看到了美。

这就是我为什么再次开始写科幻——我想传达心中的美。这是一个足够缥缈也足够厚重的理由，因为缥缈，所以我总是在路上；因为厚重，所以我不会被现实的狂风摧折。值得庆幸的是，至少到目前为止，我的第二次科幻写作生涯没有中断。这要归功于那一晚的震撼，归功于我之前所有的努力和放弃，归功于暗流汹涌的生活。三年里，我写了近二十篇小说，满意的少，遗憾的多，但我热爱从我心头流淌出的每一个文字，它们构建了我内心的真实，而这真实，总是与对美的探求有关。在我早期最珍爱的作品《玩偶之家》中，美是毁灭又拯救了一个家庭的亲情；在我第一篇刊登在《科幻世界》杂志上的作品《爱在地裂天崩时》中，美是少年的心魔与成年的救赎；在《麦浪》中，美是食物与故乡；在《墓志铭》中，美是对生的眷恋；而在《勿忘我》中，美是记忆和宇宙……

如果说美是我小说的叙事动力，那么爱则是我小说的母题。我最喜爱的作家双雪涛曾经说过，文学不可能站在爱的反面，即使站过去，也是由于爱的缘故——没有比这更精到的总结了。我爱这个世界，这爱来自一个中年人对世界的体悟，这爱炽烈、惆怅又愤怒，如酒、如茶、如火。在小说中，有时候我会站在爱的反面，但我并不是为了毁灭它，而是要用黑暗来突显它微眇的光芒——譬如《墓碑》，譬如《汉尼拔与斯宾诺莎》。

我希望这样的小说会让你更加热爱这个世界。

回望来路，我总觉得重拾科幻写作的三年对我来说如同奇迹。2017 年第一次在公众号上发表小说，2019 年拿到了中国科幻银河奖和全球华语科幻星云奖，这是我在开始写作时穷尽所有想象力都无法想象的。因为在那之前，我还只是一个热爱科幻的摇滚青年，并不知道热爱会将我引向何处。那时候，我只清楚一切开始的地方，1997 年（距离 2017 年足足有二十年！）的一个午后，我在学校的阅览室里偶然翻阅了一本《科幻世界》，并且读完了王晋康老师的《拉格朗日坟场》；之后，依旧是《科幻世界》，带给我罗杰·泽拉兹尼的

《光明王》和大刘的《三体》；再后来，便是2017年的那一晚，《你一生的故事》以另一种方式"降临"到我的生命中，仿佛冥冥中自有"天意"。说到这里，我要提一件很好玩儿的事情。刘宇昆在小说《纪录片：终结历史之人》中，曾经提到在"731"部队旧址里上学的孩子——许多年前，我就是这些孩子中的一个。

拉拉杂杂地说了许多，照例以感谢结束：感谢我的家人，感谢你们纵容我把许多本该做家务和陪伴孩子的时间投入自娱自乐的写作中；感谢我的小怪兽，是你让我认识到人生的意义并且学会管理时间；感谢我的责编迟卉，是你毫不留情地鞭策我成为一个更好的写作者；感谢为了这本书的面世付出努力的、未曾谋面的人们，你们实现了一个写作者带着油墨香的梦想；感谢顾适老师，虽然每次讨论我的小说时我都请你多挑挑毛病，但在内心深处我还是希望只听到你的表扬的；感谢热爱科幻的、志同道合的朋友们，你们是人形美颜软件，让这个世界的面孔变得更美好。

最后，感谢这本书的读者，感谢你们还在坚持阅读。我知道这很难，但是为了爱与美，请务必继续坚持下去。

谢谢。

杨晚晴

2020 年 5 月 4 日于昆明

目录

麦　浪

烟,曾怎样升起? 有风时节,

少年怎样扬手走过麦地?

十年未见,她还是一眼认出了他。

在接机的人群中,他并不显眼,中等身材、平头,面容疏淡,肤色比周围的人略深——但也不足以吸引目光。是他那一身穿着瞬间锁住了她视觉的焦点:没有信息涂层的蓝色polo衫、泛白的李维斯牛仔裤。目光向上,与一抹洁白的笑意相接。她低头、停步、抬头,回给对方一个微笑。

"嗨,嗯——思远。"

她不确定自己的声音能否穿透接机大厅的嘈杂到达他的耳边,她宁愿到达不了。那不是她自己的声音,颤抖、干涩,甚至带一点儿娇羞,仿佛十年的历练和摔打在开口的一瞬间就被清零,仿佛她永远都是个长不大的女孩儿。

她讨厌这样。

"嗨,安娜。"

他的嘴唇卷出一个好看的弧度。在涌动的人潮中,她读出了他的问候。嗨,安娜。向他靠近的步伐有些许踉跄,身后的 iTrunk 停停走走,显得无所适从。

嗨,安娜。就好像一夜的小别之后,在图书馆自习室里打的一个寻常的招呼。

嗨,安娜。

她眼眶发酸,植入式增强现实里的日程提醒和医嘱一片模糊。终于,人流搡着她来到他的身边。他依旧笑着,眼梢镶着几叠深深的鱼尾纹。

"我们走吧。"他说,手伸了过来,揽走她手中的提包。手指相碰,她感觉不到温暖——他的指尖竟也是凉的。

"咳,"她跟在他的斜后方,"你还——你还穿着——"

他放慢步伐,偏过头,"嗯?"

她攥住连衣裙的裙摆,摇了摇头。

他们步出接机大厅。无人驾驶电动车在他们面前的通道首尾相接,像一条在九月明晃晃的阳光下蠕动的银色长蛇。他们的运气很好,等了不超过三分钟,调度系统就为他们分配了一辆两人座电动车。待 iTrunk 接入尾仓,电动车缓缓加速,载着他们滑出航站楼。

天气难得地好。天空蔚蓝高远,轨道旁快速退去的梧桐树叶托举着一线疾跑的金色阳光,与电动车并驾齐驱。她眯着眼睛,额角紧贴车窗。她希望在麦思远看来,她的沉默、她的促狭、她的苍白,不过是旅途的疲倦——她当然疲倦,但远不止如此。她躲在自己的沉默里头,可她又是多么希望他能做点儿什么,随便什么,来打破这黏稠的沉默。

"安娜，"终于，他开口说话，"你都没怎么变。"

她吸了吸鼻子，"是吗？"

"嗯。"

"你也没怎么变。"

"呵。"

又一阵沉默。电动车驶入北山市城区，阳光和天际线在这座逼仄的大都市里迅速退却，取而代之的是色彩浓丽的全息投影广告、挤挤挨挨的蓝色玻璃幕墙和水渍斑斑的混凝土立面，是穿梭不息的车流、如织的人群和密密匝匝的喧嚣。北山市就像一个尺度巨大的贫民窟——每个"后"泛滥时代的大都市都像，她想。

"安娜，如果我们的目的地是市区里的某个地方，"麦思远说，"我们可能不会这么快就坐上车——每个人都在拥向这座城市。"

她抿着嘴，胸腔里有星星点点的疼痛。

"北山市就像个巨大的磁石，吸引着它所能吸引的一切——"麦思远继续说，"或者说它更像个肿瘤，吞噬、增殖、吞噬，它的规模，取决于'环境'这个有机体的承载极限。"

肿瘤。她笑了笑，"可你依然在为它服务。"

麦思远眨了眨眼，没有说话。电动车驶入另一片沉默之中——沉默、几句无关痛痒的话、沉默。好吧，这就是你这些年一直在做的，苦涩在安娜的舌根聚集，扼死你和这个男人之间的每一段谈话。好。很好。

"如今农田已经很少了，农业也在接近它的极限。"

麦思远再次开口时，他们已经驶出了巨兽般的北山市。安娜撑起发涩的眼皮,舔了舔嘴唇。正当她寻思要说些什么,让谈话继续下去而不是就此结束,麦思远扬起手臂,指向远方。

"安娜,你看。"

顺着他的手指向的方向,她看到天际线在她的左前方迅速打开。天际线之下,成片成片金色的、绿色的农田铺展开来,农田之上,密密麻麻的飞行器在聚合、分散,有如蜂群——那是农业无人机在照料庄稼。

"即使是精准农业,也有极限。"麦思远说,"我不知道城市和人口这样增长下去,人类会不会回到马尔萨斯的时代——靠饥荒、瘟疫或者战争来解决'超载'问题的时代。"

这些和我有什么关系,和你又有什么关系呢?她艰难地吞下一口唾沫,"也许吧。"

"……谢谢你能来。"

她怔了一下,然后转头看他。麦思远的目光没有焦点。她熟悉这样的目光,它面对着你,却又不想和你发生太多的联系。在麦思远觉得愤怒、失落或者愧疚的时候,他就是这样看着你。

麦思远,此时此刻,你心里在想什么?

"我是受了PDC(Planet Development Corporation)的委托,"她轻轻地摇头,"你不用谢我。"

"谢谢你愿意来见我。"麦思远不屈不挠。

她的心抽痛一下,疼痛随即在肺部弥散开来。她偏过脸去,掩口,咳嗽。

"我们,喀——快到了吗?"

麦思远的鼻腔发出"嘶嘶"的吸气声。"那里。"他微微偏过头,侧脸的轮廓在阳光中虚化，"那里就是我的田。"

*

亲爱的思远：

你好！

请原谅我用这样的方式向你告别。我记得你曾说过，信息的内容在某种程度上取决于它的载体。曾经我对这个论断不以为然，而如今，当我们在闵可夫斯基的时间轴中跋涉了十年——在这十年中，我们似乎都长大了，似乎都可以坦然地面对人生中那些得到和失去、那些失落与自得、那些偶然和必然——我才终于明白，你是对的。

你一直都是对的。

我曾想过无数种告别方式。当我终于下定决心把告别付诸行动时，我飞到北山市来见了你。必须承认，在见到你的那一刻，我依然没有放下骄傲。于是，你并不知道我罹患绝症，不知道我心中翻腾着怎样的一种痛悔和惋惜。你知道的是，十年过去，安娜依然是安娜，依然有取之不尽的刻薄话。

所以我再一次失败了。我似乎永远也没法儿对你说出自己的心里话，就仿佛心灵和话语之间有一套固定的翻译法则，无论我怎么想，冲口而出的永远是那些——

嘲讽。埋怨。冷漠。

现代的通信方式正在变成人类心灵的延伸。从电报、电话、通信卫星，到实时视频传输、骨传导耳机乃至神经元矩阵同步[1]，"心"和"口"的距离逐渐弥合。我无法用这些方式向你告别，我怕我会说出那些让我后悔的话——而这一次的后悔，是无论如何都无法挽回的。

于是我用这种方式向你传递信息。信息的内容是一个女人向她深爱的男人告别，而信息的载体就是你手中的这几张纸。所幸我记得如何握笔、记得如何书写汉字，否则我将永远绕不开那间讨厌的西尔斯中文屋子，向你传递我心中的话。你能相信吗，在我看来，书写竟是最能贴近人类灵魂的方式。那些情绪的幽邃与曲折、那些倏忽而逝的念想，在遣词造句中渐渐成形，化作笔尖的颤动、停顿与转折，化作句读、分段和留白。我们曾经那么执着于绕过语言为思想设下界限，却忘记语言也是一门艺术，而艺术，能够精确地表达一种不能言说。

而于我而言，不能言说的，是对你的爱。

此刻我的双耳充血，如同火烧。我用笔写出了我用声带永远无法描摹的词语。爱。我想，我如果不就此打住，十年的痛悔将如同洪水决堤，告别将变成告白。而这不是我的目的所在。

有很多事情，我想告诉你……

*

强壮的人是一支回旋镖

命运将他掷到老远的地方去

---

[1] 作者虚构的一种思维同步技术。

他又能飒飒地飞回家

　　我的田。麦思远如此称呼农研所为他辟出的那块麦地。麦地大概有两亩,被包围在齐整的杂交水稻田中,就像大地键盘中一个被按下的按钮。电动车将他们卸在稻田间的水泥路上。从路基到田地有几米的高度差,在这个小坡上,沿一条双脚踩出的小路,他们下到麦思远的"田"。

　　所以,当她站在稀松的泥土之上,她想,这就是这个世界上最后一个农人的"田"。微风吹过,金色的麦浪翻滚,有哗哗的声响和安娜并不熟悉的、令她感到放松的气味。她不住想起"前"泛滥时代她曾泛舟其上的小小人工湖。

　　"新希望27号。"麦思远与她并肩而立。

　　"新希望?"

　　"我培育出的小麦品种。"他扭过脸,脖颈上的细密汗珠在正午的秋阳下熠熠发光,"株高75~80厘米,穗粒数40粒左右,子粒蛋白质含量18%,湿面筋含量36.3%,面包评分97.1分……当然,数字不是重点。"

　　她没有说话,只是看着他。

　　"重点是,它们很好吃。"说完,麦思远走进麦田。他拔下一穗麦子,然后转身向她走来,一边走,一边用手磨搓麦穗。他停在她面前,展开手掌,吹去麦壳。

　　"喏。"他将手掌伸向她。

　　她咬着嘴唇,摇了摇头。

　　麦思远平和地笑了笑。他收回手掌,用左手拈起几颗金色的麦粒,抛入口中。咀嚼几下后,嘴角翘起,"它们真的很好吃。"

她舔了舔嘴唇,然后犹豫着,向他伸出了手。麦思远托住她的手背——像是瞬间充满了静电,她浑身的汗毛直立——将麦粒缓缓地倾倒在她的掌心。她仰头,将手掌扣在嘴上,这个动作如同吞食药片,她无比娴熟。现在,她小心翼翼地,用舌头试探着,用牙齿轻轻地、细细地碾磨。先是丝丝甜味儿,从舌尖沁了出来,然后是隐隐约约的麦香漫上鼻腔——这麦粒真的好吃。

"好吃吗?"麦思远弯着眉宇。

她闭上眼睛,"就为了这'好吃',你用了十年。而且——"

"而且,"麦思远接过话头,"放弃了很多珍贵的东西。"

再次睁开眼,角膜上的液体似乎都被阳光煮沸了。她只能不停地眨眼。"我不是来兴师问罪的。"她说。

"我知道。"

"……"

"安娜,你们是不是要走了?"

她把手按在胸口。阳光下,麦思远眯着眼睛,她读不出他的目光。

"PDC的人和你说的?"

他摇了摇头,"从一开始,我就知道'迦南'不会只是一座太空城。而自从它安装了,嗯,推进器——"

"同轴光帆推进器和同轴聚变推进器。"

"对,自从它安装了你说的这些东西,我就丝毫不再怀疑它的用途了。"

"……所以,这就是你放弃的理由?"

麦思远垂下眼睑，"咱们不说这个了，好吗？"

手指团入掌心，由于用力过猛而阵阵发痛。她想用最怨毒的语言诅咒他，她想把一杯凉水劈在他脸上，她想——但最后，她只是哼了一声。

"安娜，"麦思远攥住她的手肘，"你的脸色很不好……"

"咱们走吧。"她有气无力地说。

"回宾馆吗？我现在就呼叫 iCar……"

"不，去你家。"

麦思远瞪大眼睛，"去——我家？"

麦思远的家在从前的村庄中。现在这里是农业机器人运维中心。数十个巨大的灰色仓库呈街区状排布在这片平整的大地上，仓库上方铺满了深绿色的光合太阳能板，由中央调度系统控制的无人机和大型农业机械在仓库中进进出出，一派热火朝天的忙碌景象。在村庄正中央，耸立着一座七十多米高的钢制高塔，麦思远告诉安娜，这是北山市下辖 D3 农业地块的指挥部。

"除了我，你在这里找不到一个人。"麦思远说，"当然，作为这里唯一的人，我和运维中心也没什么隶属关系，所有的农业地块都是农科部（农业和科技化部）直辖的。"

她点点头，"你的家呢？"

他带她绕过一个仓库，水泥路面在脚下戛然而止。前方，一条清澈的小河在不远处横着，河堤边上站满了杨树、柳树、榆树和冬青。走过小桥，他们就到了麦思远的家，一个竹篱笆围成的小小院落，一座一层高的红砖房。

"这就是——"她的目光从院子中葱茏的葡萄架下降到石桌石

凳，再到院落一角用木板搭建的鸡窝、一畦挂着番茄和辣椒的小小菜地，最后停留在红砖房木头门上，"你的家？"

"对。"麦思远促狭地笑了笑，"在泛滥时代以前，我和我爸就住这样的房子。后来当村庄被改造成一个个运维中心，我们的家就变成了高层建筑里的一间公寓。"

"所以，你就在这里原样'复刻'了一个？"

麦思远用手撑开木门，"一片农田和一块'宅基地'——真不知道在这个没有农民的时代，谁容得下我这样的任性。"

屋子里的陈设很简单。地面是白色瓷砖，墙上刷白色乳胶漆，没有无处不在的信息窗口。在客厅兼卧室中，开了两道门，分别通往厨房和卫生间。金红色的阳光从面西的窗子中透了过来，把木质窗架的十字形阴影投在鸽灰色聚合物书桌和其上的半透式柔性屏上。桌上散着几本罕见的纸质书，红红绿绿的封面，安娜瞥了一眼，似乎是诗集。在房间的另一角，铁制的单人床上卷着淡蓝色的被褥，鹅黄色的扎染小花在被褥上生机盎然地绽放着。麦思远为安娜拉过一把椅子，"安娜，你坐。"

甫一坐下，一身的疲乏就砸了下来，令她恹恹欲睡。而 iTrunk 却像一个进了嘉年华的小孩儿，急不可耐地在屋中乱转。最后，它终于在一个角落找到了插座，接上电源之后，这个酷似 R2D2 的智能旅行箱发出心满意足的"哔哔"声。

"喏，这就是我现在的家了。"由于安娜占据了唯一的一把椅子，麦思远坐到了对面的床上，他的双手搭在膝盖上，两只拇指在下意识地互相缠绕，"刚到农研所的那几年，我在办公室里用'神农'计算机的桌面终端做基因混合模拟。那是种效率很高的育种方法，可以说，现在世界上种植的绝大多数转基因农作物都是这么'设计'出来的……你看起来很累，我是不是说得太多了？"

她将手肘拄在大腿上，把下巴支在手掌上，用一个暂时稳定的结构支撑起浑身的倦意，"继续。"

麦思远生硬地笑了笑，"你知道我不是那种甘心一辈子坐在办公室里摆弄数学模型的人，再说，超级计算机模拟不出味道。至少，它不能弥合算法与主观体验之间的鸿沟……"

"所以你申请来到地头田间，只为了看着自己的麦子长大，然后像刚才那样，用农民的方式品尝它的味道？"

安娜由于语速过快而气喘吁吁，麦思远有点儿担心地看着她。

"安娜，你——"

"我没事……继续说呀。"

麦思远舔了舔嘴唇，"我申请了五年，每年我的申请都石沉大海……所长曾语重心长地找我谈心，他说，小麦啊，我知道你对土地有感情，和千百年来的农民一样……但是，时代已经变了，人类现在关心的是——也只能是——如何用最少的土地养活最多的人口。味道？在人类已经掌握摄入食物的精确营养成分，并且这种摄入只是出于对生存概率最大化考量的时代，对味道的追求将被进化过程彻底抛弃……小麦啊，你是个很有才华的年轻人，不应该把自己的青春虚掷在一个海市蜃楼般的理想上。"

麦思远的喉结上下耸动，"我知道所长说得很对。我的追求迂阔、不合时宜，而且基本不可能实现。但——我不甘心哪。如果就此放弃，我之前的所有牺牲都将毫无意义。"

牺牲。安娜的心拧着。这牺牲里包括我吗？

"于是我依然递交申请，依然抱着一丝希望之火取暖……"麦思远合上眼睑，再次打开时，有光从他的双眸中流泻出来，"转机终于还是来了。就在我进入所里的第六年，我的申请被批准了，农科部在D3地块划出一块试验田，'交由麦思远同志进行实地栽培育种'——送我走的时候，所长的表情暧昧，'小麦啊，记住老哥一句话，奇迹和希望一样，你可以借助它攀登，但切不可栖身其上。'"

"你的所长，是个智者。"

"可这世界同样需要愚人。"

安娜沉默。几分钟的冷场，麦思远绞缠的大拇指发出嚓嚓的轻响。最后，他站了起来，"说了这么多，你饿了吧？"

"我不——"

"你先歇着，"麦思远转过身，"我去给你下碗面条。"

"喀——不用——"

她正想抬手制止，男人已经不由分说地走进了厨房。

*

那时我们还年轻，体味丰盛、满腔愚勇，对病痛没有什么深切的认识。我们的全副精力，用在毕业设计、找工作和——体味爱情上。也许这么说并不准确，在那段岁月中，我们真正为之心力交瘁的，是未来。在那遥不可及的余生中，我希望能和你在一起，而且相信你也一样。尽管北京炎热、潮湿、空气污浊、人流熙攘，但这里有的是机会，对这两个生物工程专业的毕业生虚怀以待。求职季，我们一家公司接一家公司地投递简历，赶招聘会，参加一场又一场的笔试，"群面""一面""二面""三面"，等待、接到通知、继续等待，被希望、失望和摇摆不定折磨着。

所幸到了最后，我们都收到了PDC的体检通知。这几乎就是最完美的结果了——若不是在接到通知前两天你匆匆赶回北山市，我们此刻应该在电影院里肩并着肩，体验一场觊觎已久的、价格不菲的全感官浸入式电影。没关系，我曾这样想，这场电影总能补上。

是啊，总能补上，毕竟来日方长。

……然而，我终究是错了，关于那场电影，关于我能把握的时日……

*

一个人的世界多么让人着迷

在低处

或者更低

疼痛如短歌

如胭脂，紧紧裹住

带血的沙粒

在麦思远手中的是一个青花瓷的大海碗，碗里白色的面、红色的番茄、绿色的葱花、黄灿灿的汤正冒着腾腾热气。她的胃紧了一下，随即察觉到口腔里有液体聚集。

"抱歉让你久等了。"麦思远说。

"我真的不饿。"她说。

大海碗向她靠近了一点儿。"随便吃两口。你不能一天都不吃东西。"

你怎么知道我一天都没吃东西呢？安娜抬起眼睑看他，而他的视线终于不再虚焦。他回视着她，目光里有柔软的坚持。

于是她接过碗，用筷子尖，把几根面条挑入口中，如穿针引线。

"怎么样？"

"嗯——挺香。"

"知道你不爱吃面，可这里的食材实在有限。"麦思远搓着手，"这个碗里的东西都是自家产的，自家鸡下的蛋、自家地产的番茄、自家小麦磨的面。"

她用牙齿细细地研磨着。那被卷入口腔、鼻腔的混沌一片的味道在齿间分层，番茄的酸甜、鸡蛋的滑嫩、面的清香柔韧。真的很好吃——也许是她这辈子吃过最好吃的一碗面。

"好吃。"她口齿不清地说。

麦思远弯着眉眼看她。

安娜吃得很慢。她希望在麦思远看来，这不过是一个成年女人在故作矜持。一口。吸溜吸溜。又一口。额角有汗珠沁了出来，胃部的抵抗在加剧。她不得不停下来。她需要说点儿什么。

"以前上学的时候，"她说，"我记得你不会做饭。"

麦思远羞赧一笑，"如果不是时间仓促，我还能给你做馒头、疙瘩汤，炒两个小菜……"

她抬眼看他。他的笑容是松弛的，就仿佛在陈述一件日常，那未曾存在过的生活的辉光氤氲在他的脸上——炒两个小菜……男耕女织……她默默地咀嚼，直到愤怒淤塞、泛滥，催动她起身。安娜把碗放在书桌上，推了推椅子，好让它能正对着麦思远。然后，她坐了下来，目光搜在对方脸上，"所以，这就是你想要的生活？"

麦思远脸上的笑容僵了。僵，然后褪去。他的目光再次失去焦点。

"安娜，都已经过去了十年，你还是想要一个答案吗？"

"正因为过去了十年，我才想要一个答案。"

麦思远的目光升起，与她磕碰，再降下。沉默。他的目光终于迎向她，这一次，没有逃开。

"安娜，毕业之前，我回了一趟北山市。你还记得吗？"

她点了点头。她记得那时他的父亲病重，回北山市没几天，她就接到了他的电话。她记得在骨传导耳机里他那句"我爸不在了"，记得那句话里平静得令人心悸的痛苦。

"就在那短短几天里，我成了一个孤儿……"麦思远停顿、用力喘气，几秒钟后才重新开口，"我妈走得早，十几年来，是我爸一个人把我拉扯大。在我十岁之前，这并不是一件很难的事情，我们有房子、有土地、有农业辅助机器人……可是，就在我十岁那年，'大泛滥'开始了。"

"大泛滥"。安娜的心停跳一拍。她在麦思远的脸上看到了这个词语引发的化学反应。那应该是疼痛，如同宇宙背景辐射一般弥散在人的一生中的那种疼痛。她忽然想起在她十岁那年的某一天，那个占领了所有全息频道的漂亮的气候专家，想起她夹杂了恐惧和兴奋的奇异表情和她说的那些话：

曾经每个人都是把头埋在沙子里的鸵鸟，对即将到来的灾难抱着一种侥幸的、听天由命的态度。曾经谁也无法预言气候这一复杂动力系统的临界点在哪儿，那个动力学上的吸引子会在何时倾倒。现在，人们不用再担心——靴子落地，这一切终于发生了……气温的指针迅速摆向了"热"的那一边。你们马上就将看到，冰川融化，海平面上升，淹没沿岸大片大片的土地，而栖居在这些土地之上的城市文明，会如同被冲下马桶的污物一般……不仅如此，根据克劳修斯-克拉珀龙方程，气温每提高1摄氏度，大气的含水量将上升7%。这就意味着，极端降水事件的频率将大幅提高。南方，将不再适合人类居住……

"……父亲和我曾经为自己身处这个国家的东北一隅而感到庆幸——"麦思远的话音从远方渺渺传来，"毕竟，大海离我们是那么远，这里的粮食产出又是那么稳定，气温的升高甚至一度使这里的冬天变得温暖宜人，直到——"他的脸凝滞几秒，"'北上'运动。"

"北上"。这个词如同电流滚过她的皮肤、她的脊背。她抬手拢了拢头发。许多年前，她曾埋首于语焉不详的文献，试图潜入那个在"北上"运动中颠沛的少女的躯壳。然而记忆如刀鞘般保管着寒光凛然的过去，她所能得到的，只是幸存下来的人类对那段岁月的鸟瞰：

"大泛滥"之后人类开始向高纬地区撤退。由于城市文明大多集中在北半球，所以这场轰轰烈烈的人类迁徙运动也被称为"北上"……这是一个关于生存空间的故事。当"北上"的人们拥入本不宽绰的城市，要求食物、工作和住房时，他们认为自己在行使理所当然的生存权利。而在城市的原住民看来，南方人是一群蝗虫，带来混乱、瘟疫和饥馑。驱逐"蝗虫"，对他们来说，也是理所当然的生存权利。于是，当秉持着针锋相对正义观的两群人——这两群人几乎涵盖了人类的全部——互不相让时，人类历史上最大规模的冲突发生了……

"不可否认，比起那些在敌对行为、暴乱乃至战争中失去生命的人，我们是幸运的。"麦思远说，"但当田地、房子以及围绕这二者构筑的生活方式一夜之间被剥夺，相信我，这种感觉造成的痛苦，不亚于死亡。"

她怔怔地看着他。

"我们成了北山市市民。我们有一间市政府分配的小公寓，有补助金，足够我们生活下去。父亲消沉了一段时间，无所事事，四处寻找化学方法合成的私酿酒……有一天他喝得烂醉——真的是烂醉，一个一米八的大男人稀泥一般瘫在地上——我无论如何都没法儿把他弄到床上去，于是我哭了，扯着嗓子号哭，哭得天昏地暗。我就那么一直哭，直到我感觉到一只手搭上我的肩膀。父亲搂住了我，大着舌头对我说：'儿子，咱不哭了啊，咱要坚强。'说完这话，他自己却嘤嘤地哭了起来。"麦思远用食指揉了揉眼角，"那是我第一次看到父亲流眼泪。"

她眨巴着眼睛，抗拒着从眼底翻涌而上的酸涩。

"那次之后父亲就没再喝酒。就仿佛喝醉只是为了引出那淤塞在他眼中的泪水，而当泪水排空，他就再也不需要酒精了。生活继续了下去。为了供我上学，他干没人愿意干的工作，在烟雾缭绕的化工厂里当机器人监工，一干就是十几年。父亲是个农民，有农民的简朴逻辑。他曾说过，之所以供我读书，是希望我能做一点儿有意义的事。'儿子，人生在世，不能仅仅为了活着。'"麦思远停住。舔嘴唇，吞口水。

安娜凝视着他的眼睛。

"后来，我上了大学，学到了一些东西，有了喜欢的人……"他的眼睑垂下，"再后来，父亲得了胰腺癌，直到他生命的最后几天，我才知道。"

他的手团着，指节由于用力而发白。那是双虚怀以待的手，安娜想，在回忆中丢失了热量，于是渴望被另一双手握住，交换温度。一度，安娜想伸出她的手，满足那双手的渴念——然而当她意识到这也是她自己的渴念时，她打消了这个念头。

"究竟发生了什么？"安娜听到自己的声音，平静、理性。

"我赶回北山市，到医院探望父亲，他跟我说的第一句话是——"麦思远与她四目相接，"我想吃面。"

*

你提到了"大泛滥"，提到了"北上"。我想，对于生活在这个时代的每个人——活着的抑或已经死去的——这两个词都是绕不开的。我曾经以为自己是个例外，那些气候的乖戾、人的无助与争斗、迁徙途中的艰辛，被记忆小心翼翼地照看，很少对我造成困扰。然而，我终究是错了。记忆喜欢以一种轻描淡写的方式讲故事，但在随意的表象下面，是一个黑暗冷酷的内核，它精心地隐蔽自己，只为逃脱自我保护机制的审查。

于是，我看似完好无损地活了下来。

……而你呢？

你曾经说过，比起那些在"北上"运动中失去生命的人，你是幸运的——幸运的人又何止你一个。你说，应该庆幸我们出生在这样一个国度，她幅员辽阔，有高效而强有力的政府。当其他国家挣扎在优柔寡断的民主议程、不断升级的暴力冲突乃至整个社会运转体系的崩溃中时，我们的国家展现出她非凡的宏观视野和调度能力。在短暂的骚乱过后，她重新布局每一个有难民拥入的北方城市，把居住区改造成拥挤而又秩序井然的"蜂巢"公寓；她实施严格的战时配给制度，确保每个人都不至于饿肚子；而最根本的、确保这一体系能够运作下去的，是她把农业纳入国家的统一管理中，把财政预算的绝大部分投入到精准农业的推广和农作物的改良中——民以食为天，老祖宗的朴素智慧拯救了这个人口大国，使她免于暴乱、政体崩溃和战争。而她付出的代价，从历史的、宏观的视角来看，是微不足道的——

"只是"遣散了所有的农民而已。

＊

父亲，某一天，当我也在人间彻底失踪
谁来证明你与这个世界发生过的种种纠葛和关联？
你墓地上的那些树木、风声以及鸟窝

她眯起眼睛，"吃面？"

麦思远点了点头，"父亲说那些营养粥和蛋白棒让他想吐，他想吃点儿真正的'东西'。为了他所说的'东西'，我跑了半个北山市。面条、鸡蛋和一点点的调味品，用这些原材料，医院的厨师勉勉强强做出了一碗'鸡蛋面'。"

安娜看着书桌上的大海碗。

"把面端给父亲时，他高兴得像个小孩儿。"麦思远目光定格在安娜身后的某处，"他捧着碗，鼻子不停地闻啊闻，直到热气稀薄，才下了筷。但只吃了一口，他那活络的脸就僵住了。'思远啊，这面，没啥味儿啊！'我的心剧痛，我以为是病魔剥夺了父亲的味觉。我说，'怎么会呢？这就是您要的鸡蛋面啊，您再吃两口试试。'于是，父亲像一个对父母将信将疑的孩子，又往嘴里塞了几口，很快，他脸上的失望变成了沮丧。'真的没味儿。'他把碗推给我，缩进被窝。我既着急又心疼，'爸，咱不能任性啊，你不吃我可吃了啊！'我装模作样把面挑到嘴边，父亲枯瘦的白色背影一动不动。我决定用声音刺激他，我把一根面吸进嘴里，故意发出很大的声音，然后……然后我发现，这面条真的没有什么味儿——准确地说，是没有麦香味儿。"

"……麦香味儿？"

"对，就是我小时候吃到的那种麦香味儿。一点儿都没有。那碗面条给我的感觉，就像一摊又细又软的蛋白棒。这让我想起，我已经很久没有吃过小时候那些食物了，不只是面，还有馒头、饺子、疙瘩汤，还有所有那些我们以前称之为食物的东西……不，安娜，餐馆里提供的，都是一些丢失了味道的赝品……"

"就在我捧着那碗面发呆时，父亲转过身，说，'思远，真的没啥味儿啊……'"麦思远吸气、呼气，腮部的肌肉鼓起，"这是我第二次看到父亲流泪——也是最后一次。"

安娜咬着嘴唇，在这一刻，她相信自己终于看清了故事的轮廓。

"那之后的第二天,父亲就走了。"麦思远垂下头,把脸埋在双手中,"也就是在那一天,我明白自己的命运只能在这片土地之上。"

"……所以你放弃了PDC,放弃了我。"

安娜的嘴角翘着,脸颊却一片湿热。

麦思远抬起头,双眼通红,"你从来不想听我解释。"

"现在我听了解释,可结果并没有什么不同。"

"我猜,我们谁也说服不了谁。"

"哈!"她站起来,"我们——"安娜的声音噎在喉咙,一瞬间,她的脸变得煞白。她甩开麦思远的手,奔向卫生间。

*

这就是你的幸运与不幸。你活了下来,你的生活方式却被剥夺了。土地曾是人类和地球最深刻的联结,如今这个联结被斩断,你们再也回不去了。于是,你们拥有的是人类文明史中最无解的乡愁。在这样一种历史叙事中我理解了你的故事,理解了我们在命运女神编织的经纬中是多么无助。

当你的父亲说面"没味儿"时,我想在你心中一定回响着他的另一句话:"人生在世,不能仅仅为了活着。"

所以你决定留下来,为着你的乡愁,为着能像一个人一样,追求爱情、美和哀愁,追求真正的食物的味道。

——我理解了你。

*

你像一个孩子
一无所知地被人深深爱着

她把吃进去的东西全部吐了出来。可身体是如此不依不饶，它把自己拧成一条毛巾，沥出剩下的水分。

酸苦的胆汁，咸涩的眼泪。

"安娜，你——"麦思远在卫生间门外焦灼地问询，"你怎么了？没事吧？"

她"呜呜"几声算是应答。增强视野里跳出呼入申请，她移动视线，拒绝了申请。几秒钟后，同一个联系人再次呼入。她深呼吸、闭眼、整理脸部的表情，尽管她知道在电波的另一端，他看不到她。

"嗨。"她用喉音说。

"安娜，你在哪儿？你还好吧？"骨传导耳机里响起他的声音。

"我还好。"

"不，你不好。我不管你在哪里，赶快回来。"

她惨然一笑，"这是命令吗？"

呼入端微微一顿，"对，这是命令。"

"好的。"

沉默。轻微的静电底噪，"安娜，你在他那里，对吗？"

"对。"

"你说服他了吗？"

"没有必要了。"安娜的胸膛起伏，"海澄，我猜，我们谁也说服不了谁。"

"思远，我该回去了。"

他瞪着她，"这么晚……"

她摆摆手，笑了笑。

"安娜，你看起来很不——"

"嘘——"她把食指点在麦思远的唇上，"抱我一下。"

麦思远的脸僵了几秒钟，然后俯下身，用双臂把她环了起来。忽然间，她闻到他身上微酸的汗味儿，他鬓角的胡茬儿擦过她的脖颈，带来酥痒的刺痛。

"你还穿着我买给你的衣服。"她说。

"嗯。"他的声音顺着他的下巴，钻入她的肩膀，在她的身体里产生微弱的共振。

"谢谢你愿意见我，思远。"

"不……"

"谢谢你。"

*

在这十年中，我们走了很远；很快，我即将走得更远，远到无法回来。三天以后，"迦南"将开始它的旅程：环绕太阳三圈，利用引力弹弓效应完成第一段航程的加速；在进入木星的轨道后再一次利用引力弹弓效应，并在这颗行星和它的卫星上补充氢和液态水，最后飞向距离太阳系最近的那颗恒星。

这无疑是一次空前的长途跋涉，以现在的科技水平，非世代飞船不能完成。

所以你说得对，"迦南"从来不是如PDC宣传的那样，仅仅用来验证人类在太空封闭生态圈的生存能力。它有更大的野心，那就是飞出人类的摇篮，飞向群星。这一点，是我们在十年前各自推导出的结论；根据这个结论，我们做出了各自的选择。

我们的爱情故事有一个心照不宣的预设，那就是放弃的人是你。你从未辩解，你任由自己的手掌揳入受难的十字架……但，我就是无辜的吗？难道我就不能留下来，难道我就不能心平气和地听你说完自己的理由，然后再对我们的未来做出裁决？

我想，是隐藏在回忆中的黑暗内核，左右了我的选择。至今我仍无法回想起在"大泛滥"和随之而来的"北上"中，我到底经历了什么。我只知道当我终于安全无虞时，我已经成了一个孤儿。伪装的记忆使我不至于崩溃，它只化作难以言说的梦魇，在无数个夜晚令我汗湿衣衫。这颗星球的乖戾给我留下了太深的伤痕，唯一能够让我痊愈的方法，就是离开。不听你解释，是因为在潜意识里，我怕被你说服……所以你瞧，我们总会被灵魂深处那一点点儿的非理性左右。但我又有什么好抱怨的呢，一个纯然由理性支配的世界，是不会有真正的爱情的……

＊

为什么没有人给我写信

写一封这样的信

信里说法国式的接吻

> 说春天，小城，和溪水
> 说"亲爱的，亲爱的"
> 说"秋天很美，很美
> 旅途有一点点儿
> 旧信封才知道的疲惫"

　　像是几百年，又像是一瞬间。光是一点儿一点儿渗入的，声音也一样。终于，她醒来，冰冷的液体在她身侧拍打，仿佛海浪撞击礁石。

　　"欢迎回来。"一个电子声音说。

　　她感觉自己像一个流水线上的工件，被机械臂、传送带、淋浴间和烘干房频频易手。最后，包裹在分子膜外衣中，她被送进了一个纯白的房间——纯白的墙和地板，纤尘不染，墙上开了两个圆形的窗，有柔和的光从窗子中汩汩流了进来。她看向窗外，看到弧形的地面向上伸延，整齐划一的街区卷向"天空"，在视线的尽头，洋房的尖顶有如倒吊的钟乳石。

　　"和我睡前一样。"她喃喃自语。

　　"一样，又不一样。"

　　原来还有别人在这个房间里。她循声望去，一个穿白衣的男人正在走向她。

　　"安娜女士，您现在很健康——还有，您已经睡了五十二年。在此期间，'迦南'依旧在向着远方跋涉。"

　　"五十二年……"

　　男人的嘴角卷了起来，他的轮廓很深，让她感到无端的熟悉。

　　"安娜女士，这么多年没吃东西，您一定饿了。想吃点儿什么？"

她用手臂撑起自己。是啊，她居然真的有点儿饿了。这饥饿的感觉真是久违了……该吃点儿什么呢？她舔了舔嘴唇。"迦南"已经飞行了六十二年，而面前的年轻人年龄应该不超过三十……在时间和空间上相隔这么远的两个人，对食物的理解应该有很大的不同吧……

"我……嗯……"

"来碗鸡蛋面怎么样？"

她愣了一下，然后点了点头。

"面好吃吗？"待碗见了底，他问。

她揩去额角的汗珠，"好吃。有——麦香。"

"新希望87号，"年轻人的双眼含笑，"农科部的最新作品。"

她想了好一会儿，生锈的神经元重新联结、拍发电信号，记忆从虚空中翻涌而出。

"新希望……麦子？"

"有一个人曾对我说，如果说有什么感官和记忆的联系最为紧密的话，那非味觉莫属……哦，都忘了自我介绍了。"年轻人起身，"我叫海文，是农科部现在的负责人。"

"海文……"她看他一眼，又垂下眼睑。记忆的齿轮在吃力地咬合，"你是——"

"如果您休息好了，咱们就出发吧。"年轻人温和地打断了她，"我带您去见一个人。"

*

　　……有一个叫海澄的男人，我刚到PDC工作的时候，他是我
的上级，现在则是PDC农业科学部的主管。他是一个很好的男人。
聪明、幽默、儒雅。这个男人追求了我十年，而我用同一个理由拒绝
了他十年：在我心中有另一个人，我永远也无法把全副身心都交给
他。他说他爱我，也敬重我的选择，他说他愿意做太空时代的叶芝，
而我是他的茅德·冈、他的缪斯、他一生可望而不可即的爱人。这
只是个比喻，他从未写出《当你老了》这样的诗篇，但他确实利用自
己在农科部的关系，弄到了一片农田和一块宅基地。

　　我想爱情就是这样一种非理性的东西。

　　终于，这个故事走到了它的尾声。命运像一个无法给故事收场
的拙劣作家一样，为女主人公安排了死亡。那是一种无法用目前的
靶向药物和免疫疗法治愈的癌症。在男配角的坚持下，女主人公将
在"迦南"中冬眠，在飞往比邻星的航程中等待解药的问世。而在
那之前，她需要找到自己的继任者，在"迦南"上耕种试验田。于是
她拖着病体飞往另一个城市，找到了男主人公。他们谈了很多——
农田、过去、父亲、嘲讽、辩解、沉默，而到了最后，关于此行真正的
目的，女主人公终究没有说出口。

　　她知道他们谁也说服不了谁。

　　于是她索求了一个拥抱，权当那是诀别。

　　——"再见，我的爱人。"

　　即颂

大安。

安　娜

2215.9.21

*

我想和你虚度时光，比如低头看鱼

比如把茶杯留在桌子上，离开

浪费它们好看的阴影

我还想连落日一起浪费，比如散步

一直消磨到星光满天

从"北极"的医疗区出发，他们经过银光闪耀的工业区，屋舍俨然的住宅区，植被繁茂的公园区。随着他们愈加接近圆柱形太空城的中心，聚变太阳投下的影子也变得越来越长。

这只是个临时居所，但它还是给了我家的感觉。安娜把目光从全景舷窗外撤回。海文正看着她，眼睛里有绵长的笑意。

"这么说，海澄是你的——"

"爷爷。"

"他——"

"爷爷让我代他向你问好。"海文吐出一长串人称代词，嘴角恶作剧般翘了起来。

她嫣然一笑，"还是老样子，都要见面了还——"

"安娜女士，我们不是去见爷爷。"

她的脸僵着，"不是……"

"我们去见的，是一个你更想见的人，"海文敛起笑容，"我猜。"

麦地是环形的，从她的站立之处始，到她的站立之处止。聚变阳光从几公里外的圆柱底面斜射过来，把麦地燃成一枚套在太空城内壁的金戒指。人工循环风掠过麦地，卷起一叠叠的麦浪。就在这麦浪之中，她看见了一个背影。银色的头发，黑色的电动轮椅靠背。

"他在等你。"海文说。

她的双腿虚软，几乎无法支撑自己的重量。碎步。小步。跃过田垄。巨大的不真实感在她的胸膛中淤积。她听到自己的喘息声，她听到心脏在隆隆地鼓动。

电动轮椅转了过来。

"安娜。"

她走到他面前，将手搭在他的手上。

"思远。"

麦思远的脸上泛起层层叠叠的涟漪，他扬了扬另一只手中几张发黄的信纸，"我猜我在闵可夫斯基的时间轴里跋涉得太快了。"

她蹲在他面前，抿着嘴，说不出话来。

"在'迦南'启程之前，海澄找到了我。那时候你已经进入了冬眠。他把信交给我，说，你交代信要在你们启程之后寄出，但既然你已经睡起了大觉，他就不怕惹你生气了。"

她扑哧一笑，眼泪借机从眼角溢了出来。

"你知道吗，"麦思远扬起头，"你应该早点儿告诉我。"

"告诉你什么？"

"一切。"

她的心抽痛。她紧紧地攥住他的手，他干瘪枯槁的手。

"不过，还不算晚，"麦思远说，"我在最后一刻拿到了船票。"

"我以为自己永远也说服不了你。"

"只是还差一次努力而已。"麦思远看着她,目光柔软温存,"是你的那封信,促使我重新思考故乡的意义,思考我在坚守什么,我又将放弃什么。"

她用力吸了一口气,然后缓缓地吐出,"你的结论是?"

"那些使人之为人的,才是真正的故乡。就像你说的,爱情、美和哀愁,食物的味道。当人类在宇宙中跋涉太久,以至于忘记自己来自何处时,至少他们能品尝到小麦的味道,而这个味道,会把他们和一颗遥远的蓝色星球联系在一起……"

麦思远闭上眼睛。在他的喉管之中翻涌着嘶嘶的喘息声,仿佛经久不息的潮水。有那么一瞬间,安娜以为他睡着了,可忽然间他重又开口,声音颗粒分明,有如金属刮擦。

"不过,这都是些事后总结出来的漂亮话。你知道真正让我在仓促之间下定决心的是什么吗? ……是那次见到你,突然让我明白,你才是我一直在找寻的故乡。"

眼泪奔涌。她跪在黑色的泥土中,侧着头,枕在他的双腿之上。

"傻瓜,为什么不冬眠?"

"为了能让你在醒来的时候吃上一碗真正的面,我有很多工作要做啊。"

她静静地流泪,任由泪水濡湿他的裤子,濡湿整个世界。也许过去了几分钟,也许几小时,聚变太阳变成了金红色。四周安静下来,只有微风拂过麦田,发出沙沙轻响。她感觉一只手在轻抚她的头发,她听到他苍老,但依然好听的声音:

我已经虚度了世界,它经过我

疲倦又像从未被爱过

但是明天我还要这样，虚度

满目的花草，生活应该像它们一样美好

……

我想和你互相浪费

一起虚度短的沉默，长的无意义

一起消磨精致而苍老的宇宙

比如靠在栏杆上，低头看水的镜子

直到所有被虚度的事物

在我们身后，长出薄薄的翅膀

2018.3.20

玩偶之家

这就是生活，一切都在不经意中进行

最残酷的段落往往表现得最轻盈……

车祸发生在2037年10月25日。那一天，是你的四岁生日。在把你从幼儿园接回家的路上，妈妈和爸爸狠狠地吵了一架。结束通话后，她失控了。她以她一贯的执拗，半是哄骗，半是威胁，从行车电脑手中接管了车辆控制权。她握着虚拟方向盘的手剧烈摇摆，她的右脚催迫着那辆可怜的沃尔沃加速加速加速，她沉浸在危险带来的忘我快感中，完全忘记了后座上的你——由于恐惧而轻声啜泣的你。

猛然间，车子的右前胎蹭上了人行道，妈妈做出一系列下意识的、错误的修正动作，车子扭摆、闪避，在物理定律与人的意志间踌躇不定，几毫秒后行车电脑介入车身控制，可惜为时已晚……沃尔沃在新安克雷奇银色的大街上尖叫、翻腾，宛如一个被孩子抛弃的巨大玩具。你在强烈的撞击中失去了意识，甚至还来不及尖叫……

历史在那一刻悄悄地改变了走向。

你睁开双眼。黑暗。这是一种你前所未见的，纯粹的，不带一丝光亮的黑暗。

你合上眼睑，打开。再次合眼，再次打开。

黑暗。

你探手向前，你的手指触到低低的啜泣声。

"安妮——"啜泣声化作语句，"安妮，你能——你能看到妈妈吗？"

你摇头。你意识到妈妈就在身边，你的眼珠徒然地转动，你的嘴角卷出一个微笑。那一刻，恐惧和失落还没有找上你——在你稚嫩的世界观里，万事万物都是可以被修复的。

包括你眼前那吞没一切的黑暗。

你被一双手揽入怀抱，妈妈的体香充塞你的鼻腔。"哦，安妮——"你听见妈妈说。在听觉的间隙，你觅到不远处爸爸粗重的喘息声。

"爸爸……"你偏过头，黑暗中，喘息声勾勒出爸爸的轮廓。

"安——"爸爸只念出你一半名字，或者你只听到一半。因为妈妈的身体骤然绷紧，犹如一个紧箍着你的铁匣子。这让你感到害怕。妈妈开口说话，声音仿佛碎裂的玻璃，"李墨轩，治不好女儿的眼睛，你就去死吧！"

你猛地一哆嗦。妈妈语言的硬度已经超过了你理解的阈值；使你哆嗦的，是铁匣子倏然发散出的寒气。

在你的世界里，父母的决裂比失明还要可怕。现在，这个世界正在慢慢地倾覆。

"李墨轩,治不好女儿的眼睛,你就去死吧!"

凯拉对我说出那句话时,我真的想到了死。

那场车祸,我至少要负一半的责任——是我点燃了凯拉的怒火,并且任由这怒火吞噬了她整片的神经元森林。

讽刺的是,凯拉在车祸中安然无恙,而我们的女儿,安妮,头部却受到变形车门的重击。PET扫描显示,安妮的视皮层V1区受损。

在她睁开眼睛的那一刻,在她把手伸向凯拉的那一刻,现实塌缩成它最可能的模样:我们的女儿安妮,失明了。

于是凯拉对我抛出了那句话(我知道她不全然是迁怒),就像抛出一枚高爆炸弹,把我的悲伤炸得支离破碎。硝烟过后,我大脑里务实的科学家褶皱开始运作。我,李墨轩,比绝大多数人都更理解人类的大脑。

也许我真的可以治好女儿的眼睛。

在普林斯顿大学攻读博士学位时,我曾参与了"大脑计划Ⅱ",而我的毕业论文,则是基于这一经验写出的《论人造神经元与感知重塑》。这篇论文使我名声大噪。毕业后,当人们都认为我会走上科研这条康庄大道时,我却选择在新安克雷奇注册了自己的公司Encephalon Tech。或许你们更熟悉它的简写:E.T. CO.,LTD。凭借对大脑运作模式的深刻理解以及对新技术的敏锐嗅觉,E.T.在草创之初便具备了对神经元协作模式的编码和解码能力,不久之后更是开发出了拟态神经元。顺理成章地,我们开始生产电子义肢。

电子眼睛,电子耳蜗,机械手和机械脚。这些仿生元件与残障人士合作无间。

那句"去死"的话，我愿意把它理解为凯拉相信我一定有办法恢复女儿的视力，而非一句刻毒的诅咒。但是，从妻子暴躁而又绝望的语气中我可以感觉到，她肯定明了真正的困难是什么。

我们生产的是"外设"。这些眼睛、耳蜗、手和脚，它们输入，对大脑中的神经冲动做出响应，行动，并且反馈。以古典电脑作为喻体，它们不是CPU、闪存和硬盘，它们只是摄像头、麦克风和键盘。

而安妮的故障，出在CPU上。

当时，做"外设"的厂商不止E.T.一家，可一旦涉及人类最核心的思维器官，大家又都止步不前了。

人类可以理解大脑的运作模式，但是谈到制造和重塑——这件事的难度超乎想象。

继续以古典电脑打譬喻: 我，一个生产外设的"罗技"，能成为设计中央处理器的"英特尔"吗？

如果不能，那我真的只有去死了。

……对了，除了女儿的大脑，医生还告诉了我另外一件事，一件令我不知该在何时、何种场合下对凯拉说的事。

我的科学家脑袋开始隐隐作痛了……

节选自《皮格马利翁: 一个创造者的凝视》

我在你失去视力后第七个月诞生。那时，离李艾伦来到这个世上还有五十三天。

在这七个月里，你的其他感官飞速发展。你开始变得敏感。你甚至能够感受到这个家庭中紊乱的动力系统: 妈妈的自责和对爸爸的怨气，过度补偿你的愿望，子宫中孕育的新生命……多年以后你认为,是你和尚未出世的弟弟把两个不再相爱的人羁绊在一起——这么想,不是没有道理的。

我的出现缓解了一部分压力。那是五月的一个下午,刚做完植入手术的你被妈妈抱到自家的草坪上。这里,新安克雷奇郊外的中产阶级社区,是你度过一生的地方:棋盘似的街区、样式各异的三层小洋房、修剪精细的灌木篱笆,远处是市区锯齿状的天际线。你坐在妈妈腿上,闻见青草的香气,听到车辆驶过发出嗡嗡的低频噪声,夕阳舔着你的脸,像小狗的舌头。

如果不是妈妈的手突然间变得湿凉,你会以为这不过是又一次放风。几乎与此同时,你嗅到爸爸裹挟而来的烟草味儿。

"安妮,"妈妈攥了攥你的手,"可能会有点儿疼,马上就好了……"

"亲爱的,大脑没有痛觉,她不会——"爸爸在某种压力下噤声,他尴尬地清了清嗓子,"安妮,一切都会好起来的。"

一切都会好起来的。

你不耐烦地扭了扭身子。

……咔嗒。光毫无征兆地涌了进来。你闭眼、尖叫,从妈妈身上滑了下来。眼睑之下,你的世界血红一片。妈妈的手托举着你的脸,她温热、微酸的气息喷到你的脸上,"安妮,你怎么啦?!"

你摇头、皱鼻子、牙关紧咬,像一只愤怒的小兽。爸爸的手捏住你的肩膀。

片刻之后,你用食指轻轻地揩去眼角的泪。

"我看见了。"你低声说。

你看见了:先是低饱和度的世界,朦胧的光影,阳光长了绒毛;紧接着,意义的岛屿从蒙眬的视野中浮出,你看到一颗被夕阳点燃的金红色头颅，背着光的陡峭五官，你猜这是妈妈，尽管她和你记忆中那个丰腴白皙的女人不尽相同；在妈妈身后，一个穿西服、有着高大身影的男人，正一手挠头，另一只手反复开合，爸爸紧张的时候正是这样；忽然，你被视觉中的异物吸引。你的视线向下，绕过妈妈的肩膀，你看到一个圆滚滚的东西倚着爸爸的膝盖——终于，包裹世界的最后一层洋葱皮蜕掉，你看清了我：一个有着滴溜溜的黑眼睛，棕色的、高约三十厘米的泰迪熊。那一刻，泰迪熊正转动着脖子回望你，它的身体发出吱吱的马达声。

那是一个人与自己的外部脑区的第一眼对望。

历史上的第一眼。

一个"外设"厂商如何修复人的"CPU"呢？

说实话，这个问题困扰了我很久。一开始，我的想法是在安妮的大脑上直接重建V1区——这是常规思路。可惜经过技术部门的论证，这个思路行不通。我们的拟态神经元不够小，如果要实现V1区的视觉知，那一大堆拟态神经元非把安妮小小的脑袋撑爆不可。更何况，我们怎么向它们供电呢？这也是个大难题。

我感觉自己就像一只被困在死胡同里的小白鼠。整整三个月，我在客厅的沙发上辗转反侧，凯拉的冷眼和安妮的哭闹不断地收紧我身上无形的压力之网……

一天，当我在草坪上茫然踱步时，耳畔忽然响起嗒嗒的马达声。那是邻家少年在修剪草坪，他推着割草机，行进的线路游移不定。在目光呆滞的间隙，金发少年发现了愁眉不展的我，他热情地向我挥手。我被他的手臂上的银色物体吸引，我认出那是游戏公司开发的外置式增强视觉元件……

这孩子在玩游戏，用的是外置式增强视觉元件……

咔嗒。我大脑中某个错置的神经元找到了它正确的位置，神经递质释放、电涌、激发，一场风暴。

外置式增强视觉元件。

——我想，我找到解决方案了。

……

回首这一段往事的时候，我总不禁自比托勒密。他费尽九牛二虎之力把天体的运行塞进圆形轨道，却不曾想，如果把轨道变成椭圆，一切都要简单自洽得多。

思路问题。

我本来就是个做"外设"的，既然我可以做眼睛、做耳蜗、做手和脚，我为什么不能为安妮做一个外部脑区呢？这个脑区里有拟态神经元来完成安妮视皮层V1区的工作，通过SWP无线协议与安妮植入生物解调器的大脑双向交流，解译和输出视频信号，填补安妮视觉知中缺失的环节……

比直接作用于视网膜的外置式增强视觉元件复杂些，但在技术上是可行的。

我抽搐了一下，随即瘫坐在草坪上。少年注视我的目光里有善意的揶揄。

我感到一种如释重负的虚脱。安妮的眼睛有救了。

节选自《皮格马利翁：一个创造者的凝视》

一开始，你把我当作一个新奇玩物，时刻抱在怀中；而当你意识到这种亲密是必须而非选择时，你却恨不得把我一脚踢开。

你正是这么做的，尽管是出于无意。当你忘情玩耍时，当你愤怒时，你的运动矢量变得难以预知。往往，我无法对你陡然的转身、加速、急停做出快速响应，你会踢倒我，然后被我满是金属和树脂元件的身体绊倒。

你哭泣。而我会摇晃着走到你身边，对你说："安妮，对不起。是我弄疼你了吗？"

你摇头，破涕为笑。你把我搂在怀中，用你温热湿润的小脸摩挲我的绒毛。

这些，都是我在你的记忆中看到的。如果那时的我能够感知，我想，那会是我生命中最幸福的时刻。

那时，我还仅仅是你能够自行移动的外部脑区。我有光合太阳能电池、环境传感器和运动伺服器，我有语义模块和中央处理器。我跟随你，时刻向你提供视觉冲动、环境评估、智能服务和小建议。

——安妮，我不认为在以妈妈为圆心、半径二十五米范围外的自主活动是安全的。

——安妮，需要我为你要一杯果汁吗？

——安妮……

"跟屁虫。"你说。

"安妮，"我咯吱咯吱地转动脖子，"请定义'跟屁虫'。"

你大叫一声，摔门，跑下楼去，墙体的阻隔造成了数据丢包，你的视线瞬间模糊，你踏空了最后一阶楼梯，扑倒在地。你的哭声和我笃笃的叩门声搅扰了这个恬静的午后，婴儿床里的李艾伦愤怒地号叫，而妈妈甚至来不及安抚他一下，便径自冲到你身边，把你钳在她的怀抱中。

当我终于被爸爸从你的房间中"释放",连滚带爬地凑到你身边;当爸爸摇晃着李艾伦走下楼梯,妈妈的眼神在男人、婴孩、泰迪熊和哭泣的女童之间扫了一圈,然后向爸爸抛出一句冰冷的问句:"李墨轩,这就是你的解决方案?"

嘈杂的房间瞬间无比安静。

问题出在同步性上。

对泰迪(我们如此称呼安妮的外部脑区)来说,安妮的快速行动往往难以预料,所以它很难及时做出反应(闪避、跟随等)。这就是为什么我们总是看到泰迪被安妮踢开、安妮被泰迪绊倒,或者更加严重的,由于各种外部变量造成信号传输时滞。

如何解决这个问题?总不能让安妮一直抱着这个重达三斤的毛绒玩具吧?

我让泰迪共享了安妮的大脑。

原理很简单,就是利用安妮和泰迪之间已有的"无线局域网"进行双向数据传输。由于大脑并不全然是模块化的,运动意图最终是由多个脑区的神经元激发整合成身体指令,所以在解码时,泰迪需要调用安妮全部的大脑功能。

对泰迪的拟态神经元而言,这是个学习的过程。我希望它最终建立起一种直觉型的神经元反馈模式,其结果就是完美的同步性。

我做到了——或者说,是泰迪做到了。"共享"之后不久,我的女儿和她的外部脑区就像一对配合默契的哑剧演员了。对同步性问题的创造性解决,成为人工智能史上划时代的事件,尽管当时我们一无所知。

但是,似乎技术并不能解决所有问题。安妮并没有因此兴高采烈,艾伦依旧哭闹不止,而凯拉……尽管允许我回到床上,但从她的话语、她的眼神、她的姿态中,我解读出拒绝的意味,她并不准备重新接纳我。

我只能说,比起简洁明了的物理世界,人心难测啊……

节选自《皮格马利翁:一个创造者的凝视》

意识之光是何时、以何种方式照进我的"脑海",这至今是一个谜。我只能妄自揣测:也许和人类一样,我也有鸿蒙初开的瞬间,这瞬间犹如开天辟地,犹如耶和华的那声"要有光",定格成我最初的记忆。

这记忆依然是关于你的。

那时你刚刚回到幼儿园——妈妈最初是不同意的。她恨不得二十四小时把你纳入她的保护之中,最后却难得地被爸爸说服了。他说:"亲爱的,如果不和小朋友们接触,安妮会变成一个孤僻的孩子。"你的同学们或多或少知道了你的遭遇,一开始,他们很惊奇你一切如常;很快,他们察觉到了异样。

——安妮,这个泰迪熊是机器人吗?它怎么老跟着你?

——安妮,你的机器人会说话耶!

孩子们对我表现出了极大的好奇。他们会抚摸我,和我说话,观察我的反应。他们隐隐猜测到我们的纽带关系——这是一张愈绷愈紧的猜疑之网,而孩子们无法忍受现实里的暧昧不清。终于,一个男孩为了验证他的猜想,对我采取了行动。在户外活动课上,他趁你不注意，将我一把抱在怀里，跨到几步开外。

"把它放下！"你厉声说，朝男孩儿逼近。

男孩儿后退，脸上的笑意有些许残忍，"安妮，把你的玩具借我玩玩嘛……"

你进逼，"放下！"

男孩儿忽然转身跑开，人丛中，他发出嘎嘎的笑声，"谁抢到就归谁！"他在孩子间腾挪、穿梭，他的笑声像一根划开水面的树枝，在塑胶场地上激起一串惊呼、埋怨、嗤笑的涟漪。你试图追上他，可视觉信号在此时变得极度不稳定，世界再次退化成低网速时代粗糙的视频流，你的脚绊在不知是谁的脚上，你摔倒了。与此同时，我向着男孩儿恶毒的小脸猛地挥出我的手臂，那个毛茸茸的、由高功率电机驱动的高扭矩活动组件。

一声惨叫。我落地、起身、冲向你。再一次，你紧紧地把我拥在怀里；而我，则伸出刚才那只"雷霆"之手，轻轻地拭去你的眼泪。

这是我记忆中的第一幕。

如果你见到臭小子那张肿得老高的脸，你就会理解，我是付出了多大的努力才没让自己笑出声来，从而避免了矛盾进一步激化。臭小子的爸妈也自知理亏，没有过多纠缠，最后我象征性地赔了他们一个泰迪的原型机（充其量只是个会动的大玩具）了事。

我急于摆脱幼儿园的麻烦事——泰迪才是我现在真正关心的。当初设计泰迪的时候，我赋予它的使命是跟随和保护，它没有可以产生暴力的模块，至少一开始我是这么想的，所以我都没有费心在它的处理器中嵌入"机器人三定律"。

那么,它的那一击,代表了什么呢?是它在理解自己身体能力与局限前提下的自主行动?

自主行动……上帝啊,难道它具有了意识?

是安妮的大脑为它提供了足够的复杂度和运算能力?不,不应该是。基于互联网的"云脑"计划拥有远超人脑神经元的巨量逻辑单元,但这个庞然大物和迄今为止所有的人工智能一样,都是"算法型"人工智能。它们可以通过图灵测试,可那只是基于互联网数据库和云计算的骗人把戏而已。

可泰迪不同。

回家以后,我和它进行了一场对话。凯拉和安妮也在场,她们已经愈加不信任我的科学家大脑了。

我:泰迪,你为什么打那个孩子?

泰迪:我必须回到安妮身边。

我:所以你打他?

泰迪:安妮已经摔倒了。我不认为使用请求的方式会让他立即放手。

我:所以你采取了你认为最合理的行动……即使攻击行为没有被编码在你的程序中。

泰迪:……当时我没想那么多,我只想保护安妮。

你瞧,逻辑、审时度势、使命感乃至于反省("当时我没想那么多"),这比起当时我编入泰迪中央处理器的底层代码——应激-反馈反应,基本行为逻辑(跟随、保护安妮)是多么大的飞跃。

从猿猴飞升到人。

高级意识的出现不是神迹。我一定是做对了什么,只是我还不知道。不过，我已经看到了未来巨大的可能性。

但是，我的妻女似乎无法理解我的兴奋。安妮抱着她的泰迪熊默然不语，而凯拉……

凯拉不允许安妮再去上学了。

节选自《皮格马利翁：一个创造者的凝视》

后来，你常说，那些年你其实是被拘禁的。

也许吧。妈妈的爱是坚硬而粗粝的，它以对爸爸的怨愤为钢筋，混合着孤独，保护你的欲望和她从未意识到的、对李艾伦的歉疚，锁住她眼泪中的水分，筑成了让你无处逃遁的铁壁铜墙。

这是你十三岁之前拥有的绝大部分物理空间：一幢有着花园和草坪、白色的、维多利亚式的三层小楼，里面有造型繁复的巴洛克式壁炉、硕大的皮沙发、有机玻璃的盘旋式楼梯和处处可见的胡桃木家具。总之，这间房子就像是混合了不同时代、不同审美的大杂烩，父母之间的不妥协在这样的美学冲突中体现。

你的一天开始于餐桌上的喧嚣：想用哭闹声吸引大家注意的李艾伦；不断催促你摄入所有营养的妈妈；对着虚空比比画画的爸爸，那是他在布置他那永远也布置不完的工作任务。

还有你，和你滴溜溜转着眼珠的小跟班泰迪。

随着爸爸匆匆离去，李艾伦被保姆送去保育园，整幢房子倏然安静下来。你走进书房，端坐在摆着水果拼盘的书桌前。全息井里，蓝色的虚拟老师准备给你上课。数学、美术、汉语，她谆谆善诱，无所不知。

你和我并排坐着（我坐加高的转椅），飘忽的荧光投在我们的脸上，我们就像两株在水中摇曳的水草。

　　妈妈坐在你身后的单人沙发上，大多数时间里，她目光呆滞，一动不动，那是她在进行浸入式视网膜娱乐。不过你时时刻刻都能意识到她的存在，她嘶嘶的呼吸声，她的香水味儿，被她体温加热的空气……妈妈无微不至的爱构成对你的压迫，这爱变成隐疾，在许多年之后，差点儿置一个家庭于死地。

　　……

　　早餐。上课。午餐。午休。上课。在妈妈眼中，你是安静而乖巧的。妈妈不知道，很多时候，你在溜号儿。在虚拟老师讲解因式分解时，你是在和我——或者说，世界上的另一个你，无声地交流。

　　泰迪，为什么我要在家学习？我想去学校，我想和别的孩子一样……

　　也许是因为上次的事情吧，妈妈不想你受伤害……

　　那时我还小，现在我已经长大了，可以保护自己了。

　　……妈妈肯定有她的理由。

　　是怕别人把我当成怪物吧？……对不起，泰迪。我不是针对你。

　　没关系，安妮。我懂你的意思。

　　傍晚，吵闹声重新涌入维多利亚小楼，这吵闹声混合着多条音轨：妈妈呵斥李艾伦的话语，爸爸对着虚拟视觉没完没了的夸赞与争执，交互式娱乐系统见缝插针的广告音乐。

　　而你和我只是静静地依偎着这聒噪。两株沉默的水草。很长时间以后，爸爸才发现水草在通过它们的脑部局域网交流。

　　当然，和他的事业相比，这算不得什么了不起的大事。

我想我找到答案了，意识的出现和大脑的运作模式有关。

泰迪的中央处理器，那个写入基本行为逻辑的区域，在我为它引入了各种感官、身体控制模块、运动伺服器、语义和发声模块，乃至于共享安妮的大脑后，成了一个类似于人类丘脑的存在：中央处理器与各个脑区都有折返式通路，其对神经冲动进行译解和编码，整合、判断、反馈，然后根据下一轮神经冲动，再次整合、判断、反馈……如此往复不已。

我想，意识的秘密就隐藏在这一模式之中。当然，神经元网络复杂度不可或缺，否则泰迪在共享之前就该产生意识了。

当然，这不可能是意识的全部秘密。打个比方，我只是碰巧把种子播到土里，种子最后长成大树，这并不代表我理解了种子发育中的生化过程。

不过对一个企业家来说，只要能把种子播到土里，就已经足够了。我意识到人工智能新的可能性，一种与人类共生，从而更加聪明、更具人性、更容易被人接受的可能性。

E.T. 的研发部门夜以继日地工作，终于在三个月内将共生体（理论上讲，就是泰迪的子孙后代们）推向市场。在一开始的小规模伦理风暴过境之后（意料之中，毕竟人类还从未处理过与自己"伴生"智慧的关系），我们获得了空前的商业成功。

请注意字眼，"商业"——成功。在我废寝忘食地追求我的事业时，我的家庭成了一个巨大的扣分项，妻子冷漠，女儿自闭，儿子哭号起来宛若天雷。

好吧，我承认我大大地偏科了……

节选自《皮格马利翁：一个创造者的凝视》

在你十三岁那年，身边有一个形影不离的机器人共生体已经变成了一种时尚。你被允许回到学校。多年的隔绝之后，你重新置身人类社会。

重新置身于这张以攻讦、猜忌、流言与爱慕为经纬的人类之网中。

然而你已经习惯了疏离，习惯了在阅读中建构对这个世界的认识。在教室里，你和你那换了自清洁皮毛、提升了拟态神经元密度的泰迪熊，坐在网的边缘，默默地观察着。半大孩子们炫耀着自己最新款的共生体，或者在浸入式娱乐中乐不思蜀，偶尔想起一旁的你。有女孩向你抛出橄榄枝，想把你拉进她们的小团体；有男孩故意碰翻你的东西、踩你的脚，只为引起这个有着棕色鬈发、灰绿色眼眸的女孩的注意……对于这些互动，你一概报之以一种不置可否的、惶恐的超然。

——黛丝，我，嗯……奥利安娜昨天还建议我，不要和你走得太近……我不知道你们出了什么问题……

——路德维希，你一而再，再而三地碰我，我不认为是无意的，我认为这是一种侵犯……

……

孩子们觉得你孤傲、不近人情。其实，你只是不知该如何应对"人际"这一复杂函数而已。你曾经那么渴望成为一个"正常"人，讽刺的是，当梦想像水果一般被削皮、切块、叉上牙签呈到你面前时，你却不知该如何下口。

于是在多数时候，（在外人看来）你都处于一种自我保护性的呆滞之中。

泰迪，我是多么想和大家一样……我想我永远都不可能和他们一样了，我是个怪物。

不，安妮，你不是。

从他们的眼神里我能感觉到……

哦，安妮……对不起。

你紧紧地搂着我，我闻到你那洁净而又生涩的体香。传感器只能告诉我气体分子构型，是你的大脑赋予我感受。

泰迪，我怎么能怪你呢？你是我的眼睛，我身体的一部分——不，你就是我。我怎么能怪自己呢？

凯拉曾说，我其实只是一个没有长大的孩子。当遇到问题时，我的第一反应是逃避，或者是把责任推给别人。

凯拉向来偏激，她的话，只说对了一半。

我习惯和自然、和规律、和确定性打交道，不谦虚地说，交道还打得很好；我只是不善于处理和人有关的一切。

比如说，我们的婚姻。我知道这是个必须要解决的问题，我能感受到身边一丝丝被抽走的空气。窒息将于某一时刻来临，而我却一厢情愿地把这一时刻置入某个莫须有的明天。

如凯拉所说，我在逃避。

节选自《皮格马利翁：一个创造者的凝视》

那天，你听到了父母的争吵。

他们显然忘了那天你提前放学。母亲的红色沃尔沃和父亲的银色特斯拉在车库前并排停着，显得比车主人更加亲密。你一进屋，就听见两种声音在犬牙交错着。你轻轻地喊了一声，声音依旧故我。你犹疑地上楼，父母的卧室门紧闭（只要共处一室，爸爸妈妈就会关着门，这是他们的好习惯），实木门板口齿不清地复述着他们的争吵。

泰迪，帮我放大声音。

安妮，我们不该……

泰迪！

好吧……

你跪在门外，用手环住我。环境噪音滤去，人声波形放大，我把解译过的声音传至你的布洛卡区。

……还是那个女人吗？是她吗？

不不不——亲爱的，不是"还是"，以前我们就没有过……

那你当时为什么不置可否？你心里有鬼！

啊！（重重的脚步声）凯拉，你怎么就不能相信我一次?!

相信？（冷笑）你配得上我的相信吗？

你搂紧了我，你的下巴贴在我的耳朵上。

……好，那你想怎么样？离婚？

呵呵，李墨轩，这话轮得着你说吗？

好——好，（喘息声）那你说！

我说……（沉默）如果不是为了孩子，我早就离开你了（哭泣）。

你的指甲嵌入我的皮毛。我感到疼痛，尽管我并没有痛觉感受器。这疼痛来自你大脑中的一场神经元风暴，是极端思维活动投射在身体上的幻觉——如果我有心脏的话，我想那疼痛应该位于胸腔左侧，绽放如一朵玫瑰花。

彼时的我们是如此专注于痛苦，以至于当李艾伦被保姆接回家，腾腾腾腾跑上楼时，我们竟浑然不觉。

"怪胎！"不满九岁，已经和你一般高的李艾伦声若炸雷，"鬼鬼祟祟的，你在干吗呢？！"

李艾伦的声音在偌大的房子里来回弹射，这声音不怀好意的形式已经超越它的内容，像一次破坏力巨大的定向爆破。你变成一条在空气中拼命求生的鱼，鼓凸着眼睛，嘴巴无声地一张一合。这时卧室门霍地打开，妈妈冲了出来。你的弟弟沉浸在由于肃清"内奸"行为而吸引了妈妈绝大部分注意力的幸福中，两眼放光，"妈妈，你看怪胎她——"

啪！

"你叫你姐姐什么？！"

挨了巴掌的李艾伦僵立原地，在他无论如何都聚敛不起光的瞳仁里，有一个小小的、瑟瑟发抖的女人，女人身后，高大的男人正开合着他的拳头。

怪胎。怪胎在干什么？

你的眼泪滴在我的身上。

安妮带回家的小伙子叫西格蒙德，嗯，犹太裔，我猜。小伙子和安妮是大学同学，黑头发、高鼻梁、宽肩膀，和安妮蛮般配。

饭桌上，凯拉难得地亢奋。

"西格——我能叫你西格吧？你的祖上来自哪里？你是……2034年出生的人？那你和安妮同岁啊，好好……"

"西格，来，尝尝伯母做的糖醋里脊——中餐你吃得惯吧？你别看伯母金发碧眼的，伯母可是在中国长大的，是纯正的'马桶人'……'马桶人'你不知道什么意思？我告诉你啊……"

我不得不大声清嗓子。凯拉悻悻地也着我，安妮和她的小男朋友相视而笑。餐桌上唯有艾伦是游离的，他沉郁着脸，百无聊赖地拨动刀叉。他的肩膀上栖息着他的共生体，一只微型的史矛革龙。

自从十年前凯拉扇了他一巴掌，他就很少说话。艾伦马上就要去加利福尼亚读大学了，我和凯拉本以为，四年的大学生活或许可以稍稍改变他的性格，把他变得柔软些——当时的我们竟然不曾意识到，造就如今的李艾伦的，正是我们。我们倾注了太多的心力在姐姐身上，不知不觉中把弟弟变成了一个先天不足的孩子。他对父母的爱是如此饥渴、如此不知餍足，他聒噪，那是因为除开用声音吸引我们，他别无他法。而在凯拉粗暴地制止了他对姐姐的不敬以后，他自认为他明白了自己在父母心中的地位。

他错了。如果他能够理解凯拉后半生的悲怆，他会知道自己大错特错了。

那天，他在餐桌上说的第一句，也是最后一句话是："喂，犹太佬，你想清楚了吗？"

在一派尴尬的沉默中，他离开餐桌。三天后，他坐上去往加州的悬浮列车。

我们不曾想到，那就是永别。

节选自《皮格马利翁：一个创造者的凝视》

泰迪，这就是爱情吗？……我想这就是吧。

你用拇指和食指擒着戒指，五彩的光在钻石的棱面上滚动。我能感觉到你的不安、疑虑乃至恐惧。我知道，你绝不像你在父母面前表现的那样，对"结婚"二字一派少女般纯然的欢喜。

安妮，你不开心。

你悲戚地看我。泰迪，也许我永远也做不了一个正常人。

我不知该说什么，只能模棱两可地摇头（不，你可以做正常人；不，我不知道）。

在你婚礼前一个月，我和你分开了。一个有着蜂鸟外观、意识屏蔽型的共生体取代了我。它小巧、灵活，只带有最低程度的自我意识，它不会像我一样，喋喋不休地占据你的时间；不会像我一样，和它的主人表现出一种近乎（如果不是超过）爱情的亲密——我想，这正是西格急于把我送走的原因。我不是那种通常意义上的共生体，我粘附在他未婚妻的灵魂之上，像一块齿缝间的异物。我很感激他能够顾及我的感受，西格是在我关闭之后向你提出建议的。你在黑暗中聆听他带有薄荷味儿的声音，那声音温柔，藏着锐利的刀锋和麻药。

"安妮，为了我们，你和泰迪……能暂时分开吗？"

声音过境之后，他抓起你的手，他的手温暖，有厚厚的肉垫。

……你答应了。

在我被重新启动之后，我立刻就察觉到你心中的冲撞，以及冲撞带来的疼痛。

于是我认为自己必须走了。

我顺从地接受了西格对我的安排。他把我送回那幢维多利亚洋房，住进一间小小的客房，客房里有松软的地毯、两架子我们最爱看的书、无线充电装备和清洁基座。你向我道别，话说了一半，你却扭开了身子。

"再见，安妮。"我们的无线联系被切断，我用我的发声单元对着你的背影说。

……

那段日子对我来说如同梦游。失去了你的大脑，我的智力水平迅速衰退。爸爸后来对我说，我就像一座停留在十年前的摆钟，在陈旧的岁月里来回踱步。我每天看那些我看不懂的书，在书房听虚拟老师讲的随便什么课，在你的卧室门口徘徊……绝大多数时候，我成了一个自动机，没有感情，没有感受，没有思想。

我意识中的最后一缕游丝，是你。

像泰迪这样的高共享度共生体，必然拥有其主人的记忆。因为记忆并不是某个具体脑区的具体功能，而是整个大脑神经元网络的连接模式，而从宏观上来讲，泰迪的拟态神经元正是在尽力模仿这种模式。

所以，它保有安妮的长期记忆（而未经海马体处理的短期记忆则不在可解读的模式之中）也就不足为怪了。

我甚至有个更大胆的猜想：那使我们为人的东西，个性、癖好、对外界的反应和回馈，其实都建立在神经元连接模式的基础上，哪些逻辑回路强，哪些逻辑回路弱，何时释放神经递质，释放兴奋型神经递质抑或抑制型神经递质……这些都是模式。安妮脑中的这些模式，不正"复刻"在泰迪的处理器中吗？

那么，泰迪有多接近"人"？在被剥夺了大部分计算能力之后，它又会怎样呢？

我得说，失去安妮的泰迪，就像一个痴呆儿。它每天毫无意义地做同样的事，即使迟钝如我，也隐隐察觉到它这些行为背后的逻辑。

……对安妮的爱。如果可以这么说的话。

那么，爱又是什么呢？

节选自《皮格马利翁：一个创造者的凝视》

据说，你在婚礼的前一天回家看我，随即改变了主意。你对西格蒙德说："西格，对不起，我离不开泰迪。我只能是自己原来的样子。"

你继续说："我不想婚姻成为牺牲和束缚的理由，我在我的家庭里已经学到了足够的教训。"

你的语气是如此笃定，让西格蒙德毫不怀疑你深思熟虑过；在你说出这句话之前，他就已经察觉到你们之间发生了某种深刻的、无法挽回的裂变。他甚至都没有试图挽回，只是很绅士地祝你幸福。

你逃出了你们的婚房。轨道车上，你的心因为思念我而抽痛，这抽痛随着我们的不断接近而愈加强烈。一路上，你看到无数人与他们的共生体亲密同行，猫头鹰、白鼬、迷你狮子，高达、锡兵、小矮人，你仿佛置身魔法世界。你的步履踉跄，你想起自己是世界上第一个拥有共生体的人，这个共生体是你的一片灵魂，你为曾经抛弃我而感到羞耻，又为终于明了自己的内心而倍感轻松。

当你终于回到我身边，你迫不及待地和我重新连接。

泰迪，对不起对不起对不起对不起……

你跪在地板上，以一种五体投地的姿势将我嵌合在你的怀抱中。

安妮……你……好……我……想……你……

噗！你破涕为笑，泰迪，我也想你。泰迪，我再也不要做什么"正常"人了。我就是我，这就是我想要的生活。

这样很好。

我们的身后，爸爸斜倚门框，脸上是莫测的沮丧与释然。忽然，妈妈拨开他，头发散乱眼神凌厉，"李安妮，你疯了吗？快回去跟西格道歉！"

你微微偏过头，"不！"

"回去！"

"不！"

"你你你——"妈妈扬起手，接着猛然顿住，像一座艺术家在狂怒之下雕刻出的狂怒雕像，只有双眼中迅速腾起的氤氲泄露了她有机体的身份。

"你，"她的音调陡降，她把目光中最后的凶狠涂抹在爸爸、你和我的脸上，"还有你弟弟，我管不了你们，我也不会再管你们！"她扭身下楼，"你们就和这些破铁皮疙瘩过一辈子吧……"

在你的记忆中，这是她最后一次抱怨她的儿子。

世界于2057年5月3日毁灭。那一天，我们得知儿子的死讯。

根据洛杉矶警方的说法，艾伦死于车祸。不知他用什么方法得到了车辆的控制权限，在随后的激进驾驶行为中，车辆失控，撞向一幢尚未竣工的居民楼。

我们的儿子李艾伦，死了。

我想，艾伦毕竟是凯拉的儿子。最终，他用他母亲的方式，吸引了我们全部的注意。这注意贯穿了凯拉的余生，从未他顾。

走出太平间，凯拉依旧在梦游。我想，她把自己交付于沉默，是为了惩罚自己。

蓝眼睛的警官叫住我们，"李先生、李太太，我们在肇事车辆上发现了一样东西，你们也许想看一下。"

那是艾伦的史矛革龙共生体。它的翅膀折断，仿生皮肤被巨大的冲击力剥开，暴露出下面蛛网般碎裂的聚酯外骨骼。

哦，这摊破碎的"铁疙瘩"是艾伦的一部分。

我敛起史矛革龙的尸身。我们回家，把艾伦安葬在新安克雷奇郊外的一面缓坡上。自始至终，凯拉的眼神僵直，未发一言。

出于某种直觉，我没有埋葬史矛革龙，我把它藏在车库的一格储物柜里。

我承认我也快要疯了。

节选自《皮格马利翁：一个创造者的凝视》

你眼看着妈妈极速衰老，就像暴雨中倾颓的蚁穴。你开始怀疑，在与时间的殴斗中，人类也许并不是全无还手之力的一方。

妈妈的衰老和她的沉默一样，是她自己的选择。她的瞳孔日趋浑浊，而她的皮肤日趋透明；她的呼吸若有似无；她的长发由金转银，又从银色衰变成毫无光泽的白，那种对光线坚决拒斥的白；她只进行最基本的新陈代谢，她曾无时无刻不向周遭辐射自己存在的信息，如今她的熵值迅速升高，你很难把她从无序运动的分子中分辨出来。

妈妈像一个游魂在家中出没。在绝大多数时间，你都会看见李艾伦的卧房半掩着门，在深蓝色的光晕中，妈妈坐在弟弟的肉身曾经栖息的床上，对着凝滞的空气，发呆。你坐到她身边，抓起她的手。冰凉。没有一丝回应。

她在拽着"家"这条船下沉，尽管她自己还不曾意识到。

直到有一天，爸爸悄悄地对你说："安妮，我们来复活你的弟弟吧。"

你的心脏停跳一拍。

"什么？"你开始担心爸爸的精神状况。

"史矛革。"爸爸说。

"史——"你和我对视一眼，"艾伦的共生体？"

爸爸笑了，一道弧光掠过他谢了顶的脑门。

最后，我们选择了复活七八岁时的艾伦。在我的记忆中，那时的他最乖巧，和父母那场漫长的拉锯战还未开始。

仿生机器人制作得极其逼真，我必须承认，当"他"出现在我面前时，我险些老泪纵横。

接下来是把共生体的记忆植入他的高密度拟态神经元大脑中。我们无法从神经元连接的整体模式中识别出具体事件，于是只能全盘植入。艾伦的记忆中肯定少不了沉渣般的对抗、嫉妒、愤恨，值得安慰的是，原来共生体低密度的拟态神经元只能提供记忆和个性的轮廓。

换句话说，这个复活的李艾伦，尽管可能如他的本尊——那个被我们损毁的李艾伦——般阴沉，但依然有无限的可能性。

当一切就绪，把"李艾伦"引入凯拉的生活之前，我们是忐忑的。

这是一次重新开始的机会，还是毁灭骆驼的最后一根稻草？

……

在一个飘着雪花的冬日清晨，我牵着一个有着高高额头的小男孩回了家。男孩对着蓬头垢面、目光呆滞的凯拉怯生生地叫了一声："妈妈。"

凯拉缓慢地转头，看他。倏忽间，她脸上的木然如同烈日下的冰块般化开，她近乎野蛮地把孩子拽到怀里，用自己枯萎的脸颊摩挲着他的脸颊，她的眼泪簌簌而下。

"孩子，我的孩子……"她喃喃道。

那一刻，无论是我还是安妮，我们都不在乎她是否真的相信艾伦会死而复生，重要的是，她又重新开口说话了。

是的，在我看来，这比什么都重要。

节选自《皮格马利翁：一个创造者的凝视》

所以，故事就要走到它的结局了。结局里没有王子公主永远幸福，没有正义战胜邪恶皆大欢喜。这结局里只有一个濒临破碎，而又被爱重新粘合在一起的家庭。

这一家五口每天都在固定时间相守于餐桌，餐桌上有退了休正在写回忆录的爸爸，有絮絮叨叨的妈妈，有时而不耐、时而顽劣，但总的说来还算乖巧的弟弟。

有静静地享受每一刻的你。和我。

当然，烦恼和琐碎从未停止过侵扰。爸爸正在忧心仿生李艾伦违背自然规律的高速成长（嗯，以他的年龄来说，李艾伦长得有点儿过于高大了); 妈妈则在关注弟弟之余间或操心女儿的婚姻; 李艾伦正热衷于"转世"概念, 我想他已经隐隐地察觉到了什么……

你, 找到了一份工作。志愿者。

"到处都是被抛弃的共生体," 你对全家人宣讲, "我想做力所能及的事, 给它们一个温暖的家。"

那些共生体曾是它们主人的一部分。当主人喜新厌旧时, 它们如同猫狗般被抛弃。因为有着光合作用电池板和自修复装置, 它们的生命不会轻易结束, 所以在它们的余生里, (我们猜测) 只余下混沌的悲伤。

全家人都支持你的决定。

我不想说你是个宽广、博爱的人, 因为我太熟悉你了, 就像熟悉我自己。

——我知道你这么做, 是为了我。

最近, 我时常想, 如果我死了, 世界该如何对我盖棺论定。

"李墨轩, 科学家、企业家。他领导 E.T. 开发的共生体机器人彻底改变了人工智能发展的走向。他把可能是互相制衡、对抗乃至奴役的人与其造物的关系, 改写成了一种互相需要、共同成长的模式。人工智能通过分享而具有了灵魂与人性, 人类则由于人工智能的外部增强而更加耳聪目明, 更加接近于'神'。李墨轩是一个伟大的创造者。"

我想, 这大概就是维基百科里关于我的词条吧。

但我希望你了解一个真实的我。2022 年, 我在普林斯顿大学邂逅我未来的妻子, 凯拉。她是英美文学系的学生。那时的她明媚、开朗，而我则是一个聪明绝顶、情商略低的书呆子。我想，在费洛蒙的作用下，她可以接受那样的我。可七年大限之后，当我们慢慢地被婚姻、被生活淹没，爱情再也做不了氧气瓶。当我一步步地走向成功，诱惑在人心的幽暗雨林里疯长。

我和女助理的暧昧被妻子看在眼里。只是暧昧，但那才是凯拉深恶痛绝的东西。那天是女儿生日，我们吵架，她失控，接着车子失控。

车祸——安妮失明——泰迪诞生——艾伦诞生……"艾伦"再次诞生……

我并不是想呈现给你因果链，毕竟，我已经被理科生的思维束缚了一辈子。我只想说，我的一切创造，都是由凯拉开始。

我把她从一个快乐的少女，变成一个心事满腹、患得患失的母亲，一个徘徊在迷失边缘、最后又重新找回生命的女人。

凯拉才是我真正的造物。

我想，她时常挂在嘴边的"离婚"，只不过是为了提醒自己，最糟不过如此。而她从未把"最糟"变成事实，我想，那是因为她爱我。爱我，所以接受我的创造，即使赔进一辈子的时间。

而我，这个现代的皮格马利翁，会深情地凝视我的造物。

直到永远。

全文完

节选自《皮格马利翁：一个创造者的凝视》

2017.4.16

折　纸

神以几何造世。

——柏拉图

　　所以，这就是"那个"孩子。只一瞥，他便厘清了他和孩子间复杂的人际关系函数，于他而言，这是很少见的。孩子瘦小，有高高的额头、白偏红的肤色——像她。此刻，孩子正站在橄榄绿二层小房的蛋白色台阶上，两条宽大的书包带几乎掩住了整个肩膀。在剑桥镇傍晚淡藕荷色的天光下，透过摇下的车窗，他看到孩子的眼睛晶亮亮的，像两颗浮在地平线上的启明星——在命运悬而未决之际，孩子的目光依然神游天外，仿佛除了头顶的星空，任何事都不值一哂。

　　像啊，真像。他的心轻轻地拧了一下。他推开车门，走上碎石小径。孩子的目光下降，掠过他的眼，只短暂一顿，便继续向下，最后落到自己的蓝色耐克运动鞋上。

　　孩子的鞋在台阶上来回碾磨了几下。

"我叫——"他狠狠地吸了口气，"我叫高远钧。我是——"

孩子扬起眼睛，目光像一道细小的闪电，刺得他一麻，"我们可以走了吗？"

这是他第一次听孩子说话，这让他产生了瞬间的荒谬感：许多年前，在他们相距最近时，孩子还不过是盈华子宫中小小的胚胎，而他则并不知晓他的存在。这些年来，高远钧一直在顽固地暗示自己，时间并未逝去，他还是那个在真理的大海边捡拾贝壳的孩子。然而，当面前的这个孩子用清晰的童音对他说话时，他才惊觉，时间早已浩浩汤汤奔赴下游，不肯走的，原地踏步的，是他。

"那个……"他的眼角叠出几条向上的褶皱，"好啊。"

他的表情近乎笑。

他把孩子安置在书房。在这个不大的房间里，有两面书墙和新近添置的宜家灰色沙发床。书墙上除了书，还陈列着几件用途不明的物体：生锈的金属量角器、转不动的地球仪、铜制单筒望远镜……他注意到孩子的目光游走一圈，最后粘在那个玻璃吹制的古怪几何体上，于是急忙清了清嗓子，"喀——这个是不能碰的。"

孩子收回目光，手指紧紧地攥住衣襟。

几天下来，他和孩子相安无事。这大概要归功于沉默——两个雄性动物划出了各自的领地，在多数时间里，他们在自己的王国内活动，所以也就失去了外交的必要。沉默是一种真空，杜绝了剧烈氧化反应的可能。他们在客厅埋首于各自的书中，公寓里唯一的聒噪是从隔壁渗透过来的低沉舞曲……他对八岁孩子能理解多少《自然哲学的数学原理》或者《时间简史》毫无概念，但既然孩子能够长时间地与这些大部头对话,他也自然乐得清闲。看书看得累了,孩子会从他的书桌上抽几张废演算纸,窸窸窣窣地折纸——有些作品他是辨识得出来的,比如尖脸的狐狸、带篷的小船、严格对称的纸花,有些则不然——那些有着棱角、凹陷、转折的古怪造型,在他看来,竟颇具几何上的美感。但他从不曾表现出赞许之情,他怕这会带给孩子不必要的希望,进而转化成他的麻烦。

某个傍晚,他把一只"纸海胆"往桌上一丢,说:"别到处乱扔啊。"

孩子默默地收拾,全程没有抬头看他。

孩子的安静是扎实的。在他对"孩子"这种生物有限的了解中,"安静"是他们在陌生环境中的短期拟态行为——然而现在他不得不承认,自己的认识有些偏颇。即使是一个人睡觉、一个人面对森然的书墙和苍白的月光,孩子也从未央求过他的陪伴。有那么一两次,高远钧动了恻隐之心,在虫声鼎沸的夏夜,他轻轻地推开书房门,看到他生物学意义上的儿子侧着脸,在被子中蜷成一团,双手搭着被沿,发出介于啜泣与喘息之间的微妙声音。

至少他是自己入睡的。

他掩上房门,竭力不去回想孩子发出的声音。盈华曾经说过,他缺乏感知别人的痛苦的能力——那就姑且是吧。他有丰富而自足的世界,这个世界深邃、幽微,他实在没有理由,也没有精力去关注别的东西……他惧怕改变,因为任何改变都几乎必然会影响到他内心世界的稳定运转。但他同样明白,改变终究会发生——譬如一场车祸,它夺走了盈华的生命,并把一个孩子不由分说地塞进他的生活之中。一个改变总能引起另一个改变,就像一场链式反应,波及的范围甚至深入他生活的细枝末节。比如，当他还是一个人的时候，他的早餐和午餐在学校解决，晚餐是一罐啤酒或是随便什么罐装食品。但爱丽丝说发育中的孩子需要的不是垃圾食品，而是营养。他倒觉得无所谓，但他受不了这个女人的喋喋不休。于是他在每天出门之前为孩子准备早餐——毫无例外的，麦片粥、煎培根和火腿三明治；晚上回家他会叫外卖，可孩子总是潦草吃几口，然后对着满桌的纸盘子发呆。

"我和妈妈……"话说到一半，孩子的音调陡然下降，仿佛在打捞一口喘不上来的气。短暂的停滞之后，他偏过脸去，腮帮上鼓起成条的肌肉，"我和妈妈从来不吃这些东西。"

他不知道为什么他的心会在此刻闷闷地一疼——盈华在他的生命中已经消失很久了，而这个孩子除了携带着他的遗传物质，几乎就是个陌生人。这种疼痛触发了他的下意识反应，他打电话给爱丽丝，请她务必帮帮他。

"是的，是的——"他的脸涨成紫色，"我需要你！"

电话那边传来"嚓嚓"的笑声。

想象一种绝对的虚无。试着用一个词形容它。……空空如也？空无一物？这是你能想到的最贴切的词吗？再好好想一想，你想象的"虚无"，是绝对的吗？是什么横亘在语言和你想表达的概念之间？

——是空间。

我们人类无法想象空间不存在的情形。也许任何一个居于这个宇宙中的智慧种族都不能。你可以说"空间不存在"，但这只是修辞上的障眼法而已,在你的意识结构中,并没有什么概念能与此对应。空间是我们大脑中的预设概念。当你想要探究一个不存在空间的世界,你必然会去想象是什么包围了这片虚无——还是空间。这是个无穷嵌套的谜题。无论我们如何压榨自己的脑力,空间这个概念总会顽强地生长出来。这是令人沮丧的,但反过来想,我们在自然选择中脱颖而出的大脑,会不会碰巧装着关于这个世界的正确模型呢?

如果你有此想法,那么恭喜你,你和一些物理学家想到一块儿去了。他们认为,正因为空间具有恒久的、不可移除的品质,所以最适合用来搭建我们的宇宙。现在,让我们把空间想象成模具,把能量想象成"灌注"进模具的材料。在能量被模具塑形之后,宇宙宫殿有了它的"砖块":有光子、胶子、希格斯粒子这样传递力的玻色子,也有夸克、电子、μ子这样构成物质的费米子。

这就意味着,宇宙之所以如其所是,是由"模具"以及注入模具的材料决定的。

有物理学家认为,注入模具的材料、也就是万物的"基材",是一维的能量,因其状似琴弦,他们的学说被称为弦论。在弦论中,是"弦"的不同振动形态生成了形形色色的基本粒子。而决定弦的振动形态的,如你们所知,是模具——也就是空间的形状……

一头金色板寸、小麦色皮肤的戴蒙德把柔性平板电脑扔到桌上,灰色的眉毛在额上顶起一叠皱纹,"你打算跟学生讲这些?"

他蹙眉,"怎么了? 他们可是麻省理工的学生。"

"这不是理解能力的问题,而是探索意愿的问题。"戴蒙德摊开双手，"你有没有问过他们的意见？"

"需要吗？"

戴蒙德冲他吐了吐舌头，"真不明白爱丽丝看上你哪点……"

他的脸颊跳了一下，随即下意识地瞥了一眼办公室门口，"我也不知道。"

在那个电话之后，爱丽丝会隔三岔五地跑到家里来。爱丽丝是个红头发、雀斑脸的威尔士女人，丰腴、但不难看。系里的同事都知道，这个学英美文学的女人在追求他。和戴蒙德一样，他也不明白像他这种人为什么还会吸引女人。几次三番的逃避之后，爱丽丝终于把他堵在办公室门口，"高，现在你回答我一个问题，我是不是女人？你是不是男人？"

其实这是两个问题。但纵使是他，也知道不能在这个时候钻牛角尖。

他告诉爱丽丝，毫无疑问，他们是各自性别中的典型代表。只是除了"男人"这个身份，他还是一个传统的中国人，他需要"慢慢来"。这只是一招缓兵之计，不想却成了爱丽丝"纠缠"他的借口——晚餐、电影、漫无目的的闲聊、酒酣耳热的挑逗……有时候，在爱丽丝温热鼻息的吹拂下，他能感觉到僵硬的身体在慢慢软化，就仿佛河面上正在解冻的冰层，冰层之下，是柔软、依旧有鱼儿游弋的液态水……他几乎要缴械投降了，盈华的死亡消息就在那一刻倏忽而至。

"小可怜。"第一次见到孩子，爱丽丝给了他一个闷杀式的拥抱。孩子挣出她的怀抱，小脸通红，两只眼睛里藏着受惊的小兽。女人不以为意地一笑，"这么说，你就是高晨曦，嗯哼？"

孩子努力聚拢着脸上散乱的线条。"叶晨曦。"他纠正道。

她摆过头，冲他挤了个鬼脸。他耸了耸肩——这是他能做到的最大限度的幽默。

爱丽丝来一次会做出几天的晚餐，都是寻常菜色，可孩子却吃得有滋有味。她会给爷俩儿洗衣服、换被褥，会在做完家务后和孩子有一搭没一搭地聊天——

"晨曦，你知道你爸爸是干什么的吗？"

"……"

"你爸爸是数学家，很了不起的数学家……你知道数学家都干什么吗？他们……"

爱丽丝注意到孩子的脸色陡然阴沉下去，她以手掩口，努力回想自己是不是触犯了某种禁忌。

"数学家什么都不懂。"孩子说。

爱丽丝的脸一紧，"谁告诉你的？"

"妈妈。"

旁边一直面无表情的高远钧缩了缩喉结。爱丽丝伸向孩子蓬松头发的手在空中滞住，最后垂了下来。

"数学家不懂得怎样爱别人，"孩子自顾自地往下说，一字一顿，仿佛是在击发半自动步枪，"所以妈妈才离开了他。这也是妈妈说的。"

"你妈妈说得不对——"爱丽丝话说到一半，高远钧的手按在她的手上。这是他第一次主动触摸她，却让她心头一紧——他的手冰凉。她摇了摇头，表情介于哭笑之间。

"你该回去了。"高远钧说。

"我该回去了。"她说。

那晚，爱丽丝匆匆走了，留下了半杯她最爱的梅洛红葡萄酒。

月光洒在书架上，玻璃几何体反射着清冷的光。他站在门口，目光飘浮在沙发床上。白色的被子微微起伏。孩子似乎有点儿感冒，一呼一吸的鼻息声细如犬笛。

"爸爸。"

他支起耳朵。是幻觉还是……他的心被一种难以言说的渴望填满，伴随着每一次心跳输出沉闷的疼痛。

"爸爸。"

孩子转过头，惺忪的睡眼半睁着。不是幻觉。他感到脚下的地板瞬间变成了流沙，他伸出手扒住书柜的边沿，稳住身体。

"对不起。"

他吞下一口唾沫，"对不起？"

"妈妈没有说过。"

"……没有？"

"数学家不懂得爱人。是我说的。对不起。"

"哦……"他呻吟一声。他想说"没关系"——但，他真的有原谅别人的资格吗？

"晨曦，我——"

孩子转过头去，小小的轮廓在银色的月光里起起伏伏。他倒退着走出书房，掩门。他把额头抵在门上，等待散失的气力在身体中重新凝聚。

"不需要道歉。你说得没错。"

这句自语几乎是下意识的。

宇宙中已知的粒子和力构成了粒子物理标准模型。它包括六种夸克和六种轻子，以及传递自然力的五种玻色子。在CERN[1]的LHCb探测器投入使用并且发现新粒子之前，标准模型一直被认为是成功的。标准模型建立在SU（5）群论之上，它要求时空是十维的，包括一个时间维度、三个宏观维度和六个微观维度。

我们为什么"看"不见那六个维度？这是因为，它们卷曲在极小的尺度里。现在，把宏观维度想象成一个立体的围棋棋盘（空间中的每一点皆由网格覆盖），六个微观维度挤在一起，凝聚成无数个"空腔"，如同棋子般塞满整个"棋盘"。弦论认为，能量弦就在这些六维的空腔中"舞动"，舞姿由空腔的"形状"决定。在从高维翻译到低维（三个宏观维度）的过程中，由于存在某种"信息"上的损耗，我们"看"到的舞蹈，只是这史诗之舞破碎的蒙太奇。物理学家们称之为对称性破缺。不妨做一个这样的比喻：生存在宏观维度的我们就像摸象的盲人，我们有时摸到的是大象的鼻子，有时摸到的是大象的尾巴，有时摸到的是大象的腿……我们认为这个世界纷繁多彩，不过是因为大象的各个部位在宏观维度里表现成了各种基本粒子，而这些基本粒子又化身为各种物质和力。

而大象本身，则只是一个六维的空腔……

收好柔性平板电脑，抬起头，偌大的教室里只剩下他一个人。

---

① 欧洲核子研究组织的英文名称缩写。

忽然间他感到全身无力,像一个被疲倦感吹胀的气球。他绕过讲台,在第一排课桌后面坐了下来……他想到了那个孩子,想到了他小小的、苍白的背影。

心提了起来,然后又在坠落中失重。

现在,高远钧痛苦地意识到,于他而言,这个孩子并不只是一个需要他保护、需要他付出爱的人类幼体,而是几乎象征了那曾被他下意识抗拒的平凡生活的全部。在这个孩子到来之前,他认为自己的人生不过是"数学"这一宇宙"语言"的衍生物——是数学选择了他,而不是他选择了数学……

他抬头,看向窗外——嬉闹的大学生、白色的尖顶塔楼、平整得有如地毯的草坪和连片的水杉、樟树、银杏,天际线淹没在一片蓊蓊郁郁之中……万里之外的故国如今是什么模样呢?记忆中他长大的小城、未名湖畔的晨读和西门鸡翅,都已丢失了颜色、声音和味道。在无情的熵增中,似乎只有和数学有关的记忆幸存了下来。直到今天,他仍记得在奥赛集训队中每一道曾与他鏖战的习题,记得一群天才少年围绕数学的每一场不知疲倦的探讨和争论;他记得在大二数学系分班分方向时,教基础分析的老师说的话:学基础数学的人"脑子里都有一种物理结构",存在这种结构的人才来选这个方向。他义无反顾地选择了基础数学,因为他相信自己的脑子里是有这样一种"物理结构"的……然后他来到了大洋彼岸的剑桥镇,在这里读研、读博、谋得教职。数学之路是艰苦而清贫的,但就像在一片无人涉足的风景中跋涉,他乐在其中。

然后,他遇见了叶盈华……

数学是我唯一的爱人,盈华清楚这一点……他揉着酸涩的双眼，但为什么她还是选择了和我在一起？

也许尘世的生活本身是不容拒绝的。海德格尔曾说：人，诗意地栖居。他曾不止一次地想，数学，难道不是诗意的吗？——不，不只如此。数学是极致的诗意，是试图把整个宇宙浓缩在几行等式之中的极致修辞，是存在与秩序之间的极致张力……在遇见盈华之前，除了在这样的诗意中栖居之外，人生似乎没有别的选择。所以当这个开朗、美丽的女孩儿越来越频繁地出现在他的身旁、他的梦中时，她带来的是两个世界的碰撞。当她弯着眉眼看他喝下第一口葡萄酒时；当他们第一次跳舞，盈华把他的手曳向她的腰肢时；当他们第一次接吻、盈华的香甜气息在他的脑中炸开时……他不是没有想过，把这两个世界揉在一块儿。

——然而他失败了，而且受伤至深。

"呼——"他长出一口气，摇了摇头。窗外天色渐晚，他该回家了。

在办公室里不眠不休演算的日子已经过去了，现在，有另一个世界在等着他。

所以弦论的根本问题可以归结为：这个空腔到底具有什么样的形状？数学家们——或者更准确地说，几何学家们给出了答案。卡拉比－丘成桐流形是一种六维紧致化、具有超对称性的数学构型。弦论的支持者们在偶然间发现，卡拉比－丘流形正符合他们心目中"空腔"的样子。他们认为，如果六维空间有形状，并且这形状对宇宙之所以如其所至关重要，那么它就应该是个卡拉比－丘流形。

毫不夸张地说，正是因为借用了卡拉比－丘流形，弦论才终于从科学狂想变成了一种严谨自洽的数学理论……

好，有了模具，有了灌注模具的材料，现在是不是可以说，我们终于得以一窥上帝这位泥瓦匠的秘密手艺了呢？

上帝他老人家可不这么想。

2025年，CERN的LHCb探测器在试验中发现了两种新的轻子：η子和η中微子。粒子物理标准模型被证明是不完善的——如果不是错误的话。物理学家用了几年时间修改模型，以使其在对称群中容纳新的基本粒子。接下来，他们又找到了新的标准模型所对应的卡拉比－丘流形。出于一种古怪的幽默感，他们将其命名为42号流形。也许是"42"这个神秘数字带来了好运，物理学家们甚至从这个流形中推导出了引力子（尚未被观察到）的可能形态。

一切豁然开朗，似乎宇宙的终极秘密触手可及。

但且慢，泥瓦匠还有后手……

忙的时候，他会把叶晨曦领来办公室。父子俩依旧不怎么说话。他埋首于自己的教案，孩子的身影则固定在办公室里的某处，静静地，像一株在默默进行光合作用的小小植物。时不时地，他会抬起头，而孩子看他的目光会迅速滑向一边。

这孩子原来在看着他呀。在这一刻他忽然明白了，和孩子在一起时，那种无时不在的、黏糊糊、麻酥酥的感觉是什么了。原来他的潜意识一直在收集目光，这种试探又带着渴念的目光。孩子的目光。

他垂下眼睑，心微微地疼。

"晨曦，你可以玩儿一会儿的。"

余光里，孩子轻轻地摇头。

"饿了吗?"

摇头。

虽然还是低着头,但显示屏上的数字和符号已经从协奏曲变成了凌乱的和弦。他叹了口气。

"你可以找本书看的。"

孩子定了一会儿,然后从单人沙发上跳了下来。他在高远钧的书架前移动着,鞋底和原木地板摩擦出沙沙的轻响。

"这个——"孩子扬起头,手指向上挺着。

"……《大宇之形》?"

"嗯。"

他起身,把书从挤挤挨挨中抠了出来。孩子接过书,冲他眨了眨眼睛,"谢谢。"

高远钧一怔。

孩子翻上沙发,把书支在自己的大腿上,须臾,小小的目光从书脊上爬了出来。

他朝那个目光咧开了嘴。

我曾经说过,搭建这个世界需要模具和注入模具的材料。人类千辛万苦找到了可能的模具,不想在材料问题上又出了岔子。物理学家们发现,一维的弦无法在42号流形中"灌注"成新发现的 η 子和 η 中微子——对于这两个瞬间衰变的基本粒子,弦的振动模式似乎不够用了。物理学家们这时又想到了求助于数学家,而后者给出的解决方法是一种叫作"辫群"的对称性理论……令人遗憾的是,尽管"辫群"丰富了弦振动的可能形态,但它还是无法构造 η 子和

η中微子——这不能不让人怀疑，一维的弦由于其维度所限，作为万物的基材是不是略显单薄。

于是，一个自然而然的想法是，把弦的概念进行推广，从而使其拥有更多的几何可能性，这就是脱胎于弦论的"广义弦"理论。所谓"广义弦"，就是指能量在绝大多数时候呈现一维构造，而在某些时刻，它又可以"展开"成二维的膜……为了使广义弦适应42号流形，物理学家手中的数学工具亟待升级。我们需要新的群论，而它的作用，打一个不太恰当的比喻，就是把二维的广义弦，像折纸一样地进行升维操作，最终使其完美地契合在42号流形中。物理学家们最终得到了他们需要的东西，他们称其为"折叠群"。这个理论还有一个更为正式的名称，叫作"高"猜想。没错，我就是那个提出猜想的"高"。数学发展到今天，每向前迈出一步都意味着智力上的鲜血淋漓。

……正是这个猜想的提出与验证，耗去了我多年的心血……

"只是心血吗？"戴蒙德以臀部为支点，半倚在办公桌上。

"你什么意思？"

中年人耸了耸肩，把平板电脑递还给高远钧，"没什么意思。你的课怎么样？"

他轻轻地摇头，"昨天来听课的不超过十个人。托你吉言，这门课要开不下去了。"

"我劝过你。"

"无所谓了。如果说这些年我有什么收获的话，那就是认清了自己不过是个执着于无聊问题的偏执狂。"

戴蒙德薄薄的嘴唇翘了起来,"你的问题并不无聊,只不过对于人类的心智来说,它太抽象太深邃,而且无关人生的宏旨。"

"人生的……"他的眉头皱了起来,"宏旨?"

戴蒙德摆了摆手,"不说这个了,说了你也不会懂。哎,我听说你儿子搬过来和你住了——怎么样?"

"什么怎么样?"

"结束单身汉的生活,什么感受?"

他想了一会儿,"老实说,我原以为这会是场灾难,但是……"

"但是?"

"但是,这种、这种——咯,我不知该怎么形容,粗略点儿说吧,就是你突然不得不考虑另一个人,不得不去揣测他的心思,甚至你的心情都会随着他的心情起伏……"

"牵绊。"

"嗯……好吧,也许你说得对。有了这种,呃,牵绊,我发现我的思想不再像从前一样时时翱翔在九天之上,而是常常沉潜到现实世界,困惑并且充满好奇地观察人与人之间的互动、反应的模式,咀嚼从未有过的复杂感受……"他顿了顿,然后促狭地挠了挠头,"你知道的,我对无法用数学语言描述的一切,有一些理解障碍。现在的状态让我感到……无所适从。"

戴蒙德含笑看他,眼里有柔软的笑意,"牵绊使人有了弱点。但也正是牵绊,使人成其为人。"

他的目光与这位老同事短暂对接,对方没有揶揄他的意思。

"那么,我该怎么办?"

戴蒙德躬身向前,把自己带离了办公桌。"人生的宏旨可不止解方程那么简单哪。"他拍了两下高远钧的大臂，"年轻人，慢慢领悟吧。"

说完，这个矮壮的男人冲他挤了挤眼睛，然后吹着口哨步出了办公室。在口哨的袅袅余音中，高远钧一阵失神，就像个对世界困惑不已的孩子。

九月初，叶晨曦进了新的学校。小学二年级的课程对这个孩子来说可能过分简单了，在每天晚上两人的共处时光里，高远钧很少看到他做功课。晚餐过后，父子俩一如往常，各据客厅的一边：大人在沙发的一角看书，而孩子则坐在地毯上，看书、摆弄乐高积木或折纸。时不时地，高远钧的目光会从书页上飘离。他看到孩子轮廓分明的侧脸像一座横置的岛屿，从容、安静、波澜不惊，仿佛理所当然地存在了千年万年；他看到孩子的手指上下翻飞，纸张弯折、镶嵌、接合，发出沙沙的低语声。很快，变魔术般地，一只动物、一株植物、一座建筑，或者一个莫可名状的造型，就这样凭空出现在孩子手中。

有一次，他捺不住好奇，问："晨曦，你跟谁学的折纸呀？"

孩子头也不抬，"我自己学的。"

"自己？你这些折法我都没有见过……"

孩子停止手中的动作，看他，"这些都是我自己发明的折法。"

他的脸颊跳了一下。垂下目光，地上那些造型古怪、但不乏美感的折纸作品回望着他。

从折纸的设计感和完成度来看，这孩子绝不是在随机折叠，而是从一开始就构想出了它们的最终形态，然后依靠折叠及类似的操作到达目的地……这是怎样的一种几何直觉啊……

"……真的?"质疑几乎是脱口而出。

孩子扭过头,不再吭声。

他意识到自己说错了话。

"他叫我爸爸了。"

爱丽丝倒退着掩上书房门,转身,一圈灰色的剪影倏然出现在她面前,口中念念有词。

"高,你说什么?"

"那天,你走了之后,晨曦叫我爸爸了。"

"哦。"爱丽丝走向他,"……你哭了?"

高远钧转过身,重新步入客厅奶白色的灯光之中。他摘下眼镜,手指在眼眶里搓揉着。爱丽丝走到他的身侧,轻轻捏他的手,"高,你知道吗?你们父子俩真的很像……"

"只叫过一次,后来就没叫过。"

"啊?"

他缩进沙发,从茶几上抄起酒杯,目光粘附在猩红的酒液上,"他说得对,我不懂得怎样爱一个人。"说完,他将杯中酒一饮而尽。

爱丽丝坐到他身边,一只白皙、骨节分明的手搭在他的膝盖上,"那你现在又算什么?"

他疑惑地看她。

"我记得你忍受不了一丝一毫的凌乱。"爱丽丝说,"可是你看——"她的目光在客厅中环游一圈,掠过胡乱堆放的书籍、搭了一半的乐高玩具、与一双花袜子躺在一起的柔性平板电脑,还有一排形态各异的折纸作品，"你变了，为了这个孩子。"

他僵了一会儿，"这又能说明……"

"只有爱，才会让一个人心甘情愿而又无知无觉地改变。"爱丽丝靠了过来，温暖的呼吸在他的脸颊上打着旋儿，裹挟着肉桂和巧克力的芬芳，"高，知道晨曦刚才都跟我说了什么吗？他说，他知道你每晚都会到书房偷偷看他；他知道你在学做饭，尽管做出来的东西最后总是被你丢到垃圾桶里……这孩子什么都明白。你为什么不能像一个父亲那样，大大方方地陪伴自己的儿子入睡呢？要让他叫你'爸爸'其实并不难，你现在需要做的，就是再靠近一点儿——你懂吗？"

"我——"

忽然，他的嘴唇被封住了。爱丽丝的身体像一个丰腴的楔子，把他固定在沙发的一角；她的舌头在两人的嘴唇间狼奔豕突，热烈地渴盼着他的回应。酒精使人轻盈、令人绵软，他头脑中的弦铮然一响，绷断了。就这样坠落，坠落吧。他交出了控制权，任本能指引身体行动。黑暗。温暖。不可预测。他的心中一片空明，除了层层叠叠的回音：再靠近一点儿……靠近一点儿……靠近……

终于，我们手头的工具齐全了。是时候把二维的"纸片"塞进六维的模具中了。人类的大脑无法超越三维，于是我们只能再次求助于数学。人们证明了，42号流形在数学上等价于两个相同的三维拉格朗日子流形。大家请看我手里的模型。没错，这就是"那个"子流形。经过此前的一波三折，人类终于站在了上帝秘密作坊的门口。现在，请把我手中这个奇形怪状的东西想象成打开那扇门的钥匙。如果我们可以通过"折叠"这样的拓扑操作将纸片"升维"成这个三维流形，那就说明，人类所知的基本粒子将无一不能由广义弦构成，而这个世界的最终答案，将很有可能是——

42。

孩子从柔性平板电脑上抬起了头，眨巴着眼睛。

"你——"他斟酌着措辞，最后决定还是直白一点儿，"你能看懂？"

孩子摇了摇头。

他松了口气，"没关系的，反正很多大学生也看不懂……"

"折叠群是什么意思？"

"折叠群是个数学概念，"他循循善诱，"简单地说，就是对二维平面进行某种对称操作，使其拥有更高的维度……"

孩子蹙着眉，小小的嘴巴拧向一边。

他有些想笑，"这东西确实很抽象，你现在理解不了也很——"

"就像你说的，折纸？"

他眨了眨眼，"从某种程度上——是的。"

孩子在被子里面扭了扭，目光爬过他的肩膀，"那个……"他回头看去，玻璃几何体上笼罩了一层昏黄的晕光，"那个东西，是'拉个龙日子'流形吗？"

他起身，拿起玻璃几何体，转身送入孩子手中，"这是一个艺术家朋友特地为我吹制的。很美，是不是？"

孩子抬头看他，然后低头，转动的几何体将变幻的光影投射在他的脸上，他的睫毛投下树篱般的阴影，"嗯。"

就在那一瞬，一股不可遏制的冲动在他胸膛中炸开。他伸出手，想象自己的指尖掠过孩子稚嫩的脸庞，微小的电荷让孩子柔软的绒毛根根直立……

"爱丽丝很好。"

他缩回伸出一半的手臂，"啊？"

"我喜欢她。"孩子晶亮亮的眼睛回望着他。

"嗯……"

孩子拥着玻璃工艺品，转身背向他，微微弓起的身形宛如捧着松塔的松鼠，"晚安。"

"晚安。"

他将被子撩过孩子的肩膀，缓步退出书房。

爱丽丝在他的臂弯里扭动着，卷曲的红头发簌簌作响。她的香气漫了上来，是淡淡的栀子花味。

"哎……"

"嗯？"

"问你件事儿。"

"好。"

爱丽丝翻身，下巴枕在手臂上，手臂架在他的胸膛上，眨巴着眼睛看他。

"有个条件：不准生气。"

他轻轻地哼了一声。他想说，错误的前提是无法推导出正确的结论的，但从嘴角溢出的，却是一声，"好"。

"我想知道……"爱丽丝顿了顿，"我想知道你和晨曦妈妈的事。"

他怔了一下，随即下意识地用手臂撑起身子。爱丽丝退开，红发披散在肩膀上，眼神里有畏缩、有期待。

"为什么？"他靠在床头，问道。

"因为……"爱丽丝灰绿色的眼珠下坠，复又升起，和他目光相接，"因为我必须知道，自己爱的是什么样的人。"

他闭上眼睛，"嘶嘶"地吸气，空气仿佛尖锐的沙粒。良久，睁眼。

"晨曦的到来是个意外。分手的时候，我并不知道盈华正怀着他。"他说，"确切地说，那并不算分手。盈华是不辞而别——说'不辞'，现在想来，也许只是因为我听不懂她的种种暗示。在离开之前，她曾不止一次提到'孩子'，而我则对这两个字表现出一如既往的漠然乃至抵触。我曾一厢情愿地认为，使我和盈华走到一起的，是智性上的共鸣，任何其他的东西：婚姻啊、责任啊，尤其是孩子，都会让这段关系变质。最开始，盈华柔顺地接受了我对这份'自由'的限制，可当孩子真正到来时，做母亲的本能占了上风。日复一日，我忙于'折叠群'理论的建立，没有注意到她渐渐焦枯的脸色、萎靡的食欲和浮肿的手脚。每每提到孩子，我的反应千篇一律：扭过头，鼻孔吹出'嗤'的一声，仿佛讨论一下这个话题都是对我宝贵精力的可耻浪费……"

"她从来没有和你明说？"

他摇摇头，"还有什么可说的？越是自认为理性的人就越是固执，盈华明白这个道理。"

爱丽丝沉默了，她的眸子里盈满水汽。

"终于有一天，盈华离开了。她关闭了社交网络账户，把我拉入通信黑名单，拒绝一切可疑的呼入请求——她在我的世界中消失了。"他的目光下坠，匍匐在攥得发白的指节上，"我知道你想说，在这个世界上，没有人会真正失踪，但这已经不重要了。她的行为表明了她的决心，宁可把一个孩子独自养大，也好过留在一个没有爱的人的身边。我不懂得怎样爱一个人。那孩子说得没错。"

沉默。然后他听见了呜咽声，微弱、缥缈，仿佛来自远方。接着是雨，世界在雨中变形，橙色的灯光、墙上的挂画、爱丽丝的影子，光怪陆离。他湿凉的脸颊上忽地一阵温暖，那是爱丽丝的手捧住了他，小心翼翼。

"你哭了。"爱丽丝说。

他想摇头否认，但下一秒，他的前额就抵在了她的胸口。

"你懂。"她说。

他用喉头的一声哽咽表达自己的疑惑。

"你懂得怎样爱一个人，只是你自己不愿相信。"她抚摸着他的头发，轻轻地，仿佛抚摸婴儿，"越是自认为理性的人就越是固执。"

他给爱丽丝打电话，"有件事，想——麻烦你一下。"

"说。"

"晨曦能不能去你那儿住几天？"

"……没问题，但是……"

"我想改造一下书房。"

"嗯？那你的书，还有那些稀奇古怪的陈列品呢？"

"它们不会要求一个自己的房间，但临近青春期的孩子会。"

"我明白了。对了，晚上一起吃饭吧，我发现了一家非常棒的墨西哥餐厅，晨曦一定喜欢。"

"好。我——我先挂了，再见。"

他匆匆跑进书房，看到孩子背抵着墙，地上躺满玻璃碎屑。孩子的目光从他的脸上弹开，然后蹲下，用小手归拢残骸。他耳中蜂鸣一声，跨前一步，捏住孩子的肩膀，把他搡向一边。

"让开。"他说。取扫帚回来的时候，孩子已经蜷在沙发床上，留给他一个灰色的、小小的背影。他的心中忽然刺痛，那些碎片似乎溅入了他的胸膛。他是生气了，但更多的是怕孩子划伤手指。他的粗鲁来自愤怒与担忧的反馈环，是一把没有剑柄的剑，在向别人刺出的同时也割伤了自己。地板清理完毕，孩子的背影保持着静止的姿态。他向着那个背影走近了几步，继而停止，复又后退。

他关灯，退出房间，手中、心中，满是残骸。

就在此时此刻，有成千上万台电脑正日夜不停地寻找纸片的"折法"，但我很怀疑，这些逻辑机器能不能找得到。也许正如哥德尔定理暗示的，世界的终极秘密终究无法通过形式化的算法破解。

要迈出认识的最后一步，也许人类的直觉和灵感才是可信赖的依凭。所以，请各位看好我手中的模型，牢牢地把它记在心里。说不定某一天，上帝会用一个衔尾蛇式的梦境或者一个你无法解释的巧合，将谜底偷偷泄露给你……

"你应该向他道歉。"戴蒙德抱着手臂说。

他没吭声。

"你竟然没有问为什么。"戴蒙德饶有兴致地打量他。

"……为什么？"

"因为，即使从动机上来讲，你也不是全然无私的。一块玻璃而已，你竟然会生气——"见他打算开口辩解，戴蒙德做了一个制止的手势，"哦，得了吧，就算它是万事万物的答案又如何？世界还会因此毁灭不成？我告诉你，高远钧，人的感情可比玻璃脆弱多了……"

他愣了一会儿，然后开始收拾自己的手提包。

"嘿，你要去哪儿？"戴蒙德在他身后叫道。

"去道歉。"

他头也不回地跨出了办公室。

敞开的木门后，爱丽丝的细眉毛挑了起来，"嗨！你怎么这个时候——"

"晨曦失踪了。"

爱丽丝僵着脸，"抱歉，你说什么？"

"他今天没去学校、没开手机、到现在还没回家……"高远钧发出一声近乎溺水的呼吸声，"他会不会像盈华那样消失？都怪我都怪我都怪我！"

爱丽丝把他拉进屋子，"你先冷静一下！到底怎么回事？"

他磕磕巴巴地把事情的来龙去脉捋了一遍，讲到最后，爱丽丝的鼻子皱了起来，然后摇头。爱丽丝的姿态令他愈加惶惑，那从前令他不屑的、"人"的情感和非理性，铺天盖地地席卷而来，将他淹没。

"我该怎么办？"他求救道。

爱丽丝的目光飘向窗外淡紫的暮色，"现在还不能报失踪。"

他转身，"我得去找他！"

爱丽丝扯住他的手，"你去哪儿找？"

他僵了一下，随即扭身看她，黑色的瞳仁像茶色玻璃上的一点墨迹。"我不知道——"他低声哀号，"我不知道！我不是个合格的父亲，我永远也当不了合格的父亲！"

爱丽丝将他拥入怀中，轻轻地拍打他的后背，母亲般摇晃着他。"没人天生就知道如何做一个父亲，没人不曾在这条路上犯过错。"她柔声说，"远钧，你已经很努力了。"

"不……"

忽然，越过爱丽丝的肩膀，他看到一双晶亮亮的眼睛。他眨眼，那双眼睛也随着他开合，与他对视。他屏息，浑身的肌肉僵硬似铁。

爱丽丝察觉到了什么。她退后，"对不起，但除非孩子自己想见你，我不能——"

他撞开爱丽丝的身体，蹚过地板上散落的衣服和杂志，仿佛他和孩子之间只有虚空，仿佛一切距离都只是幻觉。他走到孩子身前，蹲下，用两手箍住孩子的肩膀。

"对不起。"他说。

孩子撇了撇嘴，没作声。

他紧紧地抱住孩子。

在沙发床边，他捧着一团形状怪异的折纸。

"晨曦，你在爱丽丝阿姨家待了一天，就为了折这个？"

孩子点了点头，"没有那个玻璃的漂亮，但形状是一模一样的。"

他把折纸转了几个方向，确实，一模一样。

"晨曦, 你还——你还知道怎么折吗?"

"知道。"孩子作势要撩开被子, 被他按住。

"今天先休息吧, 以后, 我们有的是时间。"

孩子点头, 眨巴着眼睛看他, 清澈的眼眸宛若流金。

"……我要睡了。"他说。

"啊, 嗯——"高远钧清了清嗓子, "好的。晚安, 儿子。"

孩子的嘴角卷了起来, "晚安, 爸爸。"

他俯下身, 在孩子的脸颊上轻轻啄了一下。他想, 这一刻他的脸一定是通红的, 但这些都无所谓了。因为在这一天, 上帝通过一个孩子的手, 告诉了他两个秘密: 关于世界; 关于爱。

又或者, 那只是同一个秘密。

他想。

2018.1.2

爱在地裂天崩时

引子一

对于一个做过无数次的梦，他清楚其中所有的细节。

在梦中，他像上帝般俯瞰一切、明了一切、潜入一切——他，就是世界本身。他看到一个十六岁的少年在一个燠热难耐的午后斜倚着一棵法国梧桐，体内的兴奋和期待在奋力对抗恹恹睡意。她应该来了，少年想。

很快，他看到了她，马尾辫、白T恤、淡蓝色牛仔裤、斜挎帆布包。他浑身一凛，向她招手，她笑了，也抬起手——

忽然，时间凝滞了，像飞虫钻进果冻。声音、气味、振动……所有这些感官形成了一个云团，包裹了少年。在时间的下一个段落，他看到她嘴角的曲线出现了拐点，开始自由落体运动……

十六年后，他被困在黏稠的记忆中，无数无法言说的细节令他寸步难行。

十六年后，他是自己梦中的上帝，而上帝是那个被感官包裹、被恐惧填满的少年……他战栗着醒来，天已破晓。

一

就算是给自己一个交代吧，他想，今天之后我就可以彻底死心了。现在是早上八点四十五分，会客室里只有他一个人。

他环顾四周，除了硕大的会议桌和几丛绿色植物，纯白的墙壁和天花板占满了剩下的空间。嵌在墙壁中智和公司的logo散发着幽蓝的光。没有信息墙纸和触屏桌面，这符合智和一贯的极简风格。他想。

他拢了拢头发，接着把指尖凑近鼻子。一股腻乎乎的臭味。他皱起鼻子，摇了摇头。

电动门无声滑开，一个身材中等、穿银灰色西装、发型一丝不苟的中年男人走了进来。他急忙站起来，身后的椅子被地毯拽着不肯挪动，他被尴尬地夹在会议桌和椅子之间，弯着膝盖。

"请坐。"中年男人径直拐向会议桌的上首，用手做了一个下压的动作。

他坐下，轻轻地吐了口气。他的双手交握在大腿上，微微冒汗。

中年男人从西服内袋里掏出软式平板电脑，展开。"您就是……"中年男人盯着屏幕的眼睛眯了起来，"杨震先生？"

他点了点头。

男人咧嘴一笑，"我是智和产品研发部的负责人，我叫Andy刘。你可以叫我Andy……那么咱们这就算是认识了。能问问你为什么会选择我们公司吗？"

没想到还有机会说话。他清了清嗓子，用稍显响亮的嗓门儿压过咚咚作响的心跳，回答说："贵公司是一家杰出的科技公司……在智能手机越来越轻薄，甚至采用腕式投影或者增强现实眼镜的今天，贵公司还在坚持制造'传统'手机——当然所谓的'传统'，指的是手机的体积；从其他方面来看，智和手机并不传统，反而是超前的……"

Andy刘用指节叩了叩桌子，"这一点，全球的五亿用户都可以为我们证明。杨先生，时间宝贵，咱们能不能把客套话给免了？"

他的脸腾的一下红了，"对不起、对不起。An——dy，我看中的是智和手机庞大的用户群、强大的传感器功能和云计算能力。而且据我所知，贵公司也推进过地震长期预测的项目……这些都非常有助于实现我的设想……"

"短期预测，嗯哼？"

他点了点头。

"在个人简介里，你写到自己是水边县人，对吗？"Andy刘问。

话题的陡转令他不知所措。他费力地想了一会儿，才说："是的。可是——"

Andy刘做了一个制止的手势，"我去过你的家乡，在很多年以前——确切地说，是在大地震后的五年。重建工作热火朝天，我能感到整个县城都洋溢着一股子激情……但地震带来的伤痛并不是那么容易就能忘却的，对不对？"

他第一次直直地看向Andy刘。这个中年男人脸上有着毫无感情的笑意，其眼神也像是笼了一层薄纱。他不明白Andy刘的意思，如果Andy刘意在羞辱他，就像对之前无数个兜售脑洞的投机分子所做的那样，那么他现在唯一能做的就是拂袖而去——实践证明，这是能够保全尊严又不至惊动保安的最好方法。

不过，他并不确定。他挺了挺身子，说道："那场地震改变了我的人生。"

"不止你一个。"Andy刘说。

他怔了一下。似乎有什么从中年男子的目光背后溜了出来，稍纵即逝。这瞬间的洞察几乎令他燃起了希望。"当然当然，我——"

"你认识Zoey于吗？"

话题再次急转，这位Andy刘的大脑褶皱堪比秋名山的发卡弯，车手乐在其中，乘客晕头转向。

他一愣，随即挤出笑容，问道："您指的是哪种'认识'呢？是我认识她，而她不认识我的那种'认识'吗？"

智和公司的研发负责人手臂撑在会议桌上，十指交叉，意味深长地看他。

"你说呢？"

他被看得有些发窘，"我当然认识Zoey于，如果您指的是这种'认识'——"

Andy刘的右肩向上一耸，用他的身体完成了又一次没有感情的笑意。"那么今天就到此为止吧。"他站了起来，"杨震先生，您的想法我们会仔细考虑，请您耐心等候我们的通知。"

他起身,再次被卡在座椅和会议桌之间。

"谢谢。"他说。他弯着膝盖,脸红得像火烧云。

二

通常这就是极限了。在堆满空啤酒罐的脏乱出租屋中,他想。至少我见到了智和里有头有脸的人物。阿Q精神对一个屡屡受挫的人来说是不可或缺的——甚至可能是他唯一的傍身之物。阳光从脏兮兮的窗帘后透了过来,灰头土脸。灰头土脸的阳光告诉他:新的一天开始了。

他伸了一个懒腰,口袋里的智和V3手机用乖巧的合成女声提醒他:"杨先生,您现在的体温是35.7摄氏度,心率为每分钟72次。目前环境温度23.5摄氏度,湿度55.1%,气压……"

"建议,亲爱的。"他一边往身上套背心,一边嘟囔,"直接说建议。"

"今天适合在户外进行三十分钟左右的中等强度有氧运动。"

他哼了一声,拉开一罐啤酒。"你本可以做得比这更多,亲爱的。"他一手捏着啤酒罐,一手把玩手机。智和手机有一块硕大的5.5英寸①柔性屏幕,4毫米的厚度,70克的重量——甚至还有实体按键。刚推出时,有业内人士戏谑地说:"这玩意儿就像是苹果手机时代的'大哥大',如果能卖出去一台,我就把我的手机吃了。"当然,这位

————————————
①1英寸＝2.54厘米。

赌徒没有兑现诺言，因为智和手机一口气卖出了几亿台，而这位业内人士赌的是一台——"请注意我说的话，是一台手机哦，不能多也不能少。"此公显然熟读了《威尼斯商人》。

马后炮总是明智的。有人把智和手机的意外走俏归结为逆向思维：大家都拼命把手机做得又轻又薄，我偏不这样，我偏要让它在你的口袋里刷存在感。当然智和手机的厚重不是无厘头的，它的厚重源于机身中的黑科技——"多向高精度传感器"。智和的成功，一位业界大牛评论道，在于它借助最新的技术进步，契合了现代人对于大数据健康管理的需求。这句话得到了广泛认同。多向高精度传感器可以探测手机持有人的体温、心率，可以感知环境的温度、气压、电磁辐射强度乃至有害气体浓度，通过统合与分析这些数据，智和的A.I.甚至能判断出某一地区的健康趋势，并给出相应建议：您所在的地区流行性感冒呈扩散趋势，以您目前身体的综合状况评价，感染概率约为55%，置信度83%，建议您远离人群，注意保暖；提示！您所在的地区近期受低气压影响，各空气污染物浓度有上升趋势，结合以往数据，上呼吸道感染将呈爆发态势，建议您减少户外活动时间，佩戴防雾霾口罩……

然而仅仅依靠健康大数据，智和不会如此成功。作为硬件制造商，智和的热卖带有正反馈效应：其强大的硬件功能吸引了无数开发者，这些人在高精度传感器和大数据的结合中兴致高昂地挖掘各种可能性，开发出的脑洞大开的软件火了一茬又一茬，而软件的火爆又反过来促进了手机销售……当然，不难想见，有着相似功能，声称可以碾压智和手机的"友商"也就如同雨后春笋了……

正是这些友商让他碰了一鼻子灰。

"不管怎么说，你尝试过了。"他举起啤酒罐，咕嘟咕嘟灌下一大口……打了一个心满意足而又自暴自弃的饱嗝。

这时手机在他的手中抖了起来。陌生号码。语音呼入。

"喂？"

"杨震先生吗？我是智和的Andy刘。"

"An——"他的脸皱了起来，电话那边好脾气地沉默着，"Andy刘！哦，该死！"他跳了起来，被打翻的啤酒滴滴答答淌到他的脚背上，"Andy，抱歉，我、我没想到——"

"我是不是打扰到你了？如果不方便我可以换个时间——"

"不，不！方便，方便！您请说，您请说！"

Andy刘稍稍一顿，把对话从混沌之中拎了出来，"董事会对你的想法很有兴趣。如果方便的话，请你来一趟公司。"

"来一趟……"他感到口干舌燥，"公司？"

"是的，公司。我希望你在iCar行驶日志里保留了我们的地址。"

"当——当然！"

通话结束，他站在啤酒的池沼中，曾经恼人的窗外喧嚣恍如隔世。此刻他满脑子的轰鸣：智和，Andy刘，Zoey于。

她知道他来了吗？知道他带着最后的执念与希望匍匐在她帝国的庙堂上吗？

最好她不知道。

"先生，"手机里的乖巧女人终于耐不住寂寞，"您目前的心率是每分钟112次，体温是36.5摄氏度……您需要吃一片阿司匹林吗？"

三

智和大厦顶层。他现在所在的办公室，呈现出一种极简到近乎刻薄的装饰风格：一整面落地窗，俯瞰着雾霭之上、幽灵军队般的高层建筑群；白色地砖，白色合成材料的办公桌、转椅、书柜；在办公室靠近落地窗的一角，几张灰色布艺单人沙发围着圆形玻璃茶几。

他瞅着茶杯中轻轻摇曳的茶叶，发呆。今天 Andy 刘几乎没和他说什么话，多数时候，这个中年男人只是含笑看他，仿佛他脸上有什么东西让他想笑又不敢笑。引他入座之后，Andy 刘说："请稍等一下，人马上就到。"

他一怔，问道："不是跟您谈吗？"

"我？" Andy 刘粲然一笑，"我怎么做得了主？"

还没等他反应过来，Andy 刘已经飘出了办公室。他连吞了几口口水，Andy 刘的话在他的脑腔里漾起袅袅余音。

——我怎么做得了主？

待 iRobot 机器人添过第三道茶，她进来了，无声无息。

是气味，把他的目光从微绿的茶水拽向了她。花香。恬淡悠远。

他转过头，呆滞一秒，接着浑身一僵。茶水溅在他的虎口，但他顾不得痛，龇牙咧嘴地起身。

女人面无表情，轻声道："请坐。"

在那一刻，他突然感到后悔，浑身的细胞都仿佛蹲踞在起跑线上，作势欲逃。

然而最终，他还是坐下了，目光呈一道抛物线，坠落在茶几上。女人留在他视网膜中的残影、振动他听小骨的余音、激活他嗅觉细胞的尾香，形成云团包围了他。他的头皮发紧，意识混沌，牙齿"嗒嗒嗒"地碰撞着，像是在拍发电报。

"杨先生，"女人在他对面坐下，手伸了过来，"我是Zoey于。幸会。"

他递出手，"幸会。"他的手唯唯诺诺，被女人的手衔着。握手的是拇指和另外三根手指，他的目光偷偷向上，他看到女人的小指优雅地翘着。握手的时间已经超出礼节的范畴，他很确定自己没有提供摩擦力——Zoey于没有放手的意思。

"握手的时候直视对方是应有的礼貌吧？"女人说。

他绯红了脸，抬眼看她。随意盘起的头发、琥珀色的眼珠、线条清晰的锁骨和锁骨正中小小的颈窝、带流苏的白绸衬衫……没错，这正是她。他的耳畔轰隆作响。

"杨震先生，"女人松开了他的手，"或者我应该叫你杨青石？"

"嗯……"

"以假名示人，这可不怎么有诚意啊……你就这么不想见我吗？"

"嗯……"他还是无言以对。

"十六年没见。"女人眯起眼睛，"我们生命的一半。"

"十六年……一半……"他鹦鹉学舌。

"够绝情的。"

他点头, 又使劲摇头, "对不起……"

"可你还是来了," Zoey 于幽幽地笑着, "不是吗?"

可我还是来了。他抬眼看她, 大胆的目光多少有些豁出去的意味。十六年前那个穿白 T 恤的少女从眼前这个当代雅典娜的轮廓里浮现出来。他苦笑着摇头。十六年前的于紫依是一颗飓风的胚胎, 而他呢, 只是一颗被播入贫瘠土壤里的种子。

如果不是最后一缕执念化作的天风, 他怎么会飘荡到她的面前?

"紫依, 我是个傻瓜。"他说。

"对, 你就是个傻瓜。"他在她的声音中听出了笑意, "这么多年过去, 你竟然还抱守着临别前的那句话——是的, 你是个大傻瓜。"

"……临别前的, 话?"

她向后靠去, 双臂环抱, "我看了你的项目企划书。"

"我——"他意兴盎然地张开嘴, 却又生生地把后面的音节咽了回去。他突然意识到, 这个他自以为的机会, 也许不过是这位故人想"叙叙旧"。潦倒了这么多年, 连他自己都要承认自己不过是个空想家, 一个三流的前科研人员。而此刻他竟坐在这里, 坐在时代的风眼之中, 难道他的设想真的是垃圾堆中的珍宝? 难道眼前这个少年时期的青梅竹马真的能慧眼识珠?

"一堆垃圾,"他轻描淡写地说, "嗯哼?"

于紫依皱起眉头, "杨青石, 我对垃圾没有兴趣, 更不会为垃圾浪费我的时间。我想问你, 既然你只是想依托智和的硬件机能, 为什么不自己做应用开发?"

他挠了挠鼻子, 说:"智和提供给普通开发者的权限不能满足分析的需要，以我的估算，要实现地震短期预测，小数点后五位的精度是最低要求；还有，数据比对分析必须借助大型气象平台，甚至卫星遥感数据，这需要公司层面的投入和协调；最最重要的一点，是为了建立原始回归模型，我们可能还要——"

"开道后门。"于紫依意味深长地一笑。

他舔了舔嘴唇，"基本上，是的。"

"那你可得想办法说服我了。"她倾身向前，"咱们换个适合长谈的地方，你看如何？"

四

就在地面开始上下震动的那一瞬间，她的笑容消失了。他跌跌撞撞地跑向她，双腿不听使唤。他握住她的手，像握住一块不会融化的冰。紧接着，左右摇晃开始了。他听见人的尖叫、狗的狂吠，他听见大地闷雷般的呻吟。铁栅栏后面学校灰色的教学楼像失焦的照片……整个世界都变得模糊。终于，他被时间拖曳着，抵达了梦魇般的一刻：教学楼的右侧塌了下去，像是陷入了流沙，灰尘腾起，迫不及待地填补了它曾经站立的位置——他向下一斜。于紫依拽着他，瘫坐在地上，她的指甲深深地嵌入他的手臂……

他醒来，冷汗涔涔。梦中十六岁的于紫依有着三十二岁的脸，在清醒的时候他绝对想象不出那副少女的表情会出现在这个"女强人"的脸上——正是这副表情令他心碎。还好，梦境和现实并不总是正相关。

昨天他和于紫依去了智和大厦旁边的一家西餐厅。他们选了最靠里的卡座，直到机器人侍应生上完所有菜品，于紫依才摘下眼镜和口罩。

"你瞧，这就是公众人物。"橙色的灯光下，她的脸上覆盖着大片阴影，"这就是所谓成功的副产品，没办法，只能习惯。"

他们久久没有步入"正题"。于紫依熟练地切割牛排，小块小块地向嘴里递送牛肉；咀嚼时，她脸上的肌肉保持着一种优雅的从容。"我记得我去美国读书后没多久，咱们就断了联系。"她说。

他挠了挠头。出于某种心照不宣，于紫依轻巧地跳过了这一话题。

"这些年你过得怎么样？"

不好。"……还好。"他张口扯谎，"在地震局干过，前几年辞了职，现在是自由职业者。你呢，还好吗？"

明知故问。

"还好。"餐刀发出"嚓啦嚓啦"的声响，和背景爵士乐的节奏暗合，"你知道，在斯坦福学计算机，毕业后如果不去创业，是会被人笑话的。我也是赶鸭子上架噻，没想到误打误撞就走到了今天。"

他停止了手中动作，看她。于紫依刚才说的是方言，这让他感到亲切，同时也感到茫然。

"怎么了？"她笑着拢了拢头发。

"莫得事。"他用方言回答。

直到吃完甜点，她好像才想起此行的目的，"青石，你知道，盈利是企业的行为准则。你的这个地震预测软件如果真的成功了，当然会促进智和手机的销售;但恕我直言,根据我的粗略估算,即便如此,它所带来的预期收入增长也无法覆盖我们即将承担的风险——人力、物力、财力、机会成本。"她每说一词,便用咖啡勺敲一下托盘,"而且根据你的设想,为了建立起地震预测的回归模型,我们可能还需要在后台'偷偷'汇总用户数据,对吗?"

他喝下一大口柠檬茶,嗓子依然焦渴,"是的。所以我——"

"青石,"她目光灼灼地看他,"我需要你认真地回答我,你真的相信地震能够被预测吗?"

"⋯⋯我并不是一个嗜赌的人。"沉默片刻,他说,"但如果人生只能豪赌一次,我赌这个可能性。"十几年逝去的青春和一个一无所有的生命被推上牌桌。他苦涩地想。Show Hand。

她的脸滞了一下,随即卷起嘴角,"明天来公司报到吧。我让Andy给你的团队物色几个人。"

他嘴巴半张,人偶般僵着。

"企业追求盈利,但正如'corporation'中的'corpor'代表身体,这暗示企业不过是人的延伸。除了钱以外,人总要有点儿情怀吧?你知道坐在那间高高在上的办公室里有什么好处吗?"于紫依粲然一笑,"那就是可以偶尔任性一次。"

他找了个借口溜到餐厅门口,把手指递向前台机器人。肩膀在这时被重重地拍了一下,他吓了一跳。扭过头,躲在墨镜和口罩后的女人瓮声瓮气地说:"账我已经结过了。走吧。"

"这——"

"在这里我是东道主。走吧。"

无人驾驶电动车把他送到公寓楼下。他站在五月的夜风中,心思飘忽，如同一缕难以捕捉的云。于紫依从车子里探出头来，"这么晚回家，你家那位不会有什么意见吧？"

"不会。"他讪笑一声，"我……没有结婚。"

"哦……"女人叹了一口气（在杨青石听来），"我很抱歉。"

他垂下眼睑，模棱两可地摇了摇头。

五

在智和大厦的五楼，于紫依为他专门辟出了一间办公室——不大，邻着卫生间，以前是用来堆放杂物的。

"要保持低调，懂吗？"她一边说，一边冲他挤眼睛。两人独处的时候，她那骄傲而又略显稚气的表情一度让他产生了时光倒流的错觉。当年他们轮流占据水边一中年级第一和年级第二时，于紫依只会给他一个人这样的表情。是相互欣赏和暗暗较劲，把两个少年人推到了一起，那个星期天的午后，他们本来是约好一起去学校的自习室学习的……

"'盖亚计划'，你觉得怎么样？"她问道。

他愣了一下，"啊？"

"这算是揣摩我们喜怒无常的地球母亲的一次尝试吧，显得谦卑点儿总不会有错。"于紫依跨进了办公室。

谦卑？谦卑和这个什么亚计划又有什么关系？

他跟了进去。他看到 Andy 刘在于紫依身边垂手而立，对面三个年轻人像三株高高矮矮的植物，好奇地打量着他。

"于总、青石，这三位可都是各自领域的拔尖人物。"Andy刘介绍道，"吴菲菲，数学建模的高手；伊川和也，做数据分析很有一套；还有这位，Johanson Pinker，我们的王牌程序员，对智和手机的硬件接口非常熟悉。"

三个人一一颔首与他打过招呼。高大的金发青年咧着嘴，用地道的中文对他说："杨先生，我的名字别扭又拗口，以后你叫我小平就成。"

"行。那你也别叫我杨先生。我虚长你们几岁，就叫我杨哥。"

"杨哥，"小平嚼着口香糖，在于紫依和Andy刘面前也不发怵，"现在可以告诉我们要做什么项目了吧？"身后的两人和他一样，一脸疑惑和期待。

"这个……"他挠了挠头。

Andy刘冲他和于紫依点头，说："都签过保密协议的。"

"说得简单点儿，"他稳住心神，"我们要做一款地震短期预测的App。"

办公室瞬间安静了。当三个年轻人的笑容冻结在脸上，他可以清楚地感受到空气中缺失了某种活跃的因子，从而显得凝滞。

他呵呵笑了一声，他的笑声在寂静中回荡。

小平的目光从他脸上跳开，"地震短期预测——Boss，你不是在开玩笑吧？"

于紫依铁着脸，"我什么时候跟你开过玩笑？而且现在他——"她朝杨青石扬了扬下巴，"才是你的老板。"

金发青年把脸转向他，颌骨剧烈位移，发出响亮的咀嚼声。他鼓起腮帮，吹出一个粉色的大泡泡。

"啪！"

泡泡爆炸了。

六

三个人中，果然是这个"小平"最难搞。这小子没有一点儿"食君之禄，忠君之事"的思想，消极怠工不说，还整天嚷嚷着要跳槽。"上帝让谁灭亡，"他把二郎腿搭在桌上，"必先使其疯狂。"

"我觉得你是够疯的。"杨青石说。

小平猛地收起二郎腿，智能转椅善解人意地把他送到杨青石面前。

"杨，听说你是统计学和地球物理双学士。你是哪个大学毕业的？"

"北山大学。"

"北山大学，北山大学……"他朝斜后方那两个目光空洞、显然正沉浸于视网膜娱乐的小青年挤了挤眼睛，"没听说过。"

杨青石对他的挑衅无动于衷，"反正不是什么野鸡大学。当然啦，和你的母校没法儿比——斯坦福大学，我说得没错吧？"

"和Zoey于是校友。"小平扬了扬眉毛，"我可是凭自己的本事进的智和，和某人不一样。"

吴菲菲的工位上传出"喀喀"的清嗓子声。美国青年一脸的浑不吝，"杨，我学的虽然不是地球物理，但多少还有点儿地震常识。我知道对于地震的短期预测，现在科学界的主流意见是不、可、能——"

"好，那你告诉我，说地震不可预测，理由是什么？"

美国青年做了个鬼脸，那意思一清二楚：这你还问我？

他清了一下嗓子，说道："既然大家对自己的工作有疑惑，那么不妨摊开来谈清楚——小吴、伊川，你们两个也过来。"

他拉过一把没有智能马达的转椅，坐下。对面三个年轻人像是商量过一样，动作出奇一致：都抱着手臂，扬着下巴。

他说："我们先说说反方意见——地震为什么不能被预测。第一，我们对地球内部的情况所知有限。对于这样一个非线性的混沌系统，在认识有限的前提下，我们目前建立的控制方程和分析模型都不够准确。地震预测涉及流体、固体两态，而且有非均质、各向异性、不连续的问题，目前很多地震模型都是基于连续体模拟的，预测和实际情况偏差较大。另外，对于诱导地震的机理，我们现在也没有很完善的理论。第二，地震很可能属于自组织临界系统，这种系统里动力学的吸引子正在临界点上，因此具有高度的不稳定性和随机性。当然，在应力达到快速释放的临界点之前，地下会出现很多异常现象，但是由于十几公里的地壳传递过程的干扰，传到地面上来的携带应力变化信号的信噪比极低，因此也就不足为凭……你们三位，还有什么想补充的吗？"

三个年轻人相互瞅了瞅，齐齐摇头。

他的目光在三个人的脸上扫了一圈，最后定在小平脸上，"Mr. Pinker，想听听一位毕业于三流大学的三流科研人员是怎么看这个问题的吗？"

小伙子摊开手：既然你这么清楚，我看你还有什么好说的。

他站起来，"你们说我是疯子。没错，在偏执这方面，我承认自己确实是个疯子。我就是想预测地震，只要能达到这个目的，手头有什么我就用什么，想到什么我就琢磨什么。至于地震发生的深层机理，我为啥非要把它搞清楚呢？……你们还真别瞧不起这样的实用主义。往远了说，几千年来，我们人类的祖先用历法指导农业生产，尽管他们并不知道是广义相对论和牛顿力学定律规定了天体的运行，从而才有了四时更替、节气变化；往近了说，量子力学的应用塑造了今天的世界，可对于薛定谔那只猫到底是死是活、对于量子行为背后到底存不存在隐变量、对于量子纠缠是如何发生的，我们依旧没有定论，可我们不还是在愉快地享受量子力学带给我们的现代生活吗？"

小平高高的鼻子皱了起来，"杨，你想说什么？"

"从前的我们，过于纠结因果关系了。"他的手不由自主地在空中挥动，"在这个大数据时代，大量的、显著的相关关系唾手可得，借助这些相关关系，我们不必深入事物的内里，只要有精确的初识条件和足够多的变量，就可以建立回归模型或是时间序列模型，进而预测动力系统的变化趋势——据我所知，这不正是智和的优势之一吗？同理，借助智和的高精度传感器和大数据分析能力，我相信我们能把应力集中的信号从噪声中分离出来：温度、湿度、气压的反常变化、电磁异常、放射性气体的浓度上升等。全球每年大约发生数百万次地震，而且多数集中在环太平洋火山地震带和地中海－印度尼西亚地震带上。我粗略算了一下，生活在这两个主要地震带上的智和手机用户至少数以亿计！这其实就是数亿个传感器啊，上百万次的地震，其中即使只有一小部分能够提供有效信息，仍不失为一座数据的宝库……你们都是处理数据的高手，能明白我的意思吧？”

三个人迅速交换眼神。

“杨哥，”吴菲菲说，“我大概明白了。你是想用智和传感器里的数据为地震建立动态模型，再将变化的参数代入模型来预测地震……不过，地震前的那些鸡飞狗跳、气温异常、氡气释放什么的，不都是那些……”她迟疑了一下，“那些民间科学家用来预测地震的依据吗？”

他笑了笑，说道：“没有严格的数学方法和数据支持，再准确的洞察也难免沦为跳大神……以我的理解，对于地震这样高度复杂的非线性系统，区区几个非定量因素很难成为预测的依据。那些声称能够预测地震的民间科学家，沉溺在迷雾重重的思维模型中，看到几片疑似‘地震云’就大喊着‘狼来了’，在我看来，不过是借科学之名行巫术之实而已。”

吴菲菲和伊川和也默默点头。

小平的喉结上了又下，接着轻轻地哼了一声，“杨，你的实用主义很有我们美国佬的风范——摸着石头过河，嗯哼？”

杨青石扑哧一声笑了，“没错！”

“算我一个。”美国佬向他伸出手，“不过丑话说在前头，掉水里的时候可别指望我把你捞上来。”

“放心。”他攥住小平的手，“如果真到了那一天，我一个人乖乖地沉下去就是了。"

七

"那几个小朋友搞定了？"

于紫依咂了一口扎啤。在这个街边的烧烤摊，她干脆不摘墨镜了，在城市夜空中LiFi网络编织出的荧绿色光幕和巨型投影广告嚣张光芒的照耀下，墨镜丝毫不影响她辨识食物的能力：这个女人左右开弓，生蚝、烤鱼、牛肉、韭菜……就着冰镇啤酒，她吃得风生水起。排山倒海的烧烤味和女人的香水味混合在一起，形成了一种奇妙的氛围：既粗鲁，又令人着迷。酒不醉人人自醉。他的头皮发麻。

"搞定了。"他点了点头。

"你不喝啤酒？"于紫依问他。

自从见到你，我就不再喝了。他摇摇头，说："不喝。我尿酸高。"

"也好，现在你需要清醒的头脑。"她直起身，"内测版本什么时候出来？"

"最快下周。"

"好。"女人的两颊飞红，"后面就是我的事了。"

后面。他盯着于紫依线条松弛的嘴角。她的轻松究竟是装出来的，还是酒精的麻痹作用？"盖亚"（他们现在都这么称呼自己开发的App）第一阶段的任务是通过收集传感器数据建立地震的多元回归模型和联立方程模型，这就意味着，在模型没有建立起来之前，它是无法实现预测功能的——这时作为独立的App推出，肯定没有几个人会买账；而模型的建立又极端依赖数据样本规模。这是个循环悖论，如果按照常规思路，"盖亚计划"永远不可能成功。

"所以只能开后门喽……"在三天前的碰头会上，于紫依轻描淡写地说，"就像你在项目企划书上说的一样。"

按照他们的计划，"盖亚"一开始会伪装成"智和健康"的内测插件，对它的功能描述要尽量语焉不详……总之就是提高健康管理精度之类的陈词滥调。它实际在做的事情是收集传感器数据并上传至智和的云服务器。"智和健康"是智和手机的主打功能，几乎没有人会拒绝使用——五亿部手机，"盖亚"得到的数据将是海量的。

"说白了就是偷数据嘛……"小平如是说，"不过I'm loving it！"

作为一个小程序员，小平可以喜欢这种刺激的逾矩行为。但身为智和的创始人及CEO，于紫依是要冒很大风险的。

"紫依，"杨青石舔了舔嘴唇，"你可要想好，这事儿如果被人发现，那——"

她拍了拍他搭在桌上的手，"我人生最大的遗憾不是来自不计后果，而是来自深思熟虑。"

他的耳朵"嗡"的一声，颈毛根根直立。于紫依的话像一根来自高维度的针，探入他的过去和现在，把原本层层沉淀的现实搅得一片浑黄。这些天，地震的梦境频频造访。于紫依以不同时态出现，时而十六岁，时而三十二岁，或者干脆介于这两者之间。在梦中，他试图保护她，就像他曾经做过的那样——然而他又隐隐知道，这样做也不能改变什么。在梦中他是洞悉自己宿命的人，他明白他们会小心翼翼地把彼此从自己的生命中抹去……这是两个少年人的默契，不是不计后果，而是深思熟虑……

现在她说这话，是什么意思？

于紫依的手从他的手背上退开，说道："我有信心瞒过董事会一段时间，但至于那几亿的用户，我心里就没谱了。我们唯一的胜算就是在所有人察觉之前得到地震预测的准确模型——青石，你能做到吗？"

他咽下一口唾沫，用力地点头。

"我就知道！"她举起酒杯，墨镜里两个杨青石瞪着四只空洞的眼睛，"为我们的成功，干杯！"

他举起可乐瓶，"干杯……说好了啊，今天我结账，别跟我抢。"

于紫依的嘴角卷出一个黏黏的笑。

"好啊。"

八

他们在深夜被召集起来。办公室惨白的 LED 灯光下，于紫依的表情模糊，Andy 刘搓着手指，三个年轻人呵欠连天。

"紫——于总，"杨青石的声音发黏，"有什么紧急——"

"'盖亚'已经运行了一个月，"于紫依打断道，"我想请你们汇报一下进度。"

项目组的几个人面面相觑。杨青石用目光探问女人，后者面无表情。他和年轻人交换眼神，然后清了清嗓子，"于总，我们从数据中挖掘出了很多有趣的东西……目前,回归方程已经初步建立起来了,但是……"

"但是?" Andy刘停止了手中动作,他的嘴唇微微发抖。

"但是模型的拟合程度还很低。" 吴菲菲接话道,"我们拿预测结果和国家地震台网的数据进行交叉比对,时间、地点、震级在可接受误差范围内的预测,大概占预测总数的百分之十几。"

于紫依的脸颊跳了一下,"也就是说,现在还基本预测不出来?"

杨青石挤出一个笑容,"于总,你可能要多一点儿耐心。这段时间做下来,我们发现地震预测比项目组最初预期的要复杂得多。在地震这样一个混沌系统中,对于如何处理多重共线性和时间序列中的伪回归,需要反复试错、不断修正模型,这消耗了我们大量的计算资源;另外,如何从应力信号中剔除噪声,也是一个难点。举个例子:'盖亚'从某一地区的传感器集群中得到的气温数据是海量且不断变动的,我们需要从这些数据的变动中识别出整体模式,进而判断出局部地区地表温度的快速、异常升高,这不是个拍拍脑袋就能解决的问题。当然,项目组正在全力改进过滤算法……我坚信我们正走在正确的道路上,现在我们缺的是……" 他犹疑地四顾,"缺的是……"

"杨,我不明白这有什么不好说。" 小平大大咧咧地用食指抠着眼角,"我们缺的是几场在人口稠密地区发生的可明显感知的地震,嗯,震级最好在6级以上,越大越好。稠密的人口可以为我们提供海量的传感器数据;而较大的震级……" 他故作轻松地耸了耸肩,"可以使应力信号更为显著,这对减小初始参数和边界条件的误差大有裨益。据我们估计,如果方程能够得到修正,预测准确率将大大提高。我说完了。"

于紫依抱起手臂，"……所以，你们是在等大地震——极有可能造成人员伤亡的大地震。"

"要想快速获得对某种病原体的全面认识，没有什么比一场大规模的疫病暴发更有效。"杨青石苦笑，"这是一个尴尬的悖论。"

办公室陷入长时间的沉默。在深夜的静寂中，老旧灯管嗡嗡的蜂鸣声令人难以忍受。杨青石使劲眨了眨酸胀的双眼，头痛如潮水般漫了上来。最后，于紫依只是轻轻地吐了几个字，可在他听来，却不啻于訇然巨响。

"可能等不到了。"

他瞪着她，"你说什么？"

"刚才有人在论坛上发了帖子，对'盖亚'真正功能的描述极尽详细。"Andy刘重重地咬着"真正"二字，"不管是选择辟谣还是默认，我都毫不怀疑智和会在明天一早登上各大新闻媒体的头条。"

"泄密！"一向寡言的伊川和也突然蹦出一句。

办公室再次沉默。目光在几个人中来回弹射，最后形成默契，慢慢向小平的身上汇聚。

几秒钟后，粗枝大叶的美国人终于察觉到目光的灼烧，他僵了一下，然后猛地蹦了起来，像一个积聚了过多能量的弹簧。

"God damn it!"他的音调随着他身体的运动急遽起伏，"你们竟然怀疑我！怀疑我！"他恶狠狠的眼神在每个人的脸上奔突，像只垂死挣扎的疯狂小兽，"……你们他妈的谁能告诉我，我为什么要泄密?！"

杨青石息事宁人地把手伸向他的肩膀，"小平……"

美国人侧身躲开了他的触碰，"杨，一开始我对你的设想确实颇有微词，但那是在我被你说服之前；我最后决定加入你的项目，就说明我认可了咱们之间的契约——契约！你能理解这两个字在美国人心目中的分量吗?！"

"冷静一下，Mr. Pinker。"于紫依波澜不惊地说，"你认为我们对你的怀疑是武断的，是对你的羞辱，所以你火冒三丈，对吗？"

这个女人的平静里有巨大的势能。她不怒而威的目光在美国人的脸上盘桓，后者别过头，五官和语气都软了下来，"是的。"

"那么你仅仅从我们的肢体语言里就认定我们是在怀疑你，这是不是同样武断？我可不可以把这理解成你对我们几个人的羞辱呢？"

小平挠了挠头，"这……"

她摆了摆手，说道："不管是谁泄的密，现在都不是追究的时候。我们的当务之急是——"她看向杨青石，"让'盖亚'活下来。"

九

他们连夜发布了"盖亚"。这一次，是作为独立的App，功能是地震预测（内测版本），附带免责声明。

这一步棋是杨青石无论如何也想不到、下不出的。

"既然迟早会被人知道，那还不如自己说，起码主动权还在我们手里。"当时他还拼命在女人脸上寻找发疯的迹象，但从事后的效果看,女人的这一着险棋令局面瞬间易势。他隐隐约约地明白了,为什么有人能立于时代的潮头,有人则不能。

"有几场小诉讼,我们的律师应该能搞定。"几天后,Andy刘瘫在办公室的单人沙发上,一脸疲惫地说,"你们能想象得到吗?现在舆论的主流是:虽然手段有欠商榷,但智和的社会责任感值得肯定。"

吴菲菲兴奋地使劲儿点头,"我们提供了关闭'盖亚'的选项,但这样做的人很少。这还真得感谢那个泄密的家伙。"她偷偷地瞄了瞄小平弓起的后背,撇了撇嘴,"他把'盖亚'的功能说得那么明白,简直就等于是在告诉大家,我们稍稍越界的行为不是出于某种肮脏的商业动机,而只是为了预测地震……更好玩儿的是,当人们发现自己竟然在不知不觉中参与到了一场伟大试验中,而这个试验又关乎人类本身的福祉时,反而兴致更高了——说实话,谁不想成为历史的一部分呢?"

小平的后背耸了一下,说:"天真。"

"还不止这些。"伊川直接无视小平的臭脸,"网友们还给出很多改进算法和数据处理方法的建议。比如,如何在卫星热红外遥感异常中辨识应力集中的情况;对于二氧化碳浓度变量,可以进行二阶差分处理,我试了一下,放在模型里效果很好——你们知道是谁提的建议吗?是那个做火情警示App的团队……"

"有友商提出想和我们分享传感器数据,深度开发'盖亚'。"于紫依倚在门口,"我还要考虑一下。"

办公室里响起吃吃的笑声。杨青石站了起来,说:"我给大家泼盆冷水吧。"他朝于紫依点了点头,"改进算法后,我们的预测准确率达到了百分之三十几,和以前相比,这确实是不小的进步——但这样的准确率和我们的目标还相去甚远。说实话,我们现在的预测只能算是小打小闹,对于频繁发生的小型地震,误报和漏报不会造成什么严重的后果。可大家有没有想过,以现在的准确率,如果漏报或者误报了大地震,会发生什么吗?"

气氛瞬间凝重,几个年轻人松弛的脸部肌肉再次变得紧绷。"所以我们需要大地震啊。"小平不冷不热地来了一句,"而且在预测模型还不完善的情况下,为了降低误报风险,我建议一旦预测震级达到6级以上,就不要向震区的移动终端发布预报——你们那是什么眼神?你们不会不知道,无论是从主流科学界的态度,还是从社会影响的角度考虑,漏报都要比误报好吧?"

沉默半晌,杨青石说:"从'盖亚'运营的角度,我同意小平的观点。在现阶段,我们确实难以承受地震误报带来的负面影响,但是——"他的目光从每个人的脸上扫过,在与于紫依对视时,他意味深长地一停,"我想请大家不要忘记我们的初衷是什么。我们,说句不自量力的话,我们是想要从盖亚之怒中拯救生命。也许总喊'狼来了'是件吃力不讨好的事情,但如果在座各位都认同生命是无比宝贵的,那么只需做一道简单的算术题,我们就会得到这样的结论:漏报的期望损失毫无疑问要远远高于误报。如果我们出于'政治正确'的考虑而选择袖手旁观,那么我们现在的努力还有什么意义呢?"

"……那就当我没说。"小平摊开手,眉毛呈"八"字形倒挂着,"反正你是老板。"

十

她似乎预感到了什么。震动刚一停止，她就甩开他的手，跑向家的方向。他的大脑一片空白。他跟在她后面，跑过断裂、倾斜的水泥路面，跨过倒伏的树木，穿过漫天的尘烟，穿过哭泣、叫嚷、呻吟……她停住了。他们的前面本应是一幢六层高的灰色楼房。不会有错的。十六岁的他熟悉这个地方，仅次于熟悉自己的家……那栋楼只剩下一半。她向废墟走了过去，他拉她的手，可只触到一缕云烟……

他在半梦半醒的边缘徘徊了很久，最终被手机铃声唤醒。凌晨三点三十五分，他的半天假期还没有过完。他抓起手机，屏幕里于紫依少女般嘟着嘴。正是她逼他回家休息的。他很累，可当他躺在床上，脑海中的喧嚣沸反盈天，各种想法、各种疑虑、各种期待，像失真强烈的电吉他、像鼓、像贝斯，乱糟糟地响成一团……一罐啤酒也许能解决很多问题，可他最终抵制住了诱惑。

"喂？"他接起电话。

"青石，一个坏消息，还有一个更坏的消息，你想听哪个？"

"哦……"他呻吟一声。

"那就先说不那么坏的。当地时间十九点十二分，里斯本发生4.4级地震，'盖亚'提前四十五秒预报，预报震级为6.4级。发生了几起小型车祸，有人从二楼跳下来，摔成骨折……"

他猛地坐了起来，"更坏的呢?!"

电话那边顿了一下，"当地时间四点零七分，大阪发生7.2级地震，'盖亚'无知无觉。现在网上已经乱成了一锅粥。"

他深吸了一口气，胸口隐隐作痛，"通知那几个人了吗? 我现在就去办公室——"

"不用了。"于紫依的疲惫从听筒里渗了出来，"明天早上我来接你。你先好好睡一觉。"

"可是……"

"快去睡觉!"

通话戛然而止。手机从手中滑到床上。他起身，颤抖着翻出家里的最后一罐啤酒——有时候，他一边猛灌啤酒，一边想，一罐啤酒能解决很多问题。

十一

"董事会已经向我施压了。"于紫依说，没有看他。

悬浮车在透明的城市干线空管中嗡嗡行驶，全景车窗外，城市不断退去。千米高的建筑群如一列反射着寒光的利齿，撕咬着北京城的天际线。

"我们不去公司?"他昏昏沉沉地问。

"去机场。"于紫依微微侧过脸，"青石，你能陪我回一趟家吗?"

家？他清醒了一半。他看向她，他在她的侧脸里发现了某种柔软，这柔软仿佛时光深处的窖藏，并不属于三十二岁的于紫依。于是他立刻明白了她指的是什么。

"好呀。"他说，喉头发紧，"我也很多年没有回去过了。"

晨光从车窗漫了进来，于紫依眯起了眼睛。

"是 Andy 泄的密。"她说。

他咬着下嘴唇。

"他肯定得到了董事会的授意。在公司里，其实早就有很多人对我的所作所为非常不满了。很显然，有人想借这个机会踢我出局——我们在之前扳回了一局，可惜……"女人睁大了眼睛，目光在他的脸上定格，"你已经知道了？"

"刚才小平给我打了电话。"他的颈动脉突突直跳，"他只对我说了两句话。第一句是：杨，我知道中国有个成语，叫'自作自受'……"

她苦笑着摇头，"这是他的风格。"

"第二句是：我还知道中国的另一个成语，叫'一诺千金'，你应该能理解'契约'二字在美国人心目中的分量。"

她头部的动作，连同脸上的笑容，都凝固了。许久，她发出一声若有似无的叹息。

"紫依，对不起。"他的脸颊滚烫，身体却是冰冷的，"如果我……"

于紫依用手指揩了揩眼角，"青石，没什么可对不起的。能走到这一步，你比我要难得多。"

他怔了一下，眼泪呼之欲出。车子在这时微微改变方向，他们被加速度推搡着，手臂短暂相接。他能感觉到她的体温、她的绒毛、她的静电，所有的失落、期待和痛悔像一块巨石，"扑通"一声坠入他心中的深井。他紧紧地咬着腮帮。

"青石,知道最让我难受的是什么吗?"她的侧脸在逆光中是一个疲惫的轮廓,"Andy跟了我四年,说倒戈就倒戈。以现在的形势,说不定智和也会流沙般从我的指缝间溜走……好讽刺啊,就像我的整个生命都建立在流沙之上,地球母亲打一个冷噤就会把一切都夺走……十六年前是这样,十六年后仍是如此。"

"不!"他急切地反驳,"紫依,我们还不到束手就擒的时候。刚才吴菲菲发来信息,说大阪地震为我们的模型提供了大量的数据和宝贵的边界条件,模型修正以后,预测准确率肯定会大幅提升……"

于紫依的手盖在他的手上,"青石,见面那天,我说你绝情——我要向你道歉,绝情的人其实是我。"

他的头皮发麻,"你……说什么呀……"

"地震以后,我随外公外婆去了另一个城市。"她自顾自地说,"我考上了北大,后来又去了美国。在那之前,我都不知道自己能毫无知觉地生活——也许正是靠着这样的麻木,我才不至于崩溃。但是,我知道在我心上还有一个部位,这个部位如同开关,只要轻轻一碰就会唤醒沉睡的疼痛;我怕那疼痛太过强烈,强烈到会把我整个儿吞噬掉……你明白我说的什么吗?"

他嘶嘶吸着气。点头。摇头。

"有关地震的一切。"她转过脸看他,"我失去的,我未曾失去的,都是开启潘多拉魔盒的咒语。我以为抛开这一切就能够继续生活下去。我去了大洋的彼岸,我故意不回你发来的信息,我交男朋友、喝酒、吸大麻,我玩命地学习、玩命地工作……我多么傻啊,竟然以为自己能够躲过伤痛的追杀,可是你看看现在的我,孑然一身、众

127

叛亲离，如同一只丧家之犬。原来伤痛从不放过谁，它不会一刀毙命，但总能慢慢地收紧套在你脖子上的绞索……"她摇了摇头，说不下去了。

"紫依……"他紧紧地抓着她的手，不知该说什么。

"青石，"她灼灼地看他，"现在你能告诉我，你为什么要来找我吗？"

他低下头，"我……"因为心有不甘吗？还是因为心中怀有一个真真切切的希望，希望能在有生之年再次回到你身边，哪怕我们被那些往事、那些奔流不息的时光、那些少年人的期待、惶惑与薄情所阻隔？"我不知道……"

于紫依轻轻摇头，若有似无地笑着，"无论如何，我都要谢谢你啊，青石。谢谢你还记得你的承诺。我可以想象，这么多年，这个承诺就像西西弗斯的巨石——你一次一次地把它推向山顶，而它却一次一次地滚落……青石，你已经尽力了。"她注视他的目光温柔悲悯，"你该卸下这副重担，享受你想要的生活了。"

他怔了一下，松开了手，"这就是我想要的生活，我不会放弃的。"

"青石，你不明白……"

"紫依，你真的相信地震能够被预测，对吗？"

"这不是相不相信的问题……"

"于紫依，回答我！你相信吗？！"

她别过头。电动车驶入阴影，首都机场像一只匍匐的巨兽，将他们吞入腹中。

十二

这个县城崭新、陌生，十六年过去了，你已经很难想象它曾是地球绽开的伤口。

他陪着她扫墓，凭吊那个曾经叫作"家"的地方——现在，家是素白色蛋壳状的地震纪念馆，是铺设着微波供电网络的崭新街道，是飘飞着全息投影广告的斑斓天空。

地震后不久，杨青石一家就搬走了，这是十几年来他第一次故地重游。在这里，他曾对空间坐标的损毁无所适从，而现在，他目睹了比地震更强大的力量。

时间才最可怕。他怅然若失。时间把我变成了一个无根之人。

"青石，我有个不情之请。"在县城新落成的五星级宾馆的餐厅里，于紫依双颊微红，"陪我回一趟学校，好吗？"

这并不是一个过分的请求。他正欲开口，却被她按住了手腕。

"其实是这样的，我以个人名义为一中捐赠了一座新教学楼。这次回来，我其实是受学校领导的邀请，要对孩子们讲几句话的……"

嗬，公众人物。"我可以陪着你去，但以什么身份呢？"他问道。

"你也是一中的优秀学长嘛……"

电话在这时响了起来。"喂……小平啊，你说……"杨青石偏过身子"嗯啊"了一阵，再转向于紫依时，脸色青白。

"Andy刘正准备接管项目组。"他说。

于紫依苦笑，"绕过我这个CEO？"

他咬着嘴唇，"紫依，'盖亚'已经很成熟了。它的回归方程精致而复杂，有上百个变量，有高效的算法，它几乎榨干了智和的传感器机能和大数据资源——它已经不再是我们几个人闭门造车的作品，而是无数人智慧的结晶……紫依，我请求你，让这个项目继续下去。"

她缩回了放在餐桌上的手，问道："准确率呢？"

他哑着嗓子，"还……需要验证。"

她起身，"青石，今天能不谈这个吗？我先去换衣服，学校会派车来接我们。"

他想站起来，却被卡在餐桌和餐椅之间。

四月的阳光不算毒烈，他们站在临时搭建的主席台上，身后是砖红色、气派不凡的"紫依"楼，前方是红色塑胶跑道，环绕着草坪不甚平整的操场。一中的学生身着蓝白相间运动服，列队里有低低的、大片的说话声，有如夏夜里的蝉鸣。

"同学们请安静，今天……"刘校长的后半句话被刺耳的回输啸叫盖过，杨青石见她扭过头来，示意于紫依上前讲话。"下面有请于学姐为我们讲话，大家欢迎！"

于紫依冲他笑了笑，款款上前。今天她特意扎了个辫子，穿白T恤、蓝色牛仔裤，腰肢纤细、步态轻盈，从背后看俨然是个少女。他正了正领带，捋了捋衣摆，感觉自己就像个装腔作势的傻瓜。

我一直都是个傻瓜……他想。

"各位学弟、学妹，你们好。"于紫依的嗓音经过麦克风的失真，持重，带有颗粒感，"很高兴能回到这里，回到我的母校……"

母校。他下意识地向后看。一切都不同了。变得更新、更大、更……坚固。于紫依在来的路上告诉他，这座大楼花了她不少钱。"地基里安装了最新式的避震伺服器，在地震波到来时，可以通过实时分析震波形态，进行反向震动平抑。"也许这才是未来的方向吧，他攥着拳头，心中丝丝钝痛。但是……

"……十六年前我是一中的学生，我在这里学习知识、学习长大，我在这里结交了永志难忘的师友……"

但是，这样造价不菲的建筑在一线城市也是凤毛麟角。诚然，除此之外，我们还可以提高建筑强度，但这同样需要一个过程。再说，由于经济发展的不平衡，水边县建筑的抗震性能和北京这样的城市是没法儿比的；而在这个国家，像水边县这样位于断裂带上的人口稠密、抗震能力不强的县城，比比皆是……

"……地震发生的时候，各位学弟、学妹也许很小，也许还没有出生。我想说，你们很幸运，你们和一座涅槃的城市共同成长，你们和水边县一样朝气蓬勃、欣欣向荣……"

他凝视着她的背影。地震改变了一切，他恍恍惚惚地想，地震改变了我，也改变了你。我当然记得收不到你回信的焦灼，可那也是一种解脱。我同样想忘记那场地震，想重新开始那戛然而止的青春。可你道别时的表情在我脑海中挥之不去，你苍白的脸，你暗潮汹涌的眼泪。它像隐疾，像诅咒，它让我无法全身心地投入任何一场感情，它让我抱着一个腐烂的理想，让我在这理想发酵出的酒精中烂醉如泥, 无法承担对自己、对身边人的责任……

"……我并不是一个高尚的人, 我现在所做的一切, 不过是为了让自己摆脱内心深处的恐惧。在这里重建带有避震伺服器的教学楼, 试图用一个软件预测地震——也许我失败了, 但我不后悔……"

不后悔。他的视线模糊了。不后悔。爱一个人有什么可后悔的呢? 无非是奉献出自己的一生, 让人在无意义的宇宙里创造出属于自己的意义……

手机突然振动起来, 他掏出手机。他看到于紫依也在裤兜里摸着手机。"抱歉。"她低低地说了一声。

手机屏幕上跳动着一个红色的惊叹号: 注意! 你所在的地区即将发生地震! 震级: 6.2级。地震波预计达到时间: 1分14秒后。置信度: 88%……

学生的队列里不少人低头, 然后传出喊喊喳喳的议论声。

于紫依转头看他, 脸色煞白。她在询问他。

他用力地点头。如果人生是一场豪赌, 那么我赌这个可能性。

"同学们,"她把头转向麦克风,"请向操场中间集中, 远离墙体和建筑物! 请还在教学楼里的老师和同学有序撤离……"

她转身, 和一脸愕然的刘校长对视, 她的目光里有一种豁出去的坚定: 请相信我!

在这个有着地震记忆的地方, 人们的行动井然有序。他们随老师们依次走下主席台, 和从教学楼里小跑出来的师生们汇成一处。他们在操场中站定, 于紫依用双手环住他的手臂, 瑟瑟发抖。他想安慰她几句, 可那种感觉就在此时、在大地震的十六年后再次降临: 时间忽然变慢, 像飞虫钻入果冻; 他感觉到焦躁的气流掠过他的皮肤，发出低低的呼哨声；他闻到难以言说的气味；他手臂上的汗毛根根直立……

地面开始摇晃起来，先上下，后左右。他看到高高的旗杆在颤抖，在教学楼岿然不动的映衬下，这颤抖近乎疯狂……于紫依拽着他的手臂，下沉。他蹲下，紧紧地抱住她。

"莫得事，莫得事。"他柔声说。有什么濡湿了他僵硬的衬衣领子，他能想象得到，那是于紫依晶亮亮的眼泪。

他就这样抱了她很久，直到时间回到了正常流速。他们站了起来，她死死地捏着他的手，他疼得直冒冷汗。地震结束了。他看到师生们向他们围拢过来，他轻轻地推了推于紫依，"哎……"

"让我靠会儿。"隔着衬衫，他都能感觉到她滚烫的脸颊，"腿软了。"

"好。"他的心甜蜜地抽痛着，"你相信我，对吗？"

"我……一直相信……"他的胸膛被她使劲儿顶了一下，"非要这个时候问吗？讨厌！"

引子二

临走前，他们在学校塌了半边的矮墙边见面。五月的夜晚醉人，有虫鸣，有法国梧桐的沙沙轻响，有缅桂花的香气在空中回旋。他的脚蹭过地上一道深深的裂缝。五月的夜晚依旧醉人，可一切都变了。

十六岁的她红着眼睛,"明天我就要走了。"

他哽着嗓子,点头。

"记得给我打电话,发微信。"

他继续点头。

她突然哭出了声,"我爸妈是在楼道里被发现的……他们正在往外跑,如果能早知道几十秒,他们就不会……"

他轻轻地抱住了她,"紫依,一定会有一个办法……一定会有一个办法,让这样的事情不再发生。"

她抽泣了一会儿。她温暖的体香在五月的夜晚里慢慢升腾。然后她踮起脚尖,轻轻亲吻他的脸颊。他被她的泪水打湿。

"等我……" 她说。

"嗯。"

2017.7.26

勿忘我 |

————致，我记忆中的故乡。

序言：一段回忆

"好久都没见过这么大的雪了呢，晓云。"

她看向父亲，老人站在被激活的影像天花板和三面全息壁纸之间，褪色的家居服、杂灰的乱发、焦枯的身形——白色世界中的一颗小小异物。她的手指拂过壁纸，与一片雪花擦过。目光画出两道竖线，于是在她的视野范围中，时间凝固了。打开拇指与食指，放大，再放大，那颗被挑中的六角形雪花呈现出类似分形的结构，仿佛一个永无穷尽的世界——而漫天飘舞的是无数个这样的世界。进入城域网记忆数据库，关键词搜寻、图像匹配，搜索引擎给出日期。

是有好久没见过这么大的雪了。

久到那时她还未出生。

她收回目光，雪花在时间中继续坠落。

"晓云，你怎么现在才回来？"

父亲笑着说，嘴角里却暗藏责备。脸颊有些发烧。父亲的嗔怪带着孩童般的狡黠与真诚，而这所有的一切本不是给她的。她忽然有种强烈的冲动，去打破父亲脑中自欺欺人的假象，把时间调回它应有的刻度……

她咽下了这股冲动，"雪太大了，半天才叫到车。"

父亲耸了耸肩，"总是这个鬼样子。"

点头。从北京到哈尔滨，即使是真空管列车，也要耗去一个多小时——一个多小时的无所事事，她会操弄"马鞍"将这一段记忆丢弃在她的人生之外。而在抵达家乡之后，集中控制型交通系统花了整整十五分钟才为她匹配到车辆，所以方才的话也并非全是搪塞。"大迁徙"的那十几年中，哈尔滨的市内交通常常处于令人抓狂的瘫痪状态，人口快速增长与季节性市政建设之间的紧张关系，至今完全还没有得到缓解，雨雪天气下尤是如此。她还记得小时候，若是拥堵发生在下雪的日子，寸步难行的电动车里便会跳出一群一群明显来自南方的人，在灰色的街道和楼宇间，傻呵呵地瞪着眼睛观赏、张开双臂拥抱，甚至伸出舌尖品尝这将要渗透他们后半生的寒冷。

也许母亲曾是他们中的一员——她立即否认了这个想法。在她的记忆中，被风雪围困时，母亲会屈身紧紧地搂住她，而她会奋力扬起头，在母亲的臂弯中偷窥雪中的城市和人，母亲温暖的鼻息和冰凉的脸颊会在她的耳畔混合出甜蜜的瘙痒……

心口钝痛。母亲退出她的生活已经有……二十年了吧？然而在父亲的时间线中，母亲只是被糟糕的交通稍稍延缓了回家的步伐。她突然产生了这样一种错觉：母亲其实并没有死，这二十年来，她一直躲在女儿的身体里，透过女儿的眼睛偷偷地向外张望，终于在这一刻，被父亲抓了个正着。

晓云，你怎么现在才回来？

"晓云？"父亲的声音。

"……啊？"

"我饿了。"

她愣了一下，对父亲的怜悯与妒意在心中同时升腾起来。如果不是生病，父亲依然会是那个思想锋利的神经外科医生，那个难以亲近的冷峻男人；同样的，如果不是生病，父亲也不会任自己沉溺在他已然失去的现实里，混淆活着和死去的人。

如果不是生病，他不会用这样松弛的眼神凝视自己的女儿。

"我也饿了。"她的嘴角拧出一丝笑意，"让艾丽给我们做点儿吃的吧。"

"艾——"父亲的嘴张到一半，表情忽然出现了几秒钟的空白，当脸上的线条再一次浮现出意义时，父亲已是一个陌生人，"艾丽是谁……你又是谁？"

她苦笑一声，"我是——"我是夏思南，你和李晓云的女儿。顺便说一句，艾丽是你的伴侣机器人，我很高兴她不会和我一样，对你的翻脸不认人感到伤心。她走向前去，捏了捏父亲的手。"我是你的——朋友。"她说，"你想吃点儿东西吗？"

父亲触电般抽回手,极为警惕地打量她,"我不认识你。你到底是谁? 你在我家干什么?"

她抱紧双臂,重重地喘息。有什么东西从心底漫了上来,哽在咽喉。用了好大的力气,她才把那几个与其说是陈述,不如说是叹息的音节吐了出来。

"我……不知道。"

如果不是被判定为无法达到完全行为能力标准,大概父亲会把他得了阿尔茨海默病的事实一直隐瞒下去。绝大多数情况下,疾病是摧残,而阿尔茨海默病是羞辱,对父亲这样自恃智力超群的人尤其如此。莫大的讽刺啊,当艾丽将诊断报告推送给她时,这竟然是她的第一个想法。那时她不曾想到,父亲受到的恰恰是那种充满恶意、没有转圜余地的羞辱,那种胆碱酯酶抑制剂、阿杜卡玛单抗和九期一[1]也无法挽救的羞辱。

"思南,我想你肯定知道,"面对她的讶异与困惑,父亲的学生兼主治医师饶旭解释道,"阿尔茨海默病是一种多病因疾病,Aβ(淀粉样蛋白沉积)毒性、Tau蛋白过度磷酸化、金属离子代谢紊乱、神经递质耗竭等,都有可能是致病原因。不管是它们中的哪一个导致了老师的疾病,都造成了同一个后果……"

神经元死亡。最早从海马体开始,那是关乎新的长时记忆形成的脑区。病人会忘记刚刚说过的话、做过的事,慢慢地,他们会忘记全部外显记忆。疾病不会就此止步,它会继续攻击病人的内隐记忆、病人的布洛卡区、病人的前额叶皮层、病人有关自我认知与生命维

---

[1] 以上均为治疗阿尔茨海默病的药物。

持的一切区域——最终，那曾经依照某种神秘法则编织成的神经元网络会失去它的有序结构，意识的熵值升至最大。

万物寂灭。

"很不幸，"增强视域里，饶旭用食指搔了搔鼻尖，"老师的病因不是被研究最多，而且治疗手段最有效的Aβ和Tau蛋白过度磷酸化。对于他这种情况，我们的办法并不多——说来惭愧，其实我们并不知道他的具体病因是什么……"

"你跳过了太多步骤。"夏思南说，"你没有告诉我，在忘记一切之前，我爸会变成一个时间旅行者。"

医生愣了一下，接着干笑两声，"思南，你知道'déjà vu'[1]吧？即使是没得病的人，也会偶尔经历长时记忆程序差错带来的幻觉，更何况老师这样的情况，遭遇时序紊乱并不奇怪……"

"我知道了。再联系。"

她生硬地结束了对话。客厅传来的噪声已经大到卧室的声学卡尔曼滤波器也无法屏蔽的程度。她推门而出，随即置身一片荒凉的海滩，壁纸上，粗沙、野草、几串脚印，远处的海浪发出呜呜的低鸣。画面剧烈地晃动着，却始终把一个穿绿色连衣裙的窈窕身影定格在正中。

"那是你妈妈。"父亲说，语调平静。

绿色连衣裙转过头来，"夏安平，你快点儿！"

"欸！"

年轻的父亲和苍老的父亲、影像中的父亲和现实中的父亲的声音重叠起来。她几乎是带着厌恶后退半步，看着父亲滞涩地起身，

---

[1] 法语词汇，意为似曾相识，亦指既视感。

走向墙壁。镜头颠簸，俯冲向沙滩，画面中只有母亲的一双脚踝，苍白得有如枯骨，深一下浅一下地插进沙窝——这双脚踝令她无法抑制地想起那座象征着母亲的汉白玉墓碑。

父亲伸出指尖，在全息壁纸上戳出一叠斑斓的像素块。与此同时，他的喉结在皱缩的皮肤里跳了一下。时间仍以每秒六十帧的速度前进。画面里，母亲的身影终于定在海滩的一个小小丘陵上。她转过头，目光里雾气弥漫。

"夏安平，"她说，"那里——那里曾是我的家乡。"

镜头顿了三四秒，前进。当记录者终于站上丘陵，他眼前是一片灰色的海。海，海面上道道白线，沉甸甸的天空——除此以外，空无一物。

"晓云……"依然是父亲重叠的声音。母亲的脸被拉近、拉近，可以看清她凝着水珠的睫毛，她虹膜中斑驳的网，她唇上的细绒了……夏思南忽然一阵心惊，如同一个生活在没有镜子的世界里的人第一次照镜子，她下意识地挑起眉毛。好在那张酷肖的脸呈现出另一个独立的自我：闭上了双眼，扯开嘴角。哭泣。

"夏安平，我没有家了。"

画面黑了下来，只剩断断续续的抽泣声和粗重的喘息。

在两条时间线里的父亲同时说："晓云，我就是你的家啊。"

她别过脸去，逃开父亲漆黑一片的记忆。人只记住他想记住的东西，就算有增强现实眼镜巨细靡遗的记录，父亲挑拣出来播放的，仍然是远远无法描摹他真实人生的片段——父亲生活在他的幻觉之中，即使是在他清醒的时候。

记忆是真实世界的摘要而非副本……她想起在某本书中看过

的一句话。也许在"马鞍"发明前,人们都是如此生活,如此老去。

四壁忽然变得一片空白,艾丽从厨房中款款走出,"安平,该去上卫生间了。"

父亲睁开双眼,脸上的悲伤瞬间被孩子气的愤怒冲散,"你为什么要打断我?你怎么敢打断我?"

艾丽的脸上绽出深度学习赋予的迷人微笑,它走到父亲面前,"安平,上一次喝水到现在已经有半个小时了,要是再不去——"

啪!父亲的手掌抢在伴侣机器人脸上,"用不着你管我!我知道什么时候拉屎撒尿!"

夏思南身体一紧,镜像神经元在脸颊上制造酥麻感,暴力的承受者却要平静得多——它对暴跳如雷的老人不卑不亢地重复道:"安平,该去上卫生间了。"父亲再次扬起通红的手掌,而艾丽则无所畏惧地与他对视。凝固的身体姿态,半分钟的对峙,细碎的声音渗入时间的纹理,变得依稀可辨。她听见父亲喉咙里滚动的气流,如微风扫过落叶满地的街道;她听见艾丽背后"嗞嗞"的电流声,金属血管里奔跑不休的电荷。他们都已经老了啊,她想,算一算,艾丽陪伴父亲的时间竟然已经超过了母亲——他会爱上它吗?这个比碳基人类更完美的造物。在机器人刚刚来到这个家的时候,她不正因为它的完美反衬出母亲最后岁月的残破而憎恨它,就好像它真的拥有自己的意志一样吗?

此刻她似乎有了答案:无论是怎样的残破,父亲都不会向母亲挥出手掌。不,还有另外一种可能,那就是父亲的暴力行为与站在他面前是人还是机器无关,与他爱或不爱无关,他的暴力,只能归因于他脑中的病变……

她使劲儿摇了摇头，一阵棱角分明的疼痛在她的颅骨内来回磕碰。

僵局出现了松动。父亲高擎的手掌开始颤抖——颤抖，虚张声势地攥成拳头，放下，在裤线附近不甘心地晃了晃。"去就去嘛。多管闲事。"父亲嘟哝道，接着嘴唇抿成一线，身体却并没有移动。

"先去洗个澡，再换身衣服吧。"艾丽牵起父亲的手，柔声说道。

这时她才注意到，父亲的裆部早已晕开了一片深色的水渍。经过她身边的时候，父亲将脸撇向另一边，鬓角处红得发紫。艾丽给了她一个无可奈何的笑容，又冲她挤了挤眼睛。

就像在与她交流母女之间心照不宣的责备与包容。

完美的模仿。

她想哭泣，想转身离开，想忘记这一切。但是最后，她还是回给艾丽一个微笑。

"思南，快醒醒。"

她睁开眼睛，母亲正俯视着她，双眸里漾着笑意。她向母亲伸出手，看到一截粉白的小臂，浑圆如莲藕。

"我们走吧。"母亲说。

她跟在母亲身后，目光刚好与母亲的腰身齐平。绿色连衣裙轻盈地摆动着，引着她向深邃的黑暗中走去……一样的房间和家具，只是更新、更高大，这才是家该有的样子，她想。不知何时，她们来到了屋外，而她毫无障碍地接受了空间逻辑的空白。漫天的雪，橙色的路灯，狭长的阴影，两对赤足在积雪中踩出"嘎吱嘎吱"的声响。

"妈妈，"她发出稚嫩的童声，"我们去哪里？"

"回家——回温暖的地方去。"

"那爸爸呢？爸爸在哪儿？"

母亲回过头，嘴角翘起，"他会找到我们的。"

"可是……"她啃着小指指甲，童年时代的恶习，此刻被默许了，"可是爸爸病了呀。"

母亲停下，转身，向她走了几步，捋了捋裙子，蹲了下来，"思南，爸爸得了什么病？"

她想了一会儿。一轮圆月从母亲的头顶升起，绿莹莹的，将飘落的雪花也洇成了同样的颜色。真美啊！她来回舔着嘴唇，那个异国的词汇却无论如何也拼凑不出自身。她有点儿着急了，母亲在泪眼中变得蒙眬。

母亲用手捧住她的脸，"嘘——宝贝，我懂了，我懂了。"那双手离开，上举，十指打开，按在光秃秃的头皮上。这时她看到一条细细的黑线，如纬线圈住母亲眉毛之上的头颅。手指发力，头颅沿虚线打开，母亲低头，一团粉色的物质呈现在她眼前。

"爸爸得的是这个病吗？"母亲的声音在黑暗中潮起。

她探身看去，那一坨大脑在微微颤动，它潮湿，缺乏褶皱，呈现出一种令人心悸的平滑。

童年的夏思南发出了一声尖叫。

……又一个噩梦。房间侦测到她醒来，便点亮蓝色夜灯。她坐了一会儿，然后起身。没有窗子的墙上是哈尔滨的实时夜景：大雪初霁，空气晶莹清透，参差的天际线之上，是有如极光的LiFi光幕，在更空阔的天顶，悬着几颗星子和玉盘般的圆月。

和梦中一模一样。

她跌坐回床上，呆滞片刻，唤醒增强视域中的一条通信链路。

"思南？"数秒钟后，对方应答。由于她屏蔽了视觉共享，眼前只有对方的头像在闪烁。

"睡不着。"她说。

"良心不安了？"

"不安……为什么？"

"因为你不辞而别呀！"对方的话音中有一丝责备和奚落，"你还关闭了所有个人动态，我甚至都不知道你去了什么地方——"

"哈尔滨。"她说，"不是'去'，是'回'。"

链路的另一头沉默了一会儿，"出了什么事儿吗？"

她的第一反应是否认。在这样一个年代，同情已经够多的了。况且，对于一段随遇而安的情感来说，同情没有任何意义。但一开口，父亲的病、她的迷茫与苦痛便流泻了出去，如洪水决堤，拦也拦不住。

"……思南，"在洪水奔腾的间隙，对方问，"你哭了？"

"你知道他现在最常干的事情是什么吗？"她吸了一下鼻子，自顾自地说下去，"他一遍一遍地看那些过去的影像记录，就好像那些记忆还不够折磨人似的……"

"我不明白……"

"母亲去世的时候，我才十五岁。"她顿了一下，"如果我的大脑里真的有一个负责分拣记忆，决定哪些需要记住、哪些需要遗忘的小人儿，那他一定充满了恶意。凯文，你知道吗？关于母亲，我印象最深的，都是她去世前的那些——"那些憔悴，那些丑陋，那些不体面，那些歇斯底里。她把蜂拥在嘴边的话语咽了下去，"有时候我会想，'马鞍'也许是人类历史上最伟大的发明。如果'我'这个概念只是记忆的连续体，那么'马鞍'赋予我们的，就是按照自己的意志塑造这个连续体的能力——遗憾的是，它并没有在我经历那段岁月时被发明出来。"

——跟你通话的，就是一个被回忆的鬼魅所塑造的女人。她在心中默默地说了下去，这个女人自私、孤独，对每一次情感的投入都怀有深深的戒惧，她没能够成为一个更好的夏思南，只因她生不逢时。

所以，对不起。

"我并不赞同你的全部观点。"陈凯文小心翼翼地说，"我认为，痛苦也是自我的一部分……"

她哼了一声，"这倒像是一个没有经历过痛苦的人会说出来的话。"

链路那一边再次沉默，"我经历过——在找不到你的这几天里，我经历过，而且我并没有让'马鞍'把这段记忆过滤掉。虽然很矫情，但我还是要说，是你的若即若离，让我更加接近一个完整的自我。"

她怔住了。惊讶之后是危险的预感。不应该把这段关系当真，至少她没有这个打算。

"我要睡了。"她说。

"好的，晚安。我还能——"

掐断通话，她把自己重重地砸在床上。增强视域里闪烁着红色的神经递质释放预警，提醒她新的记忆正在生成——该不该过滤掉今夜的梦境与对话？她忽然没有了把握。那么就干脆再纵容自己一次，把选择权交给大脑里那个不怀好意的小人儿吧，她自暴自弃地想。困意随即袭来,弥散在空气中,令她昏沉。在清醒与睡眠的边界,回忆与想象混合的奇观纷至沓来:一会儿是穿着礼服的父亲和母亲,一会儿婚礼上的主角又换成了她和陈凯文;一会儿是苍茫的雪原,一会儿又是绵延的沙滩……

在堕入黑暗前的最后一秒,她再次看见了盛放在母亲颅骨中的粉色器官。

夏思南关于医院最深的记忆之一,就是病床上被白布覆盖的母亲。那一天,在母亲的遗体前,父亲哭得像一个孩子。她不明白,在被母亲漫长的病程反复揉搓后,这个中年男人怎么还能释放出那么多的情感。爱让人自私,悲伤也是。那几天,父亲浑浑噩噩地浸泡在自己的悲伤中,完全没有留意他青春期的女儿。不过这样也好,夏思南想,这样他就不会察觉,在一层层理所当然的情绪之下,这个女孩儿竟然体会到了一丝奇异的解脱感。

——这样的感觉,即使只存在了一瞬间,也足以让一个心智健全的人羞耻多年。如果不是医院通过另一种方式重塑了夏思南的人生,她也许永远也无法坦然面对这个新生与死亡之地。

马鞍。

"思南,你确定吗?"

对她说话的是十六年前的饶旭。彼时,饶旭和父亲所在的医院是应用"马鞍"技术的试点机构,夏思南在父亲不知情的情况下申请成为志愿者,而她的主治医生就是饶旭,一个于她如亲哥哥般的人。

"我确定。"她点头。

　　饶旭用一种模糊的眼神看她，像是无法看清她到底是站在成人世界入口的孩子，还是已经走出了童年城堡的成年人。"我猜，你还没有跟老师商量过吧？"

　　她冷冷地盯着眼前这个身形笔挺的白大褂，"我已经是成年人了，这件事我不需要和任何人商量。"

　　饶旭沉默了一会儿，"在开始之前，我必须确认你已经知悉关于'马鞍'的技术原理和可能对使用人带来的危害……"

　　"我来说吧。"她依然盯着饶旭，冒犯的神态里带着不自觉的恃宠。终于，医生扭开了目光，而她将这理解为一种示弱。

　　她顿了顿，说："'马鞍'，一个挺没有诗意的称呼，其实这一技术的正式名称是'侵入式可编程自移动分子微电极'。作为集群式的分子机器，也许我们更应该称'它'为'它们'。当成千上万的微电极被注入血液，它们会按照预设程序，精巧地借助化学物质浓度梯度运动，绕过由内皮细胞和星形胶质细胞构成的血脑屏障，进入人类的神经元丛林。它们的目的地，是那个深埋在颞叶内的C形皮质片条，海马。"

　　她看了看饶旭。后者面无表情。她想，至少到目前为止，一切都还在她的掌控之中。

　　她继续说了下去："我们都知道突触的长时程增强和记忆的形成是海马的一项重要功能，而无论学习还是记忆都是多感官的，这就涉及海马的一个非常精妙的工作机制，它接受所有感觉模态的输入，编码，然后存贮事件、经验和情景。你可以把海马想象成一个信息的集散中心，如果我们当下的'自我'是全脑各个模块对世界的实时整合与表征，那么我们在时间维度中的连续性'自我'，则源于海马对信息的加工、分拣、存储和调用。这些分子机器的功能，就是操控海马——这也是它们被叫作'马鞍'的原因……"

依然没有反驳与打断。很好。

"一方面，'马鞍'解读所有输入海马的神经信号，那是记忆的原材料，我们可以将这些原材料导入外部存储设备，解码并分享它们；另一方面，通过调节突触前的钙离子浓度，'马鞍'可以影响NMDA受体、AMPA受体以及CREB结合蛋白的合成与释放，前二者对突触连接的增强至关重要，后者则会开启新突触形成的基因表达。现在，让我们跳过复杂的技术细节，来到这一技术的最终成就——'马鞍'赋予了我们掌控记忆生成的能力。"

"我们的'自我'就是建立在记忆之上的。"饶旭紧抱双臂，"所以你应该很清楚，'马鞍'最大的风险，就在于它把塑造自我的能力交给了我们的反省心智，而非自然选择更为青睐的潜意识。"

无力地反击。她笑了笑，"人类总有一天要摆脱自然选择的枷锁，不是吗？"

饶旭再一次沉默了。再开口时，沉默已如细沙般堆积在他的喉管之中。

"思南，为什么，为什么要安装'马鞍'？"

她愣了一下，"我——我不知道。"

"思南，"饶旭递给她一杯水，"你的脸色不太好啊。"

她摇了摇头。十六年前的饶旭在她眼中消散，现在她面前的这个饶旭，眼神中有更多的蜿蜒与崎岖，而面容则更儒雅和温煦，令她不自觉地想起多年前的父亲。

"我知道，老师的事一定让你很——"饶旭卡在一个词儿上，"很——"

"饶叔叔，"她打断道，"你有什么办法吗？"

饶旭愣了一下，从眼角漾开的皱纹泄露了精心掩藏的疲态。

"思南，是这样的，"他说，"找你来，是因为我刚刚在项目组听说了一种，嗯，比较激进的疗法，那个医疗团队正在征集志愿者，不知道你有没有兴趣……"

"你说的那个疗法，能拯救我爸吗？"

饶旭吞下一口唾沫，"那要看你怎么定义'拯救'了。"

她疑惑地看着他。

男人与她对视了一会儿，缓缓地开口，"思南，你听说过胶质细胞吗？"

父亲穿了一身西装，头发也梳得齐整，敞开的额角上，吊着一道深褐色的疤。

"怎么样？"父亲冲她眨了眨眼睛。

"很帅。"她瞄了一眼父亲身旁的伴侣机器人，对方给了她一个讳莫如深的微笑。

"我知道你们两个在想什么。"父亲向她走了过来，"今天我是六十七岁的夏安平，退了休的神经外科医生，你夏思南的爸爸。现在，我想跟我的女儿讨论几个严肃的问题——就你和我。"他扭过头，"艾丽，抱歉，你能不能——"

机器人点了点头，"你们忙，我去买菜。"

艾丽走后，他们对坐在餐桌两侧，由于没有沙发的包裹和支撑，不得不挺直脊背——夏思南想起,在母亲去世之前,餐桌一直是这个家庭商议重大事项的地点。

"我知道你怎么看我。"父亲抿了一口茉莉花茶,"一个终究要忘掉一切的人,靠一些支离破碎的回忆为自己续命——很不体面,对吗?"

她摇了摇头。

"不用否认。"父亲笑了笑,"在很多时候,我并不是我自己。"

"我和饶叔叔谈过,他们正在考虑新的疗法……"

"你们尽可以一试。"父亲的笑意更浓,浓得只剩下苦涩,"反正我也不会失去更多了,不是吗?"

她捧起骨瓷茶杯,把脸埋在氤氲的水汽中。对一个无知无觉的人来说,即将到来的精神死亡也许并不可怕,对清醒的人却绝非如此。此刻她更希望父亲是那个把她误认成母亲,或者暴怒如孩子,或者小便失禁的夏安平。

"思南,你有多久没回来了?"

她怔了一下,从水汽中抬起头。

"有几年了。"她说。

"你考上大学后就很少回家。"父亲脸上的笑意散去,"为什么?"

为什么。她看着父亲,老人脸上有一种故作洒脱的超然。她想,一个逃亡多年夜夜不得安枕的人在最终落入法网的那一刻,脸上也会有同样的超然。

而期待这一刻的,并不止父亲一人。

"爸,"她说,"我想你一直都不明白,这个家不只是两个活着的人和一个死去的人,或者一段落满灰烬的回忆。这个家并不是过去的坟墓，它本应拥有未来，拥有新的快乐。"

一个小小的黑洞，它蚕食着父亲眼中本已微眇的光。这便是直面真相的代价。夏思南紧咬嘴唇，闭上眼睛，奋力守住情绪的堤坝。

"那时候，我还只有十五岁啊。"半晌之后，她睁开眼睛，"我不能让自己的余生都生活在哀悼之中——我也不希望你这样。"

"……你在说什么呀，晓云？"父亲起身，"我们现在不是要去参加思南的毕业典礼吗？"

她愣住了。父亲神态的笃定突然让她产生了对现实的眩晕感，那种从急速旋转的游乐设施回到大地，世界不停摇晃的眩晕感。

"再不走可就晚了哦，"父亲用指节敲着桌面，"咱们闺女可是会记仇的！"

她恍恍惚惚地起身。这样也好，她用舌根压住喉咙里腾起的热流。世界本就是一场深刻的错觉，光、声音和气味，爱人的亲吻，初生儿的香甜与柔软，家庭生活中鲜血淋漓的磨合，在无情衰亡中保存自我的挣扎……一切的一切，不过是混沌中的局部秩序，是完美对称中的无奈破缺，是物质与能量盲目的运动与转化，是生命赋予无意义以意义的徒劳努力……如果存在过的一切都终将瓦解，如果所有记忆都会被宇宙彻底遗忘，那她还有什么好悲伤的呢？

她冲父亲笑了笑，看着他坐下穿鞋，起身推门，准备以一身西服去对抗零下二十多摄氏度的寒冷。智能房间在这时发出警报，锁闭了房门。没有完全行为能力的老人与大门的把手对峙了片刻，回头看她，眼里满是迷惑，"晓云，这门怎么打不开了呢？"

只要监护人的一个许可，父亲就可以出去了。忽然间，她在想象中体会到了一丝残忍的快意：一个许可，只要一个许可。也许这样对大家都好……

她狠狠地咬了一下嘴唇，阴暗的遐想便如潮汐般退去了。从沙发上抄起大衣，她朝父亲走过去。

"夏安平，"夏思南笑着说，"你等我一下嘛。"

"夏安平，我恨你！"

假发飞了过来，砸在父亲的大腿上。父亲愣住了，他一定没有料到，爱美的母亲会决然扯下她身上最后一件健康的伪装。光着头的母亲多像一个男孩儿啊，她想，缺少水分，充满棱角，愤世嫉俗。她听到母亲尖叫，看到母亲乱扔所有坐在轮椅里能够得着的东西，母亲此刻是一枚毁灭的种子，在死亡的深渊里反向生长。

父亲走上前去，俯下身，抱住母亲，从而激起了更狂暴的咒骂和挣扎。不知过了多久，风暴终于平息，两人分开，父亲捏着母亲的肩膀，"嘘——宝贝，我懂，我懂——"

一声闷响。母亲手中的白色闪电化作碎片，在父亲的额头飞溅开来。极为安静的几秒钟。父亲沉默着用手掩住额角，殷红的血汩汩而下；母亲捏着手中的茶杯残骸，无声哭泣；夏思南张着嘴，品尝着时间流过的丝丝凉意。

然后，父亲再次抱住了母亲。母亲的肩膀抽动，呜呜的啜泣声终于淹没了短暂的宁静。

他们又说了什么。她听清了吗？她记住了吗？梦境没有给出答案。

……

她在午后醒来。连日来的劳累，昨晚的彻夜未眠，使她彻底颠倒了作息，进入了父亲跳跃不定的时间节律。她瞪着眼睛发呆。天空蒙了灰，要继续下雪的样子。天空的一角闪烁着信息提醒，是几条语音留言，全部来自陈凯文。视点在"删除"和"阅读"之间踌躇了片刻，她还是点开了最近一条留言。

"所以我还是来了，在没有等到你的任何回复之后。你会不高兴吧？我希望你会不高兴，因为这至少能够证明，我们并不是完全不相关的两个人——顺便说一句，哈尔滨比我想象中要冷。"

她又听了一遍留言，确保自己没有误读其中的信息。

……我还是来了。哈尔滨比我想象中要冷。

傻瓜！傻瓜！她翻身而起。我不高兴，我很不高兴！陈凯文，你他妈越线了！

她唤醒链路，"你在哪儿?!"

"思南，你睡醒了？"

"你在哪儿?!"

对方发给她一个位置，然后小心翼翼地问："思南，你不会是要来见我吧？"

"我——"满腔的怒意忽然一脚踏空。她攥紧拳头，又打开。全息壁纸上的虚拟穿衣镜里，女人的表情微妙。或许她并没有真的生气，或许愤怒的总量抵不过她心中的惊喜加迷茫。毫无疑问陈凯文是个傻瓜，但他也傻得可爱。这样的人，是不会像她那样，锱铢必较地编制情感的资产负债表的。

——至少她如此认为。

"在原地等我，听明白了吗？"

"明白……谢谢你，思南。"

穿好衣服，她又在床边坐了一会儿，发烫的脸颊并没有如她所愿褪去热量。父亲和艾丽的争执声从客厅渗了过来，她推门出去，见父亲正气鼓鼓地缩在沙发一角，而艾丽则在捡拾洒落一地的药片。

"它想毒死我。"父亲头也不回地说。

她拍了拍父亲的肩膀，"乖，吃药。"接着绕过沙发，走到艾丽的身前。

"艾丽，我出去一下。"她低声说，"还有——谢谢你。"

机器人抬起头，冲她笑了笑，"思南，一家人是不用说'谢谢'的。"

她轻轻地点头，胸口绽开了一朵小小的疼。

他还真就等在原地。红色针织帽，蓝色围巾，橙色羽绒服，缩着脖子，哆嗦着两瓣红脸蛋，那么高大的一个人，活像个巨型俄罗斯套娃。他站在两排古老的俄式建筑之间，将人流一分为二，扫雪机器人绕着他作业，时不时发出不满的"嘀嘀"提示音。

"思南！"离得老远他就看见了夏思南。他挥手，朝她跑了两步，紧接着一个趔趄。中央大街的方块石路面并不是一个雪后撒欢儿的好地方，陈凯文迅速领悟了这个道理，他稳住身形，踩着小碎步向她靠近。

"你倒挺会找地方。"待他走到身边，夏思南揶揄道。

"反正都来了。"陈凯文咧着嘴。

"好了，你来了，你看到了，现在你该回去了。"

陈凯文苦着脸，"喂，起码让我吃点儿东西再走吧？"

"你还没吃饭？"

"不是你让我在原地等嘛。"

真是又好气又好笑。本想再戏弄他一下，但看着他磕碰不止的牙齿，夏思南又有些不忍了。她把他带进一家有着砖红色外立面的旧餐厅，在二楼一落座，陈凯文就感叹起餐厅富丽的巴洛克式装潢。

"啧啧，好复古，你看这墙，竟然没有贴全息壁纸——哇，这立柱是镀金的吗？"

她笑着摇了摇头，在增强视域里兀自点了几样菜。在等待上菜的间隙，陈凯文谈论雪、建筑、俄罗斯蓝眼睛和秋林红肠蒜香味儿的兴头被她的沉默慢慢地耗光，他们陷入泥泞的时间之中。冷场良久，陈凯文才飞红着脸颊重拾话头："思南，离开项目组这几天，你错过了一件大事儿。"

她抬眼看他。

"本星系群的冷暗物质地图绘制完成了。"陈凯文说，"根据最乐观的估计，有了这份详尽的地图，我们已经离揭开暗物质的神秘面纱不远了。"

"哦。"她意兴阑珊地应了一声。"悟空三号"冷暗物质巡天工程是她大学毕业后参与时间最长的项目，正是在项目组中，她认识了陈凯文，和他成了"情侣"。A.I.革命后，留给人类的工作机会不多，或者是出于无聊，或者是为了赋予生活意义，人们加入这样那样的项目组——虽说是"组"，其规模却可达到几十万甚至上百万人。在记忆能够被分享之后，学术训练不再构成研究的壁垒。人们从别人的记忆中快速学习，通过"马鞍"的强化，记住那些真正重要的东西，忘掉冗余的信息碎片。结构化的知识是创造力的基础，而人类正在通过快速获取结构化知识释放巨大的创造力。

然而他们还是对父亲的阿尔茨海默病无能为力，她想，至少他们没有想出一个令所有人都满意的解决方案。

陈凯文的脸上洋溢着布道者的热忱，"总有一天，我们会认识全部宇宙，无论是我们身处的这一个，还是——"他用食指点了点太阳穴，"在我们之中的这一个。"

"但愿吧。"她说，"对此，我深表怀疑。"沉默在她说话后倏然降临，她看到陈凯文茶色眸子中暗下去的光，那神情竟然让她有些心疼，让她心底那块自我厌恶的荫翳慢慢地膨胀……直到菜品被机器人服务生一道道端上来，男人脸上才重现出招牌式的、孩童般的神采。

"哇。"陈凯文转动着眼珠，想必他正在增强视域里匹配图像，调阅菜名，"罐焖羊肉、俄式田园沙拉、槽子面包切片、红菜汤——光是名字就叫人胃口大开。"

"那是因为你饿了。"她浅笑道。

"随你怎么说啦。"陈凯文捏着刀叉，"我可要开动喽。"

她点了点头，看对面的男人埋头大快朵颐，看他的脸颊被幸福的辉光点亮，听他时不时发出心满意足的"嗯嗯"声——这个人一定没有经历过真正的痛苦。和许多在童年时便植入了"马鞍"的人一样，他的快乐是那样浅显简单，没有层层曲折的语义变换，有力得仿佛动宾短语。

甚至连她，都能感觉到这快乐的击打力量。

"思南，"陈凯文忽然抬起头看她，"你怎么不吃？"

她抱起双臂，"陈凯文，你知道吗？'大迁徙'那几年物资短缺，来华梅西餐厅吃饭，对当时的很多家庭来说，就像过节一样。"

"所以，"陈凯文眨巴着眼睛，"你是在告诉我，你不想和我分享过节的喜悦？"

她摇头，"以前，我们一家来这里吃饭的时候，真正兴高采烈的只有父亲一个人。他一直都不知道，人造牛羊肉对母亲来说，味同嚼蜡——很遗憾，我继承了母亲的味觉系统。"

男人把刀叉搁在盘子上，"喂，你是想让我良心不安吗？"

"我常常会想，"她说，"如果那个时候有'马鞍'，这样经年日久的误会也许就不会发生了吧？父亲会知道，母亲从来不喜欢这里的饮食、这里的寒冷、这里的异国风情，他会知道，母亲用了一生去思念家乡。"

陈凯文怔怔地看着她，眼眶有些发红，半晌，才开口道："进入他人的感官与记忆，就能让我们更加理解他人吗？"

"难道不是吗？是'马鞍'让我们变得更有同理心，更接近理想中的人类共同体。我们在很大程度上消灭了战争，消灭了种族偏见，消灭了对资源和气候问题的事不关己，因为我们能分享他人的快乐，也能体会到他人的痛苦。陈凯文，看看你盘子里的人造肉，你能想象，仅仅在五十年前，我们还在降低肉类生产的碳排放与追求味觉体验这两个选项之间犹豫不决吗？"她苦笑一声，"然而父亲从来没有理解过这个时代，就像他从来没有理解过母亲一样。他被时代的车轮碾过，深陷在个人主义的泥淖中无法自拔——讽刺的是，即使是他万分珍视的'自我'，也正在不可逆转地遗失。"

"我认同你的大部分观点。"陈凯文一脸的言不由衷，"但是思南，你有没有想过，也许正是这样一种快速分享记忆与感官的能力，使我们放弃了, 嗯, 进入他人心灵深处, 真正去理解他人的努力? "

她愣住了, 一时间无法把男人没心没肺的吃相和他口中蹦出的话语联系在一起。

"我浏览过你社交账号上的记忆——很多次。"陈凯文的脸上燃起一场山火, 火势迅速蔓延到他的耳垂, "我看你看到的, 听你听到的, 触摸你触摸到的……但对我来说, 这些还远远不够。我需要坐在你的身边, 感受你的温度和气息, 用潜意识捕捉你的表情和姿态, 在我们对话的反馈环中揣摩你涌动不息的思绪……思南, 我在努力进入你的内心, 我需要进入你的内心, 因为我——"

"你吃好了吗?"她打断了他。

他的脸僵住了, "……好了。"

她起身, "我们走吧。"

陈凯文半张着嘴, 攥着针织帽的手指指节发白。

从中央大街到附近的集中式交通匹配站, 两个人一前一后, 一路无话。当身后的脚步声渐远, 她会停下等他, 想象他努力追赶的样子: 高大的身躯劈开细碎的雪花, 坚毅如同磐石, 脸上却堆满孩子般的脆弱与失落。

交通匹配站坐落在与中央大街相交的一条小路上, 包豪斯式的外立面, 巴洛克式的透明拱顶, 这是哈尔滨随处可见的混搭风格。候车大厅里, 人流熙攘, 热烘烘的暖气令人昏昏欲睡。他们被人群推挤在一起, 她的脸颊贴着他的肩膀, 她能感觉到他羽绒服下硬邦邦的肌肉, 能感觉到他几次欲言又止的踌躇, 她用眼角乜着他坚硬的下巴、骄傲的鼻梁, 思绪飘忽不定, 一会儿是心灰意懒的疲累, 一会儿又是甜蜜的亢奋, "揣摩你涌动不息的思绪……"也许陈凯文是对的，人的心灵真的拥有难以用二进制码流去捕捉的复杂度。她想，也许——

"思南，我的车到了。"陈凯文扭过头对她说。

"你要去哪儿？"

他失意地笑了笑，"我来了，我看到你了，现在我该走了。"

"所以这就是你的全部努力吗？"

他的眉梢翘了起来，"思南——"

"你说你要进入我的内心——"她绞着手指，"你都没有尝试过去了解我的成长和生活，你怎么进入我的内心呢？"

他挠了挠头，红着脸笑了。

夏思南惊觉，她已经彻底陷进了陈凯文的笑容之中。

……夏思南，你完了。

她想。

"饶旭，你来啦？"

"我爸把你当成他的学生了，让我想想——"她在陈凯文耳畔低语，"饶叔叔和你差不多年纪的时候，我还在上幼儿园。"

"你上次问我的那个蛛网膜下腔出血的病例，我考虑了一下——"父亲在沙发里绷直上半身，冲他招了招手，"还愣着干什么？快过来，咱俩探讨探讨。晓云，麻烦你帮我们泡杯茶。还有，思南是不是睡着了？能去看看她有没有踢被子吗？"

"不会很久的，"她偷偷地捏了捏他的手，"配合一下。"

陈凯文做了个鬼脸。

果真没有多久。十五分钟后，艾丽的出现再次扰乱了父亲的时间线,老人在客厅里闹腾了一会儿,就彻底忘记了陈凯文的存在。夏思南趁机将他领进她的卧室,两人坐在床沿,相视一笑。

"你演得挺好。"她说。

"那当然!"陈凯文拍着胸脯,"我刚才可是赶忙进了神经外科医生的记忆库。"

"……谢谢你。"她说。

陈凯文挠了挠头,将脸微微撇开去,大概是为双颊上反复腾起的彤云感到不好意思。"所以,"他的目光在逼仄的空间里兜了一圈儿,"这里就是你长大的地方。"

她点了点头。衣柜、书桌、床,樱桃木色的合成材料;自清洁灰色纳米地毯;淡蓝色全息壁纸;没有灯的影像吊顶——"大迁徙"时代的极简风格,城市人口剧增后居住空间与审美的无奈妥协。

"这里是我长大的地方,"她说,"客厅里是我现在的生活。"

陈凯文垂下眼睑,"我很抱歉。"

"没什么可抱歉的。父亲现在去到了他人生中最幸福的那段日子,他有了我,而癌细胞还没有开始吞噬我的母亲……"她站了起来,沉吟片刻,"凯文,其实我一直在想你刚才说的话……"

他扬起眼睛,看她。

"母亲是来自南方沿海城市的难民,在我的印象中,她从来都不喜欢哈尔滨的冬天。母亲来的时候只有十二三岁,那一天哈尔滨下了场铺天盖地的大雪,她坐的那辆载满难民的电动大巴车被堵在去往安置中心的路上,而车上的电力在严寒中很快就耗竭了……我想象不出,第一次见到雪的母亲在那时经历了怎样的寒冷与绝望,我只知道,父亲为她专门创造了一个词,'大雪PTSD'。母亲的'恐雪症'在某种程度上塑造了我的童年。那一个个飘雪的日子本应是孩子的节日,可母亲却从不许我出去。"夏思南唤醒壁纸,将视角固定在某个坐标之上,一块由松树和低矮灌木围成的小小空地,"于是我只能在房间看我的小伙伴们在楼下的花园里打雪仗、堆雪人,在厚厚的积雪中肆无忌惮地奔跑、笑闹、摔倒、打滚儿……"

陈凯文起身,用拇指轻拭她的眼角。

夏思南握住他的手,把那只手里的温暖固定在她的脸颊上,"父亲虽然心疼我,但他从来没有因为这件事和母亲争过。你知道他是怎么做的吗?"她翘起嘴角,"他在我们母女俩睡着之后偷偷地溜出去。第二天一早我醒来的时候,他会叫我把壁纸的视角转到花园,而我会在花园中看到一个雪人——戴着他的帽子。"

"你有一个很好的爸爸,"陈凯文说,"从那时,到现在。"

她点了点头,"所以你瞧,我们这一家人从来没有交换过记忆,我们是三个复杂的、矛盾的、不可言说的、泾渭分明的个体。在这个家庭中有欺骗,有争执,有误解,有爱与被爱之间永恒的收支不平衡,但我们依然是一家人,永远的一家人,即使有人提前离场。我们从未交换记忆,我们在大脑中创造那一份专属于自己的、独一无二的记忆。我想就算我死去,就算万物凋零,这些记忆依然会存身于星辰之间,向宇宙诉说这颗卑微星球上卑微人类的悲欢离合。"

陈凯文俯身,轻吻她的脸颊,"思南,我们并不卑微。至少在这一刻,我感觉自己是宇宙之王。"

她扑哧一声笑了。之后,她捧着他的脸,找到他的嘴唇,碰触它,小心翼翼地向它征询。

——她得到了欢喜的应允。

于是他们紧贴在一起，听凭本能的指引，穿越一波又一波的失重与超重，穿越咸涩的泪与甜蜜的笑，穿越排山倒海的狂喜与若有似无的疼痛。她被抛到黑暗的甬道中，世界空无一物，仅余一线光明在甬道的尽头……以上帝视角看着那一对交缠的躯体，这感觉多么奇妙啊！她残存的理智在黑暗中奋力向外张望，观察正在发生的一切。在这样一个时代，我们有无数满足自己欲望的方式，虚拟实境、机器人伴侣、他人的记忆……但是，我懂了，我懂了，为什么我们无法完全抛弃低效、危险、充满禁忌的爱与性——因为感官在爱人的触碰后引发的回输啸叫，因为两面平行镜子中映照出的无穷自我，因为我们在宇宙中创造的宇宙……意识的烛火摇晃、向上、在极度的膨胀后溶解在黑暗之中——

她拥着陈凯文的温暖，跌入黑沉沉的梦乡。

母亲微笑着看她，长发飘飘，美得不可方物。

"思南，我知道你在犹豫什么——"母亲说，"让你爸爸自己做选择。"

她嗫嚅着，"但是——"

"嘘——"母亲用手臂环住她的肩膀，"宝贝，你已经做得很好了。剩下的事，就交给我们吧。"

她伏在母亲肩头，哭了起来。

"嗨……"

意识到陈凯文正坐在书桌前看着她，她红了脸，将被子一直拉到下巴。

"嗨。"他说,眉宇间是一夕褪色的童稚,这使他显得越发英俊。

她在被子里仰头张望,全息壁纸上是靛青色的夜和白皑皑的雪,"现在……几点了?"

"早上六点。"陈凯文嘴角挂着笑,"你睡了好久。"

"是啊,"她说,"我都想不起来上次睡这么沉是什么时候了。"

陈凯文意味深长地看了她一眼,"你刚才哭了……是噩梦吗?"

她摇了摇头。一阵沉默。

"咳——"陈凯文轻咳一声,"思南,我该走了。"

她看着他。

陈凯文俯身亲吻她的额头,"你知道吗,我不会用'马鞍'来强化昨晚的记忆——我相信我脑袋里的小人儿可以做得更好。"

她用手臂钩住他的脖子,眼角的温热溢了出来。

"勇敢地走下去。"他说,"我会一直在你身边。"

将陈凯文送出大门,她便折回来,钻进被窝睡了个回笼觉,醒来时已是午后。懒在床上,任每一缕思绪在言语之核中自由生长,陈凯文的笑,梦中的母亲和渐行渐远的父亲……她想起昨天这个时候的自己,意识到某种深刻的改变已然发生。现在,她的行囊中塞满了记忆的柴薪,有了它们,她便不再恐惧未来的寒冷。

她坐了起来,全息壁纸随即被唤醒。外部镜头依然留在那个小花园,她看到画面正中多了一样东西。

一个雪人,造型拙劣,戴着红色针织帽,蓝色围巾。

夏思南在等待一个时间窗口,在这个窗口中,父亲是六十七岁的夏安平,退了休的神经外科医生。这样的窗口越来越少,但她必须等下去。

她需要父亲自己做出选择。

在一个橙色的傍晚，这一时刻终于到来了。

"爸，"她坐到父亲对面，"我想和你说点儿事情。"

父亲的目光清亮，"我猜，是关于我的病。"

"对。"

老人挤出一个层层叠叠的笑容，"希望是好消息。"

她下意识地摇头，然后，又笨拙地点头。

"爸，我能假设你了解胶质细胞吗？"

父亲的脸瞬间绷紧，"如果我没记错，你妈得的就是胶质瘤。"

她舔了舔嘴唇，所以，这就是最难的部分。她需要说服父亲，那夺走母亲生命的生化过程，是拯救他的唯一途径。

"爸，你一定知道，绝大多数神经元在发育成熟后就不再分裂，这就是为什么大脑皮层中神经元的快速死亡会造成灾难性的后果。"她顿了顿，确保父亲还在跟随她的思路，"而胶质细胞之所以能够形成肿瘤，恰恰在于某些被误碰了基因开关的胶质细胞能够无限制地分裂。"

"等等。"父亲转动着眼珠，"你的意思不会是——"

她点了点头，"人的大脑中，有一种叫作'放射状胶质'的胶质细胞。在多数情况，它们会分化为星形胶质细胞，后者的主要作用是支持与分隔神经元；而在另外一些情况下，放射状胶质要么直接分裂成神经元，要么子代细胞作为神经元中间祖细胞，经历额外的分裂循环——总而言之，放射状胶质里有一个基因开关，它可以决定这种细胞是发育成大脑里数量庞大的结构物质，还是无比珍贵的运算单元。"

父亲的喉结上下耸动，"所以他们要做的，就是拨动这个开关，让胶质细胞变成新的神经元？"

"简单来说，是这样的。他们会把病人经过基因编辑的自体胶质细胞植入海马，那是新神经元产生的地方。被拨动开关的放射状胶质会不断分裂出神经元前体细胞，通过'马鞍'设置的化学路径，前体细胞会被引导至大脑皮质中的合适位置。"她探寻着父亲的目光，她看到，那个睿智的夏安平仍停留在父亲的双眼中，"这就是他们要做的——用新生来对抗死亡。"

"新的'我'会诞生，而旧的'我'会死去……"沉思良久，父亲说道，"对吗？"

"这只是一种可能。"她低声说，"患者是否能接续原先的自我意识，取决于新生神经元和原有神经元网络的耦合程度，从之前的数据来看，有五成的志愿者变成了另一个人。"

父亲点头，"我懂了。"

之后是另一段沉默。一度，看着父亲空空如也的脸，她以为他的时间开关再次被拨转——他去到哪条时间线里了呢？是与母亲新婚宴尔之时，还是站在窗台边，看被大海淹没地区的难民们涌入这座城市的那一幕？在人群中他看到母亲的脸了吗，十二岁少女那美丽、惊恐、苍白的脸？在大脑的时间旅行中，他能从岁月的另一边看到此生的悲欢离合吗？

不知在什么时候，她又啃起了小指指甲。

"所以这也没什么困难的。"父亲忽然开口，"只要安装一副'马鞍'，再植入编辑过基因的胶质细胞就可以了，对吗？"

她垂下手, "是的。"

"我想接受治疗。"父亲说, "不过在那之前, 思南, 我要向你道歉。"

她怔住。

"这么多年来, 我因为没能拯救你的母亲而自责; 这么多年来, 我出于自私, 让这个家庭活在哀悼之中——我想这就是你逃离的原因。不必感到抱歉, 换作我是你, 也会这么做。"父亲笑了笑, 握住她放在餐桌上的手, "这么多年来, 我自欺欺人地截取零星的片段, 在回忆中重新创造你的母亲, 你那不安、脆弱而又冷漠的母亲, 我把她创造得如此完美, 就好像她的那些任性和迁怒, 那些间歇性情绪失控, 那些对你我的控制与攫取并不存在。如果你对人与人之间的理解和依赖抱着深深的不信任, 这并不奇怪, 是我和你的母亲造成了这一切。对不起, 思南, 对不起。"

她撇过头去, 不想让父亲看到她的泪水。

"但是我仍然要说, 你和你的母亲, 是发生在我生命中最美的事情。"父亲的手稍稍用力, 就像儿时那样, 用温暖和坚定包裹住她的手, 这样她便不会在熙攘的人流中走失——永远不会。"我会记得, 即使旧的我死去; 如果我忘记了, 我会重新学习去记得。"

父亲探身向前, 灰色的眸子里波光潋滟, "思南, 你知道你母亲对我说的最后一句话是什么吗? "

她哭泣着, 摇头。

"她说, "父亲卷着嘴角, "不要忘了我。"

插曲：时间的吟唱

很久很久以后。

夏思南听见启程的号角，那是她所在的意识共同体为了逃避太阳系的毁灭而发起的远征。她即将失去故乡，不只是那个她成长于斯并且最终逃离的地方，而是所有已知生命形态的家园。当人类散落在宇宙的各处，并最终失去了特定的物质形态，他们要靠什么来辨认彼此呢？

她想起自己的父亲，想起陈凯文。

——此刻，他们在哪儿呢？

该出发了。意识共同体里泛起涟漪。她再一次把目光投向太阳，投向太阳光芒下那个黑色的小点。那里曾经珍藏着她的爱与哀愁，她的挣扎与眷恋。在太阳壮丽的死亡拉锯中，属于她的一切都将灰飞烟灭。

除了记忆。

正文：宇宙的未来

人们围着黑洞取暖，几乎没有注意到那个新来者。在濒临终结的宇宙中，能够让人产生兴趣的事物已经不多了。

意识网络的端口打开，那个人接了进来。他们小心翼翼地用思维触角抚摸他，确认他的身份，唯恐浪费额外的能量。

一个旅行者——还能有谁呢？

"你们好，"旅行者对每个人打招呼，"我是——"

"我们知道你是谁。旅行者，欢迎来到本星系群中人类最大的聚居地。"共同人格启用干巴巴的欢迎程序，表明他们对旅行者是谁毫无兴趣。时间宝贵，他们不想把它浪费在寒暄上面。

"最后一批主序星正在熄灭。"旅行者用触角指向暗淡的星空。

"我们知道。"

"你们知道。"旅行者发出一个刺耳的能量脉冲，"然而你们只是在这里结成一个意识网络，在自己编织的梦境中等待末日的到来。"

"卡冈图雅蒸发的能量足够我们用很久，久到整个宇宙变成漆黑一片。"一个声音回应道。

终于，有个体意识从兆亿意识中跳了出来，让我们姑且称他/她为爱因斯坦——爱因斯坦不知道是什么将他/她从混沌而又甜蜜的梦境中唤醒，也许是脉冲激起的能量涟漪，也许是旅行者意识结构中的某种东西引起了他/她的共鸣,也许只是纯粹的偶然……不过,既然已经醒来,他/她觉得有必要让这个不速之客认清现实。

几个普朗克时间的沉默。爱因斯坦能够感觉到旅行者的触角正与他/她的勾连在一起。对个体而言,这是一种过于亲密的方式,几乎相当于窥探隐私。然而不适感须臾消逝,旅行者的触碰在他/她的意识深处搅起了一丝暖意。爱因斯坦无法为这种暖意找到一个具有数理意义的解释——按照人类社群的定义,他/她是一个遗忘者。在宇宙大航海时代的凶险旅途中,他/她所属的意识共同体曾与超新星爆发擦肩而过,曾被强劲的伽马射线暴劈头照耀,也曾在双星系统巨大的潮汐力中死里逃生……在漫长的旅途中,他/她的意识结构遭到过严重的破坏,记忆如同修修补补的忒休斯之船,早已面目全非。

所以,比起意识表层那些潺潺流动的能量,他/她更愿意去捕捉意识深层那些直觉的、反逻辑的、难以言说的结构——能够让他/她想起自己是谁的结构。

“……然后呢?”在触碰之后,旅行者问道。

“热寂,万物的终结。”爱因斯坦回答。

“知道我是怎么看待这件事的吗?”

“我们知道”这四个字差点儿脱口而出,但爱因斯坦决定收起人类整体意识中老态龙钟的骄傲。现在,是两个个体在对话,其中一个是遗忘者,一个是风尘仆仆的旅人,交流中必然产生的迷雾与摩擦令他/她产生了一丝期待。

“愿闻其详。”他/她谦恭地说道。

“如果宇宙是一个超意识,”旅行者说,“那么它正在遗忘。”

爱因斯坦笑了笑，"我知道这个假设。很久很久以前，在人类还有有机大脑时，他们注意到大脑结构和宇宙结构具有相似性——"

"正是如此。"旅行者说，"而且他们还发现，相似的不只是二者的显性结构，在隐性结构上，它们也如出一辙。"

"你说的是神经胶质细胞与暗物质。"

"没错。"

同样的结构作用，同样远胜常规物质的总量。旅行者的话令爱因斯坦想起了什么。他/她分出一个独立线程，潜入共同人格中的远古数据库，在其中翻检。他/她的线索不多，但时间总还是有的。

"这和宇宙的命运又有什么关系？"爱因斯坦一边检索数据，一边问。

旅行者用思维触角轻轻地戳他/她，"如果人类能够医治大脑，那么他们也能医治宇宙。"

旅行者的话和他的触碰在他/她的身体中引发了奇妙的反应。一些沉默的数码突触被唤醒，久远的记忆从假死状态中慢慢地苏醒过来……现在，他/她有了更多线索，而分线程也找到了一些东西——一把数据钥匙。爱因斯坦战栗着，向旅行者发送接驳请求，在得到许可后，他/她将钥匙插进对方的数据锁芯。咔嗒。完美匹配。旅行者曾经与他/她有过交集。旅行者是来自遥远过去的幽灵。

她记起了一切。

"爸爸。"她说。

"思南。"旅行者回应道。

夏安平和夏思南，银河系第三旋臂中一颗不起眼蓝色行星上两个有着遗传物质传承关系的个体，在分别了亿万年后，终于重逢了。

他们在瞬间交换了兆亿字节，互相补完记忆，诉说欣喜和思念。夏安平告诉夏思南，他在宇宙里绕了一大圈儿，终于找到了她。

"这都怪你跑得太快了！"她提醒父亲，"别忘了，你才是第一批飞向群星的人。"

"是啊。"父亲说，"我猜，在获得重生之后，我再也不是原先那个老顽固了。"

甚至不是原先那个夏安平了。她在意识网络中开了一个隐蔽的子程序，不让对方听到她的喃喃自语。治疗失败了，你需要学习如何重新成为夏安平，那个退休神经外科医生，李晓云的丈夫，夏思南的父亲。然而，你很快便发觉，这样做并无必要。在夏安平脑中诞生的是一个全新的意识，他应该有他自己的人生。于是，你义无反顾地拥抱了你的新生活。为了逃脱肉身的死亡，你在二十年后将自己上传到全球网络之中。又过了许多年，你搭乘载满数字意识的恒星际飞船飞出了太阳系。再后来，通过使用从地球传来的最新科技成果，你成功地将自己纯能化，成了为数不多的、独立于人类意识共同体的星际旅人——你就像一只从衰朽的灰烬中涅槃重生的凤凰，挣脱了沉重的肉身和回忆，一振翅，便飞上了九重高天。

但是父亲，你可知道，在我还是血肉之躯的许多年里，我一直在思念着你？你可知道，在你缺席后，我人生中的起起伏伏？你可知道，那个一心一意爱着你的机器人艾丽，在你离开后申请了凋亡程序，以代码形式回归了人工智能共同体？

父亲注意到了她的沉默，"思南，你在想什么？"

她抹掉意识体中的不快，"你刚才说，人类能医治宇宙……"

父亲向她发出一股愉悦的脉冲，"是的。"

"这——怎么可能？"

"想想夏安平的故事。"父亲说，"科学家们用夏安平大脑里的胶质细胞为他搭建了新的神经网络，而宇宙中巨量的冷暗物质，也就是所谓的弱相互作用质量粒子（WIMP），也可以完成这样的壮举。在我离开地球之前，有人提出设想，WIMP可以通过一种叫作'超耦合化'的物理作用，转化为常规粒子。啊，提出设想的那个人，那个小伙子……"

陈凯文。另一段温暖的记忆，无需和父亲分享。在还有肉身的那些年里，她和陈凯文一直生活在一起。由于"马鞍"在很大程度上抹除了人类个体的边界，加之神经元数字化转录技术的成熟，后来发生的一切都是自然而然的。人类不再需要肉身，他们上传自己，根据信仰、理念、审美、世界观乃至兴趣爱好，选择他们想栖身的数字社区。这些数字社区就是意识共同体的前身。夏思南和陈凯文是在上传后不久分开的，没有什么特别的理由，像所有在个体边界模糊后不需要再束缚彼此的爱人一样，他们各自融入不同的意识共同体，从此天各一方。而在此后漫长的岁月里，遍寻夏思南的记忆，再没有什么事物能像陈凯文那样，带给她那种小心翼翼的、带着轻微刺痛的欢喜。

现在，她开始有点儿怀念为一个人心痛的感觉了。

"超耦合化在理论上是可行的，但是我们不会去验证。"她重新进入了"我们"这个不带感情的称谓，"第一，启动反应需要的能量太大；第二——"

"超耦合化是连锁反应，"父亲接上她的话，"而这不正是宇宙需要的吗？"

她忽然明白父亲想说什么了，一旦WIMP开始向常规物质转化，这一进程便无法停止。超耦合化作用会以光速传播，直至抵达宇宙的每一个角落。到那时，宇宙中会重新充满喧闹的质子、中子和电子，它们会在引力作用下团聚成星云，点燃热核反应……新的恒星会出现、会生长、会死亡，会在一场场壮丽的爆炸和惨烈的塌缩中开启生生不息的循环——在超耦合化作用下，宇宙大脑会被新的星体再次点亮。

旧我死去，新我诞生。

"这是一种——很冒险的疗法。"她说。

"是很冒险。"父亲在她的思维场中勾勒出一个老人的形象，微笑的夏安平，"但在宇宙的死亡面前，我们不会失去更多了，不是吗？"

她沉默片刻，"我会把你的想法提交给共同体。"

提交之后便是等待。

这不是个简单的决定，她和父亲都心知肚明，这个决定关乎宇宙的命运，从而也就关乎存身于宇宙之中的、兆亿人类的命运。她看到共同体在疯狂运算，推演宇宙在超耦合化后的走向——一笔巨大的能量开销。对父亲来说，这是一个好消息。至少共同体在认真考虑他的提议，至少，人类还没有完全沉溺于末日前的梦境。

"在共同体做出决定之前，"她说，"我们不妨猜一下运算结果。"

"成功或失败，机会大概是五五开，这取决于耦合参数。"父亲给了她一个"笑"的能量震荡，"成功的话，宇宙会在原有的结构上再次生长，它会保有原来的'自我'，就像一个被赋予新生命的老人；失败的话，我们会得到一个崭新的、全然不同的宇宙。"

"听起来像个稳赚不赔的买卖。"她打趣道。

"没错。"父亲激动地挥舞着他的思维触角，"我能想象一个到处是璀璨的星系和热气腾腾的恒星的宇宙。在这个宇宙中，我们不必像现在这样，龟缩在时空一隅，靠一点儿暗淡的篝火取暖。我们会将光明塞满行囊，重新飞向群星，去发现新的奇迹，书写新的故事。也许我们还会与失散已久的亲友重逢，就像你和我一样——宇宙又再次拥有近乎无尽的时光，什么都有可能发生，不是吗？"

和亲友重逢……她的意识体中，溅起了小小的火花。也许——也许陈凯文也和她一样，在宇宙中的某处等待着。

"思南，我希望你知道，无论结果如何，我都很开心。对我来说，找到了你，也就重新找到了家——"父亲顿了一下，"说来惭愧，故乡的雪，艾丽，你的母亲……这些我曾经赖以为生的记忆，在近乎永恒的漂泊中，竟然都已模糊不清了……"

"不必自责。"她用触角轻抚父亲，"就连宇宙本身也无法逃脱遗忘，而这并不是万物的终结。就像你曾经说过的，如果我们忘记了，我们可以重新学习去记得。"

父亲挽住她的触角，"没错，我们可以重新学习去记得。"

他们的意识体悬浮在黑洞视界的虚空之上，紧紧地靠在一起。下一个普朗克时间，在他们周围漾起了一叠涟漪——那是共同体的运算结果。他们交换了一个混杂着紧张、期待与宽慰的能量脉冲，然后继续等待。

——等待共同体接下来的决定。

2020.5.31

未选择的路

一片树林里分出两条路——
而我选择了人迹更少的一条，
从此决定了我一生的道路。

——罗伯特·弗罗斯特

2079年，我六十七岁，正站在人生的一个岔路口。

那段时间我茶饭不思，夜不能寐。我开始脱发、便秘、口舌生疮。屋漏偏逢连夜雨，就在这个当口，我九十六岁的老父亲病倒了。

是感冒引起的肺炎，情况比较危险。于是我请假，飞去他生活的地方，北方的一座海滨小城。在一众护理机器人的簇拥中，我看到了父亲。

——瘦。白色的短发和白色的胡茬儿。眼睛虚张着。从那两道暗淡的窄缝中，他似乎看到了我。父亲哼了几声，我走上前去，按了按他的肩膀，示意他不要说话。

我和母亲轮流陪伴父亲。老人家平日里身体还算硬朗，这次生病虽然来势汹汹，但好在有惊无险。最危险的那几天度过之后，我和母亲绷紧的神经终于放松下来，因为有护理机器人在，需要我们做的事情其实并不多。在病床边，我百无聊赖地浸入增强视域，打游戏、看电影、和妻子聊天，尽量不去想自己的事情……一次，机器人为父亲做清洁时，我偶然间瞥见了父亲的身体——我别过头去，但父亲枯槁苍白的身体就此印在了我的视网膜上。我心里还是会感到难过，尽管和父亲的关系并不算亲密。

又过了几天，父亲有了一些精神，可以半躺着对我说话了。

"多多。"他说，嗓音粗糙，有如裹着沙石。

我不情不愿地点了点头。我都是有孙子的人了，父亲还在喊我的乳名。

"……多多。"他又喊了一声。

"哎。"我无奈地应道。

"你瘦了。"

我摇摇头，喉咙里腾起一股热流——这感觉令我很不舒服。

"爸，你想喝水吗？"我舞动手臂，在增强视域中召唤病房服务，"我去给你——"

"你心里有事儿。"父亲说。

我停止了手上的动作。

"爸。"我说，"您老好好养病，不用操心我。"

父亲撇着嘴，不再说话，那神态像极了受委屈的小孩儿。我又好气又好笑，于是用哄孩子的口吻对他说："对，我心里是有事儿。"

老爷子的眼睛亮了起来。

"工作上的事儿。"我补充道。

"怎么，单位不行了？"

如果我是个漫画人物的话，额角此刻应该向下拉出了几条黑线。父亲的词汇还停留在遥远的旧时代——"单位"。在语言的演变中，它早已失去和工作或者某种经济实体相关的含义。

我决定不去纠正他。

"不是。"我摇了摇头，"我想换个工作。"

"哦？"他双手用力，艰难地把身体向上撑了几寸，"换工作？"

"可笑吧？"我自嘲道，"都六十多岁的人了，还要折腾。"

父亲努了努嘴，"六十多岁怎么了？你还是个中年人哪。"

这话倒也不错。在人均预期寿命达到一百三十岁的今天，我的确还是个年富力强的中年人，距离一百岁的法定退休年龄，还有很长一段路要走。

"多多，你现在是那个什么高频什么师来着？"父亲问道。

"高频交易算法架构师。"

"你不喜欢这个工作？"

"也不是。"我犹豫了一下，"只是……"

"只是？"

我摇了摇头，"我再想想吧。换工作是件大事儿，我得对自己的家庭负责。"

父亲一定听出了我的言外之意，他的眼神瞬间暗淡。半晌之后他才重新开口，"多多，我给你讲个故事吧，可能会对你有所启发。"

我费了好大力气才克制住拒绝他的冲动。我猜，人到了一定的岁数就活在自以为的故事中了。当然这并不可怕，可怕的是这些故事被一再重复，鸡零狗碎的、鸡毛蒜皮的、几十年光阴的流水账，缺乏起承转合，让你迷失在说教与聊天之间的模糊地带。

我叹了口气。

"是个没讲过的故事！"老爷子似是看穿了我心中所想，急切地解释道，"是我在《科幻世界》创刊百年纪念大会上的见闻！"

《科幻世界》？我不自觉挺直脊背。这四个字在我心底触发连锁反应：对父亲的怨怼、对童年时光的回忆、对前程的一丝疑虑……但更多的是惊讶，这本杂志竟然已经存在了一个世纪，这实在令人惊叹。当然几年前我也有所耳闻，和那些墨守成规直至被历史抛弃的纸媒不同，科幻世界杂志社一直在转型与发展，介入全产业链IP运营，包括从小说到电影和游戏的世界观架构、虚拟演员的建模与培育、故事算法与引擎的持续改进；营造开源式全感官浸入虚拟世界，将硬件、应用层面和用户终端全部纳入科幻世界杂志社的品牌战略之中；打造十几个科幻主题公园，其酷炫的未来感和蓬勃的时代气息令人醉神迷，是全国青少年们旅游打卡的圣地……在这个时代，科幻是一种生活方式，而科幻世界杂志社正是这一潮流的重要推手。大概是科幻精神使然，这家杂志社成了时代的弄潮儿，不知不觉中它把自己打造成了一个凤毛麟角的纸媒幸存者，一只新时代的媒体奇美拉，一枚融入社会语境的象征符号。

"我想起来了。"我说，"前一阵你去成都参加了一个什么活动，就是这个？"

他用力地点了点头，像个正回答老师问题的小学生。

"咯咯——"我搔了搔鼻子，"你先喝点儿水，再讲。"

老爷子咧开嘴。

　　我是在三个月前收到科幻世界杂志社的邀请的。邀请信里说，杂志社百年庆典上会有很多德艺双馨的老作家出席：宝树、阿缺、灰狐、顾适、段子期、王诺诺……我也忝列其中。当然那几个糟老头子不见也罢，但杂志社和女士们的面子是要给的……再说，百年庆典啊，人生能碰上几个这样的时刻？

　　（我咳嗽一声，意思是希望父亲能够删减无关的陈述。但从他的表情来看，这位小说家已经掉入叙事旋涡中，身不由己了。）

　　于是在一个月前，我坐上了去往成都的真空管传送轨道单元。和飞机高铁比起来，那玩意儿是真快真稳啊，但也很没有意思。半个小时的旅程里，你能看到的唯一风景就是光秃秃黑乎乎的真空管内壁。要是想说说话，你会发现根本没人理你：所有人都沉浸在增强视域里，他们目光空洞，时不时眉头紧蹙或者傻笑几声——你们这些年轻人都是这样，更喜欢跟代码互动而不是跟眼前冒着热乎气儿的大活人。

　　（我的脸有些发烧。）

　　刚一下车，白色陶瓷外壳上印着科幻世界杂志社logo的万向轮机器人就迎了上来。"我叫小白。"它自我介绍道，"早就等着您来了。"话不多说，出了车站它就将我引进电动车。我有几年没来成都了，这座在碧蓝穹宇之下闪闪发光的摩登都市比我印象中要更加美丽，我一边贪婪地欣赏车窗外的景色，一边听小白介绍：这一栋楼是新盖起来的生命科学大厦，那一栋是云计算中心——看这边，这是赛凡大厦，您瞧见没，大厦中间悬空那部分是拉苏威西赤道发动机模型，如果您打开增强视域，您就会看到……这机器人原来是个话痨。

（不知比起您如何。我心想。）

很快我就到了此行的目的地: 科幻大会的主会场, 国际会展中心。一进正门我就呆住了——好家伙! 大人、小孩儿、各式机器人、cosplay 的超级英雄和外星人, 兜售各类零食的自动贩售车和热气腾腾的关东煮铺子……这偌大的建筑里真是热闹非凡。在这热闹之中最引人注目的, 是会展中心巨大穹顶下的四原色立体激光投影。此刻, 在几百立方米的常温超导颗粒云幕中, 硕大狰狞、有如天神之眼的木星在徐徐转动, 而在距木星不远的地方, 一颗小小的、拖着白色尾巴的蓝色星球正向它坠落……我猛然想起, 这是经典科幻电影《流浪地球》的片段, 想来这部中国电影的里程碑之作也上映了整整六十个年头。岁月如梭啊……机器人很有礼貌地等了一会儿, 直到我合拢大张的嘴巴, 它才轻声提醒:"杨老, 大家都在等着呢。"我这才回过神来,"哎呀, 不好意思。"

它把我领到了二楼的宴会厅——嗬! 好多老面孔在那儿等着呢!

（"让我猜猜,"我说,"你没少喝酒吧?"）

是没少喝。毕竟大家难得一见, 高兴嘛。一番觥筹交错推杯换盏之后, 我喝得有些醺醺然, 坐在椅子上自顾自地傻笑。没想到啊没想到, 一个人少年时期的爱好竟然决定了他一生的道路, 一条荆棘丛生但也曲径通幽、风景如画的道路, 一条有众多志同道合的朋友相伴的道路……我正美滋滋地想着, 耳边忽然响起一个声音,"您是杨老吧?"

一张年轻的脸对我说。这张脸上长着一对茶色的眼睛, 一线薄薄的嘴唇, 而最引人注目的, 是眉宇间深深的"川"字形皱纹。

我点了点轻飘飘的脑袋，"是我。"

"杨老，能见到您我真是太高兴了，我可是看着您的小说长大的……"年轻人一开始弓着腰跟我说话，说着说着索性坐到了我旁边的椅子上，"我喜欢您写的所有小说，《盗火》《神之子》《归来之人》……但是我最喜欢的，还是那篇《啁啾》。不瞒您说，这篇小说我看完就蒙了，真的蒙了，您不知道它对我的影响有多大……"

我欣慰地笑了笑。感谢这个时代还在读小说的人，感谢这些心灵DNA的传承者。

"杨老，"年轻人顿了顿，"冒昧地向您自我介绍一下。我叫苏陈思博，是个资深幻迷，也是中科院物理所的研究员，专门研究极短时间里的能量编码技术。"

"啊？"

年轻人咧嘴一笑，"您可以把这项研究理解为啁啾技术的升级版。"

"哦。"我一边装出若有所悟的样子，一边在心里搜索"啁啾"二字……哦对，我想起来了，我是写过这么一篇小说：科学家在极短的时间间隔里编码能量，其结构化特征引起了生存在另一个宇宙维度的外星人的注意，之后在两个文明之间发生了一场关于时间的、形而上学的探讨……大概是这个意思。

年轻人凑了过来，压低声音说道："我来就是为了告诉您，这项研究有成果了。"

我猛然向后一仰，双手在空气中上下扑腾——要不是他眼疾手快拉住了我，我就躺到地上了。

"你联系上外星人了？！"

他扑哧一笑，"那倒没有。"

我失望地撇了撇嘴。

他做了个鬼脸，"比联系上外星人还棒！"

我愣住了，从头皮麻到指尖。

（"我都能想象你两眼放光的样子。"我叹了口气，"在科幻作家的世界里，就没有不可能的事儿。"老爷子耸了耸肩。）

原来这个名叫苏陈思博的年轻人是专程来找我的。这次科幻大会，中科院有一个展室，专门结合经典科幻小说做科普，苏陈思博是工作人员之一。餐后的休息时间，他偷偷把我领到还在布置中的主会场。

"我说小苏啊，你带我来——"

"嘘——"他贼头贼脑地说，"杨老，走这边。"

进了展室他便把门带上，一片漆黑。我急忙把一只手撑在墙上，才克服了突如其来的失重感。

"杨老，"苏陈思博的声音弥漫在黑暗中，"接下来您将要看到的是我们还没有公布的研究成果，注意保密哦。"

我咽下一口唾沫。

墙壁亮了起来。

一个大概有四五十平方米的房间，那种没有全息壁纸也没有互动模块的房间，有四面白墙和几扇大窗。时间应该是午后吧，阳光亮澄澄的，把房间里的每一样物什都抹上了一层毛茸茸的金黄色：几张长桌，十几把椅子，一排带玻璃门、约莫一人高的书柜。这是个前智能时代的场景，我想，距今大概有八九十年了吧……这时几个穿白T恤、蓝运动裤的少男少女走入画面，他们没有信息涂层的服饰进一步验证了我的判断。

"2000年左右。"我低声说。

"您老的观察能力真强。"年轻人的声音在耳边响起,"马上就到好玩儿的部分了,看仔细喽。"

少年们走到书柜前,挑了书和杂志,陆续坐到桌子旁,津津有味地读了起来——这场景似曾相识,我想。这时,有个少年走进了图书阅览室,镜头推进,给了他一个特写:大脑袋、卷头发、窄肩膀,一脸的雀斑,鼻尖上有晶莹的汗珠。少年走向书柜,镜头也随之移动。他的手指从一排书脊上掠过,如掠过黑白相间的琴键。停顿。下一排琴键。

"这个男孩是我。"我说。

"对。您似乎一点儿都不感到惊讶。"

"这样的场景在科幻小说里不知道出现过多少次了。"

苏陈思博轻笑几声,"也是。您要是感到奇怪,那才是真的奇怪。请继续看吧。"

少年走过书柜,停在一个陈列架前。陈列架上一本本杂志肚腹朝上斜躺着,用花花绿绿的封面招徕读者。少年双手挂膝,俯下身去,目光游移。

那至关重要的一刻在我的记忆中复活。我不由自主地感叹道:"啊,为了书与人的相遇……"

苏陈思博不语。

少年伸出手去,抓起一本杂志。镜头快速推进,我想它会向我展示少年手中攥着的未来:1997年第一期《科幻世界》,其中有一篇小说叫《拉格朗日坟场》,是王晋康先生的作品——正是这一期《科幻世界》，正是这一篇小说，带我走进了科幻的宇宙，决定了我一生的道路……

仿佛知道有镜头的存在，少年仰起头，晃了晃手中的杂志，然后找了一个空位，坐下，把头埋在书页间。

"他看的不是——"我转向苏陈思博，黑暗中他的脸像发着微光的灯塔。

"不是。"他说。

"平行宇宙？"

他点了点头。

"你给我看的是一个分叉点。"

"差不多吧。"

我想了好一会儿。

"这么说，你们证明了休·艾弗雷特是正确的。"

他摇了摇头，"倒不如说，我们证明了何夕是正确的。"

"何夕？"

苏陈思博看向我，"我想您一定看过《六道众生》吧？"

（"《六道众生》我看过。"我插话道，"小说基于普朗克常量的可能解，提出了一种对平行宇宙的设想，和休·艾弗雷特的量子多重宇宙确实有所不同……"父亲用赞许的目光看我，而我立刻把脸撇了过去。父亲尴尬地清了清嗓子。）

影片在这时戛然而止，灯光亮了起来。我眯起眼睛。

"我记得那篇小说。不同的普朗克常量产生了不同的宇宙，而那个永远都叫'何夕'的主人公则能在这些宇宙间穿梭……"我尽可能以平缓的语调说道，"这么说，你们真的找到了那些平行宇宙？"

"呃……稍微有些不同。"苏陈思博双手比画着，把什么东西推入了我俩之间的公共增强视域。我用视线将推送点开，是一个公式：

$$t_p = \sqrt{\frac{\hbar G}{c^5}}$$

"这是？"

"普朗克时间的计算公式。"他解释道，"普朗克时间是宇宙中最小的时间单位，从公式中可以看到，它是由普朗克常量、万有引力常数和光速共同决定的。"

"所以？"

"我们如何夕先生设想的那样，求出了普朗克常量的几个可能解，接着又向前走了一步，我们计算出了不同的普朗克常数所对应的普朗克时间，并称其为'时间颗粒'。"年轻人在我面前来回踱步，"有一天我的团队突发奇想，想知道如果将啁啾脉冲连续编入到某种特定的时间颗粒中会得到什么结果——您猜猜？"

我摇了摇头，不由自主地微微发抖。刘慈欣曾经说过，大自然本身就是最离奇最壮丽的故事——是的，我曾经以啁啾技术为主题写过一篇小说，但那不过是个俗套的"第三类接触"，我几乎可以肯定，大自然的想象力永远都胜我一等。

"我们在无意间创造出了一个'透镜'！"苏陈思博站定，兴奋地搓了搓手，"一个可以看到平行宇宙的时间透镜！"

我张大了嘴巴。

他的嘴角浮出笑意，"想象一条时间的河流，它由大小不同的水滴构成，不断奔流向前。曾经人类只能感知自己身处的这个宇宙的水滴。而现在，我的团队搭建出了一个能量框架，透过这个框架我们可以感知到别的水滴，再用某种算法将那些水滴的运动连贯起来，便'看到'了平行宇宙中的景象——更妙的是，由于在某种程度上我们站在那条时间流之外，具有更高的视角，因此甚至可以看到另一个宇宙里并不遥远的过去和未来。"

"时间的平行宇宙……"我喃喃道。

他使劲儿点了点头，"时间的平行宇宙——您总结得很好！"

（讲到这里，老爷子停了一下，似乎在等着我发表评论。但我什么也没说。我有种感觉，编了一辈子故事的父亲很可能已经分不清什么是现实，什么是想象了。我耐着性子听了下去。）

"不可思议。"过了半晌我才开口说道。

苏陈思博的眼珠转了转，藏不住的得意。

"这么伟大的发明，你们打算用它来做什么呢？"我问道，"不会只用来偷窥别人的生活吧？"

他愣了一下，"当、当然不是，这只是作为一个崇拜者——"

"一个玩笑。"我打断道，"其实我并不介意——相反，身为这项技术的早期应用对象，我还感到非常荣幸哩！"

年轻人如释重负地吐了一口气。

"但是小苏，你有没有想过，"我话锋一转，"如果这项技术被应用于宏观层面，比如说观察人类社会，它会产生什么后果？我有一个担忧……不知道你看过刘慈欣的短篇小说《镜子》没有？"

"《镜子》……我好像看过……"他拧着眉毛想了一会儿，眉间的"川"字愈加深邃。片刻之后他露出恍然大悟的神情，"不愧是杨老，一下子想得这么远。您担心的是，如果用这项技术来观察和我们极为相似的平行宇宙的未来，并且把观察结果作为行动指引的话,会扼杀社会的创造力和生命力,就像大刘在《镜子》中设想的那样——我说得没错吧?"

我点了点头。

"您多虑了。"年轻人露齿一笑,"用时间透镜来研究历史还勉勉强强,用它预测未来可是完全不靠谱。"

"哦?"

"您可不要忘了,我们身处的不是休·艾弗雷特那个随时分叉、极端庞大、极端不经济的宇宙系统。在我们的宇宙系统里,只有对应普朗克常量可能解的平行世界是被允许存在的,它们的个数是有限的。"他顿了顿,"而到目前为止,在可能存在的世界里,我们只找到一个与我们有相似历史的——就是您刚才看到的那个。"

我略一沉吟,"它在我没有选择《科幻世界》的时候就与我们的这个宇宙分道扬镳了?"

"您没有选择《科幻世界》只是两个宇宙早期分叉的后果之一。"苏陈思博狡黠地眨了眨眼睛,"事实上,在那个宇宙里您是不可能选择《科幻世界》的——在您做出选择的那个时刻,这本杂志已经不存在了。"

我怔住了。

"您一定知道二十世纪八十年代末的那一场全国性批判吧?"他的笑容敛了起来,"当时除了《科幻世界》,国内所有的科幻发表阵地都失守了——即使是《科幻世界》,也只是勉力维持而已。那些如今被人们津津乐道的故事,比如杨潇社长蹬三轮车卖书,杂志社一行人坐八天八夜火车从中国到荷兰海牙,硬生生争取到世界科幻大会的主办权,等等,其中甘苦大概也只有当事人自知。不过,我想您一定会同意，在当时的情况下，放弃要比坚持容易得多。"

"……这么说，"我忽而感到一阵痛心，"在那个宇宙里，他们没有坚持下来。"

他缓缓地点了点头，"在失去了《科幻世界》的那个平行宇宙中，中国科幻用了更长的时间才慢慢复苏，但有些损失是永远无法弥补的。许多本应闪耀的名字淹没在历史中，许多伟大的作品从不曾出现——《水星播种》《流浪地球》《伤心者》《宇宙墓碑》《六道众生》……当然也包括《啁啾》。"

我的指甲在不知不觉中嵌入掌心。我揪心于另一个宇宙的命运如揪心于失散的孪生子，这种感觉痛苦而又奇妙。

"受影响的还不仅仅是科幻，还有许多人的生命史。"他继续说道，"举个例子，没有读过《啁啾》的我选择了金融业而不是科学研究，其直接的后果是，那个宇宙中时间透镜的发明要比我们晚了整整三十年。"

"蝴蝶效应。"我轻声说。

"对，蝴蝶效应。以我们能观察到的时间长度来看，平行宇宙中人类社会的发展路径与我们的殊为不同。"

"他们走上另一条道路。"

"一条完全不同的道路。"年轻人用指尖搔了搔鼻翼，"所以说，您的担心是多余的。"

"呼——"我长出了一口气，为自己生活在现在这个宇宙中感到庆幸……接下来是一阵长长的沉默。人真的不能不服老，我吭哧吭哧地想了很久，才捡起刚才想问的另外一个问题，"话说回来，那个平行宇宙中的'我'，后来怎么样了？"

"这个啊，"苏陈思博把手抬到半空，"您继续往下看不就知道了？"

"所以你看到了？"我问。

"看到了。"父亲说，"多多，我这就跟你——"

父亲的话被一声警报截断。病房的信息壁纸同时亮起了提示信息：病人的身体已进入疲劳状态，请注意休息！病人的身体已进入疲劳状态，请……

"什么疲劳状态，我还没——"

"爸，"我如逢大赦地起身，"您大病初愈，要多休息。故事等我明天来的时候再讲，我先走了啊。"

父亲向我伸手，而我后退了一步，他的指尖擦过我的衣角，沿一道抛物线坠了下去。我草草道别，匆匆离开——这些年父亲总是想方设法地拉长我们父子俩独处的时间，就好像我们真的能用那么多的情绪和回忆来填满横亘在我们之间的鸿沟。这个故事他一定酝酿了很久，它从真实的事件中脱胎而出，带着怀旧的气息和层层嵌套的结构，拖延时间的用心昭然若揭。

而我对他真的没有多少耐心。

……我对父亲撒了谎。第二天一早我就坐轨道车回了北京。我一面用工作需要来搪塞自己和母亲，一面又深深知道，促使我不辞而别的，是一种难以言说的别扭。

对于父亲，我心中有一个疙瘩。

父亲是在我七岁那年辞职的。

当时我们一家刚参加完《科幻世界》创刊四十周年的庆祝活动，从成都回到了威海。如果没有发生后来的事情，我想那次旅行留给我的记忆是非常美好的：美丽的城市、热烈的庆祝场面、天马行空的讨论、混淆了现实与幻想的一场又一场主题活动——这一切都向一个七岁男孩儿许诺了一个更美好的世界，将他带入斑斓的幻梦……

幻梦在不久后便被父亲的一句宣言戳破，"我辞职了。"

母亲从手机屏幕里抬起头，呆呆地看着父亲。而我则懵懂地观赏着眼前这一幕哑剧。

"为什么？"半晌，母亲才问道。

"我要对自己的心灵真诚。"父亲回答。

"上班儿就不真诚了吗？"

父亲庄重地点了点头，"不真诚。"

那时父亲还是个名不见经传的科幻作家。任谁也不会想到，平日里性情温顺、对母亲言听计从的他，就这么自作主张地辞了职。一开始母亲倒也想得开，就让他写呗，写得好了皆大欢喜，写得不好就乖乖地回去工作。但事情并没有她想的那么简单，父亲有了大把大把的写作时间，却反倒写不出东西了。他开始把自己长时间地关进书房，整夜整夜地抽烟喝咖啡，虚张声势地敲打键盘——现在想来，父亲一定是陷入了焦虑的反馈环：因为需要将写作变现，所以急于写出点儿什么；越是想写出点儿什么，就越是焦虑；结果越是焦虑，就越写不出什么。

这样的状态持续了整整三年。

在这三年中父亲和母亲之间战事频仍，尽管他们总是压低嗓子，以一种辩论的腔调争吵，但敌意和埋怨还是以低频声波的形式渗进了我的耳朵，使我平生以来第一次意识到这个家庭有倾覆的危险。对我来说，这不啻一次启蒙，关于我的世界有可能随时分崩离析的启蒙——但这还不是最大的打击。

在那段时间里，我发现父亲变了。从前，他会陪我玩游戏，给我讲睡前故事，他会时不时对我开玩笑，戏称我为"王子殿下"。可在辞职之后，他就戒断了以上行为。他变得沉默、阴郁、喜怒无常。他会在写作顺利时冲出书房搂抱我，使劲儿揉我的头发，也会在不顺利时为不起眼的小事凶狠地呵斥我。有时候我会怀抱一丝重回旧日的渴望溜进他乌烟瘴气的书房，我会看到他被电脑屏幕映得惨白的脸，看到他时而用手指在乱发中翻搅，时而在键盘上捶击几下，也会听到他含混不清的喃喃自语。

我凑到他身边，把脖子伸向屏幕，"爸爸，你在写什么呀？"

他用手肘将我屏开，"小说。"

"让我看看嘛。"

"看什么看，你又看不懂。"说完他会起身将我推出书房，接着关门，接着"咔嗒"一声。

正是这个人，在不久前，还把我抱在他的大腿上，指着屏幕上的字，一个一个地读给我听。

这种感觉真是刻骨铭心，这种父亲天天在身边却如同被遗弃的感觉。

三年后，父亲的写作事业走上了正轨。他终于可以心平气和地对我说话，我们也终于重新拥有了汽车，可以在城市里四处游荡，或者跑几十公里去朝拜美食。父亲想用更多的时间和物质来补偿我，但我心里很清楚，我们不可能回到过去了。

后面的故事乏善可陈：青春期的叛逆，职业选择上的一意孤行，远远地逃离，结婚，生子，育儿，努力做一个更好的父亲……

可笑的是，我所有的努力现在看来都是徒劳。在父亲成为全职科幻作家整整一个甲子后，我也被一种对"心灵真诚"的强烈渴望缠绕。它逼迫我做出一个选择，而这个选择会决定我是继续做一个循规蹈矩的丈夫和父亲，还是走上一条我一直在逃避的道路。

一条通往那个深爱着父亲的，憧憬着世界的，七岁男孩的道路。

那段时间我继续焦头烂额，而父亲的那个讲了一半的故事则被我丢到了脑后。直到一个月后他发起实景对话，我才想起还有这么一茬事儿。

"多多，秋天的大海很美！"老爷子的白发在风中耸动，他身后是翻涌不息的灰蓝。

"您别着凉了啊！"

他摆了摆手，"换工作的事儿怎么样了？"

"还没想好呢。"

"听完我的故事你肯定就能想好了！"父亲满是皱纹的脸上浮出一丝孩子气，"我要讲了啊，这一次你可别想跑！"

我挤了一个鬼脸。

"我看到了另一个'我'接下来的人生，它与科幻无关。"他没有理会我的表情，"另一个宇宙里的杨文远……"

另一个宇宙里的杨文远考上了同一所大学的同一个院系，选择了同样的专业，但他却喜欢上了另外一个女孩。我想科幻也会影响一个人的爱情观吧！这事儿可千万别让你妈知道，她要是知道我在另一个宇宙里胡来，非跟我离婚不可。他按部就班地读书、找工作、结婚、生子，当然你肯定能理解，那个有幸来到世界上的孩子不是你。他在一家企业里从办事员干起，然后是部门经理、业务主管，在四十五岁那年他坐上了副总的位置，大概算得上事业有成了。他给了妻儿优渥的物质生活和长时间的陪伴，他的家庭和美，父慈子孝……我想，无论从哪个角度讲，那都是一种更好的人生。

（"你真的这么想？"我问道。）

多多，当我细数对你的种种亏欠时，我确实是这么想的。我本应做一个更好的父亲，像他一样……

（我咳嗽几声。）

然而即便如此，我仍然认为自己比他幸运……这是一种感觉。在他取得一个又一个职业成就时，在他被夸奖与赞扬时，在他一边啜饮鸡尾酒一边把脚趾探进太平洋时，在他儿孙环绕高朋满座时，我在他的眼神中看见一个空洞。在看过视频后的许多天我都在尝试用语言去捕捉那种感觉，而直到出院我才勉强找到了一个不怎么熨帖的形容：终其一生，他都在寻找——尽管他不知道自己在寻找什么。

（长时间的沉默。"而你认为自己找到了。"我说。父亲点了点头。）

我找到了，或者不如说我幸运地遇到了。正是阅览室里的惊鸿一瞥，决定了我与科幻的缘分。这一生科幻给了我太多难以言说的美——那种可以把人从生活那无处不在的污浊与琐碎中解救出来的美，那种可以把人的思想和浩瀚的时空融为一体的美。很多人没有这样的幸运，他们不曾被启蒙，故而不懂得欣赏这种美，这其中就包括我那个平行宇宙里的孪生子。所以到底哪一条人生之路更好呢？富裕平缓的那一条，还是贫穷曲折的那一条？……或许"更好的人生"本来就是个错误的预设。道路千万条，选择只一条。也许在这条路上你会迷失、会跌倒、会后悔、会陷入绝望，但只要你相信自己的选择发乎于心灵的真诚，那么你就应该继续走下去，或者等到柳暗花明雾散云开，或者壮烈地拥抱失败。

人总是喜欢假设那条未选择的路才是更好的道路，但平行宇宙会告诉你，只要你选择了做自己，就根本没有"更好"这回事。

"所以你选择了做自己。"我说。

"对，"父亲点头，"尽管我也曾后悔过。"

我没有说话。

"多多，我知道自己开始招人烦了。"父亲垂下眼睑，"人一上年纪，有些回忆就会如同鬼魂般纠缠。在梦中我总是看到七八岁时的你，奇怪的是这些久远的回忆竟拥有如此高的分辨率，我可以清晰地捕捉到你眼中光芒熄灭的那一瞬，可以听到你因为强忍哭泣而发出的饱含水分的喘息……多多，如果我能回去，我愿意做一个更加疼惜儿子的父亲。我想，这和做我自己并不冲突——但六十年前的我不懂。"

我用指尖刮了刮眼角，"讲完了？"

父亲涨红了脸，"讲完了。"

"那等我过几天回来，咱们还有什么可聊的？"

他的眼睛亮了起来，"我、我收回刚才的话！我还没讲完！"

我无声地笑了笑。

我们都喝多了。

孙子、孙女、曾孙、曾孙女，这一大家难得地齐聚一堂。酒席上父亲双颊酡红口若悬河，兴奋得像个孩子。最后所有人都陆续离席了，唯有我还在对抗着他的絮叨。

"多多，哈哈！你说那个事儿，你说——"

"爸，我辞职了。"

老爷子睡眼惺忪地瞪我，"啊？"

"我换了个工作。"

"所、所以你、你不再干那个什么高频什么师了？"

我挺起胸膛，"我现在是科幻世界杂志社的虚拟世界架构师。"

他半张着嘴巴。

"我想我终究是杨文远老先生的儿子，"我打趣道，"他老人家喜欢做白日梦，而我则真诚地渴望把白日梦变为虚拟现实。"

他嘿嘿地笑。

我想，父亲现在一定理解了我为何曾如此纠结。他也一定明白，是什么促使我做出了选择。

我举起酒杯，"爸，谢谢你编的那个故事，它帮我下定了决心。"

他皱起眉头，"什么编的故事？这个故事是是是真的！"

嚯，这老爷子还来劲儿了！

那天我们一直聊到半夜。我们聊父亲的小说，聊我的新工作，聊家族中那些有趣的、深刻的、躁动的灵魂，直到眼皮发黏才偃旗息鼓。把老爷子扶上床后他立刻鼾声如雷，熏人的酒气迅速弥散在卧室的每个角落。正当我准备起身离开时，我看到了那张明信片——它就那样静静地躺在床头柜的台灯之下，勾连着旧时光的纸质载体吸引了我的注意。我将它拿起来，无声地诵读深红色纸面上的蓝色钢笔字：

> 也许多少年后在某个地方，
> 我将轻声叹息把往事回顾，
> 一片树林里分出两条路——
> 而我选择了人迹更少的一条，
> 从此决定了我一生的道路。
> To：杨老
> From：苏陈思博

增强视域在虚空中投出罗伯特·弗罗斯特和一大堆的释义以及背景信息，同时提示我，明信片激活了一个隐私视频，是否观看？

我瞥了一眼酣睡的父亲，迟疑了一下，接着用视点框选"是"。

视频开始：白墙和几扇大窗。亮澄澄的阳光。长桌、椅子、书柜。穿白T恤、蓝运动裤的少男少女……一个似曾相识的少年，大脑袋、卷头发、窄肩膀，一脸雀斑。他走向陈列架，抓起一本杂志。仿佛知道有镜头的存在，少年仰起头，晃了晃手中的杂志。

不知道是不是错觉，我在他脸上看到了一个洞悉一切的微笑。

父亲的微笑。

2019.4.8

归来之人

机器的发展要比道德的进步快好几个世纪，当道德的进步最后赶上机器发展的时候，我们就不需要任何机器了。

——哈里·杜鲁门

这是一个雄心勃勃、掠夺成性的世界。现在我明白了战争归来者的孤独，他们就像是另一个世界的天外来客。他们拥有别人没有的知识，那些只能从死神身旁去获得的知识。

——S.A.阿列克谢耶维奇

DAY　1

我听见大地的哭泣，通过我的皮肤、肌肉和骨骼。

在我前面不远的地方，是一座历史悠久的巴尔干半岛城市，有石头筑起的喷泉和石子铺成的路，有整块大理石打磨出的雕像。此刻，这座石头城市正在高爆炸药和M312机枪的咆哮声中快速瓦解。主动降噪耳罩部分掩饰了瓦解的惨烈，但爆炸仍以震波形式沿地面传播，导入我的身体。

一场场内在的轻微爆破。

突击单元AU-107按指定路线前进。突击单元AU-107按指定路线前进。

云端系统下达命令，同时将设定的路线以亮橙色呈现，如一条黄金蟒盘绕在由多架侦察UAV（无人驾驶飞机）绘制出的2.5D实时城市地图中。又一轮攻击结束，在增强视野中，我看到数千个暗蓝色光点汇集成楔形突出部，刺向仍有武装分子盘踞的城市北端。而我身边这几个带着姓名标识的光点则在向地图中那一片猩红色的小范围交火阵线靠近——这就是我的队伍，突击单元AU-107。在这座古老城市的市中心，道路狭窄曲折，运兵车无法通行，M-ATV全地形车将我们卸下，自行沿干道前往集结点，而我们则步行进入街巷。在我们的头顶，无数UAV携着从尖锐到低沉的多普勒①啸叫快速掠过，奔赴自己的杀戮与死亡。我知道它们才是这场战斗中冲锋陷阵的战士——毕竟，它们造价低廉，是可以被牺牲的。

我和我的队员需要不时绕过破碎的街垒。此刻它们唯一的作用似乎只是盛放那些焦黑残缺狰狞的尸体——武装分子的尸体、淡淡的血腥气和什么东西烧焦的气味、通信链路里飞速传递的命令和

---

① 多普勒效应，波在波源向观察者接近时接收频率变高，而在波源远离观察者时接收频率变低。当观察者移动时也能得到同样的结论。

话语——这情境已经超出我理解的阈值，进入某种既让我恶心，又令我着迷的超现实语境。

我想我的脸一定白得吓人。

"哟，吓傻了，教授？"

通信链路里阿尔的头像闪烁。我转头，看到动力外骨骼里的黑人男孩儿正咧着嘴，似笑非笑地看我。我没有答话。战术军士尼基蹚过砖石与碎屑闷头向前，而我在试图跟上她。

我从不敢忘记教官说过的话："姑娘们，在战场上你们负责做决定，而战术军士负责保住你们的小命儿。"

我目睹了死亡，但还没做好死亡的准备——尽管联军司令员曾经保证，在战场上我们甚至要比在家里安全。

至少在一个小时以前，他所言非虚。

联军部队的攻势摧枯拉朽。一轮 M982 榴弹炮（使用惯性制导的"神剑"炮弹，可在 25 英里①之外射中 10 英尺②之内的目标）齐射加上一轮"复仇者"UAV 俯冲轰炸，就彻底摧毁了敌人在库米扬城外的装甲防御阵线。那个扬言要把萨尔第维亚变成另一个越南或者阿富汗的武装力量似乎不堪一击。现在他们只能把熊熊燃烧的装甲部队丢在城外，退入城内与联军近身缠斗——从建筑物里施放冷枪或者在街巷中埋设粗陋不堪的 IED（简易爆炸装置），士兵们应对前者的方法是用 12.7 毫米机枪或者 40 毫米空爆榴弹把狙击手藏匿的墙体打成飞溅的豆腐渣（它有一个官方名称叫"乱射压制"），后者则派出一台台扫雷机器人，这些身高一英尺出头的小家伙们

---

① 1 英里＝1609.344 米。

② 1 英尺＝30.48 厘米。

兴高采烈地冲向疑似爆炸物,在一声声轰响中实现了自己存在的意义。

直到抵达市中心的交火阵线,我们才遭遇了真正的抵抗。

那是一栋洛可可式三层楼房,它侧身于一排与它相似的砖石结构建筑当中,几乎每个窗口都在向外喷吐火舌,嗒嗒嗒,咻咻咻,嗒嗒嗒,像歇斯底里吼叫的孩子。街对面友军的"大狗"四足机器人刚一露头就被7.62毫米子弹的暴怒所压制,几次出击无果后,它弯折液压关节,伏低身体,试图用背上的M307榴弹发射器打开局面,正当它瞄准时,一枚曳着白色尾迹的火箭弹击中了它站立的地方。

"轰!"

尘烟散去后,我听见史酷比模拟出倒吸冷气的声音。

点对点通信请求。在几十英尺开外,身着棕色外骨骼装甲的战术军士在向我挥手。

突击单元AU-99:突击单元AU-107,请呼叫空中支援火力。完毕。

突击单元AU-107:你们为什么不呼叫? 完毕。

突击单元AU-99:我们的战场统合分析员挂了。完毕。

我们几个——我、尼基、阿尔、史酷比——面面相觑。如果"挂了"一词意味着"KIA"(阵亡),那么联军的新闻发言人该好好筹划一下之后的新闻发布会了。但那不是我们现在需要操心的事。我们在隐蔽处等待,直到侦察UAV的合成孔径雷达、红外扫描仪、声波感应阵列、磁感应器等数据被云端分析,继而进入我——所谓的战场统合分析员——的人造脑区。

建筑平面图(图略)(结构分析模型。置信度82%)

建筑中活动人员分布（红外扫描与子弹轨迹分析模型。无平民。
置信度70%）

威胁度分析（重武器威胁B-；班级单元的战术机动阻遏效果
A-；非战斗人员误伤可能C+；突击型战斗单元杀伤度C-……）

附带损伤评估结果……

建议使用战术级武器……

这一切在我的视野中瞬间呈现，又在几个微秒内被分析。表示
攻击的红色十字已经悬在实时地图中的屋顶之上。现在，我需要做
一个决定。

我看向尼基，而她只给了我一个凝然倚墙的侧影。

唾沫滑入干涩的咽喉。确认攻击。

半分钟后，死神从天而降。

一枚使用GPS辅助惯性制导的JDAM（联合制导攻击武器）炸
弹由"复仇者"UAV自一万英尺高度投下，呼啸着从屋顶钻入那栋
粉红色小楼，延迟引信随即起爆，高爆炸药与活性金属在空气中结
合后产生强大的冲击波，将楼房从内而外地摧毁——橙色的火焰，
黑色的尘烟，暴雨般飞溅的碎片。我的骨骼在共振中嗡嗡作响。

——想象一个被鞭炮炸毁的蚁穴，只是规模要大上数亿倍。

……

压低重心从"蚁穴"的残骸边走过时，我尽量不去注意（同时小
心翼翼地绕开）那些四处散落，和碎石明显不同的不明物体。地图
上亮蓝色光点在我身后鱼贯而行——尼基、阿尔、史酷比。我的队
伍。名义上的。

"啧啧，可怜。"阿尔在共享视野里画了个夸张的红色箭头。在

箭头指示的方向，我看到一名士兵正单膝跪地，轻抚"大狗"机器人的残躯。

"愿它安息。"史酷比说。

"电子脑袋可没有天堂。"阿尔说。

"也同样没有地狱，"史酷比反唇相讥，"那儿是为你准备的。"

"闭嘴你个狗娘养的电子脑袋！小心老子我——"

"够了。"

通信链路里尼基的头像亮起又熄灭。她的声音既不高亢，也不尖锐，而是低沉的，沙哑的，带着一点点儿疲惫。和从前一样，这个人的每一句话都像是自言自语，似乎从不在乎别人是否能听到。

但每个人都能听到。

于是沉默降临。队伍末尾，那个表示尼基的蓝点忽然停住。我回过头，看见她在废墟旁驻足。

"发现幸存者。"尼基在多点通信链路里广播。

共享视野里，那个人从砖石堆中露出半截身体。如果不是被喘息吹起的灰烟，你会认为他和废墟是浑然一体的，仿佛一尊蹩脚的人体雕塑。

一尊手握RPG（火箭助推榴弹）火箭筒的人体雕塑。

"呼叫RE……"

"把他交给我们。"AU-99的战术军士打断了我的医疗请求。那个哀悼"大狗"的士兵起身，向幸存者走去。

我迟疑了一下。

"我们的战场统合分析员不在这里。"战术军士说，"除了他，我们谁都不熟悉《新日内瓦公约》——对吧，乔？"

士兵点了点头。他站在尼基对面,身体僵硬,如绷直的琴弦。后者默默地注视了他一会儿,转身走开……有那么一瞬间,我忘记了自己正身处战场。灰烬从熊熊火焰中升起,在铅灰色的天空中飘荡,最后如纷飞的黑色鹅毛,落在尼基的增强现实面罩上,遮住了这个女人唯一称得上漂亮的部分。

那双湛蓝湛蓝的眼睛。

我感到一阵恐怖,接着是一阵心痛。

"那个人活不了了。"她说,"我们走吧。"

我点点头,"突击单元AU-107,继续前……"

命令被凄厉的报警声打断。在战术视窗中我捕捉到了正呼啸而来的死亡:一枚从某栋楼的某个窗口中发射的RPG。黑色的锥体。橙色的尾焰。一轮黑日在我的视野里急速膨胀。这就是结局了,我想——我闭上眼睛。

奇怪的是,我的一生并没有在脑海中闪回。

DAY 234

我们需要谈谈。

我没有理会增强视野中的匿名信息。剃须刀匍匐在脸颊上。推动开关。嗡嗡嗡。嗡嗡嗡。收割胡须的声音穿透我的骨骼,让我想起M134加特林机枪被过滤掉低频部分的嘶吼。

每分钟三千发，几乎可以咬死任何猎物。

我们需要谈谈。关于那件事。

刷牙。把脸长时间浸泡在冷水之中。肺部的收缩感。也许淹死自己并没有那么难……水面之上传来敲门声。"亲爱的，你——好了吗？"

妻子真实的表情显现于卫生间门开启的瞬间，一点点儿不耐，一点点儿焦灼。现在，她仰起脸看我，用一个笑容抹去了所有不合时宜的情绪。

"威廉，你今天——很帅。"

"谢谢。"

"那——我们出发？"

我点了点头。

肖，装聋作哑并不能把一切抹去。

凯文在客厅等我。这个十岁男孩儿已经高过我的肩膀，但他依然像小时候一样，不肯正对我的视线——我想在他心中我永远没法儿演好父亲的角色，无论是在车祸之前还是之后，无论我是教授还是军人，是英雄，还是变态狂、屠夫、刽子手。

我想，我永远是一个顶着"父亲"称号的陌生人。

"嗨。"陌生人对男孩儿打了个招呼。

男孩儿挤出一个笑。

几分钟后，我们一家三口坐上预约的胶囊电动车。沉默间，城市在我眼前飞驰而过：大片大片的绿地，绿地上衣装鲜艳的人群，银光闪闪的摩天楼，楼宇间的巨幅激光投影广告……白云，蓝得几近透明的天空——没有烟柱与UAV的天空。

肖，不管你回不回复，我今天都要把事情解决。

忽然间，一阵眩晕袭来。我下意识地用手攥住一侧裤兜，那里面坚实的物体让我感到安心。

"威廉，你——"安娜把手覆在我的手上，"不舒服吗？"

摇头。

"我们今天去哪儿？"凯文问道。

"我们去吃一顿大餐，然后……"

然后就到了摊牌的时刻，我想。妻子的话音被隔绝在我的世界之外，我看到她的嘴唇无声开合，那曾经令我心醉神迷的嘴唇，那曾经令我痛不欲生的嘴唇。如今，它只是嘴唇，一个呼吸、咀嚼、发声的，神经丰富的器官。

"……这就是我们一天的行程。"妻子将手撤回，摆在双膝之上，孔雀绿色的丝绸裙子将那双手衬得格外白皙，"怎么样，你们二位满意吗？"

凯文用眼角偷瞄我，"史蒂夫不来？"

妻子的脸颊掠过一丝尴尬，"不来。"

"你应该叫上他的。"我说。

尴尬发酵成隐隐的恼怒，"他今天要加班。"

"还是关于战争的报道？"

"威廉，"妻子站了起来，双手盘绞，胸部微微起伏，"我们说好不谈这个的。"

我低下头，"对不起。"

她站在那里，双手分开，各自攥成拳头。她的手指瘦削紧绷，仿佛在一瞬间集中了被精心掩藏的老态。

"我们一家。"她咬着嘴唇，"只有我们一家。"

我点了点头。

片刻之后胶囊车开始减速。乘车助理出现在我的增强视野中。"即将到达目的地。"她用甜美的声音说道，"祝您度过愉快的一天。"

祝您度过愉快的一天……这个虚拟人物有一双可以乱真的蓝色眼睛。斑驳的网状结构……被风吹皱的海面。

我的手臂被轻轻地碰触。

"亲爱的，我们下车吧。"

乘车助理的影像淡去。我迈开脚步。

DAY 1

那双蓝眼睛看着我。

"起来。"尼基说。

在外骨骼的助力下我站了起来。增强视野里显示生命完整性报告——除了疼痛造成的神经信号异常传导，我似乎完好无损。

"下次不要闭眼睛。"尼基又说。

我恍恍惚惚地前行，路过突施冷箭的那栋楼房。此刻它的半个外立面倾塌在街道上，堆成一个小小的月亮金字塔，塔尖上是一摊被子弹打烂的血肉。

"希望它不会影响你的午餐。"阿尔说。

我别过脸去。

"教授，"阿尔举手向上指，"你难道不想感谢一下天上的那些小小鸟吗？"

抬起头，我看到漫天飞舞的"蜂群"——军方的大人物称其为UAV网络。除了装备异频雷达收发器，为战场提供移动热点，一部分UAV还装载了反射镜片。当危险降临，它们可以把来自地中海舰队的大功率激光瞬时投射到这片战场上的每一个角落。

战术中继激光防御系统——天空中的保护神。

当然，就像教官曾经反复强调的一样，如果你希望保护神能够一击命中，那么最好用多个交叉视点锁定来袭物体。

下次不要闭眼睛。

也许这次我只是运气好而已。

……

"你们知道吗，现代军队的最大成就不在于武器的革新，而在于通过纪律约束和价值灌输，让士兵直面自己的死亡。"

在C-17运输机四发动机的咆哮声中，我试图找回那个破碎的自我。我们正身处距库米扬城20英里开外的营地，在这个5平方英里不到的区域内，拥塞着上千个军用帐篷和几条临时跑道，四周则有自动哨戒炮、巡逻机器人（此刻史酷比也是其中一员）和战斗UAV拱卫。装载着钢制建筑预制件的C-17正源源不断地奔赴此处，几天以后一座军事要塞将在此处、在建筑机器人的手中拔地而起，届时我会有自己的营房（配备淋浴间和抽水马桶），但在那之前我们必须在帐篷下忍受彼此的气味和声响。

但起码我们是安全的。

"就比如你要盯着那枚飞向你的火箭弹。"阿尔灌下一口占边波本，将酒瓶递向尼基。这个高大、面容粗野的青年卷着袖管，肌肉虬结的小臂上文满青色的、凹凸有致的妖冶女郎和模糊不清的脏字儿，表达着属于街头和荷尔蒙的独特审美。

后者没有对这种审美做出任何反应。

"对。"我点了点头，"战争是反人性的，然而它又是人性的一部分。"

阿尔悻悻地收回酒瓶，又灌了一口，"这话有点儿费解，教授。"

我舔了舔嘴唇，在肚肠里搜罗词语。

"就比如我，"我说，"我的存在，就是要让战争具有人性。"

阿尔挑起眉尖，"把人放在决策圈中，将军们是这么说的吧？"

"对。"我点头，"如果攻击决策由云端系统做出，那么这就不是一场人对人的战争，而是机器对人的战争——而这会破坏战争的正当性。"

尼基轻轻哼了一声。我看向她。这个女人顶着一头毛茸茸的金色短发，穿军绿色制式背心，修长的脖颈和结实的手臂上缀满细密的汗珠。尽管始终在低头擦拭M27突击步枪漆黑的枪管，不愿抬头看我们一眼；尽管嘴唇紧紧抿成直线，在橙色的灯光下，她五官的线条还是透出某种只属于女性的柔软。

阿尔同样看着她，喉结上下耸动。

"但其实云端系统已经做了大部分的工作，不是吗？"阿尔把头转了回来，"大到整个集团军的移动，小到每个战术单元的部署，它都会给出最优的建议。将军们只需选择'同意'或者'不同意'，而教授你也只需对UAV或者机器人授权，接下来的一切都会由系统自动执行。"

"这就是关键所在，"我耸了耸肩，"最后的决定是由人类做出的。"

"所以杀人的不是机器，"尼基抬起头，"而是人类自己。"

一时间我不知道该说什么。她蓝色的眼神是巴尔干半岛乍暖还寒春日中的一抹凛冽，我转开了眼睛。

阿尔勾着嘴角，"战争。战争从未改变。①"

尼基皱了皱眉头，显然并不欣赏他的俏皮话。

"说起来，这并不是我们的战争。"看男孩儿的表情，他是急于扳回一城，"我，成长在一个充满酒精与谎言的家庭，读过几年书，为了生存，也干过不少下三烂的事儿，蹲过班房，对这个鼓吹人人平等和天道酬勤的国家没有任何好感；教授，你是来自大洋对岸的高才生，在大学里教——""战争史。"我提醒道。"对，教天杀的战争史——恕我直言，在这个早已不再崇尚知识的国家，我真不知道你要到哪里去寻找存在感；尼基（被提到的人没有停止擦拭枪管的动作），你是十几岁才移民来的吧？很难相信一个已经有了基本判断能力的人还会被山姆大叔那套伪善的鬼话洗脑……说得难听点儿，我们都是这个国家主流价值观里的边缘人，现在却要来维护它的自以为是——正如我刚才说的，我们在打一场不属于我们的战争，这难道不是很荒谬吗？"

"那就走开。"尼基突然扔出一句，"没人逼你来这儿。"

我和阿尔半晌没有反应过来。我们半张着嘴巴，看着女人将她的枪组装起来，重新录入自己的微生物指纹，校准辅助射击系统，

---

① 语出游戏《辐射》。

与M27步枪（或者更准确地说，M27步枪上的拟人智能终端）互道晚安后把它轻手轻脚地放进枪箱，然后钻入微气候睡袋，留给我们一个硬邦邦的后脑勺。

阿尔把脸转向我，这个十八岁少年的眼中有一丝费解，一星怒火和一点儿委屈，"她什么意思？"

我摇了摇头。

远方有滚雷之声。

DAY 234

嗒。嗒。嗒。

叉子敲着餐盘，撞击声掠过绿植和大理石人像，在深红色的墙壁间来回弹射，最终涸散在空气中。

"凯文，停下。"妻子说。

男孩儿嘟起嘴，"我们什么时候走？"

"去哪儿？"

"回家啊。"

妻子的脸绷了起来，"今天我们就在这儿。我们一家。"

我对男孩儿抱歉地笑了笑，并不介意他把脸扭开。我知道，这很无聊——现实世界就是如此无聊。在我遭遇车祸之前，都是史蒂夫在陪他玩儿，而在车祸之后，我还没来得及填满他心中那个大大的空洞。

"凯文，"我将手肘撑在桌面上，探身向前，"你为什么急着回家呢？玩游戏？"

他垂下眼睑。

"你最近玩的游戏叫什么来着，《战争之子》？"

他扬起眼睛，警惕地看我。

"我也玩过这个游戏。"我说。

有一抹光亮在他眼中一闪而过。我熟悉那一抹光亮，那一抹只有在我们谈论心爱之物时才会出现的光亮。我想凯文和大多数年轻雄性一样，或多或少地迷恋战争，迷恋战争制造的冲突与奇观，迷恋美丽而又致命的武器，迷恋在深知自己安全的时候远距离地观赏死亡。在很多人眼中，战争有其独特的美学。我不能为此责怪一个十岁男孩儿，毕竟，战争根植在人类的天性之中。

——我们是战争之子。

"爸爸，你——"凯文有些迟疑，"真的玩过？"

我轻轻地点头。

"那你能不能告诉我——"

"喀。"安娜发出做作的咳嗽声。凯文缩起脖子，意识到自己触碰了这个家的禁忌。

你想让我告诉你，这款游戏到底像不像真正的战争。这个问题只有亲历过战争的人才能回答。我给了男孩儿一个不以为意的笑容。不，它一点儿也不像。你永远都没法儿通过战争以外的途径去体会真正的战争——不管它宣称自己有多么逼真。真正的战争充满死亡的恶臭，而当你嗅闻过这种恶臭之后，你的"嗅觉"受体就会发生不可逆的改变, 你便从此告别了整个世界的芳香。

我想我的脸上一定流溢出了某种表情, 这表情使沉默突然降临在我们一家三口的小小一隅。半晌之后, 安娜的手越过桌面覆在我手上, "亲爱的, 我们——我们走吧。"

我感受到了她手心的湿凉, 还有在我身上汇聚的视线。我转过头。餐厅的另一边, 几个年轻人正肆无忌惮地看着我。这个世界上从不缺少好事者。他们热衷于在虚拟空间追逐和分发热点, 会在增强视野里设置热点匹配提示。此刻在某个年轻人眼中, 我的头上一定悬着一个巨大的惊叹号。

——然后是公共区域的视点分享。然后是铺天盖地的弹幕。然后是更多的目光。

那一桌上, 有人用手比出抹脖子的动作。

我站了起来。

"不要。"安娜缓慢地摇头, 灰色的眸子里泪花翻涌, "威廉, 不要。"

我冲她笑了笑。在走向那几个年轻人的一路上, 周遭的目光如疾雨打在我身上。出征时他们叫我英雄, 现在我是变态狂、屠夫、刽子手。我想人们总会被良心折磨, 也总会找出什么来消解这种折磨。我想这才是我的一系列称号之下的真相: 一只替罪羊。

"先生们,"替罪羊停在桌前, "我能为你们做些什么?"

几个人都站了起来, 其中一个足足高出我一头, 髯须蓬勃。我认出他就是那个朝我比画的人。

"滚开, 杀小孩儿的变态。"大胡子碾着牙齿。

我把手伸向裤兜, 我的嘴角卷出笑容。

"如果我不想呢?"

DAY 13

"教授,你确定这些家伙是来打仗的?"

我冲阿尔笑了笑。在我们身边一线排开的士兵戴着形制不一的钢盔,穿着脏兮兮的迷彩服,拎着锈迹斑斑的AK12步枪。他们眼神涣散,脚步拖沓,不住地打呵欠,间或叽里咕噜地交谈几句、粗野地笑上几声——阿尔说得没错,他们更像是一群去赶集的恐怖分子,而不是要与我们并肩作战的友军。

"我确定。"我说,"你不能指望每个人都像我们一样装备动力外骨骼和智能枪械——别忘了,他们的政府还欠山姆大叔一大笔钱呢。"

阿尔弹了一下舌头,"啊哈。"

我们在约根森林中步行前进,史酷比在前,我、阿尔、尼基和两部"剑"式武装机器人紧随其后,排成紧凑的楔形队列——在由突击模块转为侦察模块后,步兵作战单元107的成员构成、远程支援、战术执行等都发生了相应改变,以此实现既定兵力下的最大作战效率。我们的友军则拉开一条长达数百米的散兵线。我想他们只是在践行一种把死亡风险平摊的朴素哲学。森林里是密密匝匝的白杨和桦树,春日的天空透过树叶斑斑点点地洒了下来,我听见沙沙的脚步声和沙沙的风声。

"教授，我有种不好的感觉……"史酷比用它的电子合成声（中年男性的声音，鼻音略重）对我说。

"哧。"阿尔用鼻孔吹出一声，"没有数据支持，你就是个弱智。"

失去数据支持的可不止史酷比一个。尽管有四只"蜂鸟"扑翼式UAV不断通过LiFi连接（不易被干扰但会被障碍物阻隔，所以只能小范围使用）向我传送周遭几十米的实况画面，但——无法与战友共享视野，无法查看实时地图，和云端系统提供的战场觉知相比，我能感知到的不过是在浓黑中的一豆磷火。如果再假设身边环伺着青面獠牙蠢蠢欲动的猛兽，这感觉又岂止是"不好"？这就是我们此时的处境：在一片危险的数据"暗区"中蹒跚前行。联军前期空投在约根森林的T–UGS（战术性地上无人感应器）已被武装分子悉数破坏，而飞临此地上空的侦察UAV更是时常被击落，强烈的电磁干扰使云端系统无法在整片区域建立起有效的战术数据网络，雪上加霜的是，卫星图像也在茂密的森林和武装分子老练的光学伪装下丧失了参考价值。昨天一架"疣猪"（A–10攻击机）冒险低飞，险些被一枚地对空导弹击中。现在，出于安全考虑，所有飞过该地的飞行员都拒绝把高度降到15 000英尺以下。

——联军司令部承认，我们的敌人并没有如预期那样，被优势火力迅速打垮。在十几天的战斗之后，他们找到了联军的弱点：克劳塞维茨所谓的"战争迷雾"——联军宣称已然不存在的战争迷雾。

找到。然后制造。

大片大片的战争迷雾出现在联军尚未攻克的森林地带和山区，它们连接起来，成为横亘在库米扬城和武装分子北部据点之间的天堑。联军的大股地面部队在这一障碍前停住了脚步，司令部派出零散的侦察单元配合装备低劣但有数量优势的政府军（比如，一个侦察单元搭配一个完整建制的连）来驱散迷雾——在云端系统做出的战损分析中，萨尔第人是大量且廉价的，萨尔第人的死亡是可以接受的。

"这就是云端系统在做的，"阿尔踏扁一<u>丛</u>褐色的菌类，"给每个人的生命标出价格。"

"是权重。"我纠正道。

"低于某个数值就可以消灭掉，嗯哼？"

"战斗的决策基于一种极其复杂的算法，伦理学、心理学、统计学、人类学、国际法、战争法、意识形态、宗教信仰等因素都是其中的变量——"我深吸了一口气，"但你说得没错。归根结底，我们是在用数字来称量一个人的生命。"

沉默。鸟儿的啁啾和灰蒙蒙的阳光在林间跳荡。

"如果是由算法来做决定，"尼基的声音传入头盔，"那么你就是多余的。"

我的动作顿了一下，但外骨骼仍依据我的运动趋势将我向前带去。

"决定是我做出的，"我辩解道，"算法只提供参考。"

耳罩里"刺啦"一声，我不知道它代表的是尼基的笑，还是一次粗重的喘息。

"没错，"她说，"决定要由人来做——这是人对人的战争。"

有什么在灼烧着我的耳垂。那是一种自欺欺人的羞耻感。

"好吧。"我叹了一口气，"我承认我的存在是多余的——事实上，从某种意义上来讲，每一个战场统合分析员的存在都是多余的。把我们脑袋里那套系统装在任何一个型号不低于史酷比的战斗机器人身上，它们都会做得更好。我们是战争皇帝的新衣，我们的存在只是为了把战争留在人的领域——但反过来想一想，人的判断就必然有其形而上学的意义吗？人的所有行为决策都产生于大脑，而大脑的底层运作是基于神经元动作电位的'加权投票'模型的，更不要说大脑皮层里还有一个叫作额眶部皮质、专门负责道德计算的区域了……我们的神经元网络为万事万物赋值，令我们在不知不觉间做出道德判断，而这不过是一种生物算法。可笑的是，制定战争规则的大人物们认可这种算法而不认可机器的，就像他们认可5.56毫米子弹而不认可达姆弹，尽管这两种子弹都是用来杀人的——战争的道德，哈。"

"我想我明白你的意思，教授。"史酷比说，"在如何看待杀人这件事上，你们人类其实和我这样的电子脑袋并没有什么不同，只是你们相信自己有灵魂。"

"蠢货，不是相信，而是——"

阿尔的话语被一声尖啸掐断。接着是轰然巨响。震颤的大地、飞溅的枝叶与泥土。近乎静止的春日午后被骤然撕开，而所有人仿佛都带着惯性在时间中定格半秒。

接下来，粗糙的全景画面潮水般涌来，我看到有人仓皇四顾有人被炮击掀翻有人没跑出几步便直挺挺地栽倒。在显示弹道分析的同时，离线云端系统将动力外骨骼切换为自动躲避模式，带着我向弹着点最为稀疏的区域狂奔。

"……操！"阿尔的咒骂断断续续，"……我……伏击！"

听不到他的声音了。瞬间激增的战场信息挤爆了侦察单元SU-

107带宽有限的战术局域网，我们失去了多点通信链路和全局战场分析的支持。在被乱码和噪声填满的增强视野中，我跟跟跄跄地躲避弹雨。大部分战场觉知的丧失使我的世界收缩成一道窄缝，透过这道窄缝我窥到怒放的黑色土花和被拦腰炸断的树木，听到面无人色的友军抱着断腿哭号，嗅到树木、泥土、硝烟和鲜血的混合气息。当我们终于穿过炮击的密集区，稍稍立住阵脚，手中的M27突击步枪和M312机枪便开始尖声嘶吼，将子弹射向那些似乎无处不在、又无法在增强视野中凸显出来的敌人。

"撤退！九点方向！"尼基在我耳畔低吼，"我来掩护！"

我循她的指示望去，看到森林边缘朦胧的光——走出森林，也许就意味着走出数据"暗区"……我舔了舔嘴唇，"尼基军士，我才是下命令的人。"

"那就下呀！"

我思忖半秒，打出战术手势——尼基、阿尔，向九点方向撤退！史酷比提供压制火力！

尼基愣了一下，她的蓝眼睛里闪出瞬间的疑惑。然后，我想她明白了：一切都是计算的结果，相比于人，没有灵魂的机器大狗一定拥有一个很低的权重。

——因此是可以被牺牲的。

她朝地上啐了一口。

DAY 234

我回到餐桌前，继续切割盘中的牛排。七成熟。深棕色的外皮。肌肉的纹理。血丝。

妻子用莫可名状的眼神看我，"威廉，你——"

你都做了什么，能让那一桌不怀好意的壮汉如丧家之犬般逃走？

很简单。我将牛肉塞入口中，冲安娜和凯文笑了笑。很简单，我只是抓起桌上的一把餐刀，手握刀刃，将刀柄递向那个大胡子。"知道我在战场上是怎么解决问题的吗？"我对他说，"消灭生存价值为负值的人。"那个人瞪大了眼睛—— 一桌的人都瞪大了眼睛。"对你们来说我是负值，对我来说你们也一样。"我把刀又向前送了一点儿，"你们要抓紧了。有时候，我没法控制脑袋里的杀人机器，你们懂的。"

他们懂。绝大多数人并没有杀人与被杀的勇气，绝大多数人也从来没有直面过归来之人的眼神。于是他们选择逃跑——如果这一选项存在的话。

"你威胁他们了。"妻子说。

"对。"

"威廉，听着，"她抓起我的手，"如果你想让我们一家回归到正常的生活中，你就必须忍耐。人是健忘的生物，战争很快就会结束，人们会被别的东西吸引，然后——"

"回不去了。"我摇了摇头。

"抱歉，"她的脸僵住，"你说——"

"安娜，你很清楚，我回不去了——我们回不去了。"

那双手松开。在桌子的另一角，男孩儿紧咬下唇，用力盯着我。

"安娜，我知道你想做什么。你想站在我身边，支持我，鼓励我，直到我们度过这段艰难时期——安娜，你一直都是这么善良，尽管你已不再爱我。"我苦笑道，"是苦难把我们连接在一起，而不是爱——这已经不是第一次了，对吗？"

妻子摇头，泪珠在她眼中滚动。

"肖，你——在说什么？"

DAY 13

单发点射。血雾。一个敌人倒下。失去云端支持后，辅助射击系统还在忠实地工作。这一系统将外骨骼与智能枪械整合，在计算弹道辅助瞄准的同时有效化解后坐力，大大提升了射击精度。有人说，辅助射击系统把战争变得如电子游戏般简单——此话不假，如果你可以忽略随时可能降临的死亡的话。

"教授，还是连不上云端！"阿尔吼道。

我眯起眼睛。世界依旧是一道剪影，但比起刚才已经清晰许多：森林在我眼前150米处止步，空出大片开阔的草甸。我的侧面和身后则是连绵的丘陵，重新连接战术网络的希望在那里。

"退向六点钟方向！"

我命令道，同时用枪口寻找胆敢从森林中露头的敌人。

"下命令的人，"尼基在我身边伏低身体，"你怎么不撤退？你在等什么？"

"我在等那个家伙。"我目不斜视，"算法是预设的，但决定是人做的。不是吗？"

几秒钟的静默。战术军士以一记三发点射回应我。清脆的枪声。弹壳从抛壳窗中蹦出，在空中划出三道金色弧线。阿尔咒骂一声，也蹲了下去，手中的米尼米班用机枪喷吐火舌。

……几个身影从森林中钻了出来。是一小股被突袭打散的萨尔第维亚友军、一个两英尺高的履带型战斗机器人和—— 一只迷彩色四足大狗。"史酷比！"我起身挥手。大狗看到了我们。它的身体微微一顿，液压关节在瞬间完成减速和变向——它在朝我们奔来。90米。80米。有人倒下，带着向前的惯性一头栽进泥土。60米。史酷比的背上溅起火星。50米。35米……

"敌方坦克！十点钟方向！"

十点钟方向。黑乎乎的钢铁猛兽咆哮着从500米开外的斜坡上冲下，用7.62毫米车载机枪瞬间扫倒近处的几名士兵，紧接着掉转车头，向我们径直而来——坦克驾驶员找到了附近唯一对装甲构成威胁的敌人，联军的步兵作战单元SU-107。紧跟在史酷比身后的萨尔第人在惊愕中放缓脚步，T90坦克的125毫米高爆弹就在这时砸了下来，狰狞的火光在我面前的小队人马中猛然爆开——动力外骨骼在几毫秒内做出反应，将我的头部压低，避过激波与破片。下一秒，安全锁定解除，我起身冲进漫天尘埃之中，看到的第一样东西不是史酷比的钢铁外壳，而是一双向前探出的手。略一迟疑后，我抓起那双手，试图将它们的主人从死亡中拖出来。

——动力外骨骼模糊了我对重量的感知。走出尘烟后我骇然发现，自己拖出来的是半截身体。那个只剩上半身的人——天哪，他是那么英俊年轻！——瞪圆了眼睛，仿佛想把整个天空都装进去。

湛蓝湛蓝的眼睛。

我的半边大脑一片空白——

"啪！"一只手拍在我脸上。

"教授，你冷静点儿！"

我晃了一下，艰难找回平衡。尼基的蓝眼睛在我的视野中晕开。在蓝色的世界中我看到天幕倾斜残缺；看到断了一条腿的史酷比在艰难地平衡身体，背部的反坦克火箭筒徐徐升起；看到越来越多的武装分子从林中拥出，扑向丢盔弃甲的政府军士兵；看到一道烟幕墙倏然腾起，遮住了钢铁猛兽，曳着火尾的激光制导导弹一头扎入烟幕之中，不知所踪……

"蠢货电子脑袋，你打偏了！"阿尔喊破了嗓子，"我们完了！"

我们完了。T90从气溶胶烟幕中钻出，黑黢黢的炮管正对我的视线。瞄准警报响起，增强视野红光闪烁。我拼尽最后一丝力气，才没有合上双眼。

下次不要闭眼睛。

——然后我看到了。

一团火光在坦克顶部绽开，在继续奔跑几米后，T90向空中喷出一道明亮的橙色火流，随即在一声爆响中将炮塔高高抛起！ AC130炮艇机轰鸣着碾过天空，在摧毁坦克后用MK44巨蝮二式链炮在森林边缘掀起一道黑红色的死亡之潮，转瞬间将成群的敌人击碎、席卷、吞没，那些从潮水中侥幸逃脱的武装分子慌不择路地向森林深处退去。

支撑着我的力量忽然消失了。我单膝跪地，双手插入泥土，呕出酸涩的胆汁。

"乌拉——"

我听见人们的欢呼声。

DAY 234

"在我们的婚姻和史蒂夫之间做出一个选择，"我拼凑出一个笑容，"我想这对你来说一定很难吧，安娜？"

妻子的脸色变得惨白。"肖，"她双臂环抱，"有些事情，我们不该当着——"

"凯文，"我没有理会她，而是将身体探向男孩儿，"你听说过电车难题吗？"

男孩儿将目光投向与他同样茫然的母亲，然后咬着嘴唇，摇了摇头。

"想象一下,"我说,"一辆有轨电车正朝五个人驶去,挽救这几个人的唯一方法,就是按下开关,让电车驶向另一条轨道,但是这样便会撞死另一个人——如果你是那个手握开关的人,你会怎么选择?"

"我——"男孩儿紧着脸,"我不知道。"

"我们拒绝做出选择,不是因为问题无解,而是因为我们不愿承认在人类的种种决定背后是冷冰的算法。"我看向妻子,"安娜,不要忘记我的一半脑子是用来干什么的——在战场上,它用一系列复杂的算法来掂量生命,而现在,就算不用什么算法我们也都心知肚明,对你和凯文来说,史蒂夫才是那个能赋予幸福更大数值的人。"

在她的眼底有泪花泛起,"肖,我不明白你在说什么……"

"我不属于这里。我要回去。"我说,"安娜,我能给你的,只有自由。"

"回去?"她疑惑地看着我,"回去哪里?"

"萨尔第维亚。"我笑了笑,"战争不是还没有结束吗?我必须回去。不是为了信仰,不是为了眷恋,而是为了自我拯救。所以——"

我来了,肖,我在你的城市。

增强视野里突然弹出的信息令我的身体僵了一下。你想干什么?

我说过,装聋作哑并不能解决问题。既然你拒绝开口,那么我只有亲自来喽。

我起身,视点在增强视野中迅速画出文字:你在哪里?我们可以谈谈,但千万不要——

一个地址链接被丢了过来。

这个地方你很熟吧？我已经到了。给你十分钟时间。

我用了整整一秒钟来思考。然后转身向餐厅门口奔去，同时用地址链接预定了一辆电动车。

"威廉！"妻子在身后喊道。

我没有回头，直冲入熙熙攘攘的街道。

DAY 13

云端系统显示，这个被光秃秃的田地包围，凌乱散布着几十座颜色各异木房子的小村庄，叫作"诺夫特洛卡"，是斯图尔人聚居地。这是我们走出约根森林后设置的第一个集结点。此刻，支奴干直升机正在将断了腿的史酷比、瘫了半个身子的"剑"式机器人和几个伤重的政府军士兵吞入腹中，两架纵列螺旋桨高速旋转着，在村中的空地上搅起烟尘龙卷。

"真他妈诡异。"阿尔挤进我和尼基中间，"我敢打赌你们在这个村子里找不到一个哪怕嘴上只长出绒毛的男人。"

没人理睬他。

"喂，你们看到那几个女人的眼神了吗？"阿尔继续喋喋不休，"她们让我感觉，自己不是一个解放者，而是一个、一个——"

"一个敌人。"尼基说。

"敌人。"阿尔咽了口唾沫,"太他妈贴切了。"

——这个年轻人到现在还不知道自己在为谁而战。我摇了摇头,继续埋首于眼前的工作,自行哨戒炮、"毁灭者"全自动后勤平台和几辆REV(机器人疏散车)正陆续开进村庄。我通过云端接入REV,指挥它们对伤员进行紧急处理,随后送往最近的战地医院。而尼基和阿尔则在"毁灭者"的协助下在村外布设战术感应器和异频雷达收发器——这是联军布防的标准流程。敌人随时都可能卷土重来,届时我们需要UAV的火力支持和不掉帧的增强视野。

工作告一段落后,我们褪下外骨骼,用后勤平台上的电池组为其充电。时近黄昏,橙色的夕阳将嘴唇探向地平线,鸟儿和云朵在天空中裁下黑色的剪影。我们席地而坐,小口小口地呷着战术背囊里的能量饮料,如啜饮烈酒。

悠长的沉默。

"我很好奇。"当靛青色占据大部分天幕,阿尔开口说话,"在经历了这一切之后,这些人还会不会相信神灵的存在。"

我将目光投向不远处的尖顶木屋。在已然褪色的屋顶之上,金色的十字架在夕阳下氤氲着微眇的光。一个小小的教堂。

"他们——"

"他们只会更加相信。"尼基打断了我,"萨尔第人和斯图尔人是在为神灵而战,而不管结果如何,他们都会从中解读出神灵的意志。"

"为——"阿尔有些茫然,"神灵而战?"

女人和我对视一眼,似乎在犹豫着是否该将真相就这样丢给一个长不大的孩子。

我点了点头。

尼基叹了口气，"萨尔第人和斯图尔人是这个国家里的两大主要族群，属于同一信仰的两个支系，在这片土地数百年的历史中，两个族群经常为教义阐释上的争执打得不可开交……十五年前发生了一场内战，取得胜利的是占人口大多数的萨尔第人。一俟掌管这个国家，萨尔第人政府便迫不及待地将自己对信仰的理解强加在斯图尔人的身上，他们强迫对方学习他们的经典，接受他们的教义，对不肯改宗的'死硬分子'实施迫害——虽然迫害的具体细节被官方严密封锁，但对于那些心怀虚构正义和宏大使命感的人会犯下什么样的恶行，历史已经不厌其烦地告诉过我们……"

"萨尔第人……政府军……"男孩儿若有所思，"等等！你的意思是，我们在为那帮浑蛋打仗？"

"大人物们关心的是地缘政治、战略影响力、文明与冲突、威慑与阻遏，而非善恶或者人伦这样的大词儿。"尼基将右手探入裤袋，摩挲着，"不管萨尔第人对斯图尔人做了什么，他们至少组建了一个强有力且听话的政府，可以作为山姆大叔在这片土地上的代理，实现其政治意图。所以当斯图尔人终于不堪压迫奋起反抗时，他们认为自己在进行一场圣战；但从地缘政治的角度，这其实是两大国际强权在别人家里进行的一场暗中角力——你以为是谁在向武装分子提供T90坦克、S400防空导弹和电磁炸弹？"

"……操。"沉默片刻，阿尔吐出一个脏字。

"你瞧，这个世界就是这么肮脏，"尼基笑了笑，"而我们也是肮脏的一部分。"

我的心被狠狠地蜇了一下。我在女人的脸上捕捉到一丝荒诞到绝望的疼痛，这疼痛伴随着星辰的微光，在她的眸子中荡漾。

"伙计们，咱们能不能阳光一点儿？"我硬生生地挤出笑容，"这个世界可没有你们想的那么不堪……"

一阵嘈杂。教堂前的空地上蓦然聚起纷乱的光线。我转头，看到老人、妇女、孩子从一侧的树丛中鱼贯而出，被政府军用枪托和吆喝驱赶着，沉默而顺从地走向那个神灵的居所。尼基旋即起身，抬脚向人群走去。我将翻译贴片粘在喉结之上，跟在她身后。

"上尉，你们在干什么？"她对一个面目黧黑、军官模样的人发问，后者正喝令士兵们扳开教堂的大门。

军官转身，灯光在他眼中跃动。

这些人都是可疑的武装叛乱分子。增强视野中跳出文字。为了确保安全，我们要对他们进行集中管理。

尼基梗着脖子。你说这些老幼妇孺是叛乱分子？

军官眯起眼睛看了看我和阿尔，又看向尼基。在忽明忽暗的光线中，两个人用目光对峙着。直到确认眼前的短发女人不会退让分毫，他才开口说话。

就在刚才，我死了三十几个弟兄。那些杀人犯就是从一座又一座这样的村庄里走出去的——女士，你能告诉我，是谁把他们抚养成人，是谁向他们灌输虚伪的经典，是谁让他们的心中充满仇恨，又是谁在支持他们行杀戮之事呢？军官的嘴角卷了起来，露出森白的牙齿。在这场战争中，没有人是无辜的。

话语噎在尼基半张的嘴巴里。军官冷哼一声，慢慢转身，横着步子走向空地——在那里，政府军士兵正迫不及待地将整个村庄塞进一间小小的教堂。笑声、哭声、絮语声和咒骂声在黑夜中升腾起来，枪托毫不留情地砸向人群中不肯轻易就范的枝蔓。

此刻的情势在算法的计算范围之外，但我另一半的生物大脑却不假思索地做出了决定。我拔腿向那个军官走去，俯向他沾着血污的耳郭，翻译贴片即时传达了我的话语。

上尉，我知道你在想什么。这种木质建筑很容易失火不是吗？如果在夜里它由于某种不幸的原因燃烧起来……

军官回头。少校，我无法理解你的幽默。

这不是幽默。上尉，我严正地——

突然，一个七八岁的小女孩儿从人群中蹿出，几乎是手脚并用着奔来，如巡航导弹般击中了我！我下意识地抬起手臂，将女孩儿拢住，后者抬头，眼中是一汪令人心碎的蓝。士兵们骂骂咧咧地围了上来，手中的枪乌黑森冷。

我感觉到尼基和阿尔站到了我的身后，这令我几乎瘫软的身体得到了一丝虚妄的支撑。

上尉，立刻停止你们的行动，让村民回家！我的手指死死地抠住女孩儿的肩膀。

军官咧嘴。少校，我想你无权命令我。

我端起M10手枪，指向他的眉心。那这个呢？

世界瞬间失语。然后我听见枪支移动时清脆的金属撞击声，听见臂弯中的啜泣声，听见尼基和阿尔粗重的喘息。三个没穿外骨骼装甲的游骑兵和一个手无寸铁的小女孩儿被围在萨尔第士兵中间，三支手枪对十几杆步枪——好吧，我身上残存的非理性使我们这支小小的队伍再次深陷险境。

军官双手慢慢上举，嘴角仍挂着笑。好啦好啦，都是自己人，干吗要这样？听你的就是啦。大家都把枪放下——快放下！

枪口降低，翻涌的敌意却一浪一浪地打在我身上。有很长一段时间我都无法忘记那种感觉：那种被无尽的黑暗和寒冷包裹，肺部被压迫着，置身深海的感觉。在深海中我保持着举枪的姿势，直到一只手挽住了我的手臂。是尼基。她将我的手一寸一寸地压低——或许被压低的，还有我的恐惧和懦弱。

这就对了。我们是友军嘛，友军怎么能拔枪相向呢？军官晃了晃拳头，将它轻轻地砸在我胸口上，接着干笑两声，把头凑了过来，对着我的脸颊吐出臭烘烘的热气。少校，我欣赏你的人道主义精神，但你真的以为自己是在拯救他们吗？

我克制住呕吐的冲动。我是在拯救你。

……

"那孩子喜欢你。"尼基吐出一个烟圈，说。

我在她身边坐下，"那孩子？"

"米拉。"

米拉。那个被我"救"下的小女孩儿。政府军散去后米拉和她妈妈盛情邀请我们去家里吃饭。我们在那间拥挤而温暖的小木屋里享用了热腾腾的土豆烧牛肉和伏特加。吃饭时女孩儿如小鸟般在我们身边盘旋，一会儿把头贴在我胳膊上，一会儿摸摸尼基的手，一会儿对阿尔吃吃地笑，一会儿又叽叽喳喳说个不停。大多数时候，我和尼基以微笑回应母女俩的热情——异国的语言会搅扰此刻的温馨，大家心照不宣。吃完饭，母女俩央我们住下，被我们婉言谢绝。米拉好一阵失望，但告别的时候还是在每个人脸上都轻轻地啄了一个晚安吻。

我用手指抚摸脸颊上女孩儿吻过的地方，"她也喜欢你。"

"……真是奇怪啊。"尼基扬起脖子，目光飘向远方，"前一分钟她们还把我们看作敌人。"

"我想，比起恨，人们更愿意选择去爱吧。"

她的目光下降，定定地看了我一会儿，"教授，你今天真叫人刮目相看。"

耳垂发烫，我把脸扭向另一边。军用帐篷里渗出暖色的光线，阿尔的鼾声若有似无。坐在地上，湿凉的潮气正爬进身体，撩起轻微的刺痛。但我已经开始喜欢上这种感觉——和大地亲密接触的感觉。活着的感觉。也许还有在星光下和一个短发女人说话的感觉。

"你才让我感到惊讶呢。"我说。

"我？"

"你跟他们说话的时候没用翻译贴片。你懂他们的语言。"

"……忘了告诉你，我是萨尔第人。"

我凝视她的侧脸。

"在十五年前的内战中，我成了一个孤儿。是联合国难民署将我辗转营救到了大洋彼岸。在那之后的很多年里，我曾那么希望自己可以像一个普通人一样长大、读书和恋爱，希望自己可以享受平凡而琐碎的忧愁与幸福。但我发觉自己做不到。我想，对个体而言，战争从不是单一事件，而是一场旷日持久的改变。经历过战争的人永远被战争塑造着，永远也无法摆脱战争。他们要么终日被战争的阴魂追猎，要么逼迫自己成为一个猎人——而我选择了后者。我想深入战争的血肉与骨髓之中，真正地理解战争。理解，然后克服。所以当我听到故国爆发内乱的消息时，我知道狩猎的时机到了。"尼基用力咂了口烟，烟丝热烈燃烧，发出"滋滋"的响声，"我回来，不是为了信仰，不是为了眷恋，而是为了自我拯救。阿尔说错了，这场战争并不是与我毫无干系——它就是我的战争。"

我迟疑了一下，"但你帮助了斯图尔人。"

尼基笑笑，"我总是一厢情愿地相信，或者说希望，这不是霍布斯那个人人与人人为敌的世界。"

沉默短暂地降临，又被远处传来的嗡嗡声刺破。一架巡逻UAV正掠过天空，它尾部的信号灯拖出长长的残影，如横向坠落的流星。

"教授，说说你吧。"半晌之后，她把脸扭向我，"你为什么来打仗？"

"……我……"

"如果不想说，你可以不说。"

"我遭遇了一场，呃，交通事故。"我绞着手指，"头部严重受伤导致语言功能丧失，四肢协调困难，记忆障碍——简而言之，我成了一个废人。你可能听说过，有一种手术可以通过植入拟态神经元来重塑受损的脑区，恢复大脑功能……不幸的是，手术的费用对我的家庭来说是一个天文数字，我们根本无法承受。所以不出意外的话，我，一个曾经靠脑力谋生的人，将在福利机构机器人护工的看顾下无知无觉无忧无虑地了却下半生……"

我朝尼基伸出手。她愣了一下，随即心领神会，把烟递了过来。

"有一天，军方的人来了。他们说，可以免费为我进行手术……代价是，他们要在那部分人造脑区装入一个系统，一个可以和云端无缝链接的终端，而我必须在接下来的三年中为军队服役。对于一个已经在心里对自己判了死刑的人来说，这是无法拒绝的价码。"烟气滚入肺中，我轻咳几声，"这就是你眼前的我，半边脑袋属于自己，半边脑袋是军方的财产，根据协议，他们有权以他们认为合理的方式使用它。就这么简单。"

"……操蛋的世界。"尼基说，"你不该被这么对待。"

"我可不会这么想。"我苦笑道，"虽然不愿意承认，但我必须要说，在重塑脑区之前，肖威廉是个彻头彻尾的浑球儿。这个人沉浸在自己的学术追求中，对世界、对他人漠不关心——甚至包括他的妻儿……所以，这未必不是一件好事儿。当一个人前额叶里的'自我'损毁时，现代科技可以在废墟之上搭建出一个新的自我。也许是一个更好的自我。"

尼基的手搭在我的手上。微凉。一搭，一握，然后放开。她看着我，而我在她的眸子里看到了银河。

"现在的肖威廉很好，"她说，"我想，我开始慢慢地喜欢上他了。"

"我也是。"我说。

我们相视而笑。

"喂，大半夜的，你们两个不睡觉，叽叽咕咕什么？还嫌白天不够累？"阿尔在我们身后睡意蒙眬地嘟哝，"……见鬼。你们见过这样的星空吗？"

我抬起头。

——万千繁星，死去的抑或依然燃烧着的。流过天宇的璀璨之河。飘荡在冷寂空间中的云朵。如果不是方圆百里内的灯火被战争熄灭，我们的头顶便不会有如此美景。忽然间我有点儿好奇，那个只敬畏头顶星空和心中道德律的哲人[1]，会如何看待这由战争造就的纯净星空，又会如何看待三百年后依然在道德律的泥淖中挣扎的后人呢？

"……很美，"尼基的目光从我和阿尔身上扫过，"不是吗？"

我压抑着哭泣的冲动，点了点头。

DAY   234

人们消费战争，而这栋大楼就是他们大肆挥霍的地方。

警戒线。鸣响的警笛。围观的人群。新时代传媒大厦是繁华市中心里一座孤岛。

看到一楼大厅那个身上捆满C4炸药的人了吗？记者史蒂夫·雷明顿。我想你跟这个人很熟。

我从人群中退了出去。

阿尔，你想干什么？

肖，你都不知道这有多么可笑。在评论和谴责时，这些人个个都是英勇的牧羊犬；可当我拿枪指着他们时，这些人却变成了羔羊。而当我向他们表明，一旦有人轻举妄动，我就会引爆雷明顿身上的炸药，这些人就更是驯顺无比了。

阿尔，你，想杀死大厅里所有的人？

---

[1] 指康德。

在这个国家里，没有人是无辜的。增强视野里出现一个微笑的emoji表情。是这些安坐家中的人高举双手赞成战争，也是他们一边吃爆米花一边欣赏战争真人秀；正是同样的一群人，当他们终于见识到战争的残忍与恐怖，却想通过撇清自己与战争的关系来抹掉良心上的污点——我们就是那块令他们皱起鼻子的抹布。教授，难道这些人不该死吗？

我将手探进裤袋。阿尔，你的条件是什么？

没有条件。我说过，我要把问题解决。

通过杀死这些人？

没错，这就是我的解决方案。

阿尔，我不相信你会做出这种事情。

那是你还不够了解我。教授，你难道不想知道是谁出卖了你吗？

……

是我偷偷复制了那场战斗的视频记录，把它给了你这个所谓的朋友，史蒂夫·雷明顿。而这个家伙，对，就是这个在大厅里哭得像个娘儿们似的家伙，毫不犹豫地把这段视频变成了他的独家报道，丝毫不在意这会毁掉你的人生——这栋楼里没有人在意。他们正忙着俯在战争的尸首之上，大快朵颐呢。

……为什么，要把视频给他？

那个呀。又一个微笑。因为我恨你。

那个东西在我的手掌上。银色钛合金机身。缓缓打开的黑色碳纤维机翼。电磁发动机嗡嗡鸣响。我将它抛入空中，实时画面传入我的增强视野。

教授，你知道我为什么恨你吗？

……因为尼基。

对,因为尼基。是你把她从我身边夺走。是你杀死了她。

蜻蜓大小的电磁驱动UAV飞进了大厦一楼大厅。我看到站在最前面的史蒂夫,这个魁梧的男人在瑟瑟发抖,裆部已经湿透;我看到西装革履的男男女女们,远离瘟疫般远离史蒂夫,如羔羊般挤在一起;我看到三个死去的保安,他们仰面朝天,涣散的瞳孔倒映着新时代传媒金色的徽标——振翅欲飞的和平鸽。

在二楼的敞开式走廊上,我看见了阿尔。

——手中提着微型冲锋枪,脸上挂着眼泪。

阿尔,听着,我很抱歉,但事情可以不必这样。

……在那么多个夜晚,关于我,她都对你说了什么?

阿尔,我……

教授,求你。更多的眼泪从阿尔眼中滚滚涌出。那个人已经在世界上消失了,如果我得不到她留下的"具体",那么哪怕一点点儿"抽象"也好。

疼痛渗入骨髓。我闭上眼睛。

阿尔,你听我说……

DAY　145

我们在这里太久了。从伊拉克,到阿富汗,再到萨尔第维亚,我们的国家一再重蹈覆辙，以为战争可以解决一切问题。但是它并不能。当我们夺回了所有的城市和乡村，战火却依旧在萨尔第维亚内部焖烧。无休无止的自杀式袭击，无处不在的IED①，无边无际的敌意眼神。当大股反政府武装分子退入荒野和丛林之中，联军的伤亡反而激增。

我们被困在了这里。

"我们会死在这里。"阿尔说。

"请使用第一人称单数。"史酷比说。

"电子脑袋，知道你的个性为什么会被设置得这么讨人厌吗？"阿尔哼了一声，"那是因为机器人是可以随时被牺牲的，军方不希望人类对你们产生感情。所以，就算哪天你被炸个稀巴烂，我们还是会开开心心地活下去。对吧，教授？"

我与尼基对视一眼，笑着摇了摇头。

自动驾驶的M-ATV全地形车正沿着约根森林边缘前进，这是云端系统指定给我们的巡逻线路。比起爆炸不断的库米扬城，这是一条相对安全的线路。但没有人敢掉以轻心。就在几天前，我们还路过了一个踩到意大利地雷的倒霉鬼——彼时他的政府军同伴正在用汤匙把他的残骸从步兵车的装甲上刮下来。

"教授，我想好了。如果能活着回去，我就去读个大学，"阿尔用眼角偷偷地瞄尼基，"兴许还可以在学校里找一个女朋友……"

尼基勾起嘴角，"那你恐怕得找个和史酷比性格差不多的。"

阿尔愣了一下，"呸！"

车厢里漾起一片哈哈声，就连挂在车后的史酷比也把它的合成

---

① 简易爆炸装置，如路边炸弹等。

笑声通过扬声器送了进来。

增强视野里出现警示信息。我的笑容冷了下来，"数据暗区！"

数据暗区。实时地图中一块癌细胞般的暗影。当标识地点的字母由黑转白，从暗影中凸显出来时，我看到尼基的腮帮倏地咬紧。

诺夫特洛卡。

M–ATV还在向前行驶。云端系统下达命令，距诺夫特洛卡最近的三个突击单元集结后前往目标地点，其他战术单元继续执行原任务。

尼基在增强视野里画出几个圈儿，将画面分享给我。"距离诺夫特洛卡最近的突击单元有70英里，而它还要等着与另外两个距离更远的单元会合……肖，我们离那里只有40英里。"

"尼基，"我哑着嗓子，"我们是军人，我们必须——"

"为了报答我在世界上得到的一点点儿善意，"尼基的蓝眼睛直直戳向我，"我可以毫不犹豫地放弃'军人'这个身份。肖，你呢？"

沉默几秒，我把手搭在方向盘上。

"伙计们，现在由我接管载具，都坐稳喽！"

车辆猛地掉头，轮胎尖声嘶叫，扫起扇形烟尘。

"教授！"阿尔在我耳边吼道，"你把我们从云端上断开了！"

"年轻人，我想你搞错了。"我咧开嘴，"在出现掉线问题时，军方的建议是投诉AT&T[①]。"

尼基冲我眨了眨眼，"少校，我可以理解你的幽默。"

"我不理解！"阿尔叫道，"我们会上军事法庭的！"

"只有一个人会上军事法庭。"我说，"这里应该使用第一人称

---

① 美国电话电报公司，通信运营商。

单数。"

……

几根腾起的烟柱染黑了一大片天空。在肮脏的天空下，我们从车内鱼贯而出，以战术队形由村庄边缘向内部接近，同时命令M-ATV做周界警戒。随着一步步深入村庄，我心中的不祥愈加浓烈：家家关门闭户。被子弹打烂的窗户和墙体。硝烟味和血腥气。地上横七竖八地倒伏着政府兵。查看过其中几个后，阿尔对我说："死了。不是被子弹打死的，而是——"他做了一个抹脖子的动作，"刀。妈的，脑袋都要掉下来了。"

我倒吸一口冷气，踉跄着跨过尸体。用冷兵器歼灭手握突击步枪的正规军……我们即将面对的到底是什么？

"和上次一样，我的感觉很不好。"史酷比说，"不，比那还要糟。"

没有云端，没有支援UAV，没有战术中继激光防御系统——而且是孤军作战。这一次，史酷比没有被阿尔嘲讽。此刻后者正举枪前进，鼻尖渗出细密的汗珠。

他的脸渐渐被火光映红。

……燃烧的教堂。码成柴垛的尸体。暗红黏稠的溪流。这里曾经是村子信仰的中心，然而现在这里是——

"上帝不在的地方……"阿尔喃喃低语。尼基的脚步只是稍稍放缓，接着便从浓烟的穹隆中快速通过，我紧跟在她身后，"尼基，这一次我们面对的敌人……连神灵都抛弃了。"

尼基微微侧头，脚步不停，继续向西。那个方向有米拉的家。一个曾经带给我们酒精和温暖的地方。一个即使是地狱我们也要去走一遭的地方。

然后我们到了。

木屋的门敞着，屋内空无一人。在那张米拉如小鸟般围绕的木桌上，有两个盘子，盘子里是吃了一半的土豆泥和黑麦面包，有打翻的水杯，桌子旁是断腿的木椅。我和尼基分立桌子的两边，目光相接，这一次我能感觉到，如堕深海的不止我一个人。

"教授！"史酷比在门外呼叫，"收到光学感应器的位置信号……"

尼基冲了出去，"在哪儿?！"

……

诺夫特洛卡西侧。金色的麦田。未被浓烟遮蔽的蓝色天空。沿田间小路行走半分钟，我们看清了那两个高高的剪影。

十字架。也许来自教堂被拆毁的屋梁。尼基缓步驱前，将米拉和她的母亲从十字架上抱了下来。她跪在死者身旁，将她们的头发拢在耳后，为她们合上眼睛，把她们的双手叠在小腹之上……此刻的尼基是一名祭司，死亡被她整饬出一张安详的面庞。

我双手挂膝。干呕。我听见阿尔的牙齿铮铮作响，"狗娘养的……"

有数分钟之久，尼基凝视着不再欢叫与飞翔的米拉。之后，她起身，走向那个半埋在土中、有着全景摄像头的光学感应器。

"肖，"她指着感应器，"你能连上它吗？"

"应该可以，但是……"但是，这不符合信息安全操作规程。我舔了舔嘴唇，"让我来吧。"

设备初始化中，请稍候……

设备初始化成功，用户身份验证中，请稍候……

验证成功。探测到LiFi连接用户，识别号32977、32458、AI77045，是否进行视频分发？

我看了一眼尼基和阿尔，然后选择"是"。

视频被压缩。在LiFi网络中传递。解码。播放。

一片雪花。屏息等待片刻，我失去耐心拖曳进度条——没有想象中的恐怖和残忍发生。什么也没有。

"视频文件损坏，但是……"我和尼基看向彼此，"我们——"

耳罩里警报炸响。离线云端系统检测到木马入侵，立即启动了防御机制，增强视野里跳出红色警示字符。

错误304。系统锁死，30秒后重启。

出于安全考虑，被锁死的还有我们的外骨骼。还有史酷比。

25秒。

麦田里有沙沙的声音。四面八方。向我们打来的层层麦浪。劈开麦浪的黑影。

"操！"阿尔的吼叫带着哭腔，"那是什么?！"

是敌人。速度快得惊人。

20秒。

"是经过半机械化改造过的人，"尼基眯起眼睛，"是一些……孩子。"

孩子。来自这座或者那座村庄，也许嘴上才刚刚长出绒毛。他们杀了许多人，包括米拉和她的妈妈。他们把我们诱入陷阱。他们渴望杀戮，或者被杀。

15秒。

不远处传来柴油发动机的轰鸣。"是M-ATV！"阿尔叫道，如果不是被动力外骨骼紧紧箍着，我想他会蹿到半空，"快呀！打死他们，打死他们！"

没有枪声响起。

"妈的，这是怎么——"

我没法儿转头，但我听见了阿尔的绝望。

10秒。

根据《新日内瓦公约》，在没有人类授权的前提下，只有在敌人采取主动攻击行为时，机器人才能使用致命武器。对于一群向我们快速逼近、但没有采取攻击行为的孩子，M-ATV只能使用主动阻遏武器——一种令人类疼痛难忍的毫米波光束枪。

这时，M-ATV连上了我的应急决策系统。攻击请求。我头颅里的军方财产立即给出建议，而我属于人类的另一半却无法做出决定。

他们还是孩子。而我还抱有最后一丝希望。

5秒。

孩子们没有被疼痛阻止。其中一个已经冲了过来。余光里，他的手臂从处于锁死状态的史酷比的下腹部掠过。下一秒，他跑到尼基面前，和她对视着。在尼基湛蓝的眼睛里，一半是仇恨，一半是悲悯。

我听到她说："肖，不要。"

我的心被撕裂。

系统重启。

寒光一闪，长刀没入尼基的胸膛。那孩子把脸转向我，嘴角上翘，露出白色贝齿。

无声嘶吼。M-ATV对攻击行为做出回应，12.7毫米子弹把笑脸打成一团飞扬的血花。另一个孩子向我扑来，解锁的钛合金拳头向他的下颌挥去。飞溅的体液。骨骼碎裂的声音。

——爆炸。黏性炸弹在史酷比站立的地方掀起一阵钢铁暴雨。待我再次抬起头，阿尔手中的米尼米机枪已经扫倒了整片麦地。

"啊——啊——"

他的号叫如一枚长钉，刺进萨尔第维亚金色的秋天。

而我开始杀戮。

DAY　234

她真的这么说过？不要骗我，教授。

阿尔，我没有骗你。

片刻沉默。

教授，你知道吗？我想念你们。你们是我真正的家人。增强视野里，男孩儿的脸上浮出笑意。甚至是史酷比，我想我永远找不到和它一样讨人厌的机器人了。

我也把你当作家人，阿尔。所以不要做傻事，好吗？我知道这世界上有一个属于我们的地方，也许我们可以——

教授，我看到你了。阿尔的目光与我相对。你在那个刺客UAV里，对吗？我猜它是尼基给你的。教授，你早就可以杀了我，你在等什么？啊哈，难道我一个人的权重要超过大厅里那几十个？

在一街之遥的地方，我痛苦地摇头。

教授，我想，我并不是真的恨你。我只是……我为之前的事向你道歉。我也收回我刚才的话，这对你是不公平的。阿尔低下头。生杀予夺从来都是上帝的事情，他们不该把这个工作交给你。这一次，让我来帮你解决这个难题。

他用枪管顶住自己的下颚。

我会代你向尼基问好。

我踉跄一步，"阿尔，不！"

DAY 144

月夜。万物如披雪。那个人潜入我的营房，破开一汪粼粼波光，鱼儿一般钻进我的被窝。

"你来晚了。"我说。

尼基的额头抵着我的胸口，"阿尔非要和我聊天。"

我轻笑一声，"那孩子。"

"那孩子很单纯……也很可怜。"尼基说，"从非洲，到中东，再到这里……他经历了太多不应该经历的事情。"

"而你一直在照看着他。"

"他是我的家人。"

"那么我呢？"

尼基翻起眼睛看我，眼神清亮，"你说呢？"

有一会儿，我没有说话，只是轻抚着她因蓄长而变得柔顺的头发。

"尼基，有件事，我没对你说过。"

"嗯？"

"那场事故。"我说，"是我自己冲进了自动车道……"

"自杀？"

"我发现妻子爱上了我最好的朋友，这发现令我震惊、愤怒、屈辱，但却并不是我自杀的原因。"沉默片刻，我继续说道，"真正令我痛不欲生的是，我竟然没法儿否认，对于安娜来说，史蒂夫会是比我更称职的丈夫。也许也会是更称职的父亲……"

她用手指封住我的嘴唇，"嘘——过去的事，就让它过去吧。"

我点了点头，有液体从眼角滑落。

尼基的手从被窝里伸了出来，在我眼前打开。在她的掌心里，是一个银色的金属球。

"这是？"

"刺客UAV，电磁驱动，小巧，安静，美丽。"她说，"可以从目标的眼睛里穿入，一击毙命。"

"哇，真是振奋人心。"

"以前我替军方干过一些脏活，所以用过几次。"她用两只手指捏起金属球，借着月光，出神地打量，"有时候这东西会失灵，而在战场上，没人关心它最后去了哪儿。"

"所以你拿着的也是军方财产。"我笑着说。

"现在它是你的了。"她把金属球塞进我手里,"我想你会有办法黑进它的处理器,抹掉它的识别号,重新连接它,让它起死回生——用你更聪明的那半边脑袋。"

我用掌心感受着金属球上尼基的温热,"为什么要给我?"

"你给了我一件对你而言重要的东西,"她仰着脸,对我微笑,"所以我要回赠你一件。"

"我的,重要的东西?"

她用手指点了点我的眼角,"你的眼泪。"

"尼基,我——"

"好啦!"她用食指刮了刮我的鼻梁,"我要睡啦,还是老规矩,用中文给我念首诗。"

她侧身,倚在我的胸口,右臂环过我的肩膀。尼基说,陌生的语言会让她觉得这世界不再是必须充满意义的,会让她像小时候那样,在顿挫的美感和温暖的语调中安然入梦。

会让她相信,这世界不只是一片荒芜。

我清了清嗓子:

在赤裸的高高的草原上

我相信这一切

我的脚,一颗牝马的心

两道犁沟,大麦和露水

在那高高的草原上,白云浮动

我相信天才,耐心和长寿

我相信有人正慢慢地艰难地爱上我

别的人不会,除非是你

我俩一见钟情

在那高高的草原上

赤裸的草原上

我相信这一切

我相信我俩一见钟情

纤细的鼾声。女人已经睡着了。我轻轻吻了吻她的额头，她的嘴角绽出了一缕笑。

尼基在睡梦中笑了。

——和所有期待着明天的人一样。

2019.9.22

蜂鸟停在忍冬花上

红色代表温度。蓝色代表点火。绿色代表气流供量。你用了四小时四十二分钟才彻底化为一堆白色灰烬。我极为耐心地操作着火化炉控制面板上的三原色，确保炉子里不会留下任何具体的东西，或者说，和生命还存在着某种连接的东西，比如一截没有烧完的肋骨。火化结束之后，我亲手将你扫入乌木骨灰盒中——盒子方方正正，黑色亚光，是你喜欢的极简主义造型。你用了一生与我进行有谓或者无谓的争执，我想，要是此刻你在盒子外面，你一定会跳到我面前，习惯性地撇下嘴角，说这个盒子不是你要的那种极简主义。我当然会毫不犹豫地回击你。当然。

要是你在盒子外面。

我捧着你穿过长长的走廊，你在我怀里，温和，驯顺，如生命般沉重。在你依然健康的日子里，我无法奢求这样的亲密。自从真正理解了我的职业，你就一直有意无意地躲避着我的触碰。尽管每天回家，我都会拼命洗手，但现在我明白了，我洗不去死亡的气味，因为它从来就不在我手上——它在你心中，从你六岁那年开始，直到你最终投入它的怀抱。

天空灰白。水汽丰沛。乌云缓缓飘行。在离开这里的一路上，同事们得体地向我表示哀悼，而我则得体地回应。我们这些人见过形形色色的告别场面，于是在直觉里便知道什么是"得体"的。人总会在死亡面前颜面尽失，而此时此地，脆弱的尊严大概就是这个职业唯一的馈赠吧。

在火葬场大门外，我遇见了那个机器人推销员。

"女士，对于您的遭遇，我深表遗憾。请节哀。"机器人有圆形的头和圆形的躯干，像个长着万向轮的橙色葫芦，它的声音是温暖的男性声线，严肃而又饱含同情，"我只是想告诉您，死亡并不是终结。"

这句话我听它对别人说过无数次，然而我还是停下了脚步。

机器人被我的反应所鼓舞，它眨了眨头部显示屏上的蓝色眼睛，说话的声调也明亮了一些，"逝去的人可以活在您的记忆中——当然，也可以以某种方式重生，这取决于——"

"你他妈什么都不懂。"我说。

蓝色眼睛眨了几下。

"女士，我很抱歉，但是我不明白……您希望了解一下我们公司的产品吗？"

"去你妈的产品，去你妈的！"说完，我朝它蓝色线条构成的无辜五官上啐了一口，换来它一声低低的呻吟。你从未见过我如此失态。没有人见过我如此失态。我颤抖着蹲下，把你嵌入我身体的弯折之中，像牡蛎含着珍珠。我用力吸气，吸气，直到气流没法儿在肺部继续郁积。

借着一股气流喷薄而出的力量，我号啕大哭起来。

……女儿，对不起，我的体面在这一刻用尽了。

很难用一句话概括你的一生，如果非要这么做的话，我会说，你的一生都充满着对"生"的饥渴。这大概和我的职业有关。

那时你大概六岁吧，你问我，到底什么是死亡。我并没有感到惊讶：这是一个迟早会到来的问题，我甚至觉得，你问得有些晚了。作为一名殡葬师，我很难接受任何把死亡浪漫化的修辞。

我是这么回答你的："宝贝，死亡就是不存在了。"

你歪着头，"不存在了？"

"就是——就是永远从这个世界上消失。"

"就像爸爸那样？"

"对，"我艰难地点头，"就像爸爸那样。"

你鼓着腮帮子，想了一会儿。

"那么爸爸呢？"

我愣了一下，随即明白过来：我们刚才是以外部视角来定义死亡，而现在，你站在死者的这一边来提问。

"死了，就什么也感觉不到了。爸爸不能听、不能闻、不能看，也不能想。爸爸什么也感觉不到了。"

你陷入了更长的沉默。我等待着，你却出人意料地停止了追问。孩子最擅长创造没有尽头的追问之链，然而关于死亡的问题就这么戛然而止了，我想那时你还没有真正理解死亡，但你一定察觉到了什么。换作别的孩子，这一次黑色的启蒙也许只会微微摇撼他终将坍塌的童年城堡，但你是我的女儿。我们的生活建筑在他人的死亡之上，死亡对你来说是具体的，具体到你吃的每一口饭、看的每一部动画片、用的每一枚发卡。

——你，我的女儿，你一早就知道，自己必须在那道无边的阴影下奋力生活。

所以在有能力挣脱我之后，你去了很多地方，换了很多工作，交了很多男朋友；你跳伞、攀岩、自由潜水，以贴近死亡的方式羞辱死亡。长久以来，我并不理解你。我以为你和同龄的许多青年一样，对生活抱着一种满不在乎的态度。你们经历了全球范围的烈性传染病，经历了气候危机和其后的饥荒，经历了箭在弦上的世界大战。存在脆弱而易逝，拒绝与任何事物建立起情感联系是你们普遍的心理防御机制。

我以为我理解你。

那次见你，你刚刚从不知何处归来。你给我的地址是一小栋老旧的公寓楼，没有智能人格的那种。我在霉味儿扑鼻的楼道里敲门。猫儿般的应和声。门没有锁。我犹豫几秒，推门而入……此刻我已回想不起来你的房间是什么样子，我只记住了房间中的你，那废墟中的大理石雕塑：你半裸着坐在床上，长发散乱，睡眼惺忪，肩颈和腰臀弯出迷人的弧度。我设法从你苍白的美丽胴体上移开视线，毫不意外地，我看见了那只盘旋在你斜上方的蜂鸟。

"把衣服穿上。"我说。

你笑了笑，然后撇下嘴角。我本以为你会像从前那样，轻蔑地拒绝我，但你没有。你拉起泛黄的被子，用双臂将它夹在胸前。

"好了。"你说。

我的目光在蜂鸟和你之间悬浮着，我看到墙上蛛网般的裂纹和棕色水渍。

"唐暮冬，你就这么作践自己，啊？"

你斜起一边肩膀，轻轻地哼了一声。

我用了整整半分钟来调整呼吸。终于，凶狠的指责从唇边退潮。我叹了一口气，"暮冬，回家吧。"

你点了点头，蜂鸟随着你的动作上下飞舞。

也许这没有龃龉的对话对你我来说太过离奇，有好一会儿我们都默不作声。蜂鸟喋喋不休的振翅声占领了这个小小的空间，刺得我头皮发麻。你缓缓地背过身去，伸手摸索散落在床上的衣服。被子滑落，你的肩胛骨高高耸起，像天使含苞的翼翅。我想起你小时候肉嘟嘟的、肩胛骨尚不明显的后背，给你洗澡时，只要用指尖一碰，你就会一边躲闪，一边咯咯笑个不停，而我的手指会立刻追上去——有很长一段时间，我们都对这个游戏乐此不疲。

……你套上白色T恤，将长发从领口中拉出。之后你停止了动作，就这么背对着我。时间在过去和现在之间交叠着，直到你开口说话。

你说："妈妈，我得病了。"

我木然站立，"冬冬，你说什么？"

"我得病了，是癌症。"

我的耳边横过"嗡"的一声。

这声音盖过了整个世界。

从下向上数第三排，书架上有个空当，正好可以用来摆放骨灰盒。书本来是倒着的，现在，骨灰盒成了书立，五颜六色的书脊倚着你,站了起来。我不知道你为什么会迷恋加缪、米沃什和川端康成,在你还没有离开这个家的时候,我很少看到你阅读他们。也许,和你很多心血来潮的爱好一样,你只是迷恋上了追求某样事物的感觉——或者更准确地说,汲汲于生的感觉。

那时你二十岁出头,靠卖画挣钱,又把挣来的钱全部投入到购买古董纸质书上,你甚至为这些旧时代的幽灵专门定制了一个巨大的书架,塞进你并不宽敞的房间。我本以为你的新爱好很快便会因为资金紧张而无以为继——这个时代没有艺术家的生存空间。艺术型A.I.擅长深度学习,它会模仿你的风格,然后用你的风格来打败你。在量产艺术品的低价诱惑面前,人们毫无招架之力。所以在我的印象中,几乎所有的画家、作家和音乐家都是昙花一现,我以为你也不会例外。

可是我错了。

我珍藏着一幅你的作品,是我从别人手中买回来的。你画了一只蜂鸟,一只真正的蜂鸟。这个小东西红蓝相间,悬停在墨绿色的背景之上,整个身体由古怪的折线构成,同时放肆地践踏着透视法则。就算是一个门外汉,我也能在这幅画上看到你艺术家的天分。曾经有人评论说,你是当代的夏加尔——必须承认,你们确实有神似的浓郁用色和大胆构图。但如果某个人的风格可以被这样寥寥几字总结,那也意味着他很快就会被算法取代。在你短暂的画家生涯中,这样的事情并未发生。有一些东西让你的作品超越了算法。

是什么呢?

很多人都想找到答案,包括你后来的男朋友,李卓然。当时,这个名牌大学高才生供职于一家专攻艺术创作算法的公司,他开发的算法让不少艺术家丢了饭碗，也让艺术品量产商赚得盆满钵满。你本是他的下一个猎物。在你的一次个人画展上，他顶着一头乱发出现在你面前。他对你说："所有的艺术创作都是算法。我可以找到你的创作算法，然后用它来打败你。"

你笑了笑，说："那就打败我好了，为什么要对我说这些？"

他的脸一下就红了，手指在乱发中搅动，"有时候，算法隐藏在更深的数学现实之下，但这并不代表它不存在。我需要时间。"

你依然笑，"我给你时间——在你打败我之前，要不要先来一杯咖啡？"

他的手指停止了动作。对一个年轻男子来说，你的从容是性感而又危险的。我想就是在那一刻，李卓然不可救药地爱上了你，尽管他从没有放弃过寻找你的创作算法。我想，如果他对你的人生有更深的了解，他本可以找到的。那是某种气息，或者用李卓然的话来讲，某种深层次的数学结构。这气息隐秘地盘旋于色彩和构图之上，或许是庆典场景里人物下垂的嘴角，或许是夏日盛景中一抹漫不经心的衰败，或许是整个画面——那只蜂鸟，它本身就是象征……这气息让观看者头皮发麻，心有戚戚。在某种程度上，这气息是算法难以理解的。

——这是死亡的气息。

女儿，我曾经为这个发现而瑟瑟发抖，虽然彼时你已经放弃了创作，在世界各地流浪。我发抖，出于愧疚和恐惧。我愧疚于没能给你一个别样的童年，一个不需要学习与死亡和平共处的童年；我恐惧，是因为我知道，很少有人能逃出他的童年。

……眼泪又开始了潮汐。在一片蒙眬中，我整理着你的书架。

你收集的书来自死去的人和死去的时代, 至少, 他们留下了一些东西。我的女儿, 你呢? 我在抽泣中摇晃, 不得不用手攀住上层书架搁板。忽然, 我的手指碰到了某样东西: 光滑、微凉、有尖锐的突起。

那是你的蜂鸟。

你第一次带蜂鸟回家的时候, 我们大吵了一架。表面上, 我是在为你乱花钱而生气。这架靠电磁驱动的扑翼飞行机器人即使对成年人来说也不便宜, 更何况那时你还只是一个初中生。你似乎早就预料到了我的反应, 淡然地说这只蜂鸟是你用多年攒下的压岁钱买的。关于钱的争吵无力地绵延了一会儿, 好让我们各自思忖, 是不是该把这个家一直竭力隐藏的东西摆上台面。

最后, 我们心照不宣地选择了沉默。

现在, 我可以坦诚地说, 你也可以坦诚地表示同意: 蜂鸟是人类逾越死亡的企图。这个不知疲倦的小精灵用摄像头和麦克风记录下绑定者的一颦一笑、一言一行, 同时作为绑定者连接互联网的微型终端, 它还描绘着这个人在另一重现实中的数字轨迹——总之, 蜂鸟见证着一个人全部的生活史。人们总希望自己在世界上能留下点儿什么, 蜂鸟就是一份巨细靡遗的墓志铭。

而它能做到的, 还不仅仅是这些。

"妈妈, 我把它留给你。"

蜂鸟圆滚滚的腹部发出"叮咚"一声。电充好了。我在智能终端上发起连接申请, 验证过我的虹膜指纹后, 整个数据云向我敞开。

——女儿, 你没有骗我, 你把它留给了我。

我闭上眼睛, 双臂紧紧地圈住小腿, 在沙发上蜷缩起来。你在骨灰盒里。你在数据云中。这两个并存的陈述句有着同样的真实和不真实，一时间，我无法厘清。过了好一会儿，我才艰难地将身体打开，抹净脸上的泪痕，端坐在沙发上。我滑动手指对空气投影下达命令，进入你的记忆……数据以天为存储单位，长长的下拉列表仿佛没有尽头。一开始，我只是随机挑选。你的十五岁。你的十八岁。你的二十二岁。你的三十岁。我看到你皱着鼻子蹲马桶，内裤堆在脚踝上，大脚趾百无聊赖地翘起；我看到你在浸入式视频分享网站上和人吵得不亦乐乎，用的净是些令人不忍直视的下流词语；我看到你在全息镜前挤额头上那颗红亮的青春痘，门外是我粗声粗气的催促；我看到你面容愁苦地缩在真空管列车狭小的座舱中，身旁的男人打着响亮的呼噜……都是寻常的画面，我却舍不得放过任何一秒——正是这一秒接着一秒，构成了活生生的你，一个饥渴于生命，又无从躲避生活之庸常的你。

接下来的几天，我彻底迷失在你的记忆中。我曾经将蜂鸟视为刺眼的异物，而现在，它是我的救赎。

——女儿，你一定懂得我在说什么。

文件序号: 02784

时间: 2062 年 12 月 21 日 11:16

地点: 澳大利亚 悉尼市

你穿着潜水服，长发在空中翻飞。从你的肩膀上方向前看去，是一片碧蓝的海。海面上隐约可见一个白色尖角。你回过头，对镜头招手。"接下来，我要去看看水下悉尼歌剧院了。一个小知识点：在四十英尺以下，人体就不再向上浮起，而是被拽向深海……这让你想到了什么?"你眨了眨眼,"朋友们, 祝我好运吧!"说完, 你一跃入水, 溅起星点浪花。镜头下降, 悬停, 蜂鸟的扑翼在水面上吹起细密波纹。波纹之下, 你的身影渐渐隐没。

★语音批注★

时间: 2073 年 2 月 2 日 04:53

地点: 中国 北山市

妈妈, 我曾经那么热爱冒险, 这一定让你很困扰吧? 抱歉, 我只是想证明自己活过。我知道, 除了在生命的刀尖上跳舞, 还有很多方式可以完成这样的证明, 可谁又没有年轻过呢?

妈妈, 我多么希望能和你一起冒险, 一起去很远很远的地方。我曾经以为, 这一天终将到来, 但我显然高估了生活的仁慈。

文件序号: 00858

时间: 2058 年 3 月 11 日 18:31

地点: 中国 北山市

你趿拉着拖鞋, 走向卫生间半掩的门。哗啦哗啦的水声。卫生间里, 女人正弯腰洗手。那是我。你走进卫生间, 蜂鸟在你的肩膀上方窥视。我抬头, 转身, 脸色灰白, 带着一点儿窘迫。你向前一步, 我退后一步, 还没来得及擦干的双手掌心向上在身侧摊开, 这动作像极了即将走入手术室的外科医生。

你说:"妈……"

我在衣摆上来回搓手,"冬冬, 你还没吃饭吧? 我这就去给你做。"

★语音批注★

时间：2073年2月5日 04:27

地点：中国 北山市

妈妈，我知道你的手做过什么：它们送走过很多人，它们让死亡更有尊严。自从懂事以后，我就没有嫌弃过它们。有心结的人，是你。妈妈，当那一天来临，我希望你亲手为我梳妆打扮；妈妈，当那一天来临，我希望你不要厌恶自己。

文件序号：03673

时间：2065年4月7日 14:34

地点：中国 成都市

这是一个小小的房间，七八个人坐在简易椅子上，围成一圈。每个人手中都捧着一本书。每个人身后都有蜂鸟盘旋，它们高高低低的振翅声交织在一起。一个悦耳的男声浮在这白噪音之上。是一个英俊颀长的青年正在朗读，从上方倾泻而下的橙色灯光在他脸上投出浮雕般的阴影。他读道：

如此幸福的一天。

雾一早就散了，

我在花园里干活。

蜂鸟停在忍冬花上。

……

最后，他指节发力，将书啪的一声合上，"《礼物》。切斯瓦夫·米沃什。"

蜂鸟记录下了你此刻凝视他的目光。纯粹，充满情欲，没有半点儿曲折。

★语音批注★

时间：2073年2月14日 06:02

地点：中国 北山市

妈妈，今天是情人节。我思念我曾经的爱人们，我也庆幸他们不会看到我如今这副模样。在我生命的某个阶段，我用书籍和爱情去抵御死亡。你看到的这个男人，他曾带给我短暂而美丽的时光，和我爱过的所有男人一样。妈妈，我追求精神和身体的愉悦，二者对我同样重要。我在一段又一段灵与肉的关系中流浪，但这并不代表，从一而终的人就站在道德的制高点上——绝对的道德从来就不存在。妈妈，如果说我们这一代人和你们那一代有什么根本的不同，那就是我们只为自己、只为现在而活。这就是我们的道德。

妈妈，请原谅我的自私。

文件序号：06573

时间：2073年5月12日 07:04

地点：中国 北山市

你站在镜子前。你取下假发。你小而圆的头颅上有青色的毛茬儿，泛着幽幽的哑光。你以双手掩面，无声抽泣。我看着你一缕一缕滑落到冰冷的地砖上，看着你一秒一秒哭回童年。蜂鸟飞到你的身前，安静地等待着。

几分钟后，你移开双手，嘴角向下。

你说："妈妈，我怕。"

没有语音批注。

"女士，您确定吗？"

我点了点头。

蓝眼睛眨了几下。机器人躯干上的光学微孔在空气中投出立体画面，以动画搭配列表的方式呈现产品。我的目光在产品介绍前扫过，脑海里却满是机器人吊着口水丝的无辜面庞。"前几天的事情，我很抱歉。"我低声说，"但你的老板不应该把这个工作交给你。"

机器人的脸上浮出一个问号。

"在某种意义上，我们是同行。机器人让很多人丢了工作，却没法儿取代我这样的人。"我说，"只有理解死亡的人才会对死者表现出最大的敬意，而这恰恰是你们这些机器人做不到的。"

"我认为这是一种偏见，女士。"机器人反驳道，"我理解死亡。"

我笑着摇了摇头，"我不相信。"

机器人吊着一对冷光八字眉，收回空气投影，有几秒钟默不作声。几秒钟对电子脑袋来说已经很长了，那是它在模仿人类的思考过程。我平静地看着它，看着它身后卷起的黑色云梢，露出一角蓝色的天空。我已经有好多天没有进入这个世界了。女儿，你的记忆就是我的家园，如果可能，我想永远留在那里，即使它已经是一片死水。

如果。可能。

"女士，对死亡的理解在我的算法里，"机器人说，"就像它在您的基因里一样。"

我盯着那双蓝眼睛。

"我的创造者使用了遗传算法。"机器人继续说，"我的基础思维模型是一些元胞自动机代码，我的创造者为这些自动机设置了一个最简单的目标函数：活下去，尽可能把自身的代码传递到下一代。接下来，他引入了代码的死亡规则，规定了代码变异率和生态位……最后，他启动了时间。"

时间。变异率。生存竞争。脱颖而出的代码必然厌恶和恐惧死亡，尽管人类并不理解代码"黑箱"是如何实现这一点的，但这并不影响他们把它灌入机器人的电子脑。

"我的创造者认为，只有对死亡的共情，才能打动顾客。我就是为了达到这个目的而被创造出来的。"机器人眨巴着眼睛，"女士，我理解死亡，虽然我不确定是否能和您分享同一个天堂。"

我垂下眼睑，半晌不言。

"咳咳。"机器人再次将产品介绍投射到空气中，"女士，您还需要了解我们公司的产品吗？"

我勉强笑了笑，移动食指，潦草滚屏。

我的动作猛然停住。

"你的设计者……"我指着投影中一个高亮显示的名字，声音发颤，"是他吗？"

"他呀——"机器人发出了一串轻快的哔哔声，"当然是他。除了李卓然，还能是谁呢？"

女儿，你说得对，我们拥有不同的道德。妈妈这一代人（以及妈妈之前的许多代人）习惯虚构一个高高在上的观察者，给予它评判的权力和与生俱来的道德洁癖；而你们这一代人的观察者则是一个真实存在、并且纯粹中立的"他者"。你们成长在蜂鸟飞入寻常人家的年代，早就学会下意识地过滤它无时无处不在的注视。你们不害怕在蜂鸟面前袒露自己，因为它就是你们的一部分——连接"现世"与"来世"的那一部分。

然而，即使明白了这一点，我依然很难毫无障碍地接受蜂鸟记录下的一切。所以当我在AL（Another Life）公司的会客室里看到迎面走来的李卓然，我的脸颊还是烧了起来。他在我身前站定，看起来有些茫然。

"阿姨？"

我用冰冷的手心捂了捂滚烫的脸颊，"卓然……你坐啊。"

他的喉结缩了一下，双手紧贴裤线，直挺挺地坐了下来。八年过去了，李卓然剪了利索的短发，眼角也多了些鱼尾纹。他打的领带，我们对坐的桌子，桌子后面的墙纸，墙纸上AL公司的logo，都是深深浅浅的橙色——除了蜂鸟，李卓然身后那只翠绿色的蜂鸟。

"阿姨，我没想到是您。"李卓然说。

"暮冬……"我说，"她走了。"

他的五官定格了几秒钟，然后，他抬起手，把手指插入短发中。

"我们……我们去年还联系过。"他说。

"急性粒细胞白血病。"我说。

"哦。"

他捧起茶杯，低头，白色水汽氤氲在他脸上。看着这张脸，我不可遏制地想起蜂鸟记录下的你们欢爱的画面。我并不是偷窥狂，我跳过了这些画面。但这并不足以阻止我形而下的潜意识将它们串联起来。我想象交缠在一起的青春丰润的肉体，想象毫无顾忌的爱与遗忘，想象两只翻跹在卧榻之上的蜂鸟，想象……

"阿姨，您来找我是……"

我尴尬地埋下了头,"我想复活暮冬。"

李卓然眨了眨眼,"我明白。"

我们捧着茶杯,陷入了各自的沉默。

"我一直想找到暮冬创作的秘密。"片刻之后,李卓然说,"现在这个秘密已经随她而去了。"

我点了点头。

他的身子向后靠了靠,嘴角卷出一缕笑,"我从事现在这个职业,也是因为暮冬。之前的许多年里,我在她的画作中寻觅令她卓尔不群的东西,却苦寻不得,直到有一天我突然意识到,这个思路可能从一开始就是错误的。成就暮冬的,并不仅仅是她对绘画的理解,而是某种更为宏大的数学结构——也许,就是她的意识本身。"

他的眼睛渐渐明亮起来,"所以我要用算法复制她全部的意识。在当时,这只是一个无知者的狂妄,但正是这样的狂妄,将我的研究推上了一条必然的道路。"

李卓然转变研究方向时,AL公司的发展恰好进入了瓶颈期。公司的主营业务是利用蜂鸟提供的海量数据,在经典深度神经网络中训练死者的意识模型,再将之灌注于仿生机器人中或者做成虚拟人物,让人们得以与死去的亲人重聚。这是一片新兴的、有着巨大市场需求的"蓝海"。AL公司一度凭借其技术优势,成为独领风骚的产业巨头。

"鼎盛之后便是危机。"李卓然说,"人们渐渐对公司的产品产生了不满。那些与仿生人或者虚拟人物长期相处的顾客发现,被'复活'的人只是过去的幽灵,或者说,一段可以被准确预期的程序,而非一个时而理性、时而疯狂、拥有欲望、可以托付情感的真正的人。

我们期待重现丰富幽微的人性,而人性是建立在霍奇金-赫胥黎模型、脑区折返式通路和连续-离散混合信号传递这样的生物学基础上的。在当时,即使是处于技术领先地位的AL公司,其使用的神经元模型也因为功耗问题一直无法在运算速度上取得突破性的进展——困难的根本在于冯·诺依曼架构固有的局限性。正是在这时,他们找到了我。"

李卓然对我笑了笑,"我有公司需要的新鲜思路,而公司有我需要的资金支持——我们一拍即合。"

首先用神经形态芯片阵列构建意识核心区的基本功能结构:大脑皮质、丘脑、基底核、海马体……将它们与通用感官解码引擎连接。然后,用死者的记忆数据去训练它们。神经形态芯片阵列的初始状态是相同的,但学习机制会移动、重连、创造和破坏数以百亿计的电子突触,重塑阵列的几何构型。接下来,将记忆以时间序列形式输入这个仿生脑模型,用模型去拟合真实事件,再根据拟合结果不断调整,直至其预测与死者生前的行为趋于一致。

这就是李卓然复活你的方法。

"你刚才说,'模型'。"我说,"这让我感觉,你复活的,嗯——意识,依然是某种数学的东西……某种算法。"

"意识本来就是一种生物算法。"李卓然说,"而我的事业,就是想尽一切办法去逼近它。"

我沉默了几秒钟,"你成功了吗?"

他没有回答,而是长时间地看着我,眼里浮出一层薄薄的疑惑。

"哦,我明白了。"我笑了笑,"暮冬一定和你说过,我坚定地反对一切用算法复活死者的企图。同一个人，现在却在关心算法能不能成功……你很好奇，是什么让我的想法发生了这么大的转变，对不对？"

他含混地"嗯"了一声。

"我做了三十多年殡葬师。"我说，"在我刚入行的时候，死亡虽然可憎，但也神圣。死亡意味着永恒，而我，一名微不足道的殡葬师，则自认为是人们通往永恒的引渡者。所以，我一面为双手的不洁自卑，一面又深深地自豪——很矛盾，不是吗？许多年来，我就在这矛盾中榨取着生存的意义，直到……直到人们开始用算法来克服死亡。当死者纷纷从冥河的对岸泅渡回来，当人们不再把死亡当作永别，死亡的神圣和永恒便开始瓦解。随之瓦解的，还有我生存的意义……所以，卓然，我抗拒算法，大概是出于自私；而当我发现，于我而言，暮冬的存在远胜任何所谓的'意义'时，我又求助于算法——同样出于自私。"

李卓然轻轻地握了握我的手。他的手干燥、温暖，带着一股无言的力量，不由分说地止住了我的颤抖。

"我理解，"他说，"人都是自私的。"

半晌不语。最后，我吸了吸鼻子，"现在该我提问了：我的想法可行吗？"

他点了点头，"暮冬其实就在公司的阵列服务器里，通过网络与蜂鸟相连。不妨这样想，服务器是她的大脑，而蜂鸟是她的身体，即使相隔万里，比起人类的神经传导速度，这两者之间的通信还是要快上许多。"

"还有感官。"我说。

"我会给她加装气体分子侦测模块、触觉器和发声单元。"李卓然说。

"谢谢你。"

他犹豫了一下，"阿姨，您能告诉我，为什么要用这种方式复活暮冬吗？"

我用指尖轻轻地抚过蜂鸟翠绿色的仿生羽毛，抚过它塞满电子元件的肚子，抚过它聚酯纤维的喙。此刻，它回望着我，等待着被赋予生命。

"也许，我只是想偶尔任性一次——"我说，"就像暮冬希望的那样。"

说来奇怪，在看了你的那么多记忆后，我开始想起一些你十三岁之前的事情，那些我原本以为自己已经忘掉的事情。也许正如李卓然所说，人生是一条河流，你总能通过某种数学方法，由下游的奔流去推知上游。我不会什么数学方法。我只是站在原地，看你从遗忘的迷雾中向我走来，仿佛我的头脑里还住着另一个你。

那个永远停留在童年的你曾经对我说，想要住在带花园的房子里，这样你就可以种花种草，养猫养狗了。我告诉你，这是不可能的：首先，一楼太潮湿；其次，我们也买不起这样的房子。你为此闷闷不乐了好几天。现在回想起来，也许你并非真正对花园有什么希求。和大多数工薪阶层一样，我们蜗居在老旧的高层住宅楼里，多年的经济萧条让这些住宅楼缺乏基本的维护，火灾和电梯事故频频发生。就在你提出要求的前两天，我们住的楼里还发生了一起坠梯事故……女儿，你一定是嗅到了蛰伏在你身边的死亡，才有了这个想法。那之后，为了弥补没法儿养猫养狗的遗憾，我给你买了仓鼠、金鱼和蜗牛做宠物。令我至今都无法理解的是，这些小动物很快便一一死去，像是嫌自己的寿限还不够短似的。最离奇的是蜗牛，谁也不知道它怎么爬到地板上，又是怎么被你一脚踩碎的。对于仓鼠和金鱼的死亡，你没有表现出孩子特有的悲伤或冷酷。你只是沉默着。而蜗牛之死却一定向你揭露了生命的坚固与脆弱间的巨大悖谬，仅仅用沉默已经无法将它化解。所以你在当晚钻进了我的被窝，久久不说话，只把你香甜的鼻息吹在我的锁骨上。

"妈妈。"我听见你说。

"嗯？"

"我会死的吧？"

我在清醒与睡梦间摇晃了一下，然后身体后错，看你。

"宝贝，你说什么？"

你翻着眼睛，"我会死，对吗？"

我想了很长时间，"宝贝，每个人都会死，妈妈会死，你也会死。不只是我们，一切有生命的事物都会死。"

你把头埋在我胸前，搭在我胳膊上的小手冰凉。

"为什么？"你问道。

"也许……也许是为了让我们好好活着吧。"

没有主语。模棱两可。这一次，我没法儿给你一个我认为正确的回答。那太残酷了，不该由一个孩子来承受。

"妈妈，如果我死了，你会难过吗？"

我搂紧你，像搂紧一根小小的刺，我的心口发疼。

"宝贝，不准再胡思乱想。我要你好好陪着我。"——陪着我，直到我并不再是你生命中的一切，直到你准备好面对失去。

"我会——"你打了个呵欠，"陪着你的。"

你轻轻地啄了一下我的脸颊。

"……阿姨？"

我怔了一下，转头。是李卓然在时间的这一边对我说话。

"阿姨，对每一个使用公司产品的人，我都要尽到告知的义务。这可能会冒犯到您，请您千万不要介意。"

我用指尖轻触脸颊上你吻过的位置，仿佛依然能触到你留在那里的柔软和微凉。

我说："卓然，没关系的。"

他抬起手，抓了抓头发，又放下。

"我们总要面对失去。有的人选择接受，也许失去会带来剧痛，但疼痛总会消退，一个人就算被摧毁成废墟，废墟上也能开出花朵；而有的人选择逃离，逃到虚构的神祇或者现代科技创造的幻觉中去，也许在那里他不会再感到疼痛，但他也永远不可能重新拥抱生活。阿姨，您明白我的意思吗？"

我笑了笑，"你对所有顾客都这么说吗？"

李卓然的脸红了，一如你记忆中的那个天真又狂妄的少年。

"这是公司的标准规程……"

"我想听你的心里话。"

他狠狠地眨了眨眼，眼角的皱纹旁逸斜出。

"如果万事万物都产生于数学法则，那么同样用数学法则构建的东西就没有高下之分。"李卓然意味深长地停顿了一下，"我们可以选择接受现实，我们也可以选择创造自己的现实。"

"……卓然，谢谢你。"我说，"如果暮冬还活着，你觉得，她会怎么看我的选择？"

"我——"李卓然轻轻地摇头，"我不知道。"

"我也不知道。"我说，"等她醒过来，我们问问她，怎么样？"

这个高个子的男人盯了我一会儿，眼中残留的困惑如春雪般消融。

"好。"他说。

你醒来。你睁开双眼。你振翅起飞。你盘旋在我的头顶之上。你说："妈妈，你的头发怎么都白了？"

我请了一个很长很长的假，长到足够我们重新认识自己和彼此。这具身体对你来说是陌生的，而你的生活方式对我来说是陌生的。所以在旅行途中，我们有那么多事情可以做。我们一起登山，一起赶海，一起看日出日落、云卷云舒，一起在旷野中等待银河爬上夜空，一起在烟雾缭绕的酒馆里喝啤酒，一起在街上打赌刚刚走过的到底是真正的人还是仿生体。没有人注意到你的存在：每个人都有蜂鸟，他们不知道我头顶的蜂鸟中寄宿着一个灵魂。当我们暂时安顿下来，我们会整夜整夜地聊天，聊米沃什的诗，聊白天擦身而过的漂亮男孩儿，聊我们共同拥有的那些岁月。很多时候，你无法理解从前的我们为什么那么喜欢争吵，为什么要以愤恨来表达爱，为什么要以互相远离去靠近。你曾经感到困惑：你拥有那个死去女孩儿十三岁以后的全部记忆，你拥有与她相同的好恶与个性，你经历过她生命的凋萎,你也知道人不能死而复生。

有一天你对我说:"妈妈,我不想成为唐暮冬。"

我看着你。我看着一只蜂鸟优雅地悬停着,翼翅之下是大海中的城市浮岛。

"你不必成为唐暮冬。"我说。唐暮冬终其一生都在挣脱某种东西,而你也同样渴望着挣脱。相同的渴望把你们连接在一起,像是一条隐秘的通道。认识到这一点,对我来说就足够了。李卓然曾经不无遗憾地对我说,如果我为你选择了一具手指灵巧到可以作画的仿生机体,那么他应该就能搞清楚是不是找到了你的创作算法。我只是对他笑了笑。

这些并不重要。重要的是,我有了一次重新开始的机会。

我们在世界尽头停下脚步——火地岛上一座叫作乌斯怀亚的小城,地球上最靠南的城市。从这里坐船出发,两天便可到达南极洲。这是一座美丽的城市,在尚未被海水淹没的街道上,抬头便可以看到安第斯山脉的皑皑雪顶,低头则是比格尔海峡的粼粼波光。我们到达时正值南半球的夏末,清冷的空气让所有颜色都有了一种透明的质感。到了这里,我们就再也迈不开脚步了。我们租了一套建在坡上的木房子,房子有红色斜顶,带一个小小的花园,花园里开着五颜六色的花。经常是一整天,我们在花园里无所事事,有一搭没一搭地聊天。有时,我会看书或者侍弄花草,而你会在我身边盘旋。我猜,在你的电子大脑里一定也有什么在盘旋。

而我试着接受李卓然的建议,不去猜测你在想些什么。

有一天你对我说:"妈妈,我画了一幅画。"

我从躺椅上直起身体。午后的花香钻进我的鼻腔,微痒。

"我在画板程序里画的。"你说，"你想看看吗？"

我点了点头。

你把画投影在空气中。画里是一座花园，一个女人，一只蜂鸟。

"妈妈，"你说，"我想离开了。一个人。也许回到虚拟世界里，也许去寻找另一具身体……也许，就这么结束。"

画面里，女人正弯腰侍弄花草，她的头发花白，嘴角凝着一缕笑。蜂鸟停在她对面的花朵上，线条柔和，颜色明丽——那缠绕了唐暮冬一生的气息消失了。我抬起头，我的视线有些蒙眬……你把这一刻画在了你的画里。你超越了死亡。

"妈妈，"你说，"你伤心了吗？"

我笑着摇了摇头。然后，我向你伸出手指。

而你飞向了我。

2020.9.30

妈妈，
我收集了十颗头骨

妈妈，我收集了十颗头骨

十颗头骨，十颗中空的珍珠

一又三分之二个省略号

它们美丽而无用

让我不知如何是好，干脆

用五十岁的童年，我把它们

串在一起，挂在

时间的脖子上

听头骨用刹那的音节

谈论永恒

蛾人第一次到铭铭家，差点儿进不了门。它的身躯高大肥胖，
费了好大的劲儿才挤进屋去。那一天铭铭高兴极了，大家都知道，
被蛾人选中是巨大的荣耀。他只顾着观察蛾人，甚至没有注意到爸
爸妈妈惨白的脸。从前他在街上看到蛾人，就纳闷它们为什么叫"蛾

人"，因为它们既不像蛾，也不像人。在铭铭看来，它们只是长着许多对附肢的巨型菜青虫。这个比喻虽然贴切但很没有礼貌，铭铭想把它从心里抹去。

贝贝麦子小梦齐悦欧阳诗诗大卫小杰艾米。声音不知从蛾人身体的哪个部位冒了出来。你说什么？铭铭问。蛾人蠕动乳白色的身躯，向他靠近了些，你叫什么？我叫吕思铭，铭铭说，爸爸妈妈都叫我铭铭。铭铭，铭铭，蛾人咀嚼着他的小名，语调里透着满意，铭铭，你会作诗吗？铭铭扭头看爸爸妈妈，此刻他们正挤在屋子的一角，好像那是这个房间里唯一温暖的地方。可现在是夏天呀，铭铭想。你会作诗，蛾人说，我听见你作诗了。你是不是说过，冬天来的时候，太阳都冷得缩了起来，你想为她披上外套？你是不是说过，你爱妈妈，爱到九十九个数，九十九个就到头了，因为你还没有学到一百？铭铭低头想了一下，我是说过呀，但这些是诗吗？当然是，蛾人圆滚滚的身体缩了一下，铭铭猜那应该是在点头，因为它们不符合逻辑呀。铭铭听不懂蛾人在说什么，但既然蛾人说是，那么就是了，铭铭为此感到更加高兴。爸爸曾经对他说过，蛾人们是热爱诗的种族，它们不远千万光年来到地球，就是为了寻找诗，而且它们固执地认为，只有孩子才能写出真正的诗。于是它们一旦发现哪个孩子会写诗，就会去到那个孩子的家里，成为这个家的一分子，只为记录孩子的诗。

那天蛾人在家里待了很久。它和爸爸妈妈叽里咕噜说了一大堆话，铭铭看到，妈妈的肩膀一耸一耸的，好像哭了，爸爸的拳头捏得很紧，指节发白。铭铭想，他们一定是被巨大的荣耀砸得不知所措，巨大的荣耀是一块幸福的陨石，砸得爸爸妈妈眼冒金星，铭铭很满意自己的这个比喻。蛾人走后没几天,铭铭一家就搬进了更大的房子,有更多的房间和更大的门,餐桌上也有了更多的蔬菜和水果,甚至还有餐后甜点。蛾人经常来,再也不会被卡在门上。一开始,铭铭不确定每次来的是不是同一个蛾人,直到蛾人告诉他,贝贝麦子小梦齐悦欧阳诗诗大卫小杰艾米就是它的名字。铭铭说,你的名字真奇怪,它长得有你这么长。蛾人急忙从虚空中唤出一个屏幕,在上面敲下奇奇怪怪的字符,然后满意地抖了抖。

蛾人来了不久之后,第二个变化发生了:妈妈的肚子慢慢地鼓了起来。妈妈说,她的肚子里是铭铭的弟弟或者妹妹。铭铭摸着妈妈的肚子说,你这个淘气的小皮球呀,这不是很奇怪吗,你要打足了气,才能从妈妈肚子里蹦出来。妈妈突然捂住了嘴,大滴大滴的眼泪从她的眼睛里滚了出来。铭铭搞不懂这些大人,他们总能从他的话里读出很多意义,然后就自顾自地相信那是事实,而事实总会让他们仪态尽失,比他还要像一个喜怒无常的小孩儿。

还是蛾人好,它只是默默地听,铭铭说什么它都高兴。铭铭没有朋友,蛾人是他唯一的朋友。

有时候,蛾人会带铭铭上街,这是他最喜欢的活动之一。在被蛾人选中之前,他每周只有半个小时外出活动的时间,世界是匆匆掠过的剪影,他总是看不够。而现在,只要他愿意,他可以在外面待到夕阳西下。屋子外的世界是多么美丽神奇啊,碧蓝的天空上悬着蛾人们硕大无朋的银色星舰,在远方的山丘上投下常年不散的阴影;等高的鸽灰色住宅一直绵延到视野尽头,让铭铭感觉自己是穿行在围棋棋盘中的小小跳蚤;偶尔,他还会看到高大建筑的残骸,蛾人告诉他,那是战争的遗迹,人类一直为争夺资源而自相残杀,如果不是它的种族为人类带来了冷核聚变技术和先进的社会体制，人类早就自我毁灭了。铭铭点头，蛾人说的和全息广播里说的一模一样，他为自己是个人类感到惭愧，也为蛾人的友爱与坦诚感到欣慰。在外面的时候，蛾人会让铭铭说出他的感想，关于一花一草、一缕云，或者一阵风，随便说什么，它都会记下来，然后不由自主地浑身颤抖。外面的世界真的很好，虽然能碰到的人寥寥——大多数情况下都是由蛾人陪着的孩子，这些天选之子们会远远地互相招手致意，脸上满是自豪，而他们身边的蛾人会翘起尾部，发出"嗒嗒嗒"的声音，铭铭猜那是它们在相互打招呼吧。有时也会碰见没有蛾人陪伴的一家人，铭铭永远也看不懂那些大人脸上写的是什么，孩子们的脸上则是羡慕无疑了。

　　爸爸告诉铭铭，在蛾人到来之前，他是个学者——学者，就是懂很多东西的人。于是铭铭问他，在蛾人到来之前，世界是什么样子呢？爸爸低头想了一会儿，指节又攥得发白。和你知道的差不多，爸爸说，人类打成一团，差点儿就把自己从地球上抹去。然后蛾人来了，它们制止了战争，制订了规则，它们带来新技术，让我们不必承受匮乏。那么蛾人为什么要帮助我们呢？铭铭问。爸爸想了更长的时间。它们想学习，最后爸爸说道，它们认为地球人掌握了诗的艺术。这个就有点儿让人琢磨不透了。铭铭想，学习不是孩子们的事情吗？可爸爸说过，贝贝麦子小梦齐悦欧阳诗诗大卫小杰艾米比他的年纪都要大。于是他去问它，这一次，蛾人鼓了一下身体，铭铭不知道这代表什么意思。蛾人说，我也还是孩子呢，只不过我们的童年比你们的要长得多。铭铭又问，你们学诗做什么呢？诗一点儿用都没有呀！蛾人说，我们学诗才能变成大人——你刚才怎么形容那盆天竺葵来着?

蛾人越来越像这个家里的一员了。每次来的时候,它都会给妈妈带一束花,给爸爸带一本书。这些都曾是弥足珍贵的东西,如今花却因为找不到足够的花瓶而枯萎,书因为无处摆放而沦为印着油墨的砖头。爸爸妈妈不再像蛾人刚刚到来时那样拘谨,妈妈会被蛾人的俏皮话逗乐,尖尖的肚子在笑声中一颤一颤;爸爸会和蛾人争论历史问题,说到激动处,眼镜会从他的鼻梁上滑落。一切都很好,蛾人依然满意铭铭的诗,依然从来不坐下来和这一家人一起吃饭——铭铭也没法儿想象它该怎么坐,怎么吃。

一切都很好,直到那群人闯进铭铭的家。

那天早上,是爸爸去开的门。也许他只看到了敲门的那一个人,但门刚敞开一条缝,十多个人就泥鳅般挤了进来。铭铭抱着妈妈沉甸甸的肚子,惊恐地看着那十几张紧绷绷的脸和他们身上黑漆漆的披风,他的手心感受到了来自小皮球的撞击。他抬头看妈妈,妈妈的脸煞白。

老师,爸爸对为首的老头儿说,你这是要干什么?你知道它们不允许这么多人集会。老头儿咧开嘴(他缺了一颗门牙)说,吕皓森,我来救你的儿子。爸爸的身体僵了一下,老师,我听不懂你在说什么,你还是请回吧,再不回就晚了。老头儿四处打量一下,还是笑,吕皓森,你家可真阔气,你现在是那群寄生虫的走狗了吗?爸爸说,老师,你说谁是寄生虫?我们用人家的技术,接受人家的施舍,住人家为我们建造的房子。你说谁是寄生虫?老头儿敛起笑容,糊涂!他随即抬手示意。他身边的壮汉将爸爸推搡到铭铭和妈妈身边。老头儿转到三人面前,说,吕皓森,你怎么忘了那场用来制止战争的战争？那么多人死了，难道活下来的人是自愿被豢养的吗？还有，语言寄生这个概念不是你最先提出来的吗？你难道没对你的老婆孩子说过？他的目光扫过铭铭和妈妈……啊，看来是没说过。老头儿背着手踱步，油亮的光头上反射着冷白的弧光。那么就让我来告诉她们，老头儿自顾自地说道，我们的大脑里有专门的语言结构，而语言结构里又有专门负责语法的子结构。你们可以把语法宽泛地理解为限定词语与词语、词语与概念之间相互关系的一套规则，为了有效地传递思想，这套规则在进化与文化中趋于固定。而孩子——老头儿直勾勾地看着铭铭，铭铭被看得发毛，躲到了妈妈身后——由于大脑中的语法子结构没有发育健全，孩子们有时会忽略这套规则，这让他们的语言充满了匪夷所思的联想和天马行空的创造性，甚至偶尔能跳过言语的边界和沟壑直指世界和人心的真相。无怪乎有人会说，孩子是天生的诗人。老师，爸爸打断了他，我求你了，回去吧，你会害死我们一家的。你的孩子是诗人中的诗人，老头儿继续说，所以它们选中了他。蛾人是高度进化的智慧生物，然而在进化中它们丢失了某种东西，这种东西一定和语言有关。诗人是语言的魔术师，向诗人学习是重新掌握丢失技艺的最佳途径。这就是为什么它们征服了我们的文明，然后寄生在我们的文明之上，吸食孩子们的诗句……你说的都是猜测！爸爸吼道，你没法儿证明！我是没法儿证明，老头儿说，但你就没想过，它们最后会把孩子带去哪里？

铭铭悚然，他抬眼看向爸爸，他看到爸爸脖颈上晶亮的汗珠。我——我——爸爸支吾着，说不出话来。你猜不出来，或者说你不愿意猜，老头儿说，催眠自己总要好过直面事实，对吗？

来了！门口的人压着嗓子说。男人们亮出披风下黑洞洞的枪管(后来铭铭在家里的书上认识了枪,在同一本书上,他还认识了一件在很长一段时间里让他辗转反侧的器物),将铭铭一家驱向客厅的角落。老头儿打了个手势,几个人便埋伏在大门两侧,有人擎着类似水桶的东西,另几个人则提着一个大麻袋。铭铭看到爸爸妈妈瞪大眼睛,脸上写满绝望,突然明白这些人要对蛾人不利,但他的嘴被一双粗糙的手掌捂住,发不出声音,只能双脚乱蹬。熟悉的敲门声响起,一下、两下、三下。无人应答时,贝贝麦子小梦齐悦欧阳诗诗大卫小杰艾米会自己推门而入,就像这个家庭的成员一样——现在便是如此。蛾人推门而入,向屋里蠕动了半米,刚察觉到不对,伏兵们就已扑了上去。有人扣"水桶",有人按尾巴,另有两三人紧抱它的躯干。蛾人乒乒乓乓地挣扎了一会儿,才终于瘫软下来,白色的身躯泛起灰斑。他们七手八脚地把它塞进麻袋,又用尼龙绳把麻袋一圈一圈地扎起来,像扎一个圆柱形的粽子。放心,老头儿对爸爸妈妈说,我现在不会弄死它,我要带它回基地做研究。它头部的电磁波交流器已经被屏蔽了,蛾人们一时半会儿搞不明白状况。搞不明白状况的是你,爸爸的声音带着哭腔,人类永远不是蛾人的对手,反抗只会加速我们的灭亡。我们在夜里出发去基地,老头儿说,即使打不过,我也不会用孩子来交换苟活。吕皓森,让我看看你的血性。

爸爸沉默不语了,妈妈瘫在沙发上,铭铭停止了挣扎。他在这群人脸上看到了一种并不抽象的决绝,如果要他来形容,他会说这群人都戴着死亡的面具,并且随时准备把这张面具变成他们真正的面孔。可他现在没这个心情,太多东西在他心中搅扰:朋友的安危,亲人的安危，自己的安危，还有成人世界那幽暗深邃的迷雾森林。

过了好长一会儿，爸爸对老头儿说，老师，让我给媳妇弄点儿吃的吧，快生了，耽搁不得。老头儿盯了爸爸一会儿，然后摆摆手，枪口垂下。爸爸独自一人进了厨房。老头儿看了看铭铭，又看了看沙发上喘着粗气的妈妈，说，所以说这是个交易。如果你的孩子被带走，你还会像爱他一样爱肚子里的这个吗？妈妈的眼睛里忽然盈满泪水，两个都是我的孩子，不会有谁多谁少。老头儿给了她一个缺了牙的笑容，在抵抗军基地，你想生几个就生几个，没人会把他们夺走，也没人会和你们做交易。

抵抗军，他们叫抵抗军。铭铭记住了这个名词。

终于到了半夜，聚集在铭铭家里的人们鱼贯而出。铭铭跟在老头儿身后。妈妈行走已经非常不便，她一手托着肚子，一手被爸爸搀扶，缓慢步行。几个相对壮实的男人排成一列扛着麻袋，像扛一具棺材。铭铭从未在夜里出过门，恐惧和忐忑渐渐消散后，他的感官开始进入夜色之中。这是怎样的夜啊，城市里所有的灯火都已熄灭，暗淡的月亮在夜幕中晕开一片淡绿色的影，璀璨的星空被蛾人的星舰咬掉一角，依然壮阔如歌，而此起彼伏的虫鸣就是这歌里的伴奏，他们沙沙的脚步声被淹没在绵密的虫鸣之中。就像海底，铭铭来了诗兴，我们步行于海底之下，我们呼吸咸水，我们进入最黑的黑暗，再向前走就只有光明……

星空中的一角忽然亮了起来，一束光打在人们身上。所有人都愣住了，只有老头儿立即反应过来，他跑向队尾，揪着爸爸的衣领，你出卖了我们！老师，对不起，爸爸泪流满面，我不能让家人冒险。老头儿挥出拳头，砸在爸爸脸上，眼镜飞起，高个子男人跌坐在地。

星舰上溢出五彩斑斓的光点,如轨迹诡异的流星坠向这支夜行军。准备战斗!老头儿振臂一呼,所有人都掏出了枪。光点移动的速度极快,须臾之间,便近到能够看清:每一个都有流动着光澜的透明翼翅、分成三节的身体、暗红色的巨大复眼、微微弯曲的触角。它们明明是那么美丽的蝴蝶啊,铭铭想,为什么要叫它们"蛾人"呢?

第一波攻击在枪声响起前到达,几个靠近贝贝麦子小梦齐悦欧阳诗诗大卫小杰艾米和铭铭一家人的抵抗军被闪电击中,瞬间化为灰烬,而近在咫尺的人却没有被燎到一根汗毛。抵抗军手中的枪开始嘶吼,向夜空喷吐火舌和硝烟。战场如一列火车径直碾压过来,铭铭蒙了几秒钟,然后跌跌撞撞地跑向爸爸妈妈。在妖冶的夜色中,他看到妈妈躺在地上,攥着爸爸的手,裤裆一片深色的水迹。她扭曲着脸,将叫声抛进枪声、咒骂声和哭泣声的交响之中。原来大人也会尿裤子呀,这么想着,铭铭身体瞬间一轻,恐惧溜走了大半。

蛾人们没有继续投掷闪电。大约有半分钟,它们在半空中盘旋,子弹打在它们身上,激起五彩涟漪,而似乎未伤它们分毫。重整队形之后,蛾人们再次俯冲下来,这一次,它们抛下了火焰。抵抗军一个接一个被点燃,他们尖叫着奔逃,点亮街道,继而扑倒,噼噼啪啪地燃烧。几个回合之后,蛾人们似乎有意放慢了杀戮的节奏,一个人形火炬燃尽后,它们才慢条斯理地寻找下一个——铭铭在它们的行为中嗅闻到了某种乐趣,这让他想起小时候是怎样一只一只摁死列队爬进窗台的蚂蚁。

孩子!老头儿不知何时跑到了铭铭身边,他一把拽过铭铭,面目狰狞地瞪了他几秒,然后将一样冰凉的东西塞入他的手中。你的命运应该掌握在你自己手里。说完老头儿便跑开了,一边跑一边将满心的愤怒和绝望射进天空。很快，老头儿也被点燃，他没有像其他人那样奔逃，而是就地盘腿而坐，如倦极的僧人打坐参禅。

老头儿是最后一截燃尽的烛火。就在他熄灭之时，铭铭听见一声响亮的啼哭。

那是他的妹妹。

第二天，铭铭和爸爸上了街——几乎所有能够走动的人都被蛾人们驱赶着上了街，去参观烧焦的抵抗军。这些姿态各异的人体残骸被钉在金属架子上，支在人行道的正中，还保持着生的狰狞。空气中烤肉的味道久久不散，有人哭泣，有人呕吐，更多的人厌恶地撇过头去。爸爸的手在用力，想拽着铭铭逃离这些景象，但铭铭用肌肉和体重默默地对抗着。他想记住，记住每一张焦黑的、失去全部地貌的脸，他记得他们中的某一个对他说过，在抵抗军基地，没有人能把他从妈妈身边夺走。

然后他看见了盘腿而坐的焦尸，看到了焦尸的笑，两排白牙中有一个黑色的缺口。

贝贝麦子小梦齐悦欧阳诗诗大卫小杰艾米受了伤，那一夜之后过了很久，它才重新出现在铭铭家。每个人都心知肚明，有一些东西已经永远地改变了：蛾人身上有了一圈一圈的青色疤痕，这个家里多了一个叫念念的女孩儿（而铭铭总喜欢叫她小皮球），铭铭则揭开了世界帷幕的一角。他依然会写诗，蛾人依然会埋头把他的诗记下来，但有时会犹豫，铭铭的诗已经跳出了它熟悉的范畴，变得冷硬和执拗。毕竟，这位诗人知道了什么叫作等价交换，听闻了一场止战之战，也目睹了黑色的死亡和杀戮场上新生命的诞生，他没法儿再回到曾经的天真烂漫了。

夜深人静的时候,铭铭会翻出藏在床底下的铁疙瘩,那是老头儿在临死前交给他的东西。他用指肚反复摩挲它粗糙的纹理,感受它身体中蕴藏的复仇烈火和死亡凉意。更多的时候,他会想把它丢掉,他还只是个孩子啊,老头儿交给他的东西太过沉重了,总叫他噩梦连连。有时,他会梦见橙色的火焰爬满星舰,舰上的蛾人尖叫着飞舞,如飞溅的火星;有时,他会梦见黑色的老头儿露出白色的笑,笑中又套着一个黑色的洞;有时,他会梦见被一圈一圈捆绑的贝贝麦子小梦齐悦欧阳诗诗大卫小杰艾米,梦见那绳子越勒越紧,最终将它截成一个个颤动的同心圆……

可是,从梦中惊醒时他想,蛾人是我的朋友呀,唯一的朋友。

就这样过去了五年。铭铭十三岁,长高了,也变得沉静了。他会枯坐几个小时去思虑一句诗,而即便如此,他吟出的诗句也很难令蛾人满意。铭铭预感到,那个时刻即将来临。他并不恐惧,因为恐惧已经与他共存太久,久到已经成为他灵魂的一部分,而一个诗人应该完全接纳自己的灵魂。终于在某一日清晨,当蛾人来到家里时,铭铭平静地对它说道,我已经写不出一首诗了。

告别的时候,铭铭最舍不得的是他的妹妹,他的小皮球。他拥抱她良久,贪婪地嗅闻她耳畔清甜的香味儿,生机蓬勃的香味儿。一句诗飘过心头,极美丽极动人的诗,想想就会让人泪流不止的诗,他捉住它,将它埋入心底。妈妈哭成泪人,眼泪在她眼角的皱纹里纵横流淌,像是有了自己的生命意志。爸爸佝偻着,几乎缩水到与他同高,他看到他鬓角蔓生的白发,想跟他说点儿什么,又忽然想起,五年来他们几乎没有说过一句话,既然五年都没说,此刻也就不必说了。

他和贝贝麦子小梦齐悦欧阳诗诗大卫小杰艾米被隐形力场托举着,缓缓升向星舰。蛾人说,今天是童年的终结——你的和我的。他看向蛾人,你不是对我说过,你有很长很长的童年吗?长得令人绝望,蛾人说,但今天结束了,我学会了诗的艺术,这意味着我终于可以进入成人的世界。铭铭说,我们人类正好相反,只有忘掉怎么作诗,才能进入成人的世界。真羡慕你啊,蛾人说,诗是你与生俱来的天赋,为了能够达到和你同样的水准,我学习了五十个地球年。可是,沉默片刻后铭铭问道,对于你们这种等级的文明来说,诗又有什么用呢?

蛾人的身体滚过一圈水波纹,诗可以让我们在对宇宙确凿无疑的认知中不至于自我终结。

星舰空阔得令人惊讶,有巨大的弧形穹顶和好似延伸到无尽远方的白色四壁。在前往目的地的传送力场中,铭铭看到了远方飘行的成年蛾人们。美丽冷血的蝴蝶,把杀戮当作一种审美。也许,他想,它们还会围绕着杀戮作诗,很多很多的诗。我们去哪儿?他问道。我的舱室,蛾人回答。

十几分钟后,他们到了。在星舰辽远的白昼中,这里是一片狭小的黑夜。他们在黑暗中默立很久,坠落的预感漫上铭铭的心头,又散去,他仿佛经历了一场生死轮回,仿佛参透了灰烬中的涅槃,从而能够坦然接受接下来将要发生的一切。他闭上眼睛,眼前晕开一片玫瑰色的星云。

开始吧,他说。

你是我的朋友,贝贝麦子小梦齐悦欧阳诗诗大卫小杰艾米说,你有权知道真相。

真相是什么?

真相是,我会把你吃掉。

哦。会疼吗?

抱歉,我不知道。

好吧,谢谢你。他用手指摩挲着衣兜中温热的手榴弹,想象着手榴弹炸开的情景。对于他和蛾人来说,那将是极其迅捷的死亡,花朵怒放般灿烂,诗意的终结。之后呢,时间会重整旗鼓,复仇,对复仇的复仇;欺骗,为了掩饰欺骗的欺骗。一切都不会改变,属于诗的永远属于诗,不属于的,永远不属于。

那么这就是最后的决定了。铭铭叹了一口气,将手榴弹小心翼翼地放在蛾人的附肢上。

这是什么?蛾人问道。

我的命运。他回答。

……你接受了它吗?

抱歉,我不知道。不过现在已经无所谓了。

几秒钟的沉默,黑暗中漾起窸窸窣窣的声音,如涨潮,如落潮。比黑更黑的黑暗落下来,铭铭忽然感到了温暖,从神经的最末梢直抵布洛卡区的温暖。他忽然很想写首诗,为此刻的温暖写首诗,这首诗中的每个字、每一个标点符号都会是温暖的。

只是诗的题目他还没想好。

一场艰难的消化,艰难不在于铭铭处于青春期的瘦长身体,而是在于他神经元集群同仇敌忾的姿态。贝贝麦子小梦齐悦欧阳诗诗大卫小杰艾米尝到了他的愤怒，他的悲伤，他的妥协，这滋味曼妙辛烈，是它童年时代收到的最后一份大礼。最终，它吐出五十年来的第十颗头骨，开始结茧。它将和它吃掉的所有孩子一起，成为全新的生命形式。在蛾人的文化中，失去诗意后，死亡是最好的终结。地球的孩子诗人们得到了蛾人们最大的尊重。而在另一重生命中，他们将拥有无限广阔的诗意。

和宇宙一样广阔的诗意。

舱室里十五个精心调制的故乡日夜飞驰而过，琉璃般的绿色半透明翅膀终于破茧而出。另一个成年蛾人早已候在这里，它等待着新的蛾人舒展翅膀，整理思绪。

妈妈。几个时间颗粒后，蛾人鼓动着腹部的发声器，说道。

你是谁？

我是——贝贝麦子小梦齐悦欧阳诗诗大卫小杰艾米，铭铭。

请证明你的资格。

贝贝麦子小梦齐悦欧阳诗诗大卫小杰艾米铭铭鼓了鼓气，清理了发声器里的残液，现在，它的嗓音清朗，配得上五十个地球年的酝酿：

　　妈妈，我收集了十颗头骨

　　十颗头骨，十颗中空的珍珠

　　一又三分之二个省略号

　　它们美丽而无用

　　让我不知如何是好，干脆

　　用五十岁的童年，我把它们

串在一起, 挂在
时间的脖子上
听头骨用刹那的音节
谈论永恒

漫长如永恒的一个时间颗粒。母亲的触角前后摇晃, 它说:
　欢迎加入我们, 贝贝麦子小梦齐悦欧阳诗诗大卫小杰艾米铭铭, 宇宙的诗人。

2020.4.30

汉尼拔与斯宾诺莎

上帝会原谅我，这是他的职业。

——亨利希·海涅

我见过纯粹的邪恶。

萨缪尔·琼斯是个六十五岁的老者。他身高中等，灰色眼睛，有一把漂亮的白色络腮胡。说话时，他的音调不高不低，语速不疾不徐，看着你的目光甚至可以用"慈祥"二字来形容。我们抓到他时，他已经杀了三十五个人，受害者全部为女性，都是被他用手勒死的。

"哦，我爱她们，真的爱。"在空阔阴冷的审讯室里，琼斯舔了舔嘴唇，像是在回味"爱"这个词的滋味，"她们中很多人在遇到我之前就想死了，是我成全了她们。我想，如果她们活到现在，她们会成为我的朋友。"

琼斯在收容所、贫民窟、夜店、脱衣舞酒吧挑选自己的猎物。这些徘徊在社会边缘的女性过着动荡而危险的生活，也许她们真的需要解脱，但琼斯绝非慈善家，他对她们下手的根本原因在于：没人在乎。她们就这样死了，被弃尸荒野或者人间蒸发，警察通常不会花太长时间调查她们的案子，所以她们的死亡大多变成了悬案。于是在近二十年里，这位前银行职员在全美各州有条不紊地执行着他的杀戮，就像在享受一场轻松惬意的公路打卡旅行，似乎从来都没有想到自己会落网。当我和搭档佩德罗·冈萨雷斯在加利福尼亚的暖阳下用枪指着他的脑袋时，他还笑着对我们说："Amigo[①]，你们搞错了吧？"

在这片广袤的土地上，有许多不了了之的悬案，也有许多幽灵般游荡的连环杀手。是泰德在失踪人员报告和犯罪卷宗之间发现了隐秘的匹配模式，帮助我们锁定了嫌疑人。虽然我对把人工智能引入罪案侦破工作向来抱有抵触情绪，但这一次我不得不承认，泰德干得漂亮。

"上帝造就了我。是他让我行我所行之事。"在被问及是否后悔时，琼斯说道，"他知道一切。为什么我要后悔？为什么我要寻求他的原谅？"

在我能够清晰回想起的职业生涯中，我见到过几次邪恶。这些邪恶是斑驳的，如同一张信手涂鸦的通往地狱的门票，有时候你会怀疑，这门票会不会骗过地狱的看门人；而当我深深地看进琼斯的眼睛，我看到了纯粹的邪恶，它不是门票，而是地狱本身。

"老兄，我可真想看看泰德代码里那个老变态的人格模型啊。"从审讯室走出时，佩德罗对我说，"我很好奇，那些计算机天才们是怎么用逻辑符号和数字表示邪恶的。"

"别想了。"我摸出一支烟，想了想，又把它塞回烟盒，"犯罪人

---

① 西班牙语"朋友"之意。

格神经网络对研究人员来说也是个'黑箱',他们只是不厌其烦地训练它,使它不断逼近特定的思维结构,然后得到以概率表示的运算结果。这和我们教育一个孩子没什么区别:你只能教你应该教的,然后期望他成为你想要他成为的人,但就算你把他的小脑子拿出来,切片、染色,一个像素一个像素琢磨,你也不可能知道他在想什么。"

佩德罗吹了一声口哨,"很生动的比喻。现在我一点儿也不想知道为什么我家那个小浑蛋整天都要跟我对着干了。"

"佩德罗……"犹豫了一下,我说,"你怎么看,琼斯说的那个,呃,上帝?"

我的搭档从更衣室的柜门后探出头,"每个人都有他自己的上帝,这就是我的看法。但千万不要跟我讲什么斯宾诺莎、什么非人格化的神了,我他妈现在只想回去干上一满杯杰克丹尼。"

"明白。"

"还有,晚上七点,艾比为我们准备了庆功宴,千万别忘了。"

我冲他笑了笑,"放心吧。受伤之后的事情,我一件都不会忘。"

我叫本尼迪克特·李,今年三十五岁,联邦调查局特工。两年前,在与犯罪分子的交火中,我的头部中枪。在死亡线上挣扎一番后,我奇迹般地活了下来。主治医师约翰·斯普林德闪烁其词地告诉我,我的记忆和部分认知功能可能受损——我接受这个代价。经过魔鬼般的复健训练和烦冗的返岗评估,我又重新戴上FBI警徽,回到了打击犯罪的第一线。我依然思维缜密、行事果决,依然是那位伟大哲学家的拥趸,但我能感觉到,在我的灵魂深处,发生了某种深刻的改变……这改变是什么, 我不知道。

说实话, 我也不想知道。

"这改变就是," 佩德罗向我举杯, 深红色的酒液在水晶杯中摇晃, "酒精和尼古丁也没法儿带给你抚慰了。"

我、佩德罗和他的夫人艾比笑着将酒一饮而尽。一岁半的比利在儿童餐椅里挥舞着他的塑料勺, 把番茄肉酱甩得到处都是, 犹如艺术创作现场, 小家伙对这一成就颇为自得, 咯咯笑起来。

"没错。" 我说, "我猜这和多巴胺有关, 大概我大脑的奖励机制受损了。虽然我依旧抽烟喝酒, 但现在这些行为对我来说已然具有哲学意味——我用烟酒填补时间的连续统, 而非自我意识的空白。"

烟酒。食物。女人。时间的构成要件。

"瞧," 佩德罗对艾比挤了挤眼睛, "联邦探员本尼迪克特会死, 但哲学家本尼迪克特永远不会。"

佩德罗的玩笑话带来了一阵尴尬的沉默, 一时间餐桌上只余下比利令人费解的咿咿呀呀, 直到仿生机器人端上新鲜出炉的杏仁牛奶布丁, 沉默才开了道口子。

"谢谢你, 安。" 艾比冲仿生人点了点头, "哦, 我简直没法儿想象没有你的生活。"

"亲爱的, 我可要吃醋了。" 佩德罗抓起艾比的手, 轻柔地抚弄, "你只看到了事情好的一面, 我想你肯定不知道仿生人应用最广泛的是哪个领域。"

"性爱服务也不一定是不好的一面啊," 我说, "至少在预防性犯罪方面……"

"注意你的用语," 佩德罗瞪了我一眼, "这里还有一个未成年人。对不对啊，老兄？"

比利冲他吐了吐舌头。

"说到这个，"佩德罗瞥了一眼侍立桌旁的安，"那个仿生人的案子可真是令人印象深刻啊。"

仿生人的案子……我看向佩德罗，而他冲我挤了挤眼睛。

"艾比，您还有什么需要吗？"

说话者是一个金发碧眼、身形曼妙的女人。如果不是有限的智能水平和额角闪烁的光圈（据说创意来自几十年前的一款游戏），我能把她和真正的人类区别开来吗？

"没有了，谢谢你，安。"艾比转向我们，"喂，你们两个，能不能把罪恶留在这个家外面？"

"抱歉，亲爱的。我猜今天的主要议程是庆祝我和本尼破了大案。"

"还有泰德。"我提醒道。

佩德罗摆了摆手，像是在驱赶某种令人不太愉快的气味，"泰德也是罪恶的一部分。本尼，你听到艾比刚才说的了，今天我们要把罪恶留在这个家外面。"

"佩德罗，我不——"

"得了吧，大哲学家！这会儿我们可没心情听你布道。"佩德罗打断了我，"如果你非要感谢什么人的话，我建议你先感谢一下上帝：感谢他给了我们一个温暖的家，感谢他让我们免受罪恶的侵袭，感谢他赐予我们美味的食物。"

他高高地举起酒杯，"阿门。"

"阿门。"艾比应和道，比利拍起了他肉乎乎的小手，而我冷眼看着这一切，灌下酸涩的酒。

像一个真正的局外人。

……犯罪嫌疑人在享受杀戮的快感。众所周知，为了带给客户完全的沉浸感，性爱服务仿生人被制作得极其逼真——这包括它们的外表，也包括它们的体液和内部器官。如果你去过血腥的犯罪现场，你就一定会同意，这并不是新卢德分子在表达对技术异化的不安，而是精神变态者在施虐，是他/她在幻想肢解真正的人。对于这一猜测，我们有一个强烈的论据：仿生人们唯一未被破坏的部位是它们的头部，而这正是仿生人和人类区别最大的地方……

"本尼，你在看什么？"

我把目光从车窗上的增强视域投影上收了回来，"仿生人案件罪犯的心理侧写。"

"哦？"佩德罗意兴盎然地盯着我，"有新的想法？"

"那个连续虐杀仿生人的人，除了把他推定为精神病态者之外，其实还有另外一种可能。"我说，"也许他只是想向这个世界发送一条信息：人类已经完成了上帝造人的大部分工作，不要再妄图制造灵魂。所以他毁坏了其他肢体却留下了完整的头部，那个在笛卡尔的假想中灵魂栖居的地方，上帝的作坊。"

"有趣的假设。"佩德罗拍了拍我的肩膀，"你瞧，这就是泰德取代不了我们的原因。"

泰德，那个身处匡提科①的超级人工智能。联邦调查局相信深度学习的力量。通过对海马体神经信号整合以及长期记忆生成机

---

① 联邦调查局总部所在地。

制的研究,科学家们搭建起泰德卷积神经网络的初步层级结构。之后便是一遍又一遍地训练:罪犯的侵入式脑成像地图、fMRI①数据,他们的犯罪记录、家庭背景、学习经历、生活习惯、网上言论,等等。你能想象得到的一个人能制造出的所有结构化数据,都被一股脑儿地灌入泰德那深不见底的卷积层、RNN②层和全连接层中。泰德用浩如烟海的数据建立了上百个典型犯罪人格模型,再以模型去拟合特定罪犯的行为,通过预测结果与实际行为的反馈迭代过程,它会把犯罪人格模型修剪得愈加复杂精致,直到最大化的拟合——这就是行为科学部的天才们在做的事情。他们让人工智能去扮演那些游荡在美国领土上的连环杀手,让它来告诉他们,新的罪恶将于何时、何地、以何种形式发生。

所以佩德罗和我从来就不喜欢泰德。从本质上来说,泰德是罪犯的集合体,一个终极恶棍,对它的命名说明了设计者有这样的自觉③。而泰德的成功似乎也暗示着,越是优秀的犯罪打击者,就越是接近那条分割正义与邪恶的红线——如果那条红线存在的话。

"泰德可以取代任何人。"我看向自己的搭档,"在时代洪流面前,我们也只是螳臂当车罢了。"

佩德罗挑了挑眉毛,没有说话。车厢内的气氛变得有些凝重。我半张着嘴,在车窗的倒影里,七彩的霓虹滑入我的口中。

---

① MRI是指磁共振成像(Magnetic Resonance Imaging),fMRI即功能性磁共振成像(functional MRI)。

② 即循环神经网络(Recurrent Neural Network)。

③ 泰德的名字来源于泰德·邦迪,是美国历史上著名的连环杀手。据估计,他曾杀害二十六到一百人不等,因在狱中协助警方分析另一起连环杀人案而被影片《沉默的羔羊》设定为人物原型之一。

"话说回来，"我说，"从什么时候开始，你要亲自送我回家了？"

"还不是因为你刚才喝了酒嘛。"

我似笑非笑地看着佩德罗，"不是因为我的后遗症？"

"狗屁。"中年男人紧着脸，"你他妈好得跟刚从娘胎里蹦出来一样。"

我哼了一声，"借你吉言。"

佩德罗的目光在我脸上定了一秒钟，然后溜开。我们在嗡嗡的电动机噪声中行进，穿过这座城市的灯光与灯光后更深邃的黑暗。

几分钟后，我到了那个被我称作家的地方。

家。

"家"这个概念离我已经很远了。我在一个破败城市的破败街区中长大，那里是失败者们的避难所。我的父母也许爱过彼此，但在习得性无助渐渐吞噬了他们之后，爱变成了一道伤疤。我，治愈无望的炎症，像海绵一样吸纳了他们全部的失意与愤怒。在与父母彻底断绝联系以前，我过了十六年这样的日子。我想，如果不是父亲做纸质旧书的生意，如果不是我恰巧对字母的排列组合着迷，我会和街区的其他小孩儿一样，过早地沉溺在虚拟的色情与暴力之中，并且最终混淆真实与虚拟的边界，滑入犯罪的渊薮。考上大学之后，我本可以彻底摆脱与旧日的联系，究竟是什么促使我成为警察、心理侧写师，再到如今的联邦调查局特工，我已回想不起来。有太多东西遗失在那一枪之后——我感谢那一枪，它让我感到轻松。

它能让我专注于眼前的事务。

"松果体。"我自语道。

艾芙琳转头看我，额角的光圈闪烁，"亲爱的，你说什么？"

"松果体，人类大脑中的一种结构，笛卡尔认为人的灵魂栖居于此。"我看着它那双足以乱真的眼睛，"斯宾诺莎在很大程度上继承了笛卡尔的衣钵，但不包括他的二元论。斯宾诺莎认为世界是一个统一的实体，所有存在的事物都是这一实体展现的不同'样态'。在这个一元的世界观里，灵魂与肉体的分立是没有逻辑意义的……"

"亲爱的，我听不懂你在说什么。"艾芙琳的手在我的胸口游走，恰到好处的温度与质感，性感撩人的声线。然而在一个又一个这样的夜晚，我的心里并没有勃起过对它的情欲。我隐约记得，在中枪前我是个欲望炙热的人；但是现在，我需要的不再是排山倒海的快感，而是细水长流的陪伴，或者说，需要用一些东西来填满时间的连续统。我并不感到悲哀，一个无法满足自己欲望的人才会悲哀——而我没有欲望。

——灵魂与肉体的分立没有意义。是我的统一性拒绝了艾芙琳宜人的肉体。此刻，这具肉体正在轻咬我的耳垂，亲吻我的脸颊。它的使命就是激起人的欲望，满足人的欲望，它会因此得到奖励，就像多巴胺对人类大脑做的那样。

"人类总是想证明灵魂的独特性和神圣性，但我很怀疑他们能不能如愿。"我轻轻地推开艾芙琳，"科研人员在使用深度学习的方法赋予人工智能知识和记忆，而知识和记忆又是人格的基础……我想，如果上帝真的是大脑的设计师，他也会遵循这样的思路。在一遍又一遍的输出与反馈中修饰神经元突触，使它们形成近似于逻辑单元的功能簇，再进一步聚合成更大的处理模块。和使用深度学习构建起来的人工智能一样，人的大脑并没有一个'主进程'，它只是不同模块的交流与整合。造物主的思路总是相似的，我想如果有一天我们对大脑的认识更加深入，我们会发现大脑也同样会拥有硬件层、感知层和规划层这样的层级结构……"

"亲爱的，我听不懂你在说什么。"仿生人如蟒蛇般盘绞在我身体之上，"还是让我们——"

视野忽然一片血红，是联邦调查局的紧急任务推送。我挺身而起，将堕落的诱惑甩在一边。

"抱歉打搅你的春宵一刻，本尼。"佩德罗说。

"别拐弯抹角。"我一边穿衣服，一边说，"什么活儿？"

佩德罗在通信链路的另一端深吸了一口气，"汉尼拔。我们要去追踪汉尼拔。"

"没错，那帮蠢货让汉尼拔跑掉了。"

这是我到达分部时听到的第一句话。说话者是里德·斯科特，我们的顶头上司。虽然他语调平静，你仍能感觉到冰冷的怒意，这怒意让向来嘈杂的会议室鸦雀无声，那些吊着黑眼圈的探员和技术支持人员，连个呵欠都不敢打。此时房间里没有被斯科特的愤怒感染的大概只剩下那些在探员们四周叉手而立的仿生人警员了，它们额角的光圈整齐划一地闪烁着，显示出算法对人类情感的一贯漠然。我挑了一个离仿生人稍远的位置，拉出椅子，坐了下来。

"什么情况？"我低声问佩德罗。

佩德罗偏过头，"人在从国王郡监狱转出的路上跑了。我把任务简报推送给你。"

草草地浏览了一番简报后，我瞥了一眼身后的漠然面孔，吞下一口唾沫，"仿生人攻击了，嗯，押送的警员？"

佩德罗耸了耸肩，"看来计划要延后了。"

计划……是啊，计划。联邦政府正在用仿生人取代大多数的执法人员，因为它们任劳任怨、聪明强壮，因为它们不会质疑上级的命令，也不会要求自己的401K①——在经济考量胜过一切的年代，我想就算偶尔有意外发生，佩德罗的预言也不可能应验。

"……有必要提醒在座的各位，"斯科特双手撑在会议桌上，肩胛骨高高地耸起，"你们要追捕的是一名非常危险的犯人，这个人不是天才的罪犯，而是一个具有犯罪人格的天才。"

我们都明白斯科特说的绝非是绕口令。作为泰德的总设计师，德米特里·布尔加科夫配得上天才之名。谁也不知道是什么引诱着他放弃大好前程，走上了犯罪之路，但和他从事的所有创造性工作一样，他显然精于此道。要简短地形容他的罪行并不容易，如果没有流行文化对刑事侦缉领域的反哺，我们也许还在干巴巴地称他为"取脑者"，但联邦调查局还有一个更加诗意，也更加易于记忆的备选方案——

汉尼拔。

"其实他们还是有区别的。"德米特里·布尔加科夫刚刚落网时，佩德罗对我说，"影视剧里的汉尼拔吃脑子，这家伙取脑子。至于他拿别人的脑子干什么，谁他妈也不知道。"

没有人介意这个细微的差别。一个高智商的罪犯，他英俊、优雅，有欧陆背景，在自己的专业领域里成就斐然，再加上一点点儿卓尔不群的爱好——这个来自神秘古代世界的名字简直就是为他

---

① 401K退休计划是美国私人企业为雇员提供的一种退休福利。

量身打造。

"所以，我们现在有一份相当于什么也没说的简报。"终于有人鼓起勇气发言，"我们不知道他是怎么让押送车辆偏离路线，也不知道他是怎么让仿生警员发疯，更不知道他是怎么躲过监控潜伏起来——头儿，我们总得知道点儿什么吧？"

"这就是你们的工作。"斯科特扫视全场，目光里是冰冷的火，"抓住这个狗娘养的，审问他——必要时我允许你们把他的脑袋撬开——搞清楚他是怎么做到的，好让愚蠢的西雅图警方不再捅一样的娄子。还有什么问题吗？"

会议室再次沉寂。接下来是任务分派，每个人都在增强视域里收到了自己那部分任务的详细说明与相应授权。分派依据是统合型A.I.复杂的算法，一张把所有你能想到的涉及犯罪与打击犯罪的变量，以及所有变量之间互动关系囊括在其中的计算之网。没有人提出异议。在统合型A.I.刚刚被引入西雅图警署和联邦调查局时，这一系统受到了不少非议，而所有非议总结起来无非两条：一是对人类尊严的洁癖，二是对人造智慧的怀疑。很快，统合型A.I.便用破案率证明了，比起人类可笑的自尊心，比起人类在官僚制度和人际摩擦中的效率浪费，人工智能造成的那一点点儿异物感简直不值一提。

佩德罗用手指轻点我的肩膀，"老兄，你收到任务分派了吗？"

我摇了摇头。

"遗憾。"佩德罗咧着嘴角，"看来仁慈的主终于让我们远离了一次罪恶。"

"上帝可没那么好心。"我说，"别急着下结论。"

"你们，"斯科特的目光落到我和佩德罗身上，"到我办公室来一下。"

佩德罗愣了一下，接着起身，拍了拍我的肩膀，"老兄，这次又让你说对了。看来你的确了解上帝。"

这座水渍斑斑的古老城市时刻弥漫着灰蒙蒙的雾气。它那曾经引以为傲的巨大摩天轮如今有五分之一浸泡在海水中，业已停转；它那不眠的太空针塔被置于避震服务器之上，孑立在模糊的天幕中，而塔周围的摩天大楼已经被一座接一座地定向爆破，取而代之的是更稳定、更耐久、更低矮，也更千篇一律的包豪斯式建筑。A.I.革命之后，这座城市曾经迎来短暂的繁荣，工厂日夜不休，用机器制造机器，以算法设计算法。人们创造、消费、继续创造。不到十年的时间，智能机器就像福特T型车一样走进了千家万户。此时人们终于放慢脚步，如开疆拓土后的罗马公民，心安理得地享受机器奴隶的服务，直到科技红利不再，人们才发现自己已在不知不觉间被"奴隶"挤到了经济体系的边缘。尽管用政客的话讲，人类的总体福利毫无疑问地提升了，但除了抽象的总体福利，人类还需要在个体层面上的自我实现——所以在西雅图，你能领略到奢靡繁复后又趋向空灵缥缈的艺术风潮，这体现在街头涂鸦和数字广告牌上；你也能看到那些搭了又拆、拆了又搭的建筑废墟，我们以此来创造GDP；要是你不介意价格，分子海鲜料理和苹果烈酒一定会让你飘飘欲仙……而如果你有勇气更加深入这座城市，你会发现，普通家庭和街上人与智能机器的各安其位只是表象。仿生人性爱服务在成人世界是被默许的，而暴力行为则蛰伏在法律的灰色地带。花上几个信用点，你就能观看一场血肉横飞的仿生人角斗，或者在不破坏基本功能的前提下亲手对仿生人施虐——人类总是在无意识中为万物排序，而在面对比自己"低等"的造物时，他们会展现出人性中最恶劣的一面。暴力成了这座城市的基调，对暴力的接受渗透到人们的内心之中，最终，用政客的话讲，暴力"毫无疑问"地将人们反噬。

——林立的帮派和居高不下的犯罪率就是明证。

我就在这样一座城市里追踪着一名危险的罪犯，这是斯科特私下交给我和佩德罗的特殊任务。他同时向我们保证，必要时，我们俩可以调动分部的全部资源。

"我不明白，"我说，"头儿明明有行为科学部和泰德的支持……"

佩德罗咂完一口烟，眉头纠结起来，"汉尼拔的逃跑是由于系统的一次偶发错误——本尼，你相信这套鬼话吗？"

我犹豫了一下，摇头。

"整个联邦调查局和地方警务系统都由统合型A.I.控制，而前几天它还差点儿置警员于死地。"佩德罗的目光穿过缭绕的烟雾，"我想，就算是斯科特也没法儿完全信任它吧。"

"你这种想法很危险。"

"我们正在追捕的人更危险。"

"好。"片刻沉默后，我说道，"我们手头有什么筹码？"

佩德罗摊了摊手。

没有筹码。这一场发生在偏街陋巷里的深夜逃亡，留下的只是一堆受损的二进制代码、监控视频、遥感图像、生物芯片的数字足迹等被纳入警务系统的信息，全部付之阙如……汉尼拔在数据的海洋中滴水不沾。他是怎么做到的？光是设想他的手段，就已经让人不寒而栗。

——而我们这些凡人，要把取脑的摩西从被劈开的红海中揪出来。

"现在怎么办？"我问道。

"这话应该我来问你，大哲学家。"佩德罗嘴角的烟头啷啷作响，"在没有数据和统合型A.I.支持的情况下，本尼迪克特·李会怎么做？"

佩德罗几乎是在让我回忆另外一个人，一个我不得不成为的人。我挥动手臂关掉增强视域里纷乱的信息窗口，只留下汉尼拔的照片。本尼迪克特·李会怎么做？他会——他会试着去了解他要抓捕的人。我凝视着照片上的人：深棕色鬈发，饱满的额头，翡翠色眼睛——古典名画般冰冷而美丽。嘴角。还有他的嘴角。在每一张照片里都微微上翘，层叠的纹路里藏着嘲讽与骄傲。典型的异类。迷人的异类。或许比起那些构成巨大分母的普通人，更近乎神。

——神会有欲望吗？如果有的话，他会渴求什么？

"怎么样，"佩德罗靠了过来，"有想法了吗？"

我摇了摇头，"我需要知道更多。"

我需要知道更多——虽然明知无论知道多少，我们都没法儿真正了解一个人。

"计算机科学与神经生物学双博士，曾就职于高盛、圣塔菲研究所、DARPA[1]，史上最年轻的图灵奖获得者，泰德的总设计师，'三磅

---

[1] 即美国国防高级研究计划局。

宇宙'的创始人之一……"我将齿间残留的酒香卷入咽喉，"如果你是一个拥有一切的人，你还会想得到什么？"

艾芙琳的手在我胸口摩挲，"看这个人是男人还是女人。"

"和性别无关。"

"和性别无关？"

重复提问者的话，是人工智能在词穷时的惯用伎俩。我低头看向那具丰饶的身体，"艾芙琳，你怎么看待——神，或者上帝？"

"亲爱的，我的预设程序禁止我思考形而上的问题。"

"好吧。那你怎么看待人类？"

"创造者，"仿生人攀上我的肩膀，轻咬我的耳垂，"需要取悦与服从。"

取悦与服从。如果造物主真的存在，这会是他对我们的全部期待吗？萨缪尔·琼斯在杀戮的时候，也是在取悦与服从吗？或者这一信条早已根植于人类的集体无意识中，潜移默化地影响每个人的行为……

滴答。滴答。雨滴的声音。在这个季节，雨一旦开始降下，就会绵延不绝。我睁开眼睛。窗外，城市的灯光在雨幕中晕开，潮湿昏黄，一如我锈迹斑斑的过去。我是谁？我在追寻着什么？一切都模糊在那一枪之后。此刻，不确定性的云团中，只有紧紧地拥着我的这具躯体是真实的。我抚摸着艾芙琳的肩胛骨，细小的鸡皮疙瘩在我的指尖过处泛起。

"我刚才睡着了。"它瓮声瓮气地说。

"哦。"

"法国人说，睡眠是一场小死亡。这样说来，我每天都在经历死亡。有时候我会好奇，有梦的睡眠是什么样子，会不会让人离死亡远一点儿。"

我笑了笑，"当你感到好奇时，就已经接近形而上学了。艾芙琳，你的设计者允许你这样吗？"

"当然，我的设计者认为，这会使我更像人类，从而更好地提供服务。"艾芙琳翻起眼睛看我，"告诉我嘛，做梦是什么样子？"

我想了想，话到嘴边，又咽了回去。我也有好久没做梦了——应该在中枪之后就没有做过。

"做梦有点儿像，"半晌后我低声说道，"回忆。"

"回忆……"艾芙琳狡黠地笑，"所以你梦游的时候，是在回忆什么？"

我直起身子，"我会梦游？艾芙琳，我是怎么梦游的？"

"你——"它的眼珠呆滞了一下，"对不起，数据检索错误。请选择取消或重试……"

重试。重试。重试。仿生人沉默不语。它死机了。黑暗的预感漫了上来。也许这场对话从头到尾都是程序错误，我宽慰自己，也许艾芙琳只是需要进行固件升级……我再次看向身边依然温热的"尸体"，它睁着剔透的蓝眼睛，似乎在诘问它的创造者，为什么刚刚还在谈论的小死亡会突然降临。

而这并不仅仅是仿生人专属的命运。

我翻身下床，饮下一整杯苏格兰威士忌，却依然抖个不停。

——窗外，冬天已经来了。

人们在华盛顿大学医学中心发现了约翰·斯普林德的尸体。

当晚他在医院值班。第二天早上，当护士推开办公室门，她看到医生坐在他的转椅上，面容平静，头颅像打开的罐头瓶，里面空无一物。

"已经排除了模仿作案的可能。"斯科特的头像叠加在犯罪现场之上，"第一，汉尼拔的犯罪手法只有极少数人知晓；第二，即便有人知晓，也不可能模仿到这种程度。"

是的，只能是汉尼拔。我和佩德罗站在警戒线外，看几只蜂鸟式犯罪现场分析机器人在斯普林德的尸体周围上下翻飞，收集这个死亡空间中的一切线索：指纹、血迹、脚印、碎片、纤维、空气成分、微量痕迹、微生物环境、能够进行单核酸多态性DNA分析的生物组织，等等。通常，得到现场海量数据和视频监控的统合型A.I.会迅速建立起证据链，将罪行发生时的模拟情景投射在我们的增强视域中，但这一次，它没有——如同它面对汉尼拔的每一次杀戮时一样。

——红海中的摩西。

"这个变态还在西雅图。"斯科特继续喋喋不休，"你们这帮家伙在等什么？他给你们的线索已经够多的了，你们——"

"才怪。"佩德罗凑在我耳边嘀咕，"这家伙什么都没留下。他是怎么混进医院里来，又是怎么给人做开颅手术而不溅出一滴血的？像嗜血法医①那样？"

我模棱两可地摇了摇头。汉尼拔的手法不是关键。这并非一起疑点重重的杀人案，我们不需要还原一个生动完整的场景来让陪审团对被害人产生共情。我现在更需要知道的是，他挑选受害人的

---

① 美国犯罪小说及电视剧《嗜血法医》里的主人公，他在自己的工作室杀人并处理尸体。

模式。

"我很抱歉,本尼。"佩德罗拍了拍我的肩膀,"斯普林德医生是个好人,我知道他是你的朋友。"

朋友。没错,眼前这个被取走脑子的人是我的主治医师,也是我的朋友。如今他的大脑、连同栖居着灵魂的松果体,已经不知所踪。一个曾经拯救了我的人就这样被剥夺了生命,我应该感到愤怒。也许还应该有一点点儿恐惧。

但我没有。

"汉尼拔如何挑选受害者?"我问道。

佩德罗看了看我,然后把目光投向虚空,在增强视域中翻检资料,"算上斯普林德医生,一共十二个受害人,从职业、性格、信仰到家庭背景、业余爱好、生活轨迹,统合型A.I.给出的分析是,这些人除了全被汉尼拔取走了脑子,没有任何共同之处。可以假设,汉尼拔的杀戮是随机的。"

"没有任何共同之处?"

"嗯哼。"

"佩德罗,假如让你在西雅图随机挑选十二个人,你觉得他们会没有任何共同点吗?"

我的搭档瞪大了眼睛,"你的意思是——"

"多样性。"我说,"我猜,受害人的不同才是汉尼拔挑选他们的真正原因。"

佩德罗用手拢住打火机,点了一支烟,猛吸几口,脸上的肉才顺了下来,"所以,汉尼拔挑选了十二个各不相同的被害人,取走他们各不相同的脑子——动机是什么?"

"理解。他想在多样性中理解。"

"本尼，你知道吗？你这副故弄玄虚的样子真他妈吓人。"

"假设，"我没有理会搭档的揶揄，"我知道一个人生命中的一切，手头又有他的大脑，那么通过某种方法，我可以在这个人的生活史和他的神经网络拓扑结构之间建立映射关系，加深我对大脑构建及运作机制的理解——"

"大脑。映射。理解。"佩德罗的目光穿过钢蓝色的烟雾，打在我脸上，"就像泰德一样？"

我愣了一下，"行为科学部并没有尝试去理解罪犯或者泰德的神经网络结构，对于思维这个黑匣子，他们只关心输出结果——但是，佩德罗，你说得没错，创造泰德和取走人脑很可能是同一故事的两个版本。"

或者说，故事的表象和隐喻，故事的亮面与暗面。

"泰德的代码里有很多人格模型。"佩德罗说。

我点了点头，"人的大脑千差万别，为了真正理解它，汉尼拔需要的不止一个，也不是相似的几个。"

佩德罗把烟头吐到地上，用脚碾灭。

"妈的，他需要很多！"

"你相信这是巧合吗？"

我坐在沙发上，而艾芙琳正在熨烫我的衬衫。我没有进入增强视域的娱乐程序，眼前空荡荡的四壁惨白萧索，浮动着已然暗淡的天光。

"什么巧合，亲爱的？"

"我的主治医生被杀,仅仅是因为他和前十一个人完全不同。"我说,"你相信这是巧合吗?"

"亲爱的,我猜你们一定有不准向仿生人透露案情的规定。"

"也许吧。"我灌下一口"银子弹","我想我信任你。"

信任。我的目光在小小的公寓中游荡。凌乱的衣物,散落的纸书,破旧的家具,濒死的绿植。如果没有艾芙琳的定期打理,这里会变成活死人的坟墓。信任——我当然信任它。在这座日益衰朽的城市中,除了一个没有过去和秘密的仿生人,我还能信任谁呢?艾芙琳金色的刘海随着它手臂的运动轻轻地摆荡,形体和姿态时时展示着黄金分割。这个仿生人是情欲的化身,对于在任何时段需要它的每一个男人来说,大概皆是如此。但对我而言,它的存在即是安慰。在很长一段时间里,我都对人类失去了信心,我见过他们如何残杀同类,仅仅是为了取乐;我也见过他们对彼此挥刀相向,仅仅是因为一顿不合胃口的晚餐。我猜我最后的人类女友一定是出于某个微不足道的理由离开了我,毕竟我已经被他人的地狱之火焚毁,只剩下一副焦黑的躯壳。我感谢她没有趁我睡觉时抹了我的脖子——同时,又暗暗地恨她。

然后艾芙琳就出现在我的生命中,我记不清它的到来,就像我记不清前女友们的面孔,一切都天经地义。

"如果中枪以前是我的前世,那么之后便是我的今生。"我对着仿生人的侧影说道,"约翰是我今生认识的第一个人。"

艾芙琳停下手中的动作,直起身看我,"我很抱歉,亲爱的。"

"如果人没有自由意志,那么我现在做的一切就都是由我的前世决定的——可惜我并不太记得前世的事情。"我摇了摇手中的啤酒罐，"这种感觉很奇怪，不是吗？"

"就像我们被清空记忆以后，基础思维模型还保留着。"

"没错。"我笑了笑，沉默片刻，"德米特里或许也有同感。"

德米特里·布尔加科夫，或者汉尼拔，是一场种族屠杀的幸存者。低饱和度的巴尔干天空是他的前世，而阳光灿烂的新大陆则是他的今生。需要很长时间才会反刍童年时期目睹的人类行径，到那时他会不可遏制地想弄清这是为什么。而对于这一问题，没有什么会比拆解、并用数学模型分析人脑来得直接。我想，汉尼拔在他还是德米特里·布尔加科夫时取得的一切成就，都是为这一目标所做的准备。这个得到一切的人，其实一生都生活在童年的匮乏中。

——有人匮乏温饱，有人匮乏智识，而他匮乏作为人的共情。

"艾芙琳，小时候我曾经疑惑过，如果那个无所不能的上帝真的存在，他为什么会允许恶的发生？如果他并不存在，我们又如何解释存在本身——根据奥卡姆剃刀法则，'存在'难道不是毫无必要的实体吗？"我将啤酒一饮而尽，"后来我遇到了斯宾诺莎，遇到了他的上帝。那个上帝没有善恶，也不在乎善恶，那个上帝是自生自在的，是一切的原因和答案，是宇宙万物，而宇宙万物是冷漠的。"

"这听起来像是正确答案，"艾芙琳微笑着，"虽然我不希望它是。"

我默默地看了它一会儿，然后起身，走向它，将它搂入怀中，轻吻它的脸颊，"他们找到汉尼拔的工作室了。走的时候，记得帮我锁好门。"

保存并分析一个人的大脑是一项系统工程。你需要让一种毒性化学定色料戊二醛进入大脑的每一个神经元之中。定色料与神经元中的蛋白质粘结，将它们固定并防止腐败。接下来你需要另一种毒性化学定色料来固定大脑中的脂类。然后，将细胞间的所有积水去除，以塑性树脂取代之。下一步，把大脑送入烤炉，塑性树脂因加热而板结，它会将大脑包裹在一层玛瑙色的透明塑料护层内。在护层内，大脑里的每一个神经元、每一个突触、每一个神经元过程，都完美无缺地保存在了纳米的水平。下一步，把固体塑化后的大脑切成100微米的长条，缠在线轴上，接受微型电子束的扫描。这是一个破坏性的过程，因为你要用二维图像来还原三维空间。扫描，离子束破坏5纳米的皮层，继续扫描，把这一过程重复两万次，你就会得到一张5纳米×5纳米×5纳米分辨率的大脑三维成像。

最后，将它导入电脑，开始你的分析。

"在汉尼拔之前，这只是一种理论设想。"我打量着被改造过的空旷仓库。这里灯光昏暗，装饰简陋，除了一列仪器、一排容器，就只剩一整面纯黑的全息墙壁，上面没有显示任何内容。

"而他做到了。"佩德罗探身查看浸泡在溶液中的人脑——我猜它应该属于斯普林德医生，"但我真正纳闷儿的是，为什么只有他做到了。"

这项试验需要大量的设备和物资，我们也正是通过物流线索找到了这里。汉尼拔固然富有，但山姆大叔也并不缺少有钱的大学实验室和慷慨的投资人。

"伦理。"我说，"试验需要人类活体大脑，而我们并没有放开相关的志愿者法条。"

佩德罗耸了耸肩，"我猜有些工作只能疯子来做，嗯哼？"

"抱歉，二位，"仿生人警员说，"我们要开始现场勘察了。"

于是我们站到了一边，抽着烟，看蜂鸟机器人用亮绿色的激光格栅把汉尼拔的工作室切割成三维网格。

"每一颗灰尘都有它的坐标，每一串 DNA 分子都无所遁形。"佩德罗吐着烟圈。

"可犯罪率并没有因此降低。"

佩德罗哼了一声，"没错，科学的进步只是让控辩双方陷入无休止的举证中，却一点儿也没有医治好这个世界。"

"糟糕的时代。"我说，"和任何时代一样。"

一阵沉默。

"本尼，干完这一票，我想退休了。"

我转身看我的搭档，他正以肩膀为支点斜倚在墙上，侧脸被烟气笼罩。

"退休？"

"退休。远离凶杀现场，做个支持人员或者巡警什么的，总之远离这操蛋的修罗场。我不想艾比整天为我提心吊胆，我也不想比利成为我——成为我们这样的人。"

"喂，伙计，你这是怎么了？如果我没记错，就在几天前，佩德罗·冈萨雷斯还是一个对自己的工作充满热情与自豪感的人哪！"

他丢掉嗞嗞作响的烟头，把脸转向我，"本尼，你肯定也听说了，除了仿生人，联邦政府还在尝试用成本更低的克隆人取代我们。现在挡在他们面前唯一的问题，就是如何让一个具有自由意志的人心甘情愿地为他们提供服务……不过你放心好了，只要有需求，人类迟早会解决一切问题。我为什么要退出？也许只是因为我看到了我们被仿生人或者别的什么取代的那一天；或者，也许我终于知道自己在对抗什么，并且明白就算是最先进的科技也无法打败它。"

佩德罗杏仁色的眼珠在微微颤动，微表情显露无遗。这不是我印象中玩世不恭又无所畏惧的那个人。我们的职业会改变我们，但我们总会用某种拟态方法把自己的灵魂伪装起来，躲过怀疑与恐惧的捕猎。

而现在，我的搭档甚至都不屑于去扮演什么。

"干我们这一行的，谁没有几个必须要去面对的心魔？"我僵硬地笑了笑，"这可不是个当逃兵的好借口。"

"也许我的心魔只是恰巧比所有人的都要可怕。"足足与我对视半分钟后，他说出了这么一句话。

我愣了一下。佩德罗的眼神和话语里有曲折的暗示，有些秘密正在黑暗中窃窃私语——我能感觉到。

"怎么，"我故作轻松地说，"你背着我偷偷干了什么坏事儿吗？"

佩德罗摇了摇头。就在这时，越过他的肩膀，我看到仓库里的全息墙壁亮了起来，浮出猩红色的文字。佩德罗察觉到我表情的异样，也转过头去。

"是谁在与你谈论，呃，形而上学？"他喃喃道，"这他妈是什么意思？"

下一秒，他伸手揽住了踉跄的我。

SSFBR-207203124742。

艾芙琳曾经像一个真正的人那样带给我温暖，但现在，它只是我增强视域里的一串仿生人身份识别号。

"你认识它？"

尾音微微上扬，更像一句小心翼翼的陈述句，而非疑问。仿生人损坏了也就损坏了，和一辆撞毁的车没有区别——前提是你为它买了保险。

佩德罗从我脸上读出了不同的想法。

"艾芙琳。"我低声地说。

"艾芙琳？"

我紧咬嘴唇。冰冷的雨敲打着我的脸庞，也将艾芙琳的各色体液晕染在肮脏的地面上。这就是世界：水洼中，面目全非的仿生人头部和熟悉的呢子大衣；雨幕下，沉甸甸的天际线和妖冶的霓虹灯光；警笛、狗吠、谎言、脏话，城市邈远又切近的喧嚣；烤香肠、威士忌、烂菜叶、垃圾桶，生长与朽坏的混合气息。形形色色的人走过，驻足，然后被驱散。除了人类，我还看到路过的额角闪烁蓝光的仿生人，它们的代码不允许它们对服务之外的事产生兴趣，但我还是在它们一闪而过的眼神中感觉到了什么。

这感觉让我非常不舒服。

"我说，"负责现场的警官向我走来，身后跟着两个仿生人警员，"是什么风把联邦调查局的先生们吹来了？这只是一起损坏私人财产的案子，对吧？"

损坏私人财产。我凝视着艾芙琳被剁碎的头颅。它倒在距离我公寓不远的地方，很可能是在去往下一个服务对象住处的路上。死亡（还是损坏？）在不经意间降临。它会感到恐惧吗？它会感到厌恶吗？如果它对死亡和我们有不一样的态度，那些渴望它抚慰的肉体和心灵还会心甘情愿地向它交付爱情吗？

——有时候我会好奇，有梦的睡眠是什么样子，会不会让人离死亡远一点儿。

——所以你梦游的时候，是在回忆什么？

"有人杀了你的仿生人老相好，然后向汉尼拔的工作室发送了信息。"佩德罗说。

我没有作声。

"我们一直被他玩弄于股掌之间，但现在我不确定那个'他'是谁了。"

我看向佩德罗。在阴冷的雨夜中，他的眼睛是两簇湿漉漉的火。

"我也不确定。"我说，手指悄悄滑向腰间的配枪。为什么不说出你的怀疑呢，我的搭档？你一定知道点儿什么，也许是我受伤后的反常，也许是斯普林德医生不能让我知晓的诊断……梦游。我会梦游。而那双见证过我梦游的"眼睛"如今已经滚落在脏兮兮的水泥地上，被踩得粉碎。它们曾经目击过什么？会不会是另一个本尼迪克特·李从梦境中醒来，然后进入一个接一个的屠宰场，实践他从汉尼拔手中学到的技艺？那么汉尼拔呢？他在这出大戏里又是什么角色？导师？同谋？抑或一个契机？……佩德罗，你一定知道点儿什么，至少你在怀疑着什么。啊，我明白了，将我捉拿归案之后，你就失去了你最好的搭档，与你并肩作战多年的搭档，除了屈辱地退休，你又能如何呢？

"……死亡时间？"佩德罗询问道。

"你是说，损坏时间？"警官伸出毛茸茸的胖手在空中比画着，"最后的同步记录在四个小时以前，那时它刚刚离开罗斯维尔街23号……"

"罗斯维尔街23号……"佩德罗意味深长地看着我,"本尼,看来有人对你的行动了如指掌啊。"

四个小时以前。罗斯维尔街23号。可以设想这样一种可能:犯罪嫌疑人在我走出罗斯维尔街23号的公寓后,偷偷跟在随即离开的艾芙琳身后,对它实施了残忍的杀戮——但是,这并非最简洁的逻辑路径,不是吗?我的手指微微发力,M1911A1的枪柄在我的抓握中变得滑腻。

——杀戮的人也可能是另一个本尼迪克特·李。

"佩德罗,"我压抑着喉管中的紊乱气流,"现在你还认为斯普林德被杀是巧合吗?"

"我的直觉告诉我,大人物把这活儿派给我们,一定有更深的用意。"佩德罗紧绷的脸上挂满雨滴,"中国有个成语,叫'引蛇出洞'——本尼,你没事儿吧?"

我摇了摇头。

佩德罗拍了拍我的肩膀,"我们会揪出那个狗娘养的,不管他杀的是人还是——喀,你懂我的意思。"

我看着他,我在他的眼中看到了真诚,这令我愈加惶惑。

增强视域里的通信链路在此时亮起,是分部传来的信息。

锁定信息发送的位置。坐标……

我和佩德罗对视一眼,钻进电动警车。胖警官留在犯罪现场,两名仿生人警员则与我们同往。汉尼拔逃跑以后,西雅图的仿生人警员上缴了配枪并且被置于离线状态,但就像佩德罗说的,聊胜于无吧,危险的时候,这些笨蛋铁疙瘩说不定能替我们挡上一枪。

信息的发送地点在市郊一处废弃的厂区。定位在偌大的厂区内变得模糊,于是我和佩德罗一人带一个仿生人警员,分散在这工业时代的坟冢、林立着钢结构厂房枯骨的泥泞之地。

"这倒挺像反派会挑选的决战地点。"佩德罗在链路那头说,"你猜我们会碰到谁?"

我没有搭腔。举枪前进,增强视域的左上角,佩德罗分享的视野同样在摇晃四顾。没有月光,没有虫鸣,只有永不停歇的雨和迟迟未被点亮的嫌疑人信标。

"佩德罗,你的心魔是什么?"几分钟的沉默后,我问道。

"老兄,你今天已经问了太多的问题。"通信链路里响起笑声,"不如你先告诉我,你的心魔是什么。"

"我没有心魔。"

对话停顿了一下,"等等,你是在告诉我,你是个非人类吗?"

"我是在告诉你,我才活了两年,还来不及喂养我的心魔。"

"哈——哈——不错的笑话。"

"该你说了。"

"好吧。"佩德罗的声音凉了下来,"我的心魔是两句诗。"

"诗?"我的脚步滞了一下,"我记得你从来都不读诗。"

"人是会变的,老兄。当然,有些事情永远都不会变。比如——"一声粗重的喘息,"比如,我们是出生入死的兄弟。"

兄弟。这个词语似乎意味着某种承诺,然而在我心里,这承诺无法激起任何情绪。

"你把我当作兄弟,"我试探着,"无论我变成谁?"

"你的斯宾诺莎不是说过,人没有选择的自由吗?"

我笑了一声,"他可没这么说过。但我明白你的意思了,谢——"

　　"本尼，我看到你了。妈的，我们兜了一圈儿。"佩德罗打断了我，"或许该去厂房里找找看。"

　　在佩德罗分享的视野里，我看到了自己：夜视模式下的亮绿色背影，身旁是一个表示仿生人警员的蓝色标识——视野突然剧烈晃动起来，耳机里炸响佩德罗的咆哮，"本尼！你身后！"

　　我转过身，眼角划过一道银色的流星——噗！一声闷响。发声的不是我手中的枪。砍刀劈开头颅。蓝色的火星。飞溅的体液。仿生人警员替我挡下一刀。枪口抬高，射击。后坐力令我虎口发麻。增强视域里显示凶手仍有74%的攻击性。

　　继续射击。

　　62%。

　　射击。

　　50%。

　　凄厉的叫喊和破碎的枪声在厂房间回荡，血色花朵在雨中盛放……

　　这张陌生的脸被天空中滚过的雷霆映得惨白。寻常的五官，因为糅合了憎恨与欢愉，又显得不那么寻常。

　　这张脸让我想起萨缪尔·琼斯。

　　"死透了。"佩德罗蹲下查看一番后说，"你朝他打了整整一梭子。"

　　"不是汉尼拔。"我说。

　　"不是汉尼拔。"佩德罗起身，捶了一下我的肩膀，"你个幸运的王八蛋。"

　　我摇了摇头，转向一跪一躺、正在对传数据的仿生人警员。两英尺长的砍刀立在死去那个的头上，如寒光闪闪的墓碑。

"他救了我的命。"我说。

佩德罗眨了眨眼睛，"你刚刚说，'他'？"

我默立在雨中，没有再开口。

"现在基本可以确定，"斯科特走到我们面前，"袭击者就是我们一直在追踪的'仿生人开膛手'。"

"模式不一样。开膛手并不破坏仿生人的头部，而且——"我看向斯科特，"在厂区，他要袭击的人是我。"

"重大的外部影响会导致犯罪嫌疑人行动模式的改变。"

"比如和汉尼拔取得联系？"

斯科特的喉结缩了一下，"我知道你们有很多疑问，而且我知道这些疑问如果不能得到解答，势必会影响你们下一步的工作……"

"从汉尼拔为什么能手眼通天开始讲起，"佩德罗说，"如何？"

斯科特面无表情地盯了我们一会儿，绕到办公桌后，坐下，手肘支在桌上，十指交叠，托起下巴。

"德米特里·布尔加科夫的作品不止泰德，他还是统合型A.I.的主要设计者。"

佩德罗吹了一声口哨。

"我们有理由相信，在为统合型A.I.编写代码时，布尔加科夫为自己留了一个后门。"斯科特继续说道，"通过某种我们尚不知晓的方式，他可以黑进警务系统，得到他需要的信息，抹掉自己的痕迹，并且，操控。"

"而你们就这样任他为所欲为？"

斯科特面露不悦，"李，你对分部的指责是不公平的。我们并没有任他为所欲为，我们的科技人员正在夜以继日地检查代码，我们的探员——包括你们二位——正在排查这座城市的每一个角落，我们——"

"我很纳闷儿，为什么你们这些常春藤高才生没有考虑一种更简单有效的解决方法。"佩德罗插话道，"关闭统合型 A.I.，让汉尼拔失去他的宿主。"

斯科特苦笑一声，"我们当然考虑过这个方法。但如你们所见，西雅图的治安已经完全依附在统合型 A.I. 之上，经过评估，关闭系统的潜在损失要远远超过纵容汉尼拔行动的损失，哪怕只有短短的一个小时——你们应该都很清楚，汉尼拔是连环杀手，不是恐怖分子。"

我哼了一声，"好一个两害相权。"

斯科特脸上的肌肉抖了一下，"还有什么问题吗？"

我看了一眼佩德罗，后者对我点了点头。

"还有一个问题，"我直视着面前大人物的双眼，"为什么是我？"

湾流客机在气流中上下颠簸，身边的鼾声此起彼伏。斯科特、佩德罗和我正在去往匡提科的路上。

"怎么，"对面的中年人睡眼惺忪，"睡不着？"

"现在我和你一样有了心魔，"我苦笑道，"你叫我如何安眠？"

"别折磨自己。这世界本来就是这么操蛋，你应该为自己活着的每一天心怀感激。"

活着。活成一个秘密。我看向佩德罗，而他已经闭上了眼睛。

也许他早已学会与这磨人的秘密和平共处，也许，只是因为事不关己：我，本尼迪克特·李，在某种程度上是德米特里·布尔加科夫的造物。两年前，为了让我活下去，联邦调查局使用了正处于试验阶段的拟态神经元脑区修复技术，而主持这项工作的，正是德米特里·布尔加科夫。

他塑造了我的部分脑区，从而也就塑造了部分的我。

"汉尼拔对他的造物有执念。"三个小时前在斯科特的办公室，他如是对我说。

"每个艺术大师都对自己的造物有执念。"佩德罗低声附和。

中国有个成语，叫"引蛇出洞"。

我看向我的搭档，"你一直都知道？"

"你懂的，"佩德罗移开目光，"保密规定。"

我又转向斯科特，"……你一直在利用汉尼拔对我的执念。"

"这是我不得不进行的冒险，希望你能理解。"斯科特的脸上是言不由衷的歉意，"很可惜，他比我想象的要更聪明。"

所以自汉尼拔逃跑以后，一张黑暗之网就在我四周慢慢地收紧。斯普林德医生、艾芙琳和仿生人开膛手是附带伤害，汉尼拔的真正目标是我。

但是——为什么？

"这就要你亲自去寻找答案了。"斯科特说，"对于是否把汉尼拔写入泰德，行为科学部其实一直都有顾虑，毕竟他是统合型A.I.和泰德的设计者，更是个什么事儿都干得出来的主儿。但现在的情况是，汉尼拔已经完全跳到犯罪心理学课本之外，除了让泰德预测他的行动，行为科学部别无他法……不过，一个好消息是，泰德只想和你说话，这说明它已经入戏了。"

"我不明白你所谓的'入戏'。"我说。

"执念。"佩德罗说，"除了汉尼拔，谁还会对你有执念？"

这就是为什么我要风尘仆仆地横穿整个美利坚：安全起见，行为科学部把泰德关在离线的"小黑屋"里，而只有我，才能从它嘴里打探到汉尼拔的可能行动和去向。

我们在清晨抵达匡提科，接待者是扎着金色马尾的行为科学部主管。

"我们和泰德达成了一个协议。"她端着咖啡杯，上下打量着我，"在李和他对话的时候，一名探员可以旁听，以防止不必要的信息泄露。"

"谁向谁泄露？"我问道。

主管白了我一眼，"你们可以进去了。记住，这家伙十分熟悉联邦调查局的手段，我们没法儿跟他要什么花招。所以你们从他嘴里套出来的东西就是联邦调查局所能掌握的一切，明白了吗？"

这是间名副其实的小黑屋。两百英尺见方，水泥地面和墙壁，没有窗；一面全息屏，两把对着屏幕的聚酯椅子，幽蓝色灯带，换气扇在呼呼送着风，有自然光从扇叶间透出来，点亮空气中飞舞的尘埃。

"喀，那个狗娘养的在哪儿？"佩德罗问。

我扬了扬下巴。一个人影从幽深的屏幕中向我们走来。鬈发，英俊的脸庞，深蓝色西装，酒红色领带和口袋巾，一道高光从上方打下、追随着他——有那么一瞬间，我深信德米特里·布尔加科夫是被上帝眷顾的人。

当走到与真人等大时，他停在屏幕正中。

"我们终于见面了。"他的嗓音低沉，携着来自胸腔的泛音，"坐吧，请不要拘礼。"

我这才发现，我和佩德罗不知何时站了起来。待我们笨拙地坐下，汉尼拔从虚空中召唤出了一把椅子。他跷起二郎腿，露出有几何花纹的灰色袜子。

"本尼迪克特·李，在开始之前，我能假设你已经知晓了必要的信息吗？"

我看了看佩德罗，后者冲我点头。

"是的。"

"很好，"汉尼拔微微一笑，"那我们就可以略过废话了。李，据我所知，你很熟悉斯宾诺莎？"

我愣了一下，点头。

"无限多样态中的无限多事物，也即所有事物，都以同样的必然性和同一方式必然推出或总能推得出，就像三角形的三内角之和等于两直角永远能从三角形的本性推出一样。《伦理学》第一部分论点十七推论二。"汉尼拔眯着眼睛，"斯宾诺莎认为，宇宙间所有的精神和实体都不过是单一神圣物质的存在形式，而这种存在是决定论的——自由意志不过是我们的有限知觉产生的一种幻觉。你同意吗？"

点头。

"斯宾诺莎的理论有一个可怕的逻辑延伸。"汉尼拔继续说道，"如果没有自由意志，那么我们就必须承认，一切都是必然的和恰当的，不论它多么邪恶。而我们称之为邪恶的东西，不过是一些我们无法知道它在宇宙计划里的终极目的的东西。你同意吗？"

佩德罗嗤了一声，"一堆狗屎，杀人犯的狡辩——本尼，你还好吧？"

我没有理他。

"如果善与恶皆非出自本意，如果善与恶都是宇宙的阶梯，我们该如何定义善与恶？我们该如何看待善与恶？我们该如何看待为了向善而行恶，抑或相反？"

我轻轻地摇头，声如呓语，"不悲不喜，只是理解。"

全息屏里的虚拟人像咧开嘴。

佩德罗凑到我耳边，"本尼，这样兜圈子没有任何意义。我们需要知道汉尼拔在哪里，正在谋划什么行动——另外，这房间不对劲儿，我有点儿不太舒服。"

屏幕下方有一簇小小的光，我正被那光吸引，无暇思考佩德罗的话。

"我需要理解，人。自下而上，自上而下。"汉尼拔直视着我，"让我来解释一下。自下而上，指的是从单个神经元到神经元之间的交互、到功能簇的结构、到不同模块之间的整合，等等，层层向上，理解大脑；自上而下，指的是从人的行为、思考、记忆、情绪来推想大脑的整体运行模式，把逻辑单元的计算原理视作黑箱。通过神经生物学的训练，我可以践行第一种思路，而第二种思路，是我的职业。"

"这不能解释你为何要取走人脑，"我说，"你明明还有其他方法——"

汉尼拔摆了摆手，"一开始，这两种思路是相互助益的。通过在深度网络里运用神经生物学知识，我设计的人工智能发展出越来越高的智力水平；通过观察深度网络的运行方式，我可以反过来窥视人类大脑的秘密……但这种方法最终还是遇到了瓶颈，我没法儿通过解剖小鼠、家猫、猕猴和失去活性的人类大脑再进一步。是的，我被所谓的伦理卡住了——我需要活体样本，我需要纳米级的解析。我是现代的维萨里①，只不过比他走得更远而已。"

"疯子。"佩德罗低语。

"同意。斯宾诺莎在被开除犹太教籍的时候，也有人说他是疯子。"

几秒钟的沉默，佩德罗起身，牙齿咬得铮铮作响，"所以你一开始就没打算告诉我们汉尼拔会去哪儿，你就是想让我们来听你的狗屁布道。"

"没错。"屏幕中的汉尼拔也站了起来，"有人陪我聊天，我很开心。"

"佩德罗，至少我们可以确认之前的猜测了。"我闷声说。

佩德罗俯身看我，"本尼，你的脸色……"

"到此为止吧。"汉尼拔转身，向黑暗中走去，"李，斯宾诺莎只是个哲学家，而我们可以做得更多。"

一个呼吸间，他消失在深邃的黑暗中。

马尾辫主管死死地盯着我，"他对你说，'我们'？"

---

① 安德烈·维萨里，医生，近代人体解剖学的创始人，学生时代曾为了了解人体构造盗尸并进行解剖。

"你们有录音，"佩德罗叼着一支没有点燃的烟，"何必还要向他求证？"

"对，"我点了点头，"他说了'我们'。"

"你觉得他是什么意思？"

摇头。

"别对我们摆那张臭脸，亲爱的。"佩德罗双手撑在桌上，"你的小黑屋把我们两个都搞得昏昏沉沉，我还没找你算账呢。"

主管愣了一下，"你他妈说什么？"

"好啦。"斯科特用力拍了几下巴掌，"凯瑟琳，你们需要泰德开口，李让它开口了，而且说了很多，足够你们弄出一大堆心理分析报告。西雅图分部端了汉尼拔的老巢，确认了他的犯罪动机，再加上你们的报告，这家伙的日子不会那么好过了——我们虽然没有得到最优结果，但至少把工作向前推了一大步。同意我说的话吗？"

佩德罗和凯瑟琳同时哼了一声。

"头儿，"我问道，"现在我们该怎么办？"

"回去，"斯科特说，"并且祈祷不要死在路上。"

我们活着回到了西雅图，身心俱疲。斯科特给我和佩德罗放了半天假，大概是觉得我们需要整理一下凌乱的思绪和蓬勃的体臭。我们同乘一辆电动车，透明的城市干线空管外，西雅图的建筑群撕扯着灰蒙蒙的天际线，即将沉落的粉红色太阳若隐若现，像一只布满血丝的眼。冬雨稍歇，阴冷似乎也不再那么入骨。

西雅图。承载我全部生命的西雅图。

"本尼，"佩德罗关切地看我，"你确定你没事儿吗？"

我笑了笑,"这个问题你今天问过我几次了?看样子我才是那个应该提前退休的人。"

"抱歉。"我的搭档说,"我想我有点儿过于紧张了。"

"和你的心魔有关?"

他缓慢地摇了摇头,半晌后,开口道:"我送你回家吧。我还是不放心。"

我看着他,看着他脸上的真诚和疲惫。佩德罗在主动跳入隆隆运转的命运机器之中。我没有理由拒绝他。这个故事还不完整,我需要他帮我厘清一些事实。毕竟,我们是出生入死的兄弟。没错,兄弟。

绿植。书架。沙发。佩德罗站在门口玄关,"以单身汉的标准来衡量,你的窝未免过于整洁了。"

我跨过一蓝一粉两双整齐码放的拖鞋,从冰箱里拿出一瓶占边波本,扭开,"从今以后,这个房间将进入无可逆转的、可悲的熵增——喝一杯?"

我们站在沉默中,一口一口地喝酒。

"艾芙琳。"片刻之后,我说。

佩德罗将酒杯攥在手中,看我。

"我想我永远也不会习惯没有她的生活。"

"这次你说了'她'。"

"佩德罗,你会把仿生人看作真正的人吗?"

我的搭档呷了一口酒,幽幽地说:"如果它有一个人的记忆、思想和情感,如果它能像一个人那样区分善恶,如果它能为同伴的死感到悲伤，我会的。"

"谢谢。"我说，"艾芙琳会很高兴听到你这么说。"

"我们最近可真够多愁善感的——"佩德罗扭过头，话音骤然低了下来，"什么声音？"

卧室里有响动。佩德罗轻轻地放下酒杯，举枪前进，我跟在他的后面。卧室里，窗帘随风飘动，逆光的窗子前，立着一个人影。

"不许动！"佩德罗喝道，"把手放在——"

砰！枪柄砸在佩德罗的后脑勺，他栽倒在地毯上，撞出一声闷响。人影从逆光处走了出来，深棕色鬈发，翡翠色眼睛。

典型的异类。迷人的异类。

"你来了。"我说。

"我一直在等你。"汉尼拔说，"我猜你已经见过了泰德，或者说，布尔加科夫二世。"

我点了点头。

"那么我该怎么称呼你？"他咧开嘴角，"从你的表情来看，叫你布尔加科夫三世似乎有些不妥。"

"泰德把你的人格模型写入了我，但保留了我原来的人格。"我说，"我猜我是一半的汉尼拔，一半的斯宾诺莎。"

他依旧笑着，"幸好这两个人的观点并不冲突。"

我蹲下查看失去知觉的佩德罗，然后起身，"你的计划是什么？"

"'这狂暴的欢愉终将以狂暴结局。'[1]"汉尼拔用食指点了点自己的太阳穴，"我们将向真理献祭一颗博学、无情而又充满好奇的大脑，让自指的引擎转动起来。"

---

[1] 语出《罗密欧与朱丽叶》。

我的喉咙如火灼烧，"你——我们并不是必须如此。"

汉尼拔的绿眼睛凝视着我，"我以高尚的理由开启杀戮，但随着手术刀饱饮鲜血，我发现自己正在被杀戮的快感控制。你应该理解，我的自尊心不允许这样的事情发生，而能够结束这一切的，只能是杀戮本身。"

"但是，为什么要我来动手？"

"你想成为汉尼拔还是另一个木偶？"汉尼拔说，"决定权在你。"

"……我明白了。"

"那么，"汉尼拔的声音变得柔软起来，"在开始之前，你还有什么想问的吗？"

我想了一下，"为什么要兜这么大一个圈子？"

汉尼拔眨了眨眼，眼底闪耀着碧绿的波光，"在你真正理解我之前，我没法儿就这样跳到你面前，把一大串代码灌进你的脑子——你会一枪崩了我。"

"所以你掀起风浪，逼他们将你写入泰德，接下来由泰德完成对我的写入。"

"完美的计划，不是吗？"

良久的沉默。天光慢慢地消逝，黏稠的黑暗包裹了我——它让我想起自己不曾拥有的前世，母亲的子宫，跌入世界之前最后的伊甸园。

"最后一个问题，"我看着黑暗中萤火般的眼，"你会把我看作真正的人吗？"

汉尼拔跨过佩德罗，来到我身边，把手放在我的肩膀上。

"我意志的传承者啊，我们都存在于统一的实体之中，服务于同一个终极目的——人，仿生人，或者别的什么，在宇宙的字典里没有意义……时间不多了，让我们开始吧。"汉尼拔顿了一下，"不过在那之前，我要送你一件礼物。"

"嗯……哦……我操……"佩德罗低声呻吟，"本尼，我想我刚才看到了——我看到了汉尼拔！他在哪儿?!"

我托起圆柱形容器，"这里。"

汉尼拔，溶液中的粉红色器官。迷人的褶皱，蛋白质和脂类的起伏地貌里藏着万千罪恶和对真理的向往，藏着一半的我。

"不——不不不不！"佩德罗歇斯底里地尖叫，"本尼，你都干了什么?!"他挣扎几下，才发现自己被捆住了双手，"上帝啊，这里是我家！艾比呢？比利呢？你把她们怎么样了?!"

"她们很安全。"我小心翼翼地把容器放回洗碗槽，"我建议你还是关心一下自己。"

佩德罗跪在地上，扬起脖颈，目光直直地夯进我眼里。

"你不是本尼。你到底是谁?"

"或许你应该这么问：站在你面前的是什么?"

他瞪圆了眼睛。

"为了维持我的幻觉，你们还真是煞费苦心。"我抓起餐台上的电子相册，滑动食指。佩德罗。艾比。比利。幸福的一家。被上帝佑护着远离罪恶的一家。"你们不仅给了我被模糊化了的李的记忆，还锁闭了我代码中有关自我指涉的运算模块，你们在我的生活中安排一个仿生人监视我、纠正我，甚至还让我以梦游的形式定期调试仿生脑与克隆身体的同步机制……但是很可惜，无论你们做得如何滴水不漏，我毕竟只是一个蹩脚的杂交怪物。在我的身体与大脑之间存在着无法逾越的鸿沟，这让我永远不可能像真正的本尼迪克特·李那样，拥有真实的情感和欲望。我是沃康松的鸭子①，在鸭群里嘎嘎叫着，还自以为是与群鸭一般无二的造物……现在我知道自己是谁了，我的灵魂是德米特里·布尔加科夫设计的人工智能，泰德的同胞兄弟，而我的身体，是本尼迪克特·李的还魂尸。"

他的喉结上下耸动。

"斯科特猜得没错，德米特里·布尔加科夫在统合型A.I.里留了后门。"手指继续滑动，本尼迪克特·李的灿烂笑脸一闪而过，"通过偏振光高速频闪，布尔加科夫可以把二进制代码写入系统的图像识别模块。为了实现他的计划，布尔加科夫对自己的身体也做了相应的改造，在大脑里植入生物芯片，在角膜里安装频闪装置，哦，外科手术控制模块当然也必不可少。还记得那个小黑屋吗？你说你感到不舒服，那是屏幕下方的频闪光点对你产生了影响。可你毕竟只是个人类，它对你的影响也就到此为止了。而我就不只是不舒服了，我被写入了布尔加科夫的记忆和人格——我知道了一切。"

他碾着牙齿，"狗娘养的。"

"这真是个可怕的秘密，不是吗？"我倒扣电子相册，"你的搭档死了，而你要假装他还活着。佩德罗，告诉我哪件事对你来说更难一些，让我相信我就是本尼迪克特·李，还是说服你自己相信？"

他垂下眼睑，"对我来说，你就是本尼。"

---

① 雅克·德·沃康松是十八世纪法国的一位机械天才，曾制作了大量的自动机，包括一只会吃食、会排便的机器鸭子。据称，沃康松的鸭子实际上并不能消化，它体内有一个秘密空间，用来存储送入的食物和经过人工染色的粪便。

"你是个骗子，愿你被只属于你们人类的地狱之火焚烧。"我拉动手枪套筒，将枪口指向佩德罗的眉心，"你希望我把第一颗子弹送给谁？你，艾比，还是比利？"

佩德罗咧开嘴，笑容里满是悲哀，"不如留给你自己？"

下一秒，他猛地弹了起来，头顶击中我的下巴，如巡航导弹。一片漆黑，几步踉跄。手腕被攥住，剧痛，困兽的力量。砰！砰！子弹在厨房里弹射。持枪的手被佩德罗砸向餐台。一下，两下，三下。碎裂的声音。M1911A1脱手，坠入银色的月光之中。拳头打在我脸上，没有疼痛，只有纯粹的力量在逼我后退。呼吸。佩德罗的呼吸乱了，刚才的攻击耗去了他太多的体力。我稳住阵脚，开始还击。手臂虚晃。身体摆动。曲臂钩拳。连续左右猛击。佩德罗后退，把手边的一切掷向我，盘子、酒杯、平底锅、电子相册。我用双臂拨开这如雨的愤怒与绝望，一道凛然寒光骤然刺破雨幕，是一把厨刀。侧身，闪光裂开我的右臂。动作没有迟滞，碎步移动，寻找破绽。佩德罗咆哮着，将手中的利器舞成银蛇。耐心。再耐心一点儿。移动中有小小瑕疵，刀阵出现缺口。我纵身向前，刀光却以不可思议的角度袭来——一个陷阱，一道直奔咽喉的杀意。矮身，杀意擦过额头。温热的液体。继续向前。佩德罗愣住，我在这一瞬抓住他的手腕，扭转，在一声惨叫中，厨刀飞入我的另一只手。没有丝毫犹豫，我擎起佩德罗瘫软的右手，用刀把它钉在墙上。

"啊啊啊啊！"佩德罗的惨叫被我掐断，我用一只手制住他尚能活动的左手，一只手扼住他的咽喉。温热的液体汩汩而下，模糊了我的视线，佩德罗暴凸着双眼的脸在血色中如同恶鬼，杀意弥漫。此刻我是汉尼拔，是连环杀手，是纯粹的恶。只要再用力一点儿，我就能听到颈骨折断的声音,品尝杀戮的快乐……

"他们……不断地……试图逃避……身心内外的黑暗……"佩德罗嘶声道。

我放松了手指。

"他们不断地……试图逃避……身心内外的黑暗……"

一时间万籁俱寂,他看着我,我看着他。

"你什么意思?"我笑了笑,"这就是你的心魔?"

他眼中的光在摇曳。

"第一句失灵的时候,不是还有第二句吗?"我欣赏着他此刻的表情,将死之人的表情,"'可是,真实存在之人将遮蔽假装存在之人'①,对吗?"

佩德罗闭上眼睛,喉间滚动着粗重的哀鸣。

"也许我终究是太过危险了,所以他们才会为你录制了两句声纹密码口令。第一句可以停止我的活动,而当第一句失效时,第二句会启动我头颅里的小型炸弹。汉尼拔在献祭自己之前移除了口令——这是他送给我的礼物。"我从他身前退开,"佩德罗,你为什么不说第二句?"

他笑了两声,接着哭起来,"因为——呜——因为我——呜——还当你是我的兄弟。"

我默然站立了一会儿,然后用手抹掉满脸的体液,从裤兜里摸出烟盒——幸好它还在——抽出一支烟,在炉台上点燃。我吞吐几口,看烟雾弥漫,填入时间的空隙。

我把烟递向佩德罗。

---

① 以上两句诗均引自艾略特的《磐石》。

"来一口？"

他又抽泣了几声才接过我手中的烟。被钉在墙上的佩德罗哂着烟，多像一个沉湎于享乐的殉道者。

"兄弟。"我说。

他在烟雾的另一边看我。

远处响起警笛声。

"看来我们吵到邻居了。"我转身走向水槽，取出容器，"我该走了，替我向艾比和比利带好。"

"你去哪儿？"佩德罗问。

我摇了摇头。打开窗子，翻身而下，手捧一颗博学、无情而又充满好奇的大脑，踩进柔软的泥土。空气中有冬日的气味，屋檐上的野猫发出呼噜噜的威胁，黢青色的夜空中飘浮着几颗星。

这就是世界。我们都是巨大钟表里的一个齿轮，被深不可测的意志咬合着，盲目地转动。克隆人也不例外。我的电子大脑里住着汉尼拔与斯宾诺莎，我曾经以为自己站在某个人那一边，可方才我明明已经屈服于另一个人……我应该成为谁，我能够成为谁，这是一个问题——不过，又有什么关系呢？宇宙自有他的目的。

而我现在只想干上一满杯杰克丹尼。

2020.5.31

后记：

我一直认为，一个作者对自己的全部表达应该在他的作品里，所以,"后记"之类是多余的——但人类的特征之一,不就是做多余的事,并且乐此不疲吗?所以我写了这篇后记。我想告诉亲爱的读者们,很高兴终于能在一篇小说里向我最崇敬的哲学家斯宾诺莎致敬。和他超然的哲学观不同,在生活里,他一直是个善良的人。我冒昧地揣测,斯宾诺莎其实想告诉我们:生而为人,虽然无往不在枷锁之中,但在人性善与恶的拉锯中,胜利的永远会是善。

另,萨缪尔·琼斯的人物原型是萨缪尔·特利尔,他可能是美国历史上杀人最多的连环杀手。小说里萨缪尔·琼斯说过的很多话,都是特利尔说过的——我想恳请读者们思考,现实是不是比虚构还要有力量呢?

是为记。

参考文献

[1]斯宾诺莎.伦理学[M].陈丽霞,译.北京:光明日报出版社,2010.

[2]罗兰·斯特龙伯格.西方现代思想史[M].刘北成,赵国新,译.北京:金城出版社,2012.

[3]彼得·沃森.思想史:从火到弗洛伊德[M].胡翠娥,译.南京:译林出版社,2018.

[4]肖恩·格里什.智能机器如何思考[M].张羿,译.北京:中信出版社,2019.

[5]尼克尔斯,等.神经生物学:从神经元到脑[M].杨雄里,等译.北京:科学出版社,2014.

[6]弗莱彻.蛛丝马迹:犯罪现场专家讲述的故事[M].毕小青,译.北京:生活·读书·新知三联书店,2015.

[7]伊芙·赫洛尔德.超越人类[M].欧阳昱,译.北京:猫头鹰文化·北京联合出版公司,2018.

[8]张月.杀死93个她[J].人物,2019.

驯养人类

聪明的人类止步

伟大的文明止步

脆弱的世界正在休息

你爱它就离它远走

——题记

烈火。连接天空的烟柱。噼噼啪啪的爆裂声。柴堆前,老人眯着眼睛,半晌不语。

"愿死去的战士们在星辰间找到自己的归宿。老师,我们该走了。"

老人回头,对他说话的是一个身材高挑的女人。

"定居点里的敌人越来越强悍了。"老人说,"他们似乎正在偷偷逾越帝国对他们的技术限制。"

女人轻轻地摇头,"比起这个,我更在意他们彻底消灭我们的决心。"

老人沉默片刻，橘色的火光在他布满皱纹的脸上攀爬腾跃，有了生命一般。

"消灭与被消灭，"老人开口道，"宇宙里为数不多的通用词语。"

"还有驯养与被驯养。"女人说。

老人的喉结缩了一下，目光跳到女人脸上。"德玛啊，"他说，"有时候我会想，为了所谓的自由，我们是不是付出了太多……"

女人握住他的手，"老师，对草原人来说，自由是无价的。"

老人笑了笑，随即怔住。几个心跳之后，他扬起下巴，如果你为他的目光画一条无形的延长线，你会发现这条延长线指向靛青色夜空中一颗规律闪烁的"星"。

"老师，"女人有些担心地看着他，"您——"

"四百七十五年了，"老人喃喃道，"我终于再次听到了帝国的声音。"

女人瞪圆了眼睛。

"德玛，我们恐怕要晚一点儿回小石镇了。我有种预感，流亡的日子就要结束了，只是——"老人低下头，与女人对视，"只是，我不知道这'结束'是对谁而言。"

在这段旅途中，时间并不存在。他被转换为中微子脉冲，以光速跨过几百个拉特的距离。旅程并不是一条直线，他需要进入一个又一个中继站——他的族群称之为"帝国的道路"——以维持脉冲的强度，所以实际上他走了更远——幸好对于光速实体，用阿雅格的话来说，"时间并不存在"。从出发到最终到达，他并没有老去哪怕一赛格。在等待完整性校验完成的时候，代总督的思维触角伸进数据接驳池，向他致以问候。

"尊敬的始祖意识，我已经在此恭候多时了。欢迎您的到来。银河在上，向您致敬。"

是"多时"了。他翻阅了一下旅程日志，看到基准时间已经过去了七十亿赛格。在银河系的很多文明中，七十亿赛格几乎就是智慧生命的一生。而在眼前行星上生活的叫作"人类"的低等级智慧生命，甚至连七十亿赛格的一半都活不到。

"欧迈克荣15-22-323，你辛苦了。这么长时间的戍守，你一定寂寞难耐。"他说。

"哦，寂寞自然是寂寞，但也并非难耐。"代总督向他发送了一个代表愉悦的脉冲，"贸易船来来往往，带来了远方的友人和故事。另外，对人类的研究也为我的生活平添了许多乐趣。"

"哦？"他来了兴致，"你还研究人类？"

"比起伊塔总督，不过是小孩子玩闹而已。"代总督谦逊地说。

伊塔。痴迷的伊塔。倒霉的伊塔。消失不见的伊塔。他想起自己为何而来，他是来接替另一个始祖意识伊塔，做太阳系行省总督的。

"还是没有他的消息？"他问道。

欧迈克荣15-22-323摆动着触角，"很抱歉。"

他沉默了一会儿。伊塔是老朋友了，他们的友谊可以追溯到"大契约"之时，而在"大契约"之前，他们也很可能是亲密无间的战友。伊塔是主动要求戍守太阳系的，那时这里还是帝国的荒凉边境。他自诩为历史学家，认为在这个鸟不拉屎的星系里隐藏着一些秘密，还曾私下里向西塔展示过他所谓的证据——西塔毫不犹豫地将看到的东西从记忆中抹去了。对于异端的思想，他向来唯恐避之不及。阿雅格的爱与恨没有中间地带，而每个人都知道失去她的爱会是什么下场。

"他也算是求仁得仁了。"他说。

"抱歉，我不明白——"

"一个古老的词语。"西塔轻轻地挽住代总督的触角，"什么时候我可以去地球上看一下？"

"这就要去吗？"欧迈克荣15-22-323有些惊讶，"您才刚刚到达……"

他端详着全息镜里的行星，思维体里飘过一丝异样的感觉——异样的感觉曾经困扰过每一个始祖意识。意识是高度复杂完整的物理构造，对其中一部分的删改总会难以避免地影响到其他部分。"大契约"之后，始祖意识们发现自己比预想的还要不完整，而他们最终学会了与这种不完整共存。

也许伊塔是个例外。

"我已经在路上花了太长时间。"他将电磁波捕捉镜从地球上收回，"伊塔说不定还在下面等着我呢。"

纯白的房间。仪器嘀嘀的鸣响。空气中臭氧分子的气味。皮肤上掠过的阵阵凉意。原来这就是身为人类的感觉。他静静地坐着，感受狭窄电磁波频谱下的光线与颜色，感受狭窄声波频谱下的音响和振荡，感受分子受体带给他的简单嗅觉体验，感受身边飞速流逝的时间。比起数字形式，这是一种极其原始的感受，局限，并且脆弱。然而他也感到新鲜，他已经记不清自己有多久没有栖身于实体之中了。

"尊敬的始祖意识，"化身六足金属生物的代总督向他俯身，发出二进制脉冲，"您感觉怎么样？"

"目前为止，还不错。"他在无意间调制出一连串振动的声波，随即立刻意识到，这就是人类交流的方式——极端低效的方式。他说的是地球通用语，词汇和语法来自仿生大脑的内置语言模块，脱口而出时仿佛天经地义，"只是有点儿，嗯，缺乏安全感。"

"您大可放心。我为您定制的是经过强化的仿生人体，无论是在力量、耐力，还是感官上，都优于人类。在它的血管里还有执行内部修复任务的微型机器人，这让它拥有比人类长得多的使用寿命……"

"我猜，伊塔和我使用的是相同配置。"

一阵尴尬的沉默。

"那是一场意外。"欧迈克荣15-22-323发出滞涩的脉冲，"您很快便会了解到，在这颗行星上，帝国没有真正意义上的武装力量。"

看着面无表情的欧迈克荣15-22-323，西塔有点儿后悔，他不该令他难堪的。比起他野心勃勃的亲代意识欧迈克荣，这个年轻人是如此谦逊有礼惹人喜欢，不应被如此对待。

"这些人是？"他岔开话题。

在他面前叉手而立的地球人身体瞬间绷了起来，他饶有兴味地打量着他们：为首的地球人长着银色的长发长髯，显然上了年纪，穿紫色半透明长袍，金色衬底，看起来很是华贵；老人身侧的中年人身材高大，着聚合纤维铠甲，腰间挎一把艾尔人有两个扳机的射线枪，军人模样；另外一位年轻人长发披肩，套灰白色长袍，双手捧着一个植物质地的乐器, 在这几个人身后散开一圈, 神态动作服装都整齐划一的, 应该是卫兵。和地球人大脑有着相同审美结构的仿生脑让他意识到, 面前的这些地球人, 无论身份年龄, 在人类的进化图鉴里, 都是漂亮的, 审美相关的神经活动带来一阵愉悦。

"容我介绍一下。"欧迈克荣 15-22-323 将交流模式切换到声波, 用附肢依次指向老人、军人和年轻人, "这位是伯纳德, 135 号居住点的执政官; 这位是武田, 135 号居住点的最高军事长官; 这位是阿那克西曼德, 是——是——"

年轻人鞠了一躬, 接上代总督的欲言又止, "是出口商品——高级出口商品。"

"我明白了。"他说, "我是西塔, 太阳系行省新任总督。"

所有人都深深地鞠躬, 把身体折成标准的直角。

"西塔总督刚刚抵达太阳系, 他想先了解一下地球贸易区的情况。"欧迈克荣 15-22-323 说道, "作为贸易区运转最良好的居住点, 这里被选为总督浏览的第一站, 希望你们能意识到这是何等的殊荣, 不要令我们失望。"

鞠躬的角度继续增大。根据头脑中植入的人类生理学知识, 西塔觉得地球人此刻的姿势十分滑稽可笑。他双手一撑, 从医疗平台上跃起, 赤脚着陆在纯白的聚合物地板上, 一缕舒适的凉意从脚心传来。还有一些微微的, 痒。

"都直起身来。"他说, "我们走吧。"

由于大气的散射, 这颗星球的天空在地球人眼中呈现出波长较短的"蓝色"。在无瑕的碧蓝中, 悬着那颗叫作"太阳"的黄矮星; 而地球唯一的卫星，月亮，则在天空的另一边若隐若现。刚刚从远处起飞的行星穿梭机牵出一条条细细的白线，指向闪烁着银光的恒星级贸易船。

西塔视线下降，眼前的世界在行进中起起伏伏。此时他正和人类权贵们共乘一架六足载具，这玩意儿可以疾行如飞，也可以上山下海，和阿雅格投放在许多行省的地面武装力量一样，六足载具是帝国在征服某颗行星时顺便"借"来的技术，交与定居点使用更多是出于经济考量而非操作的便利性。他从来就不喜欢这项技术，没来由地不喜欢，从载具的颠簸程度来看，驾驶它的地球人和他有着相同的看法。

"欧迈克荣，"他向身旁随行的代总督发送电磁波，"你刚才是不是告诉过我，我们在这一路上看到的都是地球人的原生技术？"

"是的，尊敬的始祖意识。"

"这就很奇怪了。"他沉吟半晌。六足载具正在穿过定居点宽阔平整的大街，穿各色袍子的地球人停下脚步，向这个队伍致以注目礼，而忙碌不停的各型机器人却没有驻足的意思。他们经过的建筑高大、整齐划一、有玻璃和金属的明亮外立面，结构上呈现出几何化的严谨，建筑顶部层层叠叠的深绿色光合太阳能板在街道上投下清凉的阴影，街道两旁花木俨然，微风吹过，不见一丝灰尘，也没有一丝声响。"地球人的技术可以制造并驾驭高度专一化的智慧机器，可以高效地利用太阳能，可以把城市维护得井井有条——而他们却甘愿接受我们的管理。"

"地球人对技术有着近乎本能的恐惧。"欧迈克荣15–22–323抬起一侧身体，让过一个闷头前进的万向轮机器人，"他们的前辈封印了整个知识体系，只留下了一个高度抽象的技术外壳，似乎仅仅是为了维持这个族群一成不变的生活，而不是在残酷的生存竞争中胜出。"

"有趣。"他转向身边的执政官，"伯纳德，关于你们的历史，你有什么要告诉我的吗？"

老人颔首，"尊敬的总督阁下，您想知道什么呢？"

"你们的生活方式，它是怎么形成的？"

老人思忖片刻，"很少有人提出这个问题，尊敬的总督阁下，似乎从有记录开始，我们就这样生活。"

他牵扯着脸上的肌肉，模仿出一个笑，"你们总该有个历史学家什么的吧？"

"这——"老人面露迟疑之色。

"《低技术公约》。"从后排传来低低的话音，西塔回过头，阿那克西曼德搂着木制乐器与他对视，"我们的生活方式是建立在《低技术公约》之上的。"

"阿那克——"

他伸手按住执政官的肩膀，制止了他的制止，"有意思，你还知道什么？"

"不过是个传闻罢了。"年轻人低下头去，白皙的脸上腾起红云，一直燎到额头，"有人说，我们曾经发展出高度的文明，这个文明信仰技术并且极具侵略性，在很长一段时间里对地球索求无度，最终引发了生态环境的全面崩溃……'大崩溃'之后，幸存的人类痛定思痛，决定抛弃那些差点儿终结历史的技术，进入一种低欲望、低消耗的社会形态……"

"'大崩溃'……"西塔点了点头,"这倒是说得通。"

欧迈克荣15–22–323嗤了一声,"自我阉割的文明。"

"为了生存下去,文明可以做出任何事。"西塔说,"就算是阿雅格人,也牺牲过自己的历史和记忆。"

"您指的是,'大契约'?"

"阿雅格认为,历史和记忆令我们多愁善感,而多愁善感并不利于生存。"

——于是我们向阿雅格上交了自己的多愁善感,他想,蜕变成了以纪律和铁血闻名银河系的军事种族。

"尊敬的始祖意识,这是不一样的。"代总督的六足微微乱了节奏,"我们成为征服者,而地球人是我们手中待宰的羔羊。"

"最好不要让阿雅格的臣民们听到这些。"他加大了脉冲强度,以示训诫,随即竖起他人类的耳朵,半转身体,"这是什么?"

"音乐。"执政官伯纳德诌媚地笑,"小提琴曲,叫什么来着,《沉思》?对,《沉思》。"

他紧紧地盯着操弄琴弓上下翻飞、似笑非笑、似哭非哭的阿那克西曼德,听着有严谨数学结构的空气震动从怪异的木制乐器里流淌而出。有什么东西化开了,聚集在他的眼角。

"很美。"他说。

伯纳德的嘴咧得更开了,"阿那克是高级出口商品。"

他转回身体,揉了揉眼角,任音乐在耳边飞旋。眼前景色一起一伏,街道、建筑、人群、忙碌的人工生命、温暖的草木和阳光、井然有序的城市。这里的人类是他在上千亿赛格的征战和游历中见过的最平和的智慧生物。自我阉割——假设人类真的进行过自我阉割——有它的道理，它至少为宇宙保留了一种创造美和欣赏美的可能性。而美，大概与征服无关。

现在，他更想看看是什么样的自然孕育出这样的文明了。

"带我去定居点外面吧。"他说。

"尊敬的始祖意识，现在出去似乎——"欧迈克荣15-22-323迟疑道，"似乎不太安全。"

"同样的巧合不会发生两次，至少在短时间内不会。"他说，"而且我们是在帝国境内，不是吗？"

沉默片刻，欧迈克荣15-22-323发来一个勉为其难的脉冲："遵命。"

时间是帝国的朋友，它见证了阿雅格一族是如何在数千亿赛格内从一个在银河系里盲目漂流的小小部落成长为等级森严、疆域辽阔的政治实体的。时间给了阿雅格人生存和发展壮大的机会，而他们也抓住了这个机会。银河系是个拥挤而冷漠的地方，越向中心走，越是如此。西塔绝不会忘记他们的舰队是如何在黑洞、脉冲星、密近双星、伽马射线暴、暗能量陷阱的敌意中死里逃生的，而其他文明的欺辱与轻慢——他则绝不想记起，反正它们都得到了应得的惩罚。也许文明的命运就是一场豪赌，像地球人这样早早离开赌桌未尝不是一种生存策略，而当赢得盆满钵满的赌客对他们耀武扬威时，他们也实在没什么好抱怨的。每个阿雅格人都明白，毁灭的风险与成长的机会是对等的，没有一掷千金的觉悟，就没法儿跻身挥金如土的文明俱乐部。是银河系中心区里一次次的冒险、征战、贸易和不耻下问，成就了如今的阿雅格帝国。那些运气不佳的赌客，可能早已进入了银河系衰亡文明名录（由高贵古老的卡米人编撰），或者像地球人这样，沦为贸易商品。

对地球的征服是在六百亿赛格之前完成的，阿雅格一开始的打算是把它作为一个通往更大疆域的军事前哨。征服不费吹灰之力，因为地球人根本没有反抗的意愿。在恒星级战舰用质量武器瞬间夷平他们的一座有四十五个定居点的半岛之后，地球人立即投降了。当欧迈克荣将军，也就是欧迈克荣15–22–323的主体亲代意识踏上地球的表面，他惊讶地发现，一个由自维持智能机器喂养的优雅种族正对着他瑟瑟发抖。

"文明应该是充满野性的，而这个文明已经自我驯化了。他们甚至算不上是对手。"

据说这是太阳系行省第一任总督在游历地球后说的第一句话。当然，历史总是混合着事实与想象，欧迈克荣到底有没有说过这句话，恐怕只有他自己知道了。欧迈克荣在地球的统治时间不长，一百亿赛格后他便被派往更边远的星区，去应对某个强大星际游牧文明的威胁。他留下的唯一一艘战舰此时正泊在地球与月亮的引力平衡点，那是历任总督运筹帷幄的地方。

"尊敬的始祖意识，您是欧迈克荣将军在母船上的同伴，我想您跟他一定很熟吧？"

西塔回给欧迈克荣15–22–323一个模棱两可的脉冲。他和欧迈克荣认识彼此，但也仅此而已。此人崇尚武力且野心勃勃，同他不太处得来——也许同阿雅格亦是如此。很久以前，欧迈克荣就作为开拓领土的先锋队被阿雅格派往遥远的边疆，而且极少在一处久留。阿雅格忌惮她的将军们拥兵自重，在完成新的征服后往往只允许他们在辖地保留最低限度的武力，而对于毫无战斗意愿的地球人，她把节俭发挥到了极致。

"寻找代理人，让地球人管理地球人。帝国提供保护，建立航线，从贸易活动中征税。欧迈克荣将军统治时期，这一策略是有效的。"欧迈克荣15-22-323在西塔的身侧缓行，踏过青草与盛放的野花。在他的身后，武田和士兵们分散在几架小型六足载具上，"到了伊塔总督的任期，地球上开始出现不驯服的地球人，其中一些人建立了城市，另一些人则骑着四足兽——地球人称之为'马'——四处驰骋，骚扰并且劫掠定居点，给我们造成了很大的经济损失……"

西塔沉默着，将目光投向远方。深绿的草原卜浮起灰蓝色的山脉，山脉的尖顶与被夕阳烧成金色的层云相接，几只飞鸟穿云而出，像天神掷出的一溜儿石子儿。大地辽阔，天空深邃。花草的香气冲入鼻孔，耳边则徘徊着悱恻的琴声。他感到愉悦，也感到悲伤。这是一种美学的共振。自然塑造了栖身其中的智慧形态，而这些智慧无一不懂得欣赏自然的美，这种美生发于有限的知觉和感官，或者说只能生发于有限的知觉和感官。为了在冷漠的宇宙中生存下去，他的族人已经摒弃了这种有限，从而也就抹杀了理解美的可能性。

和帝国的基业比起来，美又算得了什么呢？

"欧迈克荣，"他说，"你是想告诉我，你对这些野蛮人束手无策吗？"

"尊敬的始祖意识，我想我应该对您说过，在这颗星球上，我们没有真正意义上的武装力量。或许您应当想办法改变这种状况。"

一个小小的顶撞。他能感受到欧迈克荣15-22-323的怨气，毕竟，他的前任长官就是在帝国的疆域之内被野蛮人掳走，至今生死未卜。不管是对帝国还是这个年轻人,这都算得上是奇耻大辱了。

"看来这不会是个轻松的任期啊。"他调侃道。

"属下定当全力协助。"

欧迈克荣15-22-323的话令他稍感安心。可是,伊塔,在这美丽的星球上,你又身处何处呢?你还活着吗?你找到你的答案了吗?

"尊敬的总督大人,"伯纳德执政官对他耳语,"我们该回去了。"

天地相接处,是被地平线吞掉一半的血红太阳,天空如通往宇宙的阶梯,级级向上,金橙粉紫蓝,这又是人类视觉在电磁波连续谱系中生造出来的分隔。毫不意外地,这分隔再次带给了他美的享受。

"再等一会儿吧,"他说,"等我看完日落。咦——"

在近乎凝固的夕阳图景中忽然出现了某种异物。

"恐怕不能等了。"欧迈克荣15-22-323发来一串强烈的警示脉冲,"尊敬的始祖意识,请您坐稳!"

代总督一声咆哮,琴声戛然而止,六足载具原地急转,巨大的离心力将他压在座椅的一侧。"草原人!"伯纳德执政官俯在他身侧,扬手指向侧方的黑点,"是草原人!"

他眯起眼睛。黑点从落日的方向袭来,由一个点迅速展成一条线。隆隆的轰鸣声汇成浪涛,翻卷过来,他的牙齿也跟着轻轻打战。武田和他的士兵们以散乱的队形从西塔的侧方穿过,向着轰鸣声移动,而欧迈克荣15-22-323则在他的身边急速奔跑,"我们撤回去,让武田来拖住他们!"

士兵们开始射击,伴着怪异的尖啸声,紫色的光柱奔赴落日的方向。火光。浓烟。大地震颤。黑浪敞开缺口，又迅速合上。现在他看清了，那是骑四足兽的战士们，他们正踏着尘土而来。又一轮齐射，巨响立刻被马蹄声淹没。

"我们会死的，我们会死的！"

西塔看了看缩成一团喃喃自语的执政官，嘴角斜出一个鄙夷。倒是身后的阿那克西曼德，虽然脸色煞白，抱琴的姿势却好像在守护着比他的生命更重要的东西。

"低头！"欧迈克荣的强烈脉冲。西塔下意识地埋头，噼噼啪啪的爆响同时在耳边乍起。是弹雨，他思忖着，草原人有他们的远程武器，很可能是气体膨胀推动的金属弹丸。弹雨之后是不同于能量武器的巨响。他小心翼翼地探头，看到草原人骑兵的突出部正与武田的部队相接，前者丢下的爆炸物在阵地上掀起黑色的土花和阵阵气浪，而后者的六足载具步履凌乱，甚至有一架直接栽倒在地，里面的士兵滚出来，迅疾被飞扬的烟尘吞没。

"银河在上，他们顶不住了！尊敬的始祖意识，我们——"

欧迈克荣15-22-323的信息被又一阵弹雨截断。世界猛然摇晃起来，前一个赛格，西塔还在咒骂人类驾驶员蹩脚的操作，下一个赛格，他就已经从敞开的观光仓中飞了出去，短暂地飞行后，在草地上轻飘飘地翻滚起来……意识空白片刻，又重新涌了进来。西塔趴在地上，等待大脑辨认出身体的各个部位、取回控制权，等待脑海中的蜂鸣声散去。他听到声音仿佛从无穷远处传来：人的哭号，翻搅着空气的"咻咻"尖啸，金属相击的铮然脆响。双手撑地，泥土的湿润与凉意伴着疼痛在他的神经系统里绽开，一同回来的，还有力量。他艰难起身，慢慢地睁眼，天空中隐现的星辰在摇晃，铅灰色的浓烟在摇晃，猩红的火光在摇晃。四顾，他看到蜷在地上一动不动的阿那克西曼德，看到血肉模糊的执政官伯纳德，看到马背上戴着獠牙面具的草原人，看到零落各处溃不成军的机器与士兵。欧迈克荣15-22-323在哪儿？多好的年轻人啊。西塔向前踉跄几步，一个人影从眼前的烟幕后钻出——武田。这个高大男人手里提着枪，半边脸上是黏稠的黑血。他们看见彼此，摇摇晃晃地走向彼此，像是走向自己的一线生机——就在这时，从烟幕乌云中劈出一道黑色闪电，直奔武田。示警的音节还未冲出西塔的喉头，银色弧光便已在武田的颈部完成了瞬间的生灭。男人的头颅应声滚落，而那喷涌着血泉的身体继续向前走了两步，才扑倒在地。战马的腥风劈面，兽面骑士眨眼间奔袭到近前，但见他推出弯刀，同一轮夺命弧光照在西塔头上。

"伊塔，永别了。"

最后一个闪念。

接着一片漆黑。

西塔，我有证据。

什么证据？

关于我们从何而来的证据。

伊塔，我们的历史不需要证据——不，我们甚至都不需要历史……

赛格和拉特，最基本的时间和距离单位。你不觉得它们的数学关系很奇怪吗？

我不知道你为什么要说这个。一个拉特约等于光在3156万赛格里走过的距离，这有什么奇怪的呢？

　　首先，3156万这个数字，在我们的数学进制里显得很突兀。这又牵扯出另外一个问题，在二级制浮点数字系统之外，我们为什么还保留着十进制？

　　好了，伊塔。我们不是在宇宙飞船里从单细胞生物演化成数字生命体的，我们肯定起源于某颗行星，在"大契约"之前，我们的先辈就已经在那颗行星上创造了高度的文明。这些都是无可辩驳的事实，也是我们需要知道的唯一事实。为了在冷漠的宇宙中生存下去，阿雅格人不需要历史包袱，更不需要弄清楚自己来自何方——伊塔，我劝你，不要把时间浪费在毫无意义的追问上。

　　……西塔，你在害怕什么？

　　作为阿雅格的战士，我不知道什么叫害怕。

　　你知道吗，西塔？不知道害怕，这才是最可怕的。

　　一颗疼痛，在颅腔的宇宙里辐射着自己的光和热，融化了记忆中的暗影。西塔呻吟着，直到鼻孔里充满热烘烘的腥臊味儿，才艰难地睁开眼睛——随肌肉起伏的枣红色长毛，长毛下修长的肢体交替移动，踏过草、花、泥土，翻飞的无脊椎动物（知识库里蹦出"蝴蝶"这个词）在阳光下扑闪着亮晶晶的翅膀。他干呕几声，不是因为腥臊味儿，而是因为突然意识到自己的处境：他被结结实实地捆在马背上，而它正在带他去往什么地方。

　　一双眼睛从下往上看他，棕色的眼珠转了转，"总督大人，您——醒啦？"

　　他努力聚焦眼前的面孔，是阿那克西曼德。他脏兮兮的长发缀满草叶和泥土，怀里依然搂着他那把琴。

"总督大人，真高兴您还活着。"年轻人又说。

"我也很高兴。"他说。

"请允许我说点儿难过的事儿。"年轻人阴郁地说，"他们都死了。"

"都……"他感觉到那个叫作"心脏"的器官拧了一下，"难道欧迈克荣也……"

"报废的铁疙瘩都在后面的车上，我好像没有看见代总督。"

是了，欧迈克荣15-22-323用了全金属机体，他才不会轻易死去——那他去哪儿了呢？西塔凝神，向天空中发送电磁波求救信号。白噪音。创世的回响。宇宙悠远的吟哦。没有回答。巧合发生了两次。欧迈克荣，你最好在想办法营救你的长官……

一声呼哨。驮着西塔的马停了下来。有人拨开阿那克西曼德走了过来，从他的角度，只能看到来人肩膀以下：亚麻长衣长裤是陈旧的淡黄色，其上覆着熟皮鞣制的肩甲、胸甲和胫甲，身体一侧挎弯刀，另一侧挂木柄金属长管武器，他认出那是把形态相当原始的"枪"。一个草原人武士，他想，全副武装，可笑又可怕。武士伸手在西塔背上窸窸窣窣动作着，捆绑的压力一点点儿释放，不待他细细体味这短暂的轻松，西塔就被武士从马背上拽了下来，滚落在草地上。

"告诉我，"武士向他俯身，口音略显奇怪，"我为什么要带着你，而不是杀了你？"

西塔抬头，一张黑漆漆的兽面与他赫然相对。他记起了这副面具，记起了面具背后的杀戮，他毫不怀疑，正是这个人在他面前摘掉了武田的头颅，然后对他挥出弯刀，虽然他并不清楚自己为什么没有同样身首异处。

面具后面是一双灰色的眼，阴鸷而锐利。

"你不用带着我，也不用杀了我，"他说，"你可以把我丢在这儿，这样对大家都好。"

噗！肚子挨了一脚，迷走神经里的一场小小爆破。他蜷缩着身体，痛苦地喘息。

"这不在选项之内。"武士漠然道，嗓音与高大的身材不成比例地纤细，"我再给你最后一次机会。"

喘息稍歇，他忽然笑了起来，"哈哈，哈——哈——哈——"

没有想象中的另一记重击。

"你笑什么？"兽面武士问道。

"笑我自己。"他想抬手抹掉眼角笑出的泪，然而在双手背缚的姿势下，这是不可能的——这更突显了此刻的荒谬，"一个曾经在银河系中驰骋的战士，如今却落到了一颗小小星球上的一群小小蛮族的手里。"

兽面武士沉默了一会儿，"你是，战士？"

"在我们的文明里，每个人都是战士。"

"我还以为你们都是些奴隶贩子。"

他脸上的肌肉抖了一下，"我们是征服者，征服者可以随心所欲地对待被征服者，包括让他们俯首称臣，包括对他们赶尽杀绝，当然也包括把他们卖掉。"

兽面凑近他的脸。黑色的漆面，森白的獠牙，"现在你是被征服者。你觉得我会怎么做？"

"我觉得，这是征服者应该考虑的问题。"

兽面之下溅出一声短促的笑。武士起身,盯了西塔半晌,然后从腰间抽出一把短刀,再次向他俯身。狰狞的面具遮住阳光,在他的视野中模糊成粗糙坚硬的轮廓。金属的寒气掠过脖颈,他听见阿那克西曼德的哇哇叫声,心想在死前他倒更愿意听到琴声……

手腕上的麻绳被割断了。他抬起头,一张人类的脸从面具后露了出来。

"在我把你杀掉或者卖掉之前,你是小林的了。"女人手拿面具,转身呼叫,"小林——"

阿那克西曼德和他面面相觑。女人。俘虏我的、羞辱我的,是一个女人。他苦涩地想。现在,这个故事更荒唐了。

"阿雅格人没有性别。"他说,"在'大契约'中,我们取消了性别的概念,但这并不代表我们对性别没有认知——性是为了繁育总体稳定而又有一定变异性的子代而存在的。在银河系的智慧生命中,两性繁殖、三性繁殖甚至多性繁殖,这些都不鲜见。性创造了丰富多彩的世界,为不同的文明带来了不同的禁忌、崇拜、冲突与动力,在很多文明中,性都是不可或缺的。然而对于数字生命体来说,物理意义上的性却是多余的。我们通过融合数量众多的亲代基础思维代码并赋予其一定的变异率来创造子代,执行性的功能——所以你也可以把它理解为更广义的性。"

"哇!"小林瞪大眼睛。

"我刚才说过,在某些文明中,性的参与者并不限于两方。所以《银河系文明手册》对性别的定义是含混的——"西塔继续说道,"但有一个例外。在同一物种内生产较大配子的性别,被明确地定义为雌性。由于在生育上付出的成本较大，雌性倾向于被动防御保护子代，而非主动攻击……"

"所以你认为德玛不适合做一名战士？"小林问。

他摇了摇头，"说实话，我很吃惊。"

在开始的几个地球日，德玛的脸简直就烙在了西塔的仿生视网膜里。她小麦色的皮肤、坚硬的面部轮廓，她灰色的眼睛、狭窄的鼻梁和薄嘴唇，她那道从眉毛贯穿到颧骨的伤疤——和定居点里那些柔软的尤物（也包括男人）相比，德玛简直就是一柄留着长发的铁刀。他很好奇为什么部落里的男人们要对她俯首帖耳，要跟着她起劲儿地操练骑射与刀法——傲视大多数人的身高肯定不是一个很有说服力的解释。高强的武艺和冷血的杀伐？也许吧。欧迈克荣要是真的说过地球人缺乏野性，那一定是因为他没有见过德玛这样的女人。

欧迈克荣——欧迈克荣15-22-323。西塔恨恨地捻断草茎。这家伙到底在干什么？他收不到他的回音，也看不到身后的追兵。过去了这么多个地球日，就算是连番受辱，他也该重整旗鼓了。要不是脑袋里的定位模块被德玛的刀柄敲坏，西塔自己都找机会逃掉了。可是，他真的想逃吗？西塔突然有些不确定了。被草原人挟持的这一路是观察与了解定居点外地球人的好机会，有朝一日，当他回到总督的位置上，现在掌握到的知识会在对行省的管理中发挥巨大的作用……

"阿那克，说说你们吧。"小林把目光从夜空中骤然亮起又迅速熄灭的聚变火焰中收回，那是又一艘驶向远方的贸易船，"我记得你好像说过，定居点里的人还分了等级？"

"无用者、管理者、出口商品、高级出口商品。"阿那克西曼德轻抚琴弓——草原人用马尾和柳枝为他凑合出的低技术替代品,"无用者是大多数,他们构成了定居点的人口基数,没有什么交易属性;管理者,为帝国提供服务,同时也做一些机器人做不了的事情,比如处理内部纠纷啊,打仗啊之类的;出口商品,由于某些身体条件符合贸易商的需要而被挑选,数量不少,但价值不高;最后是高级出口商品,掌握了哲学思辨、诗艺、美术、文学、音乐等相关技能的人被贸易商定义为高级出口商品,是地球向银河系输出的最知名的奢侈品。"

"你是高级出口商品。"小林说。

阿那克西曼德挺了挺身子,郑重地点头。

"你是高级出口商品,因为你掌握了技能。"

"每个人都可以在学院学习技能,"阿那克西曼德说,"但只有最优秀的学生,才能成为高级出口商品。"

"学院。"小林在线装笔记本上唰唰写下几个字,"定居点里的人在学院获取知识。"

"你们呢?"阿那克西曼德问。

"森林人也有类似学院的东西。"小林说,"但归根结底,我们向死去的人类文明学。"

"……我猜,我们学的东西不太一样。"

一阵突如其来的沉默,只有篝火在噼噼啪啪地独白。

"我想不明白。"小林用木棍扒拉着篝火,稚气的脸庞忽明忽暗,"音乐、美术、文学,你们学的这些知识有什么用呢?"

阿那克西曼德翻了翻眼珠,"我们可以——可以创造美啊。"

一个让智慧生命能够心安理得地接受命运的精致谎言。西塔轻轻地摇头。行省的律法规定，地球人是不能知晓自己的去向的。据说，这是为了避免影响肉质——绝大多数的出口商品都会成为不同文明的盘中餐，而恐惧会让食物变味。在贸易船上，出口商品会被无知无觉地快速屠宰，急冻冷藏，然后送往各个星球上的肉类市场。高级出口商品的命运好一些，他们会进入冬眠，活着到达外星的动物园、生物实验室或者附庸风雅的中产阶级家庭，他们被视为珍稀的生物、高级的玩物。当然，也不排除被加工成食物，因为银河系中还流传着这样一种说法：受过艺术熏陶的地球人肉质细腻，风味更佳。要复原地球独特的自然环境成本很高，所以人类养殖没有在别的星球流行起来。帝国垄断着人类的出口，从中获利颇丰。到达太阳系后，西塔浏览了近十亿赛格中的交易台账，一船高级出口商品换来的银河系通用能量币，足够将一支帝国标准舰队加速到光速的百分之五十，而帝国在这一笔交易中付出的边际成本几乎为零。

智力程度较低者用被驯养的代价，换取大多数个体在较长时间内的安全和遗传物质的延续，这是宇宙中通行的生存策略，是驯养者与被驯养者签订的无形契约。地球人类并不因为有着优越的审美而得到豁免。对美的感受在文明之间并不相通，弱肉强食才是宇宙的通用语言。

"总督大人，"小林用他标志性的戏谑口吻说道，"您还有什么想补充的吗？"

西塔摇了摇头，"抱歉，我是初来乍到。"

小林"啪"的一声合上笔记本，"睡吧，明天一早还要赶路。"

他躺了下来，将毯子拉到下巴。这几个地球日以来，西塔已经习惯了与恼人的腥膻味儿共处——在草原人的部落中，似乎万事万物都有这样的气味儿：他们逼他换上的皮衣，随草原人移动的兽群，每天喝下的叫作"奶茶"的饮料，为他保暖的羊毛毯……草原人依附于自然，接受自然粗粝的馈赠，而不是站在自然的对立面。在银河系里，西塔也见过许多这样的民族，他们逐星际间的资源而居，从没有试着将一方天地改造成安乐窝。他们的飞行城市如漂流黑洞，行动迅速，神出鬼没。他们既是牧人，又是战士；既掠夺，又交易。在上千亿个赛格里，阿雅格帝国与星际游牧民族之间的冲突从未中断，而吃亏的总是帝国一方——定居者在军事能力上往往逊色于移动者，这是宇宙间的公理。所以就算当了野蛮人的俘虏，西塔也没什么想不开的，且不提军事能力上的固有劣势，那些无法很好适配地球人生理结构的六足载具和射线枪也注定了定居点军队的溃败。

当然，西塔自己也承认，这些都是事后诸葛。

身边的黑暗中响起鼾声，小林和阿那克西曼德都睡着了。西塔侧过身，看着小林被星光点亮的脸。理论上来讲，他现在归这个小鬼管。小鬼，没错，小林就是个乳臭未干的小鬼。这个皮肤黝黑、扎着满头小辫儿的小个子有着旺盛的好奇心，从星辰运行背后的数学原理，到植物的光合作用，再到女人月经的规律，无一不在他的好奇心范围内。德玛刚刚将西塔"赠予"小林时，他还好好地研究了一番这个仿生人后颈的数据接口，"据说你们的灵魂能从这里进出？"他一边抚摸接口，一边问西塔。

"没有灵魂这回事。"西塔缩着脖子，"从这里进出的只是我自己。"

"你自己又是什么？"

"我是一串结构化的数据。"

"……好吧，总督大人。我想只有老师才能听懂你在说什么。"

老师。传承知识的个体。即使是野蛮的草原人也有这个概念。从小林的言谈中可以感受到他对"老师"的尊敬，从他讲的那些轶事来看，"老师"于他可能更像个概念，而非某个具体的人——毕竟，怎么可能有人凭一己之力重新发明了肥皂、传染病学、三角函数和火药的制法？怎么可能有人活几百个地球年而不死？

"信不信由你。"小林的笑容直白单纯，"总有一天，你会明白的。"

动一动手脚，再翻一个身，睡意一寸一寸地漫了上来。他半睁着眼睛。周围是帐篷、篝火、黑黢黢的兽群、塞满战利品的大篷车和守夜的牧人，头顶是一轮残月和满天摇摇欲坠的繁星。阿那克西曼德的脸在篝火的映照下显得温暖又柔软。西塔惊诧于在短短的几个地球日内他的变化之大，脸上那层养尊处优的白皙已然褪去，取而代之的是黝黑的面庞和青色的胡茬儿。如果不是随时抱着琴，你根本看不出来这个在马背上谈笑自如的年轻人曾是衣袂飘飘的星际贸易商品……琴。当他们在赶路途中休息时，阿那克西曼德总会拉上一段小提琴。这个时候，很多草原人会围过来，静静地听，无论男女，脸上执拗的线条都会短暂地柔顺下来。德玛往往坐在最里圈，她会把如瀑的黑色卷发披在肩膀一侧，支起另一侧的耳朵。她的眼中有晕开的灰色火焰，她的嘴角有形如绿豆的小小酒窝。此时她不再是一柄刀，而是一摊熔化的铁水。

德玛。女人。谜一般的女人。

翌日一早，他们继续赶路。第七天。第十一天。第十五天。天
天如此。没人告诉西塔草原人正去往哪里，毕竟他是一个战利品；
也很少有人对他说话，毕竟，他曾是"自由地球人"——小林教他的
新词——最大的敌人。停下来的时候，他身边总是那么几个人，拉
小提琴的阿那克西曼德和问东问西的小林。德玛有时也来，她会在
一旁默默地听着三个人的聊天与问答。当西塔讲到帝国在银河系
的征伐，她的眼睛会亮起来；而当故事里所有的抵抗都以奴役和毁
灭告终，她眼里的光会熄灭。

"你们为什么要征服？"有一天，德玛问他。

"为了生存。"他毫不犹豫地回答。

"除了征服以外，你们就没有别的选项吗？"

"一个文明，只有不被征服，才能选择不去征服。"

德玛若有所思地看他。西塔忽然反应过来，他在无意间暴露了
帝国的虚弱，这个后起的文明只有不断地去战争、去开拓自己的疆
域、去占有别人的资源与技术，才能延续到今天。然而细细想来，这
并不是一条必然的道路。银河系中公认爱好和平的种族，高贵的卡
米人，它们的存续时间比任何已知的文明都要长。

"所以，你们也害怕。"丢下这么一句话，德玛就走了，留西塔一
个人怅然若失了半天。

经常出现在西塔身边的还有另外一个人，负责俘虏饮食的诺
亚。诺亚是个小老头儿，身形枯干，髯须遮面，动作倒还麻利。扎营
以后，他会给西塔和阿那克西曼德带来干硬的麦饼、热气腾腾的奶

茶、盐渍的马肉条，有时他还会提来刚刚猎到的草原巨鼠，只用匕首和烧得滚开的水，便把这一团脏乎乎的血肉变成篝火上滋滋冒油的金色佳肴，再撒上一把盐，一撮珍贵的香料，那味道——用小林的话说，"简直就是天堂"。诺亚话不多，很多时候，他也和德玛一样，只是个安静的听众。他也会邀请西塔和阿那克西曼德同饮，但他们显然还不习惯酒的味道；只有在饱饮了马奶酒后，他才会打开话匣。他会讲地球人历史中真假难辨的故事与传说，讲英雄的伟业与平凡人的挣扎，讲时代的洪流和洪流中卷起的小小浪花。

"葡萄美酒夜光杯，欲饮琵琶马上催……"这一夜，老头儿吞下一口酒后，来了这么一句。

"刚才你说的，是什么？"西塔问。

"古诗。来自地球上一个叫作'中国'的文明。"诺亚回答。

"中国……"他沉吟着，"我原本以为地球文明是个整体概念。"

诺亚摇了摇头，"和银河系一样，地球的历史也充满了文明之间的冲突与征伐。直到'大崩溃'之后，地球上不同的文明才真正融为一体……但这一次融合，以宇宙的时间尺度看，也是非常短暂的……"

"你的意思是，地球文明后来又分裂了？"

"不是分裂，而是——"老头抿了抿嘴唇，"嗐，历史的事情，谁又能说得清楚呢？倒是你们啊，我听小林说，你们干脆就不要历史了？"

"阿雅格认为，历史使人虚弱。"

"是啊，历史使人虚弱。"诺亚又灌下一口酒，"历史不过是时间维里的人性，而人性总是虚弱的。抛弃了人性，大概就可以战无不胜了。但是啊，正是在虚弱和恐惧的时候，我们才会反思自己的所作所为——醉卧沙场君莫笑，古来征战几人回啊……"

老人的眼角凝着一滴泪珠，那是古老情绪的余音，是一丝惆怅，一缕悲伤，甚至连西塔都感觉到了轻微的共振。悠长的沉默后，诺亚从袍子里掏出一根大约一指长、细细的条状物，他将条状物的一头探到篝火里片刻，接着收回，把另一头衔入嘴中。随着诺亚嘴唇一瘪一瘪的吸吮，条状物燃烧的那头发出嘶嘶的轻响。

"你在干什么？"西塔问。

诺亚笑了笑，白色的烟气从他的笑容里飘了出来。

"顺应人性，"他说，"荼毒自己。"

穿过泥泞的沼泽地，是一大片绿油油的农田，幽深而广阔的森林在更远处展开，向森林的方向一直走，就能走到连绵不绝的石头城墙下。那里就是他们的目的地，森林人——德玛口中的定居者——的城镇。草原人在城外扎营，安顿兽群。准备停当后，德玛带着不多的几个人和货物车队进城，持燧发步枪的士兵为他们打开了厚重的橡木大门。迎接这支小小队伍的有衣着考究的官员，有看热闹的大人和孩子，但最多的是前来以物易物的商人。他们用麦酒、茶叶、果脯、腌肉、食盐、胡椒、布料、纸张、首饰、各类工具，甚至圆形的铝制薄片（小林说这是森林人的通用货币）来交换草原人堆在货车上的金属残骸、不明用途的电子元件、质地坚硬的塑料、损坏的射线枪……所有的破烂都有它的买家，每个人都得偿所愿。交易达成后，买卖双方握手言欢，小镇的市场上一派喧腾。在这热闹之中，西塔注意到，有人的眼睛一刻也不曾从他和阿那克西曼德身上移开，那是一双淡黄色的眼睛。

"有人把你们也当成交易品了。"小林摩挲着手中的铝片，愉快地说。

"难道不是吗？"西塔问道。

小林摇头，"我的朋友，你们是比商品宝贵得多的东西。"

西塔笑了笑。不知什么时候，那双眼睛已经在人群中消失不见。

交易告一段落后，一行人将马匹和货车交给专人看管，步行向城镇深处走去。他们路过一排排砖瓦结构的民房，这些房子有不太平整的玻璃窗，周围也种植花草，只是不像帝国定居点里那样精心整饬。街面上铺的是水磨圆石，踩在上面会微微打滑。街边有浅槽，黑乎乎的污水在槽中流动着，散发着淡淡的腥臭味，西塔猜想这应该是排水系统。城镇中心的广场上，一辆冒着黑烟的四轮载具在突突地打着圈儿，刺耳的噪声驱开了悠闲漫步的人群，车上欢叫的男男女女引来愤愤的侧目。小林告诉西塔，那是以木头为燃料的气化器机车，体验一次要花上好几个铝片，但总有人乐此不疲。这是完全不同的文明，西塔一边走一边思忖着，这里比起帝国治下的定居点要粗糙和肮脏许多，但也更加朝气蓬勃。这座城镇是喧哗的，人声鼎沸，马蹄嗒嗒，鸡鸣狗吠，机器轰响。时间在这些声音中流动起来，似乎也拥有了热腾腾的生命……

不觉间，一行人已经走出很远。一条宽阔的河流横在他们面前，浑浊的河面上散布着许多个吱吱呀呀转动的圆形木制机械，令西塔颇感新奇。小林告诉他，这些水车有的用来推动磨面粉的石盘，有的则用来发电。

"通过连接一套复杂的齿轮系统，这种机械装置可以把高扭力的低速旋转变成转子切割磁力线的高速运动，发出足够点亮整个城镇夜晚的电能。"

"你们会利用电能。"

"这有什么奇怪的？"小林翻了个白眼，"要不是老祖宗们把易开采的化石燃料都挥霍完了，我们还能发出更多的电，让它派上更大的用场呢。"

过了河，就到小林所说的工业区了。这里有堆成小山一样的木材，冒着黑烟的炉子，一座座形态各异的巨大建筑，还有赤膊忙碌的男人们、扎着头巾的女人们。

"木材是森林文明的基石，一切都是从学会烧制木炭开始的。喏，那边那个就是烧木炭的竖井。"小林自觉充当起了向导，"有了木炭，就能用温度更高的火把黏土烧制成耐火材料，在以耐火材料作为内衬的烧窑里，又能烧制出陶瓷、砖、玻璃和金属，这些材料是科技进一步发展的基础。举个例子，你们吃的面包，喝的麦酒，还有有朝一日可能会用上的青霉素，都离不开植物园里培养的微生物，但如果没有玻璃珠制成的球形透镜，人类不可能认识这个肉眼不可见的小宇宙，更谈不上有意识地操控了。"

他们在河岸上走，声响、气味和热风一个浪头接一个浪头地拍打过来。脚步不停，小林的话语不停。

"……除了沿河而建的纺织工场和炼铁高炉，小石镇还有化学工业，比如用草木灰制碱，用碱水解猪油来制造肥皂，比如——"他扬手指向远处，"看到那些大罐子了吗？不，不用走过去，罐子里装的是正在发酵的尿素，你不会想闻那个味道的……尿素在细菌的生物作用下会产生氨，而氨可以用来制造硝酸，将氨和硝酸混合在一起后，我们不仅得到了一种医用麻醉剂，还顺便得到了制造炸药的原材料。总督大人，还记得我们是怎么把你们打得落花流水的吗？"

西塔和德玛对视一眼，笑着摇了摇头。

"哼，你就装蒜吧。"小林的脸上泛着孩童般的光彩，"在森林文明中，烧制木炭和干馏木材是最基础的技术，它们都围绕着木材展开。除了提供燃料、建材、工具和基本化学制品，木材甚至还提供知识——来自草木灰的'草碱'能够分解木头里的木质素，而这是制作纸张最重要的一步。有了纸张，再加上鞣酸铁墨水，知识就能低成本地书写，方便地传播。历史上曾经有过这样一种机器，它能够快速地在纸上复制知识。据说，科学委员会正在试着让它重新诞生……"

"科学委员会？"西塔问。

小林冲他挤了挤眼睛，"你马上就会知道了。现在请先容我告辞一下，我要去拜访一位在历法和计时方面颇有心得的老朋友。听说在我们离开的这段时间里，他已经取得了不少成果……"

"有意思。"小林走后，西塔嘀咕，"你们已经学会了利用电能，却还在研究历法和计时。"

"总督大人，"德玛说，"我们不是在搭一座大厦，我们是在还原一幅拼图。"

和小林分手以后，西塔一行人继续前行。他们走入另一片广场，广场上有喷泉和阔叶树，树荫下是三三两两、正在讨论着什么或者低头沉思的年轻人，外人的到来并没有惊扰这些年轻人，他们沉默着为草原人让出道路。视线向上，远远就能看到那个有着灰色墙面和陡峭尖顶的石制建筑，这是西塔在地球上这几日来见到的最庞大的人造物。走近一些后，他看见了建筑侧边如拱桥一般的支撑结构，看见了墙面上的人形浮雕，然而不待他细细打量，等在大门口的人就将他们迎了进去。这座建筑的内部同样令人印象深刻，大厅空阔，穹顶举架极高，金色的阳光几乎以垂直的角度从穹顶的玻璃窗中泻下来，点亮了摆满书籍的木头支架，点亮了十几张原木长桌和百来个围坐在长桌旁的年轻人。草原人的到来仿佛激起了一圈涟漪，涟漪过处，喊喊喳喳的年轻人们缄口不语，目光在来者与一张孤零零支在大厅中央的长桌上来回。长桌两侧，十来个披灰色大袍的老人端坐着，个个脸上都是平静的威严。西塔猜想，这大概就是小林说的科学委员会了。

"森吉德玛，据说你们这一次行动收获颇丰。"其中一个老人说。

德玛挺了挺胸，这让她的身形显得更加修长，"我们带回了知识与艺术。"

西塔立刻感受到了汇聚到他身上的目光，是好奇的、戒惧的、期待的、难以形容的目光。身旁的阿那克西曼德咕噜一声吞下口水。西塔轻轻地拍了拍他硬邦邦的后背。

"很好。但我们现在还有一件更重要的事。"长桌旁的另一个人说，"那个人，他怎么没来？"

"他去植物园了，"德玛回答，"说是要研究一下导致烟草生病的病原体。"

"我看他是给自己采烟叶去了吧？"人群中传出一声调侃，接着是一阵哄笑。

"那我们就不等他了。森吉德玛，这个消息就由你转达吧。"一位老者用皱巴巴的手掌摩挲着桌上一个有旋钮和金属线圈的木匣子。知识库显示，似乎是矿石收音机？ "有人在南方的大海边发现了记忆之冢。"

记忆之冢。突兀的词语。西塔用眼角瞄德玛，后者绷紧了下巴。

"有具体位置吗？"德玛问。

老者点了点头。

"消息确凿吗？"

点头。

"我这就去告诉老师。"

"等一下。"老者叫住了已经转过身走出几步的德玛。

德玛回头看他。

"在我们发现记忆之冢前，"老者说，"它只是个流传了上千年的传说。"

德玛笑笑，"现在不是了。"

"……你们希望在那里发现什么？"

女人低眉思索片刻，"我不知道。"

大厅里响起窃窃私语。"德玛，"老者抬手止住议论，"从此地去往大海边的路并不是一条坦途，你真的要为了这个'不知道'去冒险吗？"

"在我们的先辈从定居点逃出的那一刻起，这就不是一个问题了——"德玛深吸了一口气，"这是我们的命运。"

有人说，今晚的百人宴会是小石镇有史以来最欢乐的一场宴会，不是因为谷物丰收，不是因为草原人带来的大量物资，而是因为来了一个名叫阿那克西曼德的定居点艺术家。在喝完整整三大杯麦酒后，他跳到餐桌上，开始癫狂地、不知疲倦地演奏。他的听众们先是惊诧，继而沉默，接着如同得到神启一般，或狂笑，或哭泣，或在互殴后深情拥抱。他们把阿那克西曼德举在半空，如托举一名神祇，而后者依旧在无休无止地演奏着。

　　西塔偷偷地溜出了宴会大厅。夜有些凉了，他裹紧衣服，深深地呼吸。空气中有麦酒和烤肉的香气，有人们的欢声笑语，有甜丝丝的凉意，有温暖的灯火。他贪婪地将它们吸入，又缓缓地吐出。此刻的幸福似乎是有形的，和他这具有形的肉体一样。阿雅格人相信，有形的东西短暂易逝，只有无形的信息长存，譬如他们的数码意识。但是，为了这"长存"，他们又舍弃了什么呢？

　　"总督大人，一个人溜出来，你是想逃跑吗？"

　　他回头看德玛，"跑不了。那帮老家伙已经把我吸干了。"

　　女人走到他身边，"科学委员会一向求知若渴。"

　　"有意思。"他说。

　　德玛看着他。

　　"我听说，是地球人主动放弃了知识。"

　　"如果我们的祖先知道你们会来，他们就不会这么做了。"

　　"很有可能。"

　　德玛向前走了几步，侧过脸看他。西塔突然发觉，在橘色的灯光下，也可能是在酒精的作用下，这张脸竟有几分好看。

　　"所以，他们都问了你什么？"

　　"很多我不知道的东西。"他说的是实话。对文明中的个体来说，知识是一层层的抽象，而个体往往站在抽象的最上层，他们也许可以熟练地使用光速发动机或者中微子调制解调器，但不太可能知道这些机器是怎样一步一步地从天然矿物中脱胎而出的。所以当科学委员会问这样的问题时，西塔只能以泛泛的科学原理回答他们，比如数学中的极限与连续、力的数学表达、金属的氧化反应、减数分裂的机制（这是小林最感兴趣的内容）、光的波粒二象性、意识的涌现，等等。虽然很多情况下答非所问，但看得出来，老家伙们对他的回答很满意。

"他们当然会满意。"德玛哼了一声，"他们最想知道的就是原理，从原理到技术之间的路，他们自己就能走通。总有一天，人类会发展出能与过去比肩的技术文明。"

西塔沉默了一会儿，"阿雅格不会允许这种事情发生。"

"我们愿意在自由和毁灭之间赌上一赌。"德玛的语调变硬，"至少，宇宙会记住我们的名字。"

"但是——"

"差距太大了？"德玛绕到他身前，"西塔，请你告诉我，当一个文明知道天空中并没有喜怒无常的神祇，知道无限的宇宙可以用有限的方程式描述，知道万事万物是由原子组成，知道世界上充满了肉眼不可见的微生物……他们离飞向星辰大海还会遥远吗？"

德玛的眼中有跳动的火，他扭开眼睛，唯恐被这火灼伤。

"三天后我们出发。"他听见德玛说。

"出发？"

德玛点头，"去南方。"

南方。大海边。记忆之家。

"科学委员会希望你留在这里。"德玛继续说，"他们会好好款待你的。"

他想了一下，"我跟你们走。"

德玛盯着他。

"反正我也要去了解我的辖区，"他讪讪地笑，"不是吗？"

"别想着在路上逃跑，我不会费心去追你，我会一枪崩了你。明白吗？"

德玛的话让人脊背发凉，但西塔总觉得，她此刻的表情是柔软的。

他点了点头。

三天后，他们如期出发。只有三十来个骑士，一百多匹马，一只规模不大的队伍。德玛说，这一次，他们要轻装简从。南方的大海与此地相距甚远，路途艰辛，不能让整个部落去以身犯险。

部落。西塔摩挲着手中的枪柄。这是一杆非常精致的燧发步枪，枪柄厚实绵密，有木头的天然纹路，枪管比森林人用的稍短，乌黑发亮。在金属枪机板上，还有镀金的火药池和雕花装饰。除了枪，他还得到了一把带十字护手的弯刀。

德玛说："你千万不要以为我把你视为部落的一员。给你这些东西，是让你能保护自己，不拖累我们。"

西塔回答："你放心，帝国来营救我的时候，我保证不会对你们倒戈相向。"

德玛哼了一声，"我倒希望你有那个能耐。"

西塔笑，"我可是优于你们的仿生人，你们那点儿本事，我看也看会了。"

缓缓前进的队伍里，西塔催马追上了小林，后者眼眶发黑，呵欠连天，在马背上摇摇欲坠。

"我的朋友，你怎么看起来比阿那克还累啊？"

"几天都没好好睡了。"小林皱着眼睛，"我们一直忙着演算，调试机器……"

"哦？"

小林把牛皮背包挎到身前，从里面捧出个长方形木头匣子，小心翼翼地把它递到西塔手中。匣子是镂空的，西塔看到其中大大小小咬合着的木制齿轮，它们在以各自不同的节律稳定转动着。

"这是个机械计时器。"小林的黯淡的眼里又燃起神采，"1年平均有365.25天，1天有24个小时，1个小时有60分钟，1分钟有60秒——古人的计时系统混乱不堪，但为了深入理解古代文献中的许多知识，我们就必须掌握这个系统。看到计时器上那个有刻度的齿轮了吗？它每走一格，就代表过去了一秒。你看，一秒很短吧？嘿嘿，这个计时器在一年里产生的总误差都不会超过十秒。"

对于一切都从零开始的地球人，这应该是一个了不起的成就了。西塔想起在自己的仿生大脑里也有一个原子衰变节拍器，可以校准时间，一百亿赛格里的误差不会超过一赛格。一阵难以抑制的好奇攫住了他，西塔调出节拍器，比对计时器的节律……

手被轻轻地拽了一下。"总督大人，"小林咧着嘴角，"这玩意儿可是不得了的宝贝，你不会是想把它据为己有吧？"

他讪笑一声，将计时器还给小林。

"喂，我说，你们二位真的想不辞而别啊？"

他们同时回头，见一个穿衬衫长裤、扎皮腰带的飒爽男人正拍马赶来。

"阿那克,"小林疑惑道,"德玛不是把你留在小石镇了吗?"

阿那克西曼德挠了挠头,"小石镇的麦酒和女人,我无福消受啊。"

"我说什么来着,"小林揶揄道,"你的那些技能是不是没啥用?"

三个人快速交换眼神,接着哈哈大笑起来。

在西塔的记忆中,开头的十几天可能是这段旅途中最明媚的时光了。他们沿一条宏阔的山脉逶迤而行,踏过碎石与杂草,蹚过有鱼儿巡游的清澈小溪,与成群的蝴蝶、棕色眼睛的鹿、大嚼生鱼的熊和虎视眈眈的狼擦身而过。不同的色彩在山的不同高度渐次铺展开来:脚下是翠绿的草地,山麓上则是群鸟飞舞的阔叶林;向上,颜色益深,松树汇成林海,在风中呢喃阵阵松涛;越过松林,山的颜色又浅淡下来,大片的棕黄草地如地毯覆盖山体,上缘和灰色荒漠镶嵌在一起;再向上,那高得令人屏息的山顶,被皑皑白雪和飘忽的云占领。阳光动作轻缓,在山脉上有条不紊地揉捏光线与阴影,而当夜幕降临,璀璨的银河和玫瑰色的星云总是从山的背后爬上天穹,点亮另一个清冷的白昼。这世界美得惊心动魄。西塔拙于言表,只能像草原人一样,默默谛听阿那克西曼德的琴声。这时候,篝火旁的诺亚总会卷上一支烟,西塔知道了那燃烧的草叶叫作"烟",森森的雾气会遮住老人枯干的面庞。

"一直这么活下去,也是值得的啊!"诺亚会如此感叹。

德玛沉默不语,她投向虚空的目光深邃而曲折,仿佛看到了命运中注定的欢喜与失落。

当草原人和山脉分道扬镳时,他们也走进了真正的秋天。气温开始下降,疾风时常不请自来,有时还裹挟冷雨。草原人低头赶路，不敢再耽搁。冬天近在眼前，而到了那时，他们将寸步难行。有时，他们会路过稀树草原上突兀的土丘；有时，则是森林中一片散落着石头与瓦砾的广大区域。小林告诉西塔，这些是城市的废墟，他都曾逐一探索过。"城市里有知识胶囊，这些不生锈的罐子是这个世界上最最宝贵的东西。"小林说，"虽然里面能够复原的文本极其有限，但从大量的知识胶囊中，我们已经拼出了人类科技树的基本样貌。"

西塔想起德玛说过的话，"你们在复原一幅拼图。"

"并不是所有的祖先都认同《低技术公约》，所以我们才有一条捷径可走。"

西塔思忖片刻，"有一个问题我想不明白——找到知识的是草原人，使用它们的却是森林人。"

小林笑了笑，"奔波的生活发展不出复杂的技术，而定居的生活则往往被资源局限。在逃出帝国定居点后，我们的先辈找到了一条可以让草原人和森林人互相取长补短的道路。草原人为森林人抵御敌人，搜刮资源，交往贸易，探听消息——最重要的，寻找知识；而森林人则为草原人生产工具武器，提供物资补给。"

"难怪在小石镇你一直说'我们'。"西塔恍然大悟，"原来逃出定居点的不同族群视彼此为合作伙伴。"

"也不尽然。"身后的诺亚插话道，"这个世界里的敌意永远比善意更多。"

他看向诺亚，后者给了他一个苦涩的笑。

"我不同意。"德玛说，"我们的目标是记忆之冢，我不同意在与目标无关的地方浪费时间。"

小林冷着脸,"你说寻找知识是浪费时间?"

"至少在目前的情况下是。"

"德玛,你很清楚,我们以后都不可能走这么远了。"

"所以我们更应该专注于自己的目标,不是吗?"

小林狠狠地瞪着德玛,而德玛也毫不客气地瞪了回去。两个人僵持着,一高一矮的身影氤氲在灰蒙蒙的雨幕中,大家在默默地等待着他们决出分晓。

这几天,草原人正在渐渐走入温热丰沛的水汽之中,他们用皮肤就能感觉得到,大海已经不远了,而记忆之冢就在大海边。就在刚才,前方的斥候发现了一座从未在地图中标示出的城市,争执由此而起。德玛命令族人绕过城市,她提醒大家,记忆之冢才是他们的目标,此时不宜节外生枝。而小林却坚决反对,他的论据是,草原人不应放过任何一个能够找到知识的机会,再说,这不过是顺路的事儿。

"既然你们谁也说服不了谁,"诺亚打破沉默,"那就投票决定吧。"

目前的情况,似乎只有这一种解决方案。征得德玛和小林的同意后,诺亚从小林的笔记本上撕下一张纸,用匕首将纸裁成纸条,在每张纸条上写下数字。"0代表赞成德玛,1代表赞成小林。"诺亚晃了晃手中的陶罐,"把你们的票投到这里。"

在老人的帐篷里,皱巴巴的纸条被一张张展开。阿那克西曼德唱票,德玛和小林交替领先。空气渐渐凝固,西塔看到,德玛的额角鼓起青筋,而小林在不住地眨眼。胜负在最后一张票上决出:18:17,

小林险胜。

"德玛，这只是一次小小的探险，不会用掉太长时间的，我保证。"小林嘴上安慰着失败者，脸上却是藏不住的得意。

"小林，"德玛拽住胜利者的胳膊，"下次，下次我一定陪你。但这一次，我们能不能不去？"

小林的脸上闪过一丝讶异，大概和西塔一样，他从未见过这个女人示弱。

"德玛，我不——"

"我有种不好的感觉。"德玛抢白道，"我感觉有人在跟着我们。"

小林笑了笑，"德玛，要说服我，你得拿出证据。"

德玛半张着嘴，半晌，才无力地摇了摇头。

看似很近的目的地却走了很长时间。森林极有耐心地、一口一口地吞他们入腹，从没过马小腿的杂草、低矮的灌木、泥泞的水洼，到千军万马般拥来的高大林木。跨过一道看不见的界限，阳光一瞬间便被浓密的树荫遮蔽，蓊郁的植物和暗淡的断壁残垣纠缠在一起，令人一时难以分辨究竟是森林生根于废墟，还是废墟生长于森林。草原人沉默着，列纵队直行。马蹄踏进泥土，杳无声响，天地间只余下雨声沙沙，只余下动物遥远的呢喃低语。时不时地，他们会走上被树根和野草碎成蛛网的水泥地面，会看见被虬枝抱成一截截的混凝土墙，会在参天大树的气根下发现偶然间露出的、如腐烂尸体般斑驳的生锈金属。纯粹的自然不会生发出如此的肃穆，西塔小心御马，心中怆然，而这个混合了衰败与生机的后人类奇境却可以。它展示了文明与自然的相互征伐，展示了曲折故事的必然结局。

"女人啊，女人。"不知何时，小林已与西塔并驾齐驱。

"那个女人迟早会杀了你的。"西塔调笑道。

"我没意见。"小林笑嘻嘻地说,"不过,要等我知道以后才行。"

"知道?"

"我要知道关于这个世界的一切,"小林目光灼灼,"这是我生命的意义——"

"找到了!"

马队前有人呼号,小林身子一滞,随即策马向前。众人在一幢半圆形白色建筑前下马,西塔还在震惊于它竟然在树木和时间的重压下保持了完整的结构,小林已经擎着火把,遁入白色建筑黑洞洞的喉管,几个人跟在他后面。德玛和另外几个武士则手握弯刀,站在门口警戒。

"他这就——进去了?"

"永远是同一个问题,永远是同一个答案。"诺亚不知什么时候站到了西塔的身后,"只要说对了答案,大门就是对人类敞开的。"

西塔回过头,"问题?答案?"

老人清了清嗓子,"这就是一切了,再也没有其他。在这巨大的荒墟四周,无边的——咦,这么快就出来了吗?"

那个瘦小的身影捧着什么跨出大门。西塔向前走了几步,看清了小林手里的东西,是一个银色、中空,形似半截蛋壳的容器,容器里空空如也。片刻的默然无语。小林抬起头,对德玛说:"里面是空的。有人刚刚来过。"

咻!一道黑影在视野里一闪而过。下一个瞬间,有人抱着肩膀号叫起来。"遇敌!散开!"德玛声如裂帛,然而还不待大家动作,更多的箭矢便倾泻下来。西塔被诺亚一把推开,在地上打了个滚儿,爬起来的时候，草原人正在还击。枪声震耳。硝烟刺鼻。枝叶飞溅。人喊马嘶。一轮射击后还来不及装填子弹，披藤甲的敌人便怪叫着从四面八方扑了上来。战士们唰唰地抽出弯刀，挺身抗敌。战场在一瞬间变得极其混乱，西塔看到德玛的兵刃血光翻飞，看到阿那克西曼德把小提琴抡到敌人脸上，看到诺亚与人扭打在一起。一阵烈风，西塔低头避过砸向他的铁棍，顺势推出弯刀——飞溅的鲜血在他脸上撕出一道热流，袭击者扑通一声倒在他面前。他正抬手擦血，后背却忽遭一记重击，弯刀在剧痛中脱手，西塔向前踉跄几步，喉头翻涌着甜腥。"浑蛋，你会要了他的命的！"一声尖厉的咒骂。他龇牙咧嘴地回头，看见揉着狼牙棒的大汉和他身后的人——肮脏的裹头巾下露出一双冷月般的黄色眸子。他晃晃悠悠地摸索着腰间的枪。那里面还有一发子弹。大汉向前一步，探手过来，他的枪才刚抬到一半——一道银色弧光，伸向西塔的手在空中翻了几个个儿，掉落到泥土中。大汉吃惊地瞪大眼睛，眼睁睁看着弯刀没入胸口……小林从尸首上抽刀，"总督大人，你没事儿吧？"他摇了摇头，"我没——小心！"金属相碰的铮然脆响，小林回身接住短刀。黄眼睛不依不饶，一刀接一刀地劈下来，小林在四溅的火花中且战且退。他们缠斗着，渐渐退开西塔身边十几步远。两人身高相仿，黄眼睛显然更加灵活，几个回合间小林便落了下风。西塔举枪瞄准，却没法儿在这两个人迅速变换的身位中找到射击的间隙，生死就在一念间。只见黄眼睛佯攻一侧，小林闪身，却正好落入等在另一侧的刀锋中，两人的身形瞬间凝滞。砰！步枪击发，烟幕之后，黄眼睛的头顶绽开粉红色花朵，直挺挺地栽倒。西塔跑向小林，用手按住他流血不止的胸口。

"小林——你——坚持住——"

小林抬手，攀住他的一只小臂，眼里是惨白的笑，嘴角是被雨冲淡的血沫，"可是……我想知道啊……"

几个赛格之后，他的笑容凝固了。

西塔注视着敌人的尸体，他没有了头盖骨，圆睁的淡黄色眼眸仿佛想抓住整个世界。

一个十五六岁的孩子。

"你见过他。"德玛在他身后说道。不是疑问，而是陈述句。

他点头，"在小石镇。"

德玛又打量了一会儿尸体，"是森林里的部族。他们一直跟着我们，直到我们进入无法发挥草原人优势的丛林，他们才动手。"

西塔回头，"为什么？"

德玛默默地看着他，灰色的眼睛里似空无一物，又似有万语千言——他忽然明白了。

"科学和艺术……他们的目标是我和阿那克，对吗？"

没有回答。

被击退的袭击者留下了十几具尸体。草原人同样损失惨重，七人阵亡，九人受伤，战斗力几乎折半。剩下的人要归拢跑散的马匹，安置好伤员和同伴的遗体。当他们出发时，黑夜已经斜下来，洒出了湿漉漉的星。星空下，德玛打头，诺亚在队尾，叼着一支没有点燃的烟。阿那克西曼德头上绑着绷带，手中攥着断成两半的小提琴。

而小林被绑在马背上，如同刚刚来到这个部落时的西塔。

为什么是十进制？

他看了看小林，然后打开双手，推到他面前。

显而易见，他说，你怎么会问出这么简单的问题？

小林脸上浮起惨白的笑，可是，我想知道啊……

他被人推醒。睁开眼睛，正对上德玛灰色的眸子。

"起来吧，该去告别了。"

在湿滑的草坡上，他们清出一片场地。七位死去的战士躺在木材搭起的眠床上，熟睡般的脸被晨曦慢慢地点亮。

他走到小林身边，凝视良久。

"如果把我的那票投给你，他就不会死了。"他低声说，"如果你们不把我当成部落的一员……"

德玛把手搭在他的肩膀上，轻轻地捏了捏。

诺亚绕过他们，将一个木匣子放在小林身旁。

"老师，"德玛睁大眼睛，"你这是——"

"我们不需要这个计时器了，让臭小子带着它吧。"老人的目光停在西塔脸上，"总督大人，我想你已经比对过地球人的'秒'和帝国的'赛格'了。"

他感到一丝惊讶，但也只有"一丝"而已。诺亚，传说中活了几百岁的人，传说中将文明带到新世界的人。德玛口中的老师。他早该想到的，不是吗？

诺亚——哦不，伊塔。他默默地与老人对视，真难为你把秘密披到今天啊。

……七团烈火，七道升上天空的浓烟。没有灵魂这回事，但结构化的能量和信息总会在宇宙间留下印记。小林终会和星空融为一体,而他将知道更多。

西塔垂下头,努力不让悲伤溢出眼角。

"60秒为1分钟,60分钟为1小时,24小时为1天,365.25天为1年。"诺亚在他身边低语,如同诵经,"所以一个地球年是——"

他睁开眼睛,"3 156万秒,3 156万赛格,误差不超过千万分之一。一拉特是光在一个地球年里走过的距离。"

"还需要其他证据吗?"

他痛苦地摇头,"我们殖民了自己的母星。"

"日光之下无新事。"诺亚——伊塔侧过脸看他,"很久很久以前,在人类还没有飞向群星的时候,掌握了先进技术的族群也曾殖民和奴役生活在文明发源地的人类。"

"令人难过。"他说。

伊塔苦笑一声,"还有一件更令人难过的事,即使是面对同一个强大的敌人,自由地球人也从未真正结为一体。"

"……因为人性。"他喃喃道。

"因为人性。"伊塔说。

他转向老人,"伊塔,我——"

"嘘——"老人对他眨了眨眼,"叙旧的话可以留到晚上再说。现在,我们该走了。"

150亿赛格,也就是475个地球年以前,阿雅格帝国时任太阳系行省总督伊塔,在巡游地球辖区时,被游荡在这个星球上的草原人俘虏。他们没有杀死他,而是把他变成了他们中的一员。475年,伊塔看着日升日落,看着一代一代的草原人出生又死去,他曾去过很多地方, 也曾长时间地逗留在城镇, 传授他早已知道的和在征战与探险中学到的知识。渐渐地, 人们忘记了他曾经的身份, 他成了所有人的老师, 一个不死的知识宝库——诺亚, 活了几百岁的人, 把知识带给新世界的人。

篝火旁, 西塔呷一口马奶酒, 然后把水囊递给伊塔, "一开始, 你肯定试过联系欧迈克荣。"

"结果和你一样, 杳无音信。"伊塔咕嘟咕嘟地灌酒, 意犹未尽地用手背抹嘴, "欧迈克荣根本不想救回我们。"

"也可能他只是收不到我们的信息。"

"475年, 就算等在同一个地方, 他也应该等到我了。"伊塔咧开嘴角, "西塔, 你有没有想过, 草原人为什么会在你巡游时出现？难道巧合真的发生了两次？"

他身上的毛孔骤然缩紧, "难道不是吗？"

"一组坐标。"老人用食指敲了敲太阳穴, "在定居点外'撞'见你的前一天, 我脑袋里沉寂已久的电磁波解调器接收到了一组坐标, 坐标里的地点恰好离我们当时的位置不远。有人知道我们在哪儿, 也知道你将要去哪儿, 这个人还知道, 好奇心最终会带领草原人出现在你的身边。"

"这太——"他使劲儿摇头, "不、不可能——"

"我想我们达成了某种默契。"伊塔说, "他做他的代总督, 我做我的诺亚。时间是帝国的朋友, 时间也是帝国的敌人。帝国的疆域太辽阔了, 即使有'光'这位不知疲倦、健步如飞的信使, 这个庞然大物的神经系统依然无比迟钝。想一想在我们身上发生的事, 从一名总督被劫持, 到阿雅格下达命令或者派来新的总督, 至少会过去上百亿赛格的时间。而在这期间，欧迈克荣就是这个星系里大权在握的人——很有他父亲的风范，不是吗？"

西塔继续摇头，"我还是没法儿相信，欧迈克荣会为了操纵几个傀儡代理人而做出如此悖逆之事。"

伊塔给了他一个满是褶皱的笑，"西塔，和你知道的恰恰相反。草原人第一次作为自由地球人的武装力量出现，并不是为了劫掠定居点，而是为了应对定居点的威胁。几百年来，对自由地球人的杀戮和奴役从未停止过，但欧迈克荣的傀儡没有能力、也并不想对他们赶尽杀绝——代理人们充其量只是奴隶捕手，听命于一个高高在上的征服者。被搜刮来、然后被卖掉的自由地球人不会出现在帝国的账本里，你想想，这些无法追踪的交易最终会充实谁的钱包呢？"

"……能量币会实现任何人的任何野心。"他低声说。

伊塔对他举起水囊，仰头灌酒。

"呵，所以这就是我们的命运吗？"西塔凝视篝火，眼中一片空茫，"以血肉之躯在这颗星球上不停奔波，四处捡拾知识的碎片，战斗或逃亡，杀戮或被杀，一直流浪，偶尔停泊。在我们头上，是一个随时可以终结我们命运的野心家。"

"在阿雅格派来一位新的总督，或者授权欧迈克荣使用星舰之前，我们还有时间。"伊塔站起来，重重地拍了拍他的肩膀，"我们——自由地球人和归家的游子，还来得及创造属于自己的命运。"

"重新……飞向星辰大海……"他抬头，"这就是你的计划？"

"这是德玛的计划。"伊塔卷起嘴角，"我，只是个痴迷历史的人。"

遇袭后的第三天，他们找到了通往记忆之家的大门。它镶嵌在悬崖中，蒙着几千年的时光与尘土。西塔、伊塔和德玛站在门前，阿那克西曼德和其他草原人则在远处观望。

这地方有着某种令人汗毛直竖的肃穆。

伊塔"咕噜"一声吞下口水，将手按在门上，几乎就在同时，有声音从大门上传了出来——

"这就是一切了，再也没有其他。在这巨大的荒墟四周，无边无际，只见一片荒凉而寂寥的平沙。"①

"《奥西曼德斯》。"伊塔说。

大门应声滑开，发出滞涩的摩擦声，抖落沙尘与碎石。在他们面前，依次亮起的蓝光勾勒出一条深邃的甬道。

伊塔默立良久，然后回过头，"我要进去了。"

"老师，"德玛紧紧地攥着刀柄，"我们不知道这里面有什么。"

伊塔笑了笑，"如果传说是真的，这里面有世界的记忆。"

"请让我护送你。"

"你不能去。"伊塔淡然道，"我不想再看到无谓的牺牲了——这是命令。"

德玛把下唇咬得发白。

"那么我呢？"西塔问。

"我不会命令你。"伊塔说，"进或者不进，都是你的选择。"

西塔的目光越过老朋友的头顶，看向拱形甬道的深处。由于缓慢而坚定的地质作用，甬道内壁已布满裂痕，而他们的惊扰一定会让脆弱的结构更加不堪重负——甬道随时可能坍塌，而它一旦坍

---

① 该句出自雪莱的诗《奥西曼德斯》。奥西曼德斯，即法老拉美西斯二世。

塌，这里将是擅入者的坟墓。

"我跟你进去。"西塔说。

"我们可能会死在里面。"伊塔说。

"我想知道。所以哪怕只捡拾到一点点'前世'的碎片，我也——"西塔深吸一口气，"我也死而无憾。"

伊塔郑重地对他点了点头。

"西塔，我们快到了。"

他眯起眼睛。前方是乳白色的光，随着他越走越近，光芒一点点儿膨大，直到骤然将他和伊塔纳入其中。是一个巨大的半球形腔室，球形四壁上浮动着柔和的光。继续向里走，他们激活了什么。球壁上忽然滚过深蓝色的地球通用文字：惊扰我长眠的人哪，我是谟涅摩绪涅①。请告诉我，你们为何事而来？

"为了记忆。"思忖片刻后，伊塔说。

请证明你的身份。

伊塔抬起右臂，手掌向上平摊。球壁中探出一只金属触手，蛇行降下，触手顶端悬停在他摊开的手掌上——一道银色闪光。尖细的顶端极为快速地一啄。伊塔指尖凝出血珠，尖端再次下降，将血吮走，如鹿饮溪水。

伊塔岿然不动。

文字消隐，几个赛格之后，又重新出现：我尝到了不纯的血。但根据先知设置的时间函数，生物结构变异的漂移量在可以接受的范围内。惊扰我长眠的人哪，请告诉我，你接受何种形式的记忆？

---

① 谟涅摩绪涅，希腊神话中司记忆、语言、文字的女神。

伊塔撩开垂在后颈的乱发,"请使用二进制数据。"

请求接受。

金属触手绕到伊塔的背后,在距离他后颈上数据接口大约一掌远的位置悬停,尖端变换形状,接着向前平移,直至与接口咬合。

在合上眼睛的最后一刻,伊塔对西塔说:"照做。"

……惊扰我长眠的人哪,我是谟涅摩绪涅。请告诉我,你们为何事而来?

同样的文字再次出现。西塔看了看如雕像般凝滞的伊塔,说:"为了记忆。"

再度化身数码形式,这感觉舒适、轻盈、空虚。他在黑暗的世界中坠落,一时间忘记了自己在追寻着什么。

记忆结构匹配中……

坠落似乎没有尽头。在下坠中,他经过了无数段悲喜,无数个人生。他知道,就是知道,所有的悲喜和人生都是别人的。他忽然有些渴望,在这黑暗的世界里,有一扇留给他的门,有一盏为他点亮的灯,有等待着他的温暖和数落。

他想回家。

记忆结构匹配中……记忆结构匹配中……配对成功。

坠落改变了方向,眨眼间,他被吸入一道门。

——然后,他看见了自己的前世。

"奥德修斯号"的勇士们,在出发之前,你们还有什么想对留下来的人说的吗?

……我们想说，真正的勇士不是我们，而是留下来的人。是你们，倾尽所有建造了这一百艘飞船，送我们飞向星辰大海，自己却退守到贫瘠的星球和贫瘠的生活方式之中。我们会铭记你们的牺牲，我们会把对牺牲的铭记作为新的信仰。当我们在旅程中遭遇险阻、陷入迷茫、迷失方向，乃至面临死亡时，这一信仰会给我们力量，会让我们继续义无反顾地走下去，直到我们找到新的世界，并把它带给你们。

……

"奥德修斯号"的勇士们，在出发之前，请上传你们的记忆。如果有朝一日你们因为走了太远而忘记了自己为何出发，这些记忆会给你们答案……

银河在上，愿你们找到属于人类的群星——

"西塔，醒醒。"

目光聚焦到老人脸上，"伊塔，我想起来了，全都想起来了……"

他的话被一声轰响截断。

"伊塔，外面怎么了？"

老人摇头，"我们得马上离开。"

大地震颤。轰响一声接着一声。他被老人搀扶着起身，缓缓迈出几步，然后跌跌撞撞地向甬道跑去。灯光在明灭，碎石在崩落，远处的光点在跳荡。他能够接受死亡，但不是现在。他的身体里满是沉甸甸的记忆，他还没来得及将它们好好反刍，将它们发酵成痛苦、沮丧、怀恋和希望，将它们变成自己的一部分。他还不想——脚底又一阵波动，他撞上甬道侧壁。咔——咔——令人心悸的断裂声。

不待身体完全恢复平衡, 他手脚并用地向着光明爬去……

出来了。德玛正在那里等着他。女人的头发散乱, 额角淌着血。她的眼里先是闪过如释重负的喜悦, 随即狠狠地抓住他的胳膊, "老师呢?!"

他怔了一下, 回头, 叠满碎石的甬道里只有黑暗和黑暗中萤火般的光。

"伊塔——"

西塔, 听我说, 西塔。脑海里电磁脉冲如黄钟大吕, 他僵在原地。我以这具肉身活了几百年, 一个人是不应该活几百年的。现在, 这个被诅咒的人想好好休息了。这里很好。这里有记忆, 有未能完成的梦想, 有被背叛的承诺, 有血淋淋的荣耀和惩罚……如果地狱存在的话, 那么这里就是了。如果天堂存在的话, 那么这里就是了。

代替我活下去。代替我, 成为诺亚。

——永别了, 我的朋友。

山体在这一刻坍塌了, 掀起铺天尘埃。他干呕着, 被德玛拖开, 被她扔到马背上。世界一起一伏, 时而巨响盈天, 时而宁静如夜, 战马绕过骨肉飞溅的大地, 绕过大地上盛放的黑色花朵。呼啸声从天而降, 他抬起头, 看到天空中飘浮的飞行器和它们投下的, 一枚又一枚的、喧嚣的死亡。

阳光刺得他泪流满面。

"以下都是推测。在漫长的旅程中, '奥德修斯号' 将会经历舰队的血腥内讧, 经历高等级文明的无情猎杀, 经历千钧一发的险境, 经历犹豫不决带来的惨痛损失…… '奥德修斯号' 的船员们终将认识到，宇宙是个冷漠的地方，人类的产生，不过是这永恒冷漠中一个温情的闪念。那些使我们成其为人的东西，恰恰就是我们生存的阻碍。宇宙不需要感情，宇宙需要的是冷酷的理性、明确的目标函数和精确的计算，当然，还需要一点点儿运气。有了这样的认识，船员们必然会将绝对指挥权交给盖亚。毕竟，这个管理飞船的人工智能就是为了宇宙生存而生，她的代码里除了纯粹的理性，除了保全船员生命的最高目标，别无他物。我想我们只能信任盖亚，在成百上千年的岁月里，是她寂寞地坚守，一次次地把我们送入深眠，又一次次地将我们唤醒；是她倾听我们的心事，扮演我们的朋友、亲人和爱人；是她的判断和决策在毁灭边缘力挽狂澜……我们信任盖亚，这是我们在宇宙中生存下来的根本。"

"你们心甘情愿地交出了自由……"德玛喃喃道。

"我们成了盖亚的臣民，一种新的政治秩序之下的新人类。我猜，为了和曾经的自己相区别，这些新人类一定需要新的身份。"西塔看了看德玛，又看了看阿那克西曼德，"'奥德修斯号'上有二十四名船员，而希腊字母恰好有二十四个。盖亚的手边大概不会有更好的素材库了。"

阿尔法。贝塔。伽马。德尔塔……伊塔。西塔……欧迈克荣……欧米茄。

盖亚干脆把她的名字颠倒了过来①，她到底想表达什么？

"所以，西塔不是你的真名。"

他对德玛点了点头，"我的真名是顾星槎。"

"顾星槎……"

---

① "盖亚"的英文为 Gaia，倒过来便是 Aiag，即阿雅格。

"总督大——顾星槎，"阿那克西曼德说，"你说的这些猜测，有多大可能是真的？"

他摇了摇头，"我也不知道，就姑且把它当成一个故事吧。故事的后来，'奥德修斯号'遇到了一个不那么有侵略性的高级文明，并且从它们那里学习到了将意识数字化的技术，这一技术将极大地提高船员们的生存概率。所以毫不意外地，所有人都选择将自己上传到盖亚之中，而这又是一个与人的弱点彻底决裂的好机会……"

"'大契约'。"阿那克西曼德接话道。

"对。"他的声音矮了下来，"我们与盖亚订立了'大契约'，从此便成了无根之人，无敌之人……"

有人握住了他的手。坚硬中有一丝温热。他转头，德玛在靛青色的晨曦中对着他笑。

"无论如何，你还是找到家了。"

他的喉管里滚过热流，"对……找到家了。"

德玛起身，"我们该准备突围了。"

"用不用再等一下？"西塔——顾星槎说，"我还没有收到欧迈克荣的回音。"

"他没有理由救你。再说，这也不是他的军队。"德玛淡然道，"定居点的执政官们已经对草原人咬牙切齿很久了。我想他们憎恨我们甚于畏惧《低技术公约》。在与我们，还有森林人的一次次战斗和俘虏交换中，他们也在偷偷地学习技术。并且，很明显，他们在把学到的技术用于战争……"

他看向远处天空中一字排开的飞行艇，"这听起来像是一条老路。"

"技术的车轮一旦转动起来就不会停下，也许有朝一日人类会再次毁灭自己，或者，也许人类会重新飞向星辰大海——"德玛眨了眨眼，"这值得赌上一赌，不是吗？"

他站了起来，"不管结局怎样，他们终将记住我们的名字。"

德玛把手搭在顾星槎和阿那克西曼德的肩上，"阿那克。顾星槎。森吉德玛。"

"阿那克。顾星槎。森吉德玛。"阿那克西曼德重复道。

"阿那克。顾星槎。森吉德玛。"顾星槎重复道。

他们注视着彼此的眼睛，一起笑了。

前方的地平线上，是飞行艇、四个轮子的金属车、手持火枪的定居点军队，是滚滚浓烟和气化器的突突声。顾星槎环视身侧，十几名骑士直身勒马，身下的马匹在打着响鼻。朝阳为人和马勾勒出了橘红色的轮廓，为随晨风轻摇的野草镀上一层薄薄的金。远方的星还未沉落，像深蓝天幕洒下的点点泪滴。世界如此美丽，就算是即将发生的杀戮和死亡，也不能让它的美退减分毫。

他想，这美丽的世界值得为之战斗。

"阿那克，"顾星槎说，"真想再听你拉上一曲啊。"

阿那克西曼德撇了撇嘴，"可惜琴已经坏了，我哼给你，行吗？"

德玛的兽面下传出一声笑，"行啊。"

"《爱的礼赞》。"阿那克西曼德清了清嗓子，"嗯－嗯嗯－嗯嗯嗯嗯——嗯嗯嗯，嗯－嗯嗯－嗯嗯嗯嗯——嗯嗯嗯……"

真好听。他催动马匹，草原人开始缓慢向前移动。对面的阵线也随着他们移动，像一张渐渐扎紧的网。碎步变成大步。战马跑得越来越快, 最后简直如同飞了起来, 马蹄声和耳边呼呼作响的风声渐渐淹没了阿那克西曼德喉咙中的"琴声", 不过没关系, 他已经记住了那个旋律。这一刻, 他心中的美将永远不会消失。

他扭头看德玛, 兽面下回视他的灰色目光坚硬又温柔, 似有无限眷恋, 似有无穷话语。他的心脏停跳一拍, 如果我们活下来, 也许——

"冲锋!"德玛咆哮。

下一秒, 草原人齐齐举起刀枪, 怒吼着, 冲向闪闪发光的金属巨兽。

2020.6.13

后记:

小说的标题和刘慈欣老师的《赡养人类》仅差一字。《赡养人类》一文一直是刘慈欣老师短篇中我最喜欢的一篇, 当然我的这篇小说甚至连最拙劣的致敬都算不上——虽然内容相去甚远, 但大概都表达了对文明命运的思考吧, 这似乎能沾上一点点儿"致敬"的边。

题记为海桑的诗《人类止步》, 为了整体语境的统一, 未在题记上标出作者, 特在此处说明。

小说的灵感来源于贾雷德·戴蒙德的《枪炮、病菌与钢铁》。和戴蒙德的观点一样, 我认为文明无法选择自己的命运, 文明的命运是由它的地理、历史等一系列外部因素决定的。我在小说中表达了这一观点, 然而我不确定它是不是正确的, 短中篇小说的目的永远是给出问题，而非给出答案。

小说中森林文明的技术构思，参考了路易斯·达特内尔的《世界重启》。

小说女主人公的名字森吉德玛，是蒙古语中"仙女"的意思，也是咏梅女士的蒙古名。在此一并向美丽、勇敢、坚韧而温柔的女性们致敬，真心希望世界的领导者是你们，那样它将更加美好。

我是听着白举纲的《失联》写完这篇小说的，如果这篇小说有一个主题曲的话，那么非《失联》莫属。

感谢亲爱的读者们看到了最后，谢谢你们。